花巡る
黒田杏子の世界

『黒田杏子の世界』刊行委員会　編

藤原書店

自宅庭で（市川市）　　2008年1月

山口青邨先生と雑草園で　　1977年6月

旅の車中で　　1979年12月

隅田川橋巡り（柳橋）　1984年2月

隅田川橋巡り　　1997年1月

自宅で（市川市）　　1980年1月

母 齊藤節と（父 齊藤光の「十年祭」で）　1998年10月

自宅庭で（市川市）　2008年1月

（口絵写真撮影＝黒田勝雄）

はしがき

黒田杏子は二〇二三年三月十三日、飯田蛇笏・龍太の山廬における講演を終えたのち俄かに倒れられた。本書はその急逝を悼んだ人々が集い合っての追悼文集である。

第Ⅰ部には、黒田杏子の評文のうち、単行本に未収録のものなどを掲げた。その面影を想い起さんがためである。さらに永年の俳句同行者による最終句集の十句鑑賞と代表句百句を掲げた。

第Ⅱ部には、その活発な文学活動に賛助を惜しまなかったみなさんの追悼文を、さらに俳壇において偕に活動した俳人のみなさん、そのさまざまな文化的社会的活動に縁をもった文化人のみなさん、関連するメディアの編集者のみなさんからの寄稿をいただいた。

第Ⅲ部には、主宰誌「藍生」会員のみなさんの衷心よりの追悼のことばが寄せられた。

これら諸氏のお名前をとおして、黒田杏子の一代の業績のなんたるかを、あらためて顧みる思いである。

二〇二四年三月十三日

『黒田杏子の世界』刊行委員会

花巡る　黒田杏子の世界　目次

はしがき　I

第I部　黒田杏子のことば

働く女と俳句のすすめ――句座の連帯の中で　17
「獏」ってなに?　21
「藍生」創刊ごあいさつ　27
花の闇　螢川　29
ご恩――飯田龍太先生　33
三人の師に導かれて――山口青邨・暉峻康隆・金子兜太　38
黒田杏子遺句集『八月』から（長谷川 櫂）　46
黒田杏子の百句（髙田正子 選）　50
黒田杏子 句碑一覧　61

第II部　黒田杏子を偲ぶ

一

友人黒田杏子……宇多喜代子　66
黒田杏子の晩年……宮坂静生　68
「続けること」——龍太から杏子さん、そして私へ……飯田秀實　79
黒田杏子さんと金子兜太……金子眞土　84
黒田先生と父ドナルド・キーン、そしてわたし……キーン誠己　86
花を辞し銀河に向かう杏子はん……山田不休　94

二

黒田杏子を生きる……藺草慶子　96
晴朗にして無私の人……井口時男　99
地霊との交歓……井上弘美　103
黒田杏子先生……井上康明　106
仕事も俳句も……黒岩徳将　109
辺土めぐるべし……神野紗希　112
獅子奮迅……小林貴子　115
童女のような杏子さん……小林輝子　118

『うつくしま』への禱りの旅」ふたたび……駒木根淳子 121
もんぺ姿の巡礼……坂本宮尾 123
桜の巨木に対するように——黒田杏子追悼……関 悦史 127
五泊六日の鹿児島の旅……高岡 修 129
黒田杏子の蛍……高野ムツオ 131
杏子を語る——繊細な感性……津久井紀代 135
大きな愛——黒田杏子……対馬康子 139
牡丹園の夜明け……永瀬十悟 142
クロモモさんと呼んでいました……中原道夫 145
天地有情……中村和弘 148
でもね、先生……夏井いつき 153
大文字……西村和子 156
台風の吟行……仁平 勝 159
寂庵句会の日々……橋本榮治 161
寅年の友……藤川游子 164
返事……星野高士 165
繋ぎ人 黒田杏子さん……細谷喨々 167
最後の最後まで……堀田季何 170
月光無限……毬矢まりえ 172
巡礼と邂逅の彼方に……武良竜彦 176

S奨学金……山下知津子 179
悼むこころはむしろ詠唱せんとて……横澤放川 183
那須野ヶ原の闇……若井新一 186
月光のえにし……和田華凜 189

三

明るく、そして民主的な……荒このみ 194
黒田杏子さんと私……池内俊雄 195
友人・黒田杏子さん……池谷キワ子 197
杏子はんとこにみんなそろうたら、句会しまひょな……一澤信三郎 199
一句……いとうせいこう 201
奥会津に生まれた俳句文化……遠藤由美子 202
繊細な姐御肌……北村皆雄 204
杏子先生と私……古池五十鈴 206
杏子さんと共に駆け抜けた青春……志村靖雄 208
杏子さんは雪女？……下重暁子 209
杏子先生と寂聴先生……竹内紀子 211
黒田杏子先生と道後俳句塾……竹田美喜・井上めぐみ 213
俳人モモコのこと……中野利子 215
杏子先生の花……ジャニーン・バイチマン 219

黒田杏子と那須の黒羽……蓮實淳夫 220
ありがとうございました……林 茂樹 222
もんぺと講演……古川治次 224
黒田マジックに導かれて……堀切 実 227
弥生の空へ……松木志遊宇 228
残雪……松田紅子 230
黒田杏子先生の人間力……丸山 登 232
東京やなぎ句会と杏子さん……矢野誠一 234
黒田杏子さんとの思い出……吉行和子 235

四

みんなみんな友達だ……伊藤玄二郎 238
不肖の弟子……上野 敦 239
モモコ・フォンの着信履歴……内田洋一 241
「平和の俳句」と黒田さん……加古陽治 243
杏子さんと私……佐山辰夫 245
姉のような優しさで……澤田勝雄 246
新しい女性……下中美都 249
「これから」への視点……鈴木 忍 251
本質で判断、人へのまなざし温か……高内小百合 253

誠意と熱意の、えにしを結ぶ達人 …… 高村幸治 255
黒田さんの手紙 …… 浪床敬子 258
「この本が出るまで死ねない」はずが…… …… 和氣元 260

第Ⅲ部 「藍生」会員から

俳句ヶ原 …… 安達潔 264
向島百花園にて …… 安達美和子 266
屹立の一喝 …… 五十嵐秀彦 268
ありがとうございます …… 池田誠喜 271
「いいのよ、そんなこと」 …… 石川仁木 274
杏子さんのまなざし …… 磯あけみ 276
神保町の一年 …… 糸屋和恵 278
最も異端の弟子として …… 今井豊 280
先生の掌 …… 岩上明美 282
杏子先生と私 …… 岩田由美 284
思い出の山語り …… 岩魚仙人 287
青嵐のように――第三句集『一木一草《いちぼくいっそう》』を読む …… 植田珠實 289
杏子先生とのこと …… 牛嶋毅 292
杏子先生へ …… 畝加奈子 293

得がたき一年……遠藤由樹子 295
季語の本当の現場へ……大矢内生氣 297
黒田杏子先生と奇跡の「原爆体験記」……岡崎弥保 298
あんず句会と黒田杏子先生と私と……河辺克美 300
小さな句座……北垣みどり 304
杏子先生とわたし……金 利恵 307
抜群の企画と実行力――季語の現場に立って詠む……草野力丸 310
わが心の句……久保羯鼓 313
杏子先生の「気迫」……後藤智子 315
海に出て……近藤 愛 317
杏子師を偲ぶ……佐藤洋詩恵 319
「育つ」と「育てる」……城下洋二 321
先生の横顔……杉山久子 324
黒田杏子と地霊……鈴木牛後 325
黒田杏子先生と奥会津……鈴木 隆 329
禱りの杖……高浦銘子 333
先生の〈手紙〉……髙田正子 336
冬麗のかなた……髙橋千草 339
杏子先生と平和への祈り……髙橋冨久子 342
杏子流……田中まゆみ 344

黒田杏子と清水哲 …… 寺島 渉 345
杏子と俳句の国際交流 …… 董 振華 347
大いなる導きの力 …… 中岡毅雄 351
四国西南の地は、黒田杏子の聖地なり。 …… 長﨑美香 354
黒田杏子の俳句巡礼――先生に捧げる小論（抄） …… 名取里美 357
選者・黒田杏子 …… 成岡ミツ子 364
先生の光 …… 二階堂光江 365
黒田杏子の書について …… 橋本 薫 368
先生がくださったもの …… 畠山容子 370
藍激《たぎ》る …… 原 真理子 372
姉黒田杏子と私 …… 半田里子 374
黒田杏子との三日間――山の上ホテルにて …… 半田真理 378
永遠の記憶 …… 肥田野由美 380
「沼杏」の杏子先生 …… 平尾潮音 381
先生の色紙 …… 深津健司 383
力強い字、力強い声 …… アビゲール・フリードマン（俳号＝不二） 385
モンペルックの背中 …… 細井 聖（俳号＝ジョニー平塚） 387
黒田杏子先生の思い出 …… 前田万葉 390
杏子先生の言霊 …… 益永涼子 393
「また掛けます」 …… マルティーナ・ディエゴ 395

「あなたの好きなようにやりなさい」 三島広志 397
「沼杏」俳句会 水田義子 400
黒田さんとの出会いは続く 森川雅美 402
俳句の化身 森田正実 404
黒田杏子先生と市川あんず句会 門奈明子 405
私と杏子先生 山本 浩 407
感動の共振 ローゼン千津 409
福島への励まし 渡部 健 411
黒田杏子先生と土佐の地——満行桜と十四の句碑 渡邊 護（俳号＝三度栗） 412
杏子先生からの手紙 渡部誠一郎 415

「あとがき」風に 筑紫磐井 417

謝 辞 **黒田勝雄** 421
黒田杏子 主要著作一覧 425
黒田杏子 略年譜（1938〜2023）（作成＝中野利子） 429
後 記 **藤原良雄** 436

花巡る
黒田杏子の世界

凡例

一 書籍・新聞・雑誌は『 』で示した。

一 結社名・同人名および結社誌・同人誌名等は、ともに「 」で示した。

一 色紙・句碑などにおける句の文字遣いは、句集での表記と一致しない場合がある。

一 各部扉写真は黒田勝雄撮影。各原稿中の写真は別途記さなければ執筆者提供。

第Ⅰ部　黒田杏子のことば

働く女と俳句のすすめ——句座の連帯の中で

住みなれて泰山木の花芯見ゆ　君子
五月雨に辞意を表してやさしかり　久美恵
ふるさとにゐて父母祀る終戦日　みつ子

仕事をもつ女たちばかりの句会「紅粉花《べに》の会」がスタートしてから四年目になる。国立病院検査技師、都の職員、航空会社の秘書、銀行員、華道教授、経理事務のベテラン、電力会社コンピューター係といったさまざまな職種にフルタイムで働く女性たちで、独り身のひとも家庭を持つひとも、月一回、仕事が終わってからの夜の会合を楽しみに集まってくる。性格も境遇も、年齢も発想も全く異なるこの女性たちに共通しているのは、俳句という自分のこころを映し出す手鏡を、句座という連帯の場に持ち寄って、それぞれの人生を生きていく力、なによりも本当のこころのきずなを得たいというねがいである。

どうして俳句なんかいまごろ作るのですか、と聞かれると、「申し訳ありません」「好きなので」と答えてきた。いや、こういう質問を他人から浴びないで過ごせるように、俳句に賭けていることを俳句仲間以外のところには明らかにしないで年月を重ねてきた。

しかし、俳句を通して私はどれだけ得がたい連衆を得たことか。力を得たことか。ひとりで俳句をつくることはできる。しかし、俳句は決してひとりだけで完成させることは出来ない不思議な運命をもった一行詩である。こころを俳句に変えるために、人は句座をもつ。自分のこころを句座にきて、連衆の胸に映そうとする。

君子さんの泰山木の句に出合ったとき、私は独り身になって高層階に住む彼女の歳月とこころのたたずまいを体験した。スチュワーデスを経て、秘書室に十年を過ごす久美恵さんの句には激務を生きぬいた男性への共感といたわりがある。ふるさとを遠く働いてきた昭和一けた生まれの感じがみつ子さんの句には濃い。

句会では、お互いのこころがお互いの鏡となる。いつもよい鏡でいられるように、コンディションをととのえておきたい。

句会には必ず小さな短冊が用意してある。この小さな紙きれに一行のこころを書き記し、句座に投ずる。俳句はこの短冊に書き記された瞬間にはじめて生命をもつ。作家の句帳の中に何行何句の作品がストックされていても、その胸中に野分の雲のように渦巻く激情が秘められていても、一枚の短冊に書けるのは一行一句。作者は句会にきて、投句の瞬間に自分を決めなければならない。投句という句座のルールが逆に作者のこころを選びとり、截りとるのかも知れない。

句会ほど平等の時間はない。無署名の作品が清記されて句座を回りはじめるとき、作者はもう一度、自分の投句した作品にめぐり合う。この時、はじめて作者は自分自身のこころのかたちが、他者の句の中に立ちまじって生きているさまをつぶさに、距離を置いてながめることができる。他人の中の自分の姿に邂逅《かいこう》する。自分を発見する。

私は山口青邨先生の「夏草」で勉強しているけれど、その中でたくさんの句座、勉強句会に参加している。男も女も、年齢も、肩書も一切を超えて句座では平等である。作品が絆《きずな》である。自分自身を知るために、自分自身を発見するために私は俳句を作っている。俳句をつくることは即、自分のこころに出合うことであり、句会で仲間の胸にくまなく映し出される自分を体験することは、なにものにもかえがたい歓びである。

かたまりて暗きばかりの曼珠沙華　みどり
新涼の塩さらさらと塩壺に　きみ子
知らぬ道雑木紅葉の中に入る　久子
木枯に人待つごとく耳をかす　由紀子

いま、私はどんよくに俳句を作り、作品を仲間の胸に問う。相手のこころに映った自分をみつめながら、どしどし自分（俳句）を捨てていく。作っては捨て、作っては捨て。捨てるたびに自分は新しくなる。沢山作るためには行動する。作品創造の原点——人・もの・自然との出合いの場面を可能な限り極大にすること——を大切にしている。仕事とは別のもうひとりの自分との新鮮な出合いを重ねたい。

秋風や轍を遺す車椅子
ひかり合ふ生簀の夜の囮鮎
手袋にことしの指をふかくさす

杏子

（初出＝『毎日新聞』一九八一年九月二五日。43歳）

「獏」ってなに?

『獏』ってなに?」は、黒田杏子が四五歳のとき（一九八四=昭和五九年）、「獏」という雑誌に頼まれて書いた文章です。当時、彼女は『広告』の編集長をしていました。

「獏」は「二十歳前後のものばかりが集って発行している短詩型雑誌」で、編集長が今井豊、副編集長が中岡毅雄、小川裕子。今から四〇年前、彼らは二十代でした。発行所は兵庫県明石市。掲載誌は三四号です。

黒田杏子の文中にあるように、若い彼らがちょうど、もし自分に子供がいたらそんな年齢かもしれない、という感慨が湧いて、気軽に伸び伸びと書いたようです。

二〇二三年二月、八十四歳の黒田杏子は四〇年ぶりに再読し、このスタンスはまさしく私、と言ったものでした。


（中野利子・記）


「獏」という雑誌をはじめて手にしました。その「獏」No.33に〈俳人に聴く〉というアンケートの回答が掲載されていました。総勢五四名の回答ですからかなりのボリュームで、印刷の関係もあって読み通すのはちょっと疲れました。

この回答集を読んでの感想をお寄せいただきたいというのが「獏」編集長　今井　豊という人の意を尽くした依頼状でした。文面によれば「私ども獏は二十歳前後の者ばかりが集って発行している短詩型雑誌です」とのこと。
我が家には子供というものがいないのだけれど、昭和十三年生れ、本年四十五歳の私にもし息子や娘がいれば、きっと「獏」のメンバー位の年齢なのだとも思われ、ずい分むずかしい内容の原稿依頼だと内心困惑、断りたいと思いつつ今井編集長の若々しいお手紙を読み返しお引き受けしたのでした。

というわけで、ほんとうにざっくばらんに思いつくままの感想、全くの個人的な意見を書かせて頂くことにいたします。まあ、お母さんほど年の隔たった、つまりあまり関係ないひとりのおばさんのつぶやきとして読み捨てて下さい。

1　まずこのアンケートに回答している人のうち、私が知っている俳人はまことに少なかった。これが発見でした。皆吉司・岸本尚毅・黒田正実・藤原月彦・長谷川櫂・大屋達治・夏石番矢・鎌倉佐弓の八名には面識もあり、作風も一応記憶しています。坪内稔典という俳人の書かれるものには親近感を抱き、パワーを感じていますが、お目にかかったことがありません。原因は私が『俳句研究』という総合誌をあまり熱心に読んでこなかったということにあるようです。
私は大学の四年間だけ山口青邨についてほそぼそと俳句を作っていましたが、卒業後の十年間は俳句と無縁に過ごしました（昭三十六—四十五）。つまり、私の俳句は昭和四十年代も終りの頃からはじまっているので、年齢が高いわりにいまが新人の時代なのです。

何故俳句を作らなかったかといえば、俳句に全く歯が立たなかったからです。安保世代の私が完全燃焼しつつ生きたいと希っていた二十代の自分を表現する道具として、俳句ははなはだ取扱いのむずかしいものでした。俳句という「表現装置」の操縦法の基本を学生時代にしっかり身につけなかったそのツケが廻ったのでした。作らなかったのではなく、つくれなかったのです。これは重大事件でした。

三十歳をすぎて、再び自分の意志で俳句を作ろうと決心したときには、ともかく、俳句というものの表現形式の基礎を学びたい。基礎の基礎を自分という土壌の中にしっかり打ち立てたいと思いました。

2

結社に属したところでそんなものはオイソレとは学べないものなのでした。当り前ですね。独学を志しました。手当たり次第にといっても角川の現代俳句大系とか立風書房の現代俳句選集などを中心に、現代俳句をいうものを読みはじめました。同時に平凡社版の全五巻の歳時記（これは大学のとき買って持っていました）を一頁ずつなめるように読みました。そういう過程で私をとらえた作家は何人もいたわけですが、大ざっぱに言って、有季定型の俳句に私は魅力を感じました。新興俳句にも無季俳句にもそれぞれの面白さ、魅力を感じましたが、すでに三十歳を過ぎた女、月給と引きかえに広告会社という現代の縮図かもしれない世界で十年間働きつづけてきた生身《なまみ》の人間の感性と情感に訴える俳句はともかく有季定型の俳句でした。何より「季語」というものの存在がとりわけ全身全霊にひびきわたりしみわたってくるのでした。

俳句雑誌といえば所属している結社誌を読むだけ。自分の作品の発表の場はそこにしかなかったわけで、日常の生活がきわめてひろやかな空間につながっている割には、ごく限定された世界で徐々に俳句と自分とのつき合い、因縁を深めていきました。総合誌は角川の『俳句』をまれに買って読む。そこに新鋭作品八句とかが載り、それを批評の対象として下さる方があったりということから、ようやく他の結社の俳人の名前をもおぼえその人たちの作品も読むようになりました（十年ほど前のことです）。

3

同時に結社の中のメンバー七、八人で「木曜会」という勉強句会を作り、それに参加して句会を核にして作品を鍛え合う場を得てこの十年熱中しつづけてきました。第一句集『木の椅子』をまとめる頃、突如『俳句とエッセイ』に一年間毎月二十句連載の依頼を受けました。角川春樹氏と一緒の企画とききき、面白いと思い引き受けました。『木の椅子』に俳人協会新人賞と現代俳句女流賞という二つの賞が同時に降ってきたときの驚き、現代俳句女流賞については私は選考日すら知らず当日はＮＨＫスタジオの『テレビファソラシド』最終ビデオ撮りの永六輔氏と夕方遅くまでしゃべりこんでいたのでした。飯田龍太・森澄雄・鈴木真砂女・細見綾子・野澤節子の選考委員どなたとも面識がありません。これを機に沢山の俳人からお祝いの手紙やハガキを頂き、さまざまの結社誌や数え切れない句集が寄贈というかたちで送られてくるようになりました。いくつもの結社誌、総合誌から原稿の依頼があり、作品をまとめて発表する機会、文章を書く機会も与えられました。

4　私の所属する「夏草」は一切私を売り込むというようなことはありませんでした。将来もないでしょう。ただ、私が結社に属していなかったなら、他の結社誌からも総合誌からも原稿の依頼はなく、俳句の賞の対象にならなかったことは確かです。

現代に於て、俳人は「句集」をもって認識され、「結社」を通してコミュニケーションが成り立つようです。「結社」があるから総合誌が経済的に成り立つのです。これが俳壇というか俳句界という世界です。

5　もち論、俳句を作る人がすべて俳壇にかかわっているかといえば、答は「ノー」です。俳句を愛する日本人の大多数は結社とも俳壇とも無関係です。

過日、コピーライターの土屋耕一氏と随筆家の江國滋氏と三人でお酒をのむ機会がありました。土屋「黒田さんの句会はなんというの」私「お答えするほどのものでもないんです」江國「この人、俳壇じゃ名を成しているらしい」私「冷やかさないで」土屋「俳壇ってやっぱりあるんですか」江國「あるらしい」

土屋さんのこふみ句会十三年。江國さんのやなぎ句会十七年。すべてそれぞれの道のプロの一匹狼の集り。この持続力!!

世間の人にとって俳壇なんていうものはどうでもよいのです。まして俳句総合誌なんて。俳人と自称する人だけが俳句を作っているわけではないのです。

それよりも「獏」につどう若い作家たちが自分を表現したい欲求をどの位大きくつよく持ってい

るのかが問題です。

人に期待されようとされまいと、総合誌があなたにとってどんな作用をしてくれようとくれまいと、あなたがひとりの表現者であることの方が大事なことだし、それが問われないのならば、おばさんの独り言も全くナンセンスに帰するわけなのです。

ではまた。

（初出＝「獏」No.34、一九八四年。45歳）

「藍生」創刊ごあいさつ

月澄み稲穂の黄金打ちなびくこの秋、「藍生」は誕生いたしました。

創刊の公表はこの五月でございましたが、すでに全国各地より八百有余名のご参加を得まして、ここに創刊号をお届け申上げます。

きわやかに四季のめぐりうつる国、この俳句列島日本。ここに生れ生活する私たちの俳句は季語という宝石のように磨きぬかれた日本語を核として、自然、人、もの、風土、歴史、味覚など、森羅万象宇宙のあらゆるものとの出合いの瞬間を一行十七音字に書きのこすものであります。

私はこれよりの人生を、皆さまとともに、「藍生」に拠ることで、どなたよりも深く激しく学ばせて頂きたいと希っております。

北は北海道、南は沖縄県まで、津々浦々から新生「藍生」に集って下さいましたのは、十七歳から九十六歳まで、職業、俳歴など実にさまざまの流派を超えた男女であります。

私は故山口青邨先生に学びました。先生のお教えは、お別れして日の経つほどに大きく深くあたらしくなってまいります。先生は

志を高く　じっくり急がず

香気ある詩心をひとりひとりの生活に即して尊重することをとりわけ大切にされ、悠々たる完全燃焼の生涯を示されました。先生の創造と実践のゆたかな生き方を「藍生」の精神の基盤とし、ひろく古典および現代俳句の精華に学びつつ、前進を求めてゆきたいと念じております。

古代より人間を守ってくれた藍、藍甕の中で生成展開してやまない藍。この草の無限のエネルギーに学んで、お互いがお互いの触媒となりつつ、自己啓発、自己革新を果たすことのできる場。俳句を縦糸として手ごたえのある創造的な人生を共に染めあげ織りなしてゆく場として、皆さまとともに「藍生」に学び「藍生」をそだてていきたいと存じます。

主宰　黒田杏子

（「藍生」創刊号、一九九〇年一〇月。52歳）

花の闇　螢川

ずい分長い間、桜の花をたずねて、この縦《たて》に細長い日本列島を巡り歩いてきた。

三十歳からはじめた単独行は五十八歳の四月、高知県仁淀村中越家《によどそんなかごしけ》のしだれ桜との出合いを以て、締めくくりとしたつもりでいた。出合うべき桜、見るべき桜の花のときをたずね終えた筈であったが、再びことしから第二次の「櫻花巡礼」をはじめている。

岐阜の美濃加茂市の奥、伊深の里の正眼寺《しょうげんじ》をお訪ねしたのは寒い寒い日だった。山川宗玄ご老師が臘八会明けの一服をおすすめ下さり、ふとつぶやかれた。

「本堂前の二幹のしだれ桜、なかなかの花をつけます。四月十二日頃ですね」。

手帳にメモをして、もうその日が待ち遠しくてならない。観光客と無縁のこの幽邃な空間の桜をおもい描いて過す。

二〇〇〇年の春は列島全体の花が遅れた。時間がとれてその花の木のほとりに身を置けたのは四月十九日。名残りの花の風情がこよなくありがたく感じられる。折から接心の行が始まっており、空をゆく花びらをしばらく仰いで、ごあいさつもせずに山を下りる。

さらに、ゴールデンウィークも半ばを過ぎた五月六日、ＮＨＫの俳句大会に招かれ、記念講演をされる九十三歳の暉峻《てるおか》康隆（俳号桐雨）先生とご一緒に秋田に向った。空港から「ほろよい学会開講式」なる会場に案内され、名誉会長暉峻先生の「酒あれこれ」、副会長佐佐木幸綱氏の「牧水と酒」二つの講話を拝聴、秋田の蔵元の銘酒の宴となる。秋田市長の石川錬治郎さんに、この会の燗司長《かんじちょう》、市立千秋美術館館長の渡部誠一郎さんをご紹介頂く。四歳から日本酒を嗜んでこられたという僧形のその人が「黒田さんは日本中の桜をご存知でしょうが、このたびはぜひ、羽後紅山桜《うごべにやまざくら》にも逢ってお帰り下さい」と言われる。

紅山桜なら知っていた。秋田と青森の県境、とくに十和田湖周辺に多い。翌朝と帰京する日の暁方、二度私はこの花に逢いにゆく。ＡＢＳ秋田放送の前庭に佇つその名木は紅山桜をベースに煙山《けむりやま》薫朗《くんろう》という野の植物学者が作り出したもの。渡部さんも百名限定の秋田花の会会長だが、この一度聞いたら決して忘れられない幻想的名前の桜男は二町歩ほどの自庭を植物園として暮らし、二十年ほど前に長逝したという。

こうして六十代に入った私の「日本列島櫻花巡礼」は知る人ぞ知る名木の、それも残花を訪ねる旅として再開している。

思えば、花を待つ、花を見る、花にあそぶ、花を惜しむというこころを私は母に教えられた。明治四十年生まれの母齊藤節は無名の俳句作者であるが、二冊の句集をもち、野に生きた開業医の妻として、五人の子を手塩にかけて育て、いま栃木県北部の喜連川《きつれがわ》という噴井《ふきい》の鳴る小さな城下町に、医師である長男の家族に守られて最晩年の日々を生きている。

句会、吟行、その愉悦感も母に教えられた。山桜の花びらの舞う山の中腹にござを敷き、お煮〆、精進揚げ、卵焼、草餅。そしてお赤飯を詰めた大きな塗りの重箱をひろげる。朴や柏の若葉をとり皿にして、やかんにはたっぷりの番茶。一升瓶に日本酒。ごちそうのあとの句会。子供も一人前に扱われる。句を読みあげられ、びっくりして「杏子」と名告るときの晴れがましさ。ごみもちりも紙くずも何ひとつ残さず、小流れで口をすすぎ、手を洗い、木綿の大風呂敷に一切を包み、ござは巻いて紐をかけ、まとめて誰かが背負籠に入れて帰る。

螢を見ることも、螢火をたのしむことも、東京から疎開したまま過ごした父母の郷里、栃木県の暮らしで身につけた。

往診から戻った父を待って卓袱台を囲む。庭の前の田んぼから夕螢がくる。電灯を消して、お箸を置いて、螢火の流れを眼と心で追いながら、父の話を聞く。子供達は順番に学校の話もする。

螢袋の花筒に螢を放つ感動を体験させて下さったのは鎌倉に住む甘糟幸子《あまかすさちこ》さんだ。螢火を得るや螢袋はたちまちアールヌーボーのあのガラスの質感となる。息を呑むその光。

佐渡、清滝、筑波、津和野、最上川、そして四万十川。かぞえきれない螢火と螢川の記憶が老いてゆく私の身と心に棲みついて増殖してゆく。

ことし、五月二十日、私はロングランの計画で結社の仲間とはじめた「四国遍路吟行」で高知にいた。四国最南端、南海の古道場、補陀洛渡海の古跡でもある第三十八番札所、足摺岬の蹉跎山金剛福寺《さださんこんごうふくじ》を訪ねる。俳人で住職夫人の長崎一光《いっこう》さんが千手観世音菩薩のお厨子を開扉して下さる。青葉木菟《あおばずく》が啼く。

「お寺まで螢が沢山とんできますよ」

晩さん会もそこそこに、みな句帳を手に螢見にくり出す。雷鳴、青稲妻、大夕立のあと、枇杷いろの十七夜の月。

お寺に着く前に、亜熱帯樹海にともり初《そ》めた大粒の螢火。岬の森はみるみる螢浄土となって旅の者たちのゆく手を照らす。立ちどまればゆっくりと明滅するその螢火のゆたかさに、たましいの鼓動がいつとなく重なってゆく。

（初出＝『環』Vol. 2「特集 日本の自然と美」二〇〇〇年七月、藤原書店。61歳）

ご恩——飯田龍太先生

〔二〇〇七年〕二月二十七日、俳人協会総会ののちのパーティ会場で海野編集長から龍太先生のご逝去を告げられた。眩暈がした。化粧室の鏡の前の椅子に掛けて眼をつむる。「眼中のひと」のおひとりがまぎれもなくこの世から消えた。

あれは昭和五十七年、二十五年も昔のことだ。第一句集『木の椅子』に現代俳句女流賞が授与された。青天の霹靂《へきれき》。飯田龍太・鈴木真砂女・野澤節子・細見綾子・森澄雄の五氏が選考委員。文化出版局が設けていた賞なので、ある日、『ミセス』編集部の小川喜一氏から、「龍太先生が一度山廬に」とのご意向が伝えられた。当時、私は選者のどなたとも面識がなかった。山口青邨の「夏草」に所属、先生と結社内の先輩の指導の下で学ぶことに充足しており、句作に打ちこんでいることなど職場では誰にも告げていなかった。ただし師系を超えて現代俳人のすぐれた作品は積極的に読み、これと思う作家の句集や作品は大むね筆写していた。訃報に打ちのめされて帰宅した夜、『俳句臨時増刊・飯田龍太読本』を手にとる。鈴木豊一氏の編集後記の余白に「S53・10・10完全読了。俳句筆写完了」の文字が残っていた。その飯田龍太先生を訪問する。光栄と思いつつも参上はためらわれた。半年近く経って「まだ伺ってないのですか。ありがたい機会だと思いますよ」と小川氏よりの電話が職場にかかってきた。

決心して山廬にお電話、先生にアクセスを伺い、面会日のアポイントメントを頂く。晴れわたった甲斐の初秋。ひろびろと波立つ土間を踏みしめて立ったとき、疎開して小学時代を過ごした南那須の村の父の生家を憶い出していた。あがりがまち近くに純白の水盤。けさひらいたりんりんたる曼珠沙華が活けてある。ほのぐらい空間に群立する緋色の花の光。大きな長方形の座卓をはさんで初対面の先生と対座させて頂いたとき、私は山廬というこの異次元の宇宙になじんでいた。緊張感はなかった。何の前置もなく、和服を召された先生が私の眼をみて話し出された。


「ずい分昔のこと、蛇笏の名代で俳壇のあるお祝の席に出かけたことがある。控え室かな、庭に面した立派な畳の間に三人の女流が語り合うでもなく、それぞれの方角を向いて坐って居られた。長谷川かな女・中村汀女・星野立子のお三方。汀女・立子の両女流は時の人で、その人らしいきらびやかな装束。一方、かな女さんは地味すぎるほどの細縞の着物、髪はうしろに小さく束ねて、まあ田舎の私のおふくろさんに似たたたずまい。近ごろね、女流俳人という文字を見ない日はないほど女流の時代だ。しかし、なぜか私はそのたびにあの日のかな女さんのしんと落ちついた、なんとも言えない存在感を想い出す。なつかしい日本女性の原型。日本の風景の中にごく自然に溶けこんでいる人間の姿をね」

やさしいまなざしの奥さまがつぎつぎとお手料理を供して下さる。どんなアーティストも及ばない、あの曼珠沙華のオブジェを山廬の一角にさりげなく置かれた方のおもてなし。ま昼間に日本酒まで頂き、青邨先生のこと、職場での仕事の内容その他、すべて私は率直に申上げた。何をどうお話ししても、まるごと受けとめ、理解して下さる不思議な大先達に遭遇した心地で胸が拡がってゆく。この時、先生は還暦を迎えられたばかりなのであったが。半紙にしたためられた虚子選の句稿などを貼った屏風を拝見、均《な》らされた山廬の灰を見つめ、たとえようもない安堵感につつまれて飯田邸を辞した。お礼状に対し、「ぜひまた時間のとれた折にいつでも」とのお葉書。私はこれほどの至福の時空を独占しては罰があたると、ご許可を得て、超結社「木の椅子会」の青年俳人たちを引きつれ、二度目、三度目の山廬訪問を果たした。

そののち龍太先生監修のＪＴＢ出版の歳時記の選句(例句)を廣瀬直人さんと担当させて頂く。「山梨文学館」の準備のために廣瀬さんはひんぱんに上京され、神保町ブックセンター街を大きな鞄を提げて巡回しておられた。生まれてはじめての俳句の仕事、第一回の選句稿をお送りして、ご指示を仰いだ。

「俳句を作ることと同時に、俳人は選句力を養うことが重要。選句眼のない作者は信用出来ません。直人さんはすべてに誠実な人。力を合せて作業をすすめて下さい」とお電話でお話し下さった。廣瀬君でも直人君でもない、さりげなく愛情をこめて「直人さん」とおっしゃる先生に、私は驚き、帰依した。ある年、福田甲子雄さんの要請で山梨まで講演に出かけた。角川の新年会にご出席の先生にそのご報告を申上げたところ、「甲子雄さんは元気いっぱい、明朗闊達《かったつ》な人だったでしょう」と嬉しそうにおっしゃる。直人さん・甲子雄さん。門下生を慈しみ、信頼される先生のあの柔らかなお声は、このの ちも私の胸の奥深く棲みついて消えることはない。

さらにある日、中村苑子さんからご自身の生前葬である「花隠れの会」の企画・プロデュース一切を要請された。光栄な仕事と即座に快諾した私は、晩年の苑子さんと惜しみなく語り合う時間に恵まれた。現代俳句女流賞のお祝に龍太先生から苑子さんに贈られた甲州印伝のポーチと紙入も、未使用のまま「お守りとしてあなたに托します」と頂いた。苑子さんに曼珠沙華の話をしたとき、「眼に見えます、あの奥さまならではのこと。必ず何かに書いて下さいね」と。さらに句作にゆきづまると、ふらりと甲斐に出かけ、蛇笏・龍太の山河に遊ぶのだとも語られた。「あそこは聖地。詩心がよみがえる不思議な風土よ」とも。

私の在職中に、『俳句』の大型企画「証言・昭和の俳句」がスタート。トップバッターの桂信子先生の証言が掲載されるや、お葉書。「残る仕事、期待して見守ります」。深夜に帰宅した私は再び玄関を出て、葉書を月にかざし、はるか山廬の方角に向ってお辞儀をした。実は桂先生の「ほんとうの俳句」発言にその後バッシングが起きた。桂先生は〈角川選書〉収録に際しても毅然として自説を貫徹、以来、聞き手をつとめた二廻り下の寅歳の私と先生の二人は同志的連帯感に結ばれてゆく。桂先生が私に平成十四年六月の「山廬訪問」(『山梨日日新聞』)の掲載紙を速達でお届け下さったのもその証しだ。世紀のビッグ対談はおふたりがこの世を発《た》たれたいまこそ熟読玩味すべき内容と思う。一部を勝手ながら抜すいでここに掲げさせて頂く。

飯田　あるとき、この座敷で親父と大げんかになった。「親父の選はダメだ」と僕が言ったことから始まった。延々と三時間。夜十一時までやっていたら、おふくろさんが「ここは布団を敷くから向こうに移って」とぴしゃり（注・客人が居られた）。そこで上がり口の部屋に〝戦場〟をかえて続きをやった。テーマは「芭蕉と蕪村の比較」にまで広がった。戦線拡大。「俺は芭蕉、おまえは蕪村だ」と親父が言い出したので僕もかっとなって「何を親父。大きなことを言うな」と反論した。このけんかで親父も僕も懲りて、爾来、家では俳句の話はしないことに（後略）。

桂　このお部屋でお二人が……。実に楽しい。ところで、私は雑誌などで「本当の俳句、真の俳句を目指してほしい」というと、よく他の人から「真の俳句なんてない」と批判される。「真の俳句」があると私は確信しているんですが……。

飯田　桂さんは厳しいことを言われる。それでいいんです。これからもびしびし厳しくやってください（後略）。

山廬に参上した四半世紀前から、私は何を書くにも、出発時に一期一会《いちごいちえ》のご縁を賜った飯田龍太という俳人の眼を意識してきた。具体的にはこのたびまとめた『金子兜太養生訓』などもその最たる例で、企画発想からフィニッシュに至るまで私の全力を傾注した。

先生は誰よりも見事な生き方の流儀を示されてこの世を発たれたが、すでに全集が完結している。封とうの宛名まで自筆で書かれた「雲母」終刊の辞が遺されている。先生の作品と言葉は消え去ることはない。飯田龍太という大先達は、いよいよ私達の進む道を常夜灯のように照らし出し、考えさせてくれる存在だ。

（初出＝『俳句』二〇〇七年五月号、角川学芸出版。68歳）

三人の師に導かれて――山口青邨・暉峻康隆・金子兜太

山口青邨（やまぐち・せいそん／一八九二―一九八八　九十六歳）

辰歳の師は寅歳のいそ子夫人とそれは見事に美しい人生を生ききられました。

東京女子大入学の年の五月から「俳句研究会白塔会」で、先生直接の指導を受け、九十六歳の長逝を遂げられたその前日まで、山口青邨直門の俳句作者であったことが私の誇りです。先生は東大工学部の名誉教授。科学者であり文章家としても知られる文人俳人。『ベルリン留学日記』大冊二巻の著作もある先生の背広姿こそダンディ。はじめて参加した句会の折、「俳句の基本は観察。オブザベーションであります」と黒板を背にすっくと立たれた先生が発言。私は自分まで椅子から立ち上ってしまいそうになるほど驚き、先生の表情をあらためてまじまじと見つめました。

母の影響で子どもの時から、栃木県の片田舎で句会や吟行に参加していましたが、英語がとび出したことはありません。この先生に入門しよう。俳人になろうと決意しました。

ある日、キャンパスの小径を歩きつつ、「金子兜太という俳人をどうお考えですか」と。立ち止まった先生は私を直視され、「あの人はあの人の道を行けばよい。彼はそれが出来る人間です」と。私は青邨門下として精進しつつ、俳人金子兜太を観察・研究してゆくことをこの日自分に誓いました。

ある日、雑草園と先生の称される杉並のご自宅でいそ子夫人お手料理の夕食に招かれました。私は先生の四十六歳下。先生九十二歳の頃。食卓にこまごまと並ぶお皿の数。先生は日本酒を。そしてお料理を実にゆっくりと、かつ真剣に召し上ります。ともかくすべての食べものをしっかりとゆっくりとよく噛まれます。私が先生の「咀嚼」のスピードに合わせることはほとんど不可能。ほうれん草のおひたしの添えられた焼きたての塩鮭の一片を口に含むや、習慣でほとんど噛まずに飲みこんでしまいます。

先生にお酌を賜るというおそれ多い時間の中で、最後まで私は食べる速度を変えられず、〈拷問〉ともいうべき時間の底に坐っていました。

九十五歳のお誕生日の朝、先生は軽い脳こうそくに襲われました。お祝の花束をよろこばれ、お座敷に端座された先生は神田ささまの和菓子を楊枝でうまく唇に運べず卓に落とされました。

「やあ、ご無礼」と私に一礼されたお姿は忘れられません。

東大病院老人病棟の個室でも主宰誌「夏草」の雑詠の選句を継続されました。十二月十五日の朝息を引きとられ、翌日の『朝日』「天声人語」、『毎日』「余録」そして『東京新聞』にもその長逝が報じられました。

悠悠と、まことに知的に快活に九六年間を生きぎられた文人科学者のお墓は盛岡の南部藩の方々の眠られる林の中にあります。

暉峻康隆（てるおか・やすたか／一九〇八―二〇〇一　九十三歳）

早稲田大学の名物教授。西鶴研究の国文学者として知られる先生は連句の達人。宗匠名は桐雨。歌仙を巻かれるその座にしばしば招かれ、さらに文音《ぶんいん》による両吟歌仙をいくつも巻くご指導を賜りました。早大大隈講堂でのお別れ会では卒業生ではない私に悼辞を捧げる役まで賜りました。連句の座での杏花という名前も先生の命名です。

尊厳死協会に登録され、百歳を越えるご予定でしたが、お風邪を召されてのち、お父上が実行されたように、食べものを絶ち、水だけを飲まれて文字通り現役大往生を果たされました。一日たりと晩酌を欠かされないばかりか、日中机に向かわれる折もよくお飲みになっておられました。先生から「貴女もいい齢だ。守っておくべき三ヶ条を伝授する」と。

①上等の酒を　②常温で　③上品に。

この三ヶ条つまり〈3J〉を守れば、日本酒は百薬の長であり、誰でも最期の日まで元気に愉快に仕事が持続できる。貴女もよい齢を重ねて「本格俳人になれ」との命令なのでした。

ところで〈3J〉のうちの「③の上品に。これが実行出来ない奴が多いんだ。つまり、タダ酒は飲むなってこと。本人には分らないが、タダ酒を飲みつづけた奴の顔は例外なく下品でみっともないものになる。日本酒ほどすばらしいものは無い。いい酒さえ飲んでおれば、人間少食でいける。間違っても食いすぎなんてバカな真似はいかん。どんなに前の晩飲んだとしても、私は翌朝十時には机の前に坐って居る。原稿用紙に万年筆が走っているよ。これはお迎えが来る日まで変らない。天気がよければ気ばらしと運動を兼ねて、家の前の小公園のモク拾いをする。これは何より膝のためにいいのよ」

〈3J〉教祖酒仙学者俳諧師桐雨宗匠のお言葉でした。

（ここまで初出＝『兜太 *Tota*』vol. 2、二〇一九年三月、藤原書店。80歳）

金子兜太（かねこ・とうた／一九一九―二〇一八　九十八歳）

長寿の現役俳人金子兜太さんの俳壇活動は多岐にわたっています。

その中から長期的かつ定期的に進行中の三つの大きな仕事についてお話ししたいと思います。

「朝日俳壇」

まずひとつは「朝日俳壇」の選者としての活動です。

昭和六十一年以来今日まで、埼玉県熊谷市の自宅から、毎週金曜日に東京築地の朝日新聞社まで、休まず通っておられます。

九十歳以降は、仕事の場から定年退職、自由の身になられた一子金子眞土さんが往復の新幹線・東京駅⇅朝日新聞社のタクシーに同乗されます。

眞土さんは自称「運び屋」に徹しておられ、選句会場に兜太さんをお届けされると、選句終了まで、一切かかわりなく、映画を観たり、美術館に出かけたり、競馬を愉しまれたりの自由行動。選句終了時にまた風のように新聞社に現れるという行動に徹しておられます。兜太さんはこれまでいくつかの大病を乗りこえてこられました。入院手術という場面も一度ならずあったにも拘わらず、朝日俳壇の選者を一度も休んでおられない。これは現代の奇跡ではないでしょうか。

「伊藤園おーいお茶　新俳句大賞」

つぎは、ことし第二十八回を迎えます「伊藤園おーいお茶　新俳句大賞」の第一回からの最終選者をただの一度も休まれず続けてきておられること。私もこの十年余り最終選者をつとめさせて頂いておりますが、いまやこの俳句大賞は日本国内はもちろん、世界最大の応募作品の寄せられる一大イベントとなっております。昨年二〇一六年の応募作品数は一八六万二九五四句という規模となり、累計では約三千万句となったことが発表されました。

選者（最終）は専門俳人だけでなく、各分野のアーティストの参加をお願いしてきており、現在のところ、以下の方々で選考がすすめられています。

〈選者・日本語俳句〉　浅井愼平（写真家）、安西篤（俳人）、いとうせいこう（作家・クリエイター）、金子兜太（俳人）、金田一秀穂（日本語学者）、黒田杏子（俳人）、宮部みゆき（作家）、村治佳織（ギタリスト）、吉行和子（女優）

〈英語俳句〉　エイドリアン・ピニングストン（日本古典文学研究者）、星野恒彦（俳人）

以上の選者による毎年最終選考会が帝国ホテルの一室で朝十時から夕刻の五時近くまで、およそ各世代部門別合わせて四千余句の投句の中から文部大臣賞やその他の賞にあたる作品を真剣かつ愉快なディスカッションによって選び抜かれてゆくのですが、座の最長老であり、俳歴も抜群に長い兜太さんは、補聴器なしで長時間の論議にたのしく参加されるのです。毎年、この日、私は誰に対しても平等、威張るということが一切ない柔軟な頭脳と包容力を備えた大先達金子兜太さんの選句と選評を貫く若々しさを実感すること。クリエイターとしての第一線に立ちつづけられる俳人に学ぶことが実に多い一日を過ごすことを愉しみとも励みともしてきております。

さらに昨年、驚くべきことがありました。幼児・小学生・中学生・高校生・一般（四十歳以下）・一般（四十一歳以上）と部門別に大賞受賞者が決まるのですが、何と金子兜太さんは、二十七年前から各部門の大賞受賞者の俳句作品を一句一句色紙に墨書され、伊藤園を通じてその色紙額が賞状・賞金と共に各人に届けられていたことが判明したのです。昨年二〇一六年まで、受賞者が一堂に集まることは無かったのですが、大会の発展と共に、授賞式も帝国ホテルで華やかに挙行されることとなり、兜太さん染筆の自作句の額を胸に抱いた受賞者が壇上に勢揃いしたため、この事実が判明したのです。

「色紙を書いて上げること位は出来るさ、簡単なことだ」

とこともなげにおっしゃるこの俳人の存在者ぶりをこの日、私はゆくりなくもはじめてまのあたりにして、驚くと同時に尊敬の念をあらたにしたのでした。ともかく二十七年間終始一貫この大会の選者をつづけ、俳句の大衆化・国際化に寄与してこられた実績をあらためて知り、「偉いおじいさん」と共感を深めました。

東京新聞「平和の俳句」

東京新聞「平和の俳句」の選者をことしも持続しておられます。いとうせいこうさんと息の合ったコンビ。東京新聞朝刊の一面左肩に毎日発表される平和の俳句。この企画を受け入れ、「オレは選者をやってやるよ」と告げられたときは驚きました。

私はここ何年間か各地で、金子兜太という長寿俳人と「対話講演」なるものを重ねてきております。二〇一五年の四月には北陸新幹線開通に合わせ、金沢市で「ＮＨＫ生涯教育俳句大会」が開かれ、ご一緒に参りました。そのとき、「私の残る人生は、戦場体験を語り継ぐこと。『人間が戦場なんてところで命を落とすようなことは絶対にあってはならない。そのために平和憲法を守り、俳句というすばらしい国民文芸とともに、おだやかに心ゆたかに、みんな仲よく生きてゆこうじゃないか』という事を私は人々に語り継ぎたい。あんたが聞き手をつとめてくれるなら、気が楽だ。どこにでも行って俳句のある人生のたのしさ、ゆたかさ、よろこびをしゃべりまくろうじゃないか」と。この時以来、私は明確に金子兜太お抱えの相棒・話の引き出し役・戦場体験語り部のお助けおばさんとして過ごしてきたのです。

日野原先生が「金子さんは長生きできる血統です」との太鼓判。一〇五歳の長寿ドクターのお見立てに狂いはないでしょう。存在者金子兜太の本領は「平和の俳句」の選者続行という決断と実行に示されている。と私は受けとめ、こののちも俳人金子兜太さんのさまざまな行動を支援してゆく所存です。

（「金子兜太」の項初出＝『存在者 金子兜太』藤原書店、二〇一七年。79歳）

第1回みなづき賞授賞式の折、受賞者・成田千空（右）と金子兜太にはさまれて
（2004年6月、於・山の上ホテル。横澤放川提供）

黒田杏子遺句集『八月』から

俳人 長谷川 櫂

春雪の重し深しと山廬《さんろ》守

山廬は山梨県境川にある俳人飯田蛇笏・龍太の旧居。黒田は今年三月、「龍太を語る会」の講演直後に倒れ、二日後亡くなった。まさに現役往生、いわば討ち死にだった。山廬守は現当主。二〇二四年の作。遺句集『八月』の十句を紹介する。

一〇月四日一〇四歳の一〇四句

長寿日本の象徴だった日野原重明医師。最晩年に出した句集が『10月4日 104

歳に　１０４句』だった。この題名の一字を変えて一句に仕立てた。同じ数字が繰り返し現れ、「へのへのもへじ」のような微笑の句になった。

男のをばさん女のをぢさん晩夏

「その昔　永さん曰《いわ》く」とある。永六輔（放送作家、二〇一六年没）は人の世の真実をつく軽妙な名セリフをいくつも残した。年をとれば男はおばさんになり、女はおじさんになるということか。黒田とは同世代。

花巡るいつぽんの杖《つえ》ある限り

黒田は桜の花に魅せられた人だった。三十歳の春「日本列島櫻花巡礼」を思い立ち、以後三十年、日本中の桜を訪ねて歩いた。この句は満願のはるかのちの一句。脳梗塞《こうそく》で歩けなくなり、すでに車椅子に頼っていた。

それぞれに生きて一日を花の句座

人はみな別の人生を送っている。人類八十億いれば八十億の人生がある。今句会に集まっていても、ここを離れれば一人一人別の人生を懸命に生きている。桜の花ざかり。面々の顔を眺めながら、そんな思いがよぎる。

汝や美し汝や悪党都鳥

美貌《びぼう》の悪党である。都鳥はここでは百合鷗《ゆりかもめ》。美しい白い鳥だが獰猛《どうもう》な鳥でもある。長い間、千葉県に住んでいて毎朝、東京の職場に通うのに隅田川を渡った。川面を群れ飛ぶ都鳥は励ましであり慰めでもあっただろう。

かりがねや津々浦々にわが句友

秋、北から渡ってくる雁《かり》。その声をたたえて「雁が音《ね》」とも呼ぶ。空の高みを飛行する雁の視点から日本列島を俯瞰している。あの海の街この山の村にも俳句の仲間がいる。一九九〇年、俳句結社誌「藍生」を創刊した。

炎《も》ゆる炎ゆる揚がる揚がる山揚がる

「山あげ」は栃木県那須烏山市に伝わる夏祭り。巨大な舞台と作り物の山を移動させては歌舞伎踊りを披露する。総がかりの組み立て、解体、移動も見もの。那須は少女時代の疎開先。歳時記に加えたい季語の一つ。

花満ちて嵯峨に無頼の尼法師

今の時代、無頼派は見かけなくなった。この言葉自体あまり聞かない。ここでは「世間の枠をみずからはみ出した人」くらいの意味だろうか。その「無頼の尼法師」とは瀬戸内寂聴。二〇二一年、九十九歳で死去。黒田の遺句集『八月』から。

三月十日炎《も》ゆる人炎ゆる雛《ひな》

昭和二十年の東京大空襲。下町一帯では多くの人々が炎にのまれて亡くなった。戦時中ゆえに飾られることもなかった雛人形も灰になっただろう。このとき六歳の黒田は栃木県那須の父の生家に疎開していた。遺句集『八月』最後の一句。

（『読売新聞』二〇二三年一一月一日〜一一月一〇日「四季」より転載）

黒田杏子の百句

高田正子 選

『木の椅子』

十二支みな闇に逃げこむ走馬燈
稲妻の緑釉を浴ぶ野の果に
昼休みみじかくて草青みたり
はにわ乾くすみれに触れてきし風に
休診の父と来てをり崩れ簗
かよひ路のわが橋いくつ都鳥
小春日やりんりんと鳴る耳環欲し

白葱のひかりの棒をいま刻む

柚子湯してあしたのあしたおもふかな

西彼杵半島

漁婦マリア鹿尾菜したたるまゝに負ふ

青邨先生ご夫妻に蹤き琵琶湖をめぐる　十七句（内一句）

湖わたる風はなにいろ更衣

暗室の男のために秋刀魚焼く

乾季の南インド行　二十九句（内一句）

炎天や行者の杖が地をたたく

花柘榴切火のごとし四十歳

摩崖佛おほむらさきを放ちけり

『水の扉』

ひきがへる師の一語また師の一語
縄とびの子が戸隠山《とがくし》へひるがへる
百僧のたれかささやく常楽会《じやうらくゑ》
ふぐ鍋や壁に大きなジョン・レノン
かまくらへゆつくりいそぐ虚子忌かな

『一木一草』

秋つばめ包《パオ》のひとつに赤ん坊
能面のくだけて月の港かな
まつくらな那須野ヶ原の鉦叩
いなづまや独逸語圏の塔の数

稲光一遍上人徒跣《かちはだし》

那須颪男体颪ちちとはは

ガンジスに身を沈めたる初日かな

狐火をみて命日を遊びけり

着ぶくれてよその子どもにぶつかりぬ

須賀川

音もなくあふれて牡丹焚火かな

昭和六十三年十二月十五日　山口青邨先生長逝

寒牡丹大往生のあしたかな

寂庵に雛の間あり泊りけり

東大寺二月堂修二會　十五句（内一句）

法螺貝のあるときむせぶ修二會かな

たそがれてあふれてしだれざくらかな

花いまだ念佛櫻とぞ申す

空をゆく花びら五十寂しきか
花に問へ奥千本の花に問へ
一の橋二の橋ほたるふぶきけり
那珂川のことしは寒き鮎のかほ

『花下草上』

この冬の名残の葱をきざみけり
ととのへてありし一間の雛づくし
イタリア　アレッツォにて
グレゴリア讃歌ほうたる来つつあり
あたたかにいつかひとりとなるふたり
ひとはみなひとわすれゆくさくらかな

阿部なを先生　二句（内一句）

ねぶた来る闇の記憶の無盡蔵

飛ぶやうに秋の遍路のきたりけり

観音堂に泊めていただく

よもすがら花ふぶきけり園城寺

身の奥の鈴鳴りいづるさくらかな

十薬を刈り干し一家族《いち》二人《ににん》

「四國八十八ヶ所遍路吟行」スタート　五句（内二句）

やうやくにをんな遍路をこころざす

花ひらくべし暁闇の鈴の音に

「藍生」事務所、神保町に契約

亀鳴くとこの世に借りし十二坪

花巡る一生《ひとよ》のわれをなつかしみ

いつせいに残花といへどふぶきけり

足摺岬　金剛福寺　三句（内一句）

雨林曼荼羅螢火無盡蔵

いちじくを割るむらさきの母を割る

みな過ぎて鈴の奥より花のこゑ

四万十川　三句（内一句）

漕ぎいづる螢散華のただ中に

枯れてゆくひかり枯れきつてゆくちから

花三分睡りていのち継ぐ母に

母　齊藤節　満齢九十五

なつかしき広き額の冷えゆける

高野山常楽会に参ず　九句（内一句）

涅槃図をあふるる月のひかりかな

一介の老女一塊の山櫻

真清水の音のあはれを汲みて去る

『日光月光』

禱りつつ急くな嘆くなさくら咲く
広島忌長崎忌わが誕生日
往還と呼ぶ炎ゆる道終戦日
兄ひとり発ちたるふゆのはなわらび
亀鳴くと母も一句を遺しけり
健康文運黒髪寒満月
花満ちてゆく鈴の音の湧くやうに
日光月光すずしさの杖いつぽん
七月三十一日　通夜　用賀会館
夏終る柩に睡る大男
返り咲く草木いろいろ青邨忌

あゆみつづける狐火を眼の底に
どの谷のいづれの花となく舞へる
なほしばしこの世をめぐる花行脚
ほたる待つ還らぬひとを待つやうに
森厳清澄秩父寒満月暁闇
ちちははの大往生の雛の家

四月十五日　高野山　二句（内一句）

いつかふたりいづれひとりで見る櫻
一人《いちにん》の死して六月十五日
盆の月樺美智子の母のこと
十六夜の雲割つて飛ぶ一遍忌

『銀河山河』

十月二十八日　わが師古舘曹人大兄長逝。十一月六日朝に知る。葬儀・告別式などすべて不要とされ、晩年は居所も明かされなかった。九十歳　八句を捧ぐ（内一句）

時雨聴くやうにまなぶた閉ぢられしか

眼の奥に棲む狐火も年を経たり

本当は自分が怖い雪をんな

原発忌福島忌この世のちの世

泉湧くとほき慈愛の音たてて

九月十九日・二十六日放送「ＢＳ俳句王国」にて発表　亡き父母

長命無欲無名往生白銀河

みちのくの花待つ銀河山河かな

六月二十三日　那珂川畔に句碑除幕

鮎のぼる川父の川母の川

ひとにふるさとふるさとにしぐれ雲

NOと応へむ昼寝より覚めたれば

灰燼に帰したる安堵一遍忌

『八月』

甦れたる後の月夜の一遍忌

花巡るいつぽんの杖ある限り

狐火の紅蓮終生まなうらに

あさがほや六十年をふたり棲み

あらたまのカマラ・ハリスの立姿

（すべて初版を底本とした。）

黒田杏子 句碑一覧

作成＝藍生俳句会事務所

句碑披	住所	句	所在地	初出
H18年4月30日	新潟県佐渡市宿根木	摩崖佛おほむらさきを放ちけり	称光寺岩谷洞前	『木の椅子』
H22年9月18日	新潟県寺泊	佐渡そこに後の月夜の寺泊	みなと公園	『日光月光』
H24年6月23日	栃木県黒羽	鮎のぼる川父の川母の川	那珂川河畔	『銀河山河』
H25年7月6日	埼玉県秩父市	花満ちてゆく鈴の音の湧くやうに	延命山菊水寺	『日光月光』
H29年4月10日	埼玉県小鹿野町三山字久月	禱る禱る歩く歩く花の國	曹洞宗松風山光西寺	『八月』
H19年6月3日	和歌山県高野山	涅槃図をあふるる月のひかりかな	無量光院	『花下草上』
H22年9月12日	愛媛県松山市道後	稲光一遍上人徒跣	寶嚴寺（一遍上人生誕地）	『一木一草』
H12年5月21日	高知県	おぼろ夜の赤亀にのる鐘ひとつ	延光寺（四国霊場39番）	『花下草上』
〃	〃	白妙の土佐寒蘭の香なりけり	〃	句集未収録

H29年12月3日	高知県	ガンジスに身を沈めたる初日かな	金剛福寺（四国霊場38番）	『一木一草』
〃	〃	花ひらくべし暁闇の鈴の音に	〃	『花下草上』
〃	〃	たそがれてあふれてしだれざくらかな	〃	『一木一草』
〃	〃	なほ残る花浴びて坐す草の上	〃	『花下草上』
〃	〃	漕ぎいづる螢散華のただ中に	〃	『花下草上』
〃	〃	雨林曼荼羅蛍火無盡蔵	〃	『花下草上』
〃	〃	日光月光すずしさの杖いつぽん	〃	『日光月光』
〃	〃	能面のくだけて月の港かな	〃	『一木一草』
〃	〃	飛ぶやうに秋の遍路のきたりけり	〃	『花下草上』
〃	〃	いちじくを割るむらさきの母を割る	〃	『花下草上』
〃	〃	柚子湯してあしたのあしたおもふかな	〃	『木の椅子』
〃	〃	白葱のひかりの棒をいま刻む	〃	『木の椅子』
R5年3月21日	高知県	花巡る一生のわれをなつかしみ	石見寺（四国曼陀羅霊場56番）	『花下草上』

第II部　黒田杏子を偲ぶ

一

友人黒田杏子

俳人　「草樹」会員代表
宇多喜代子

黒田杏子は私より三歳年下だったが、なにかにつけて年上の姉貴分のような存在感があった。それだけにその訃報をうけたときは、支えにしていた柱が急に折れたようで、にわかには納得できないような感じであった。

ずっと患っていたとか、ひどい持病があったとか、そういうことを聞いたことがなく、「いつも元気なももちゃん」であっただけに、受けたショックはただならぬものであった。

ついこの間までは、高齢の先輩の訃報に寂しい思いを募らせたものであったが、近年では同年代の「誰彼が入院した、誰彼が亡くなった」というニュースが増えた。そこここでそんなことを語り合っていた矢先であっただけに、元気だったももちゃんの訃報を受けたときにはただ呆然として、しばらくはぽーっとしていた。

黒田杏子がいなくなったということは、我の世界ならぬ我々の世界のひとところに大きな穴が開いたような感じをもたらすもので、ただの欠落感とは違うものがあった。行動派で物怖じするところがなく、一俳人でありながら、俳句以外の世界への造詣が深かった。ジャンルを越えた知人友人が多く、ジャーナリスト的視点や資質を駆使した行動力は、小さい俳壇という座で自足している多くの俳人たちとはまるで違っていた。

それでいて細やかな気遣いを欠かさぬところがあり、あらゆるところでハッとさせられることがあった。ちょっとした集会の際にも、早々と集まりの様子をみて、担当者に、あの方には椅子があったほうがいいよとか、ちょっと窓をあけて換気したほうがいいよなどと小さく、さりげなく指示したりしていた。そんな黒田杏子がいなくなったのだ。ただの寂しさとか、心細さとかではなく、言うに言えない深い喪失感に襲われている。

黒田杏子は、自身の仕事だけでなく、現役俳人への聞き書きなど多彩な仕事を残している。幾人かの世代俳人の語る俳句への思想や作品は、めいめいの俳句の育ってきた土壌、研鑽の句業に培われたものであることをよく語り残しており、やがて語られる「史」の現場の肉声として、貴重なものになるに違いない。語られている各々の内容には、必ずや後世の人たちが恩恵を受けるに違いないと思われるものが多く残されている。黒田杏子ならではの視点に培われた貴重な仕事だといえる。

黒田杏子は私にとって数少ない同世代の友人であった。一晩中話しつづけたことも幾度かあった。それだけにその不在はただの寂しさというより、年上の私を置いて先立ったという理不尽への口惜しさであった。

まだまだ話し合わねばならぬこと、行かねばならぬところ、黒田杏子の力を借りなければ前に進まぬことが多々あった。

今後は、残されたものでやってゆかねばならず、なんとも心もとないかぎりだが、そちらの世から、どうぞ見守っていただきたい、とお願いするばかりである。

黒田杏子の晩年

俳人「岳」主宰
宮坂静生

一　嗚呼黒田杏子

黒田杏子は私より一年下とはいえ、あまり年齢は考えたことがない。同志というよりも、姉御、それもなんでも言い合える気が置けない姉さんであった。姉さんの方が気を遣い、気が利かない弟を引き立ててくれる心遣いが嬉しかった。ここ十年ほど、ことに近年は、大げさでなく、朝、昼、晩と電話をくれ、その間に記憶しておきたいことはファックス、さらに相談ごとには郵便が来た。姉さんは燃えて、わが最晩年の青春などと、これほど心底、理解し合える俳人はいないと受話器が壊れるほどに力が入るのだった。

連合いの写真家黒田勝雄さんは同じ部屋にいて、すべて存じているとおっしゃる通り、燃え上がる黒杏を見事に支えておられた度量の広さ、愛情の深さに私は、杏子姉の死を耳にした時に、感涙にむせぶほどであった。

二〇一四（平成二六）年、一年間前書を必ず付けた「俳日記二〇一三・日付のある俳句」（『俳壇』）を杏子とやった。私はできる限り前書を少なく心掛けた。杏子は来し方から現況のものの考えや心情を吐露され、杏子の日常を知るには恰好の記事であった。

聡明な中学生が『チボー家の人々』の著者マルタン・デュ・ガールに英文の感想文を送った周知のエピソードからはじまり、六〇年安保の時の樺美智子さん死去の現場に居合わせたことやその後の三井三池炭鉱争議の間、第一組合の子どもたちの学習を支える、東京女子大心理学科三年の夏休みの大学セツルメントに参加したことなど、同じ時に学生生活を体験した者として「共通感覚」があった。『石牟礼道子全句集』(藤原書店)出版をプロデュースし、石牟礼への親密さにも感動した。さらに戦後の『思想の科学』に関わる鶴見和子(山百合忌開催)との交流など、博報堂に入社し、『広告』編集長を務めた社会的経験の広さ、深さに目を見張るばかりであった。二〇一一年には一〇七歳の篠田桃紅に続き、十一月には嵯峨野寂庵で「あんず句会」を立ち上げ、そこに生涯の喜びを托し二八年間通い詰め、人生の師と敬愛した瀬戸内寂聴の逝去に遇う。以後、私との交流は一段と深まっていた。

杏子が金子兜太の対談の相手、語り部役を引き受けるようになったのはいつからであったか。信州岩波講座まつもと、兜太・杏子対談「俳句の力」が二〇一五(平成二七)年六月二一日、松本のホテルブエナビスタで開かれた。その対談の折に、突然に感想を乞われたことがある。これから始まろうとしている『東京新聞』紙上での「平和の俳句」募集の試みは新しい俳句の機軸として注目している由を述べたところ、兜太が大変喜んだ。兜太の悲願ともしてきたトラック島での無数の非業の死者たちに報いたいとの想いと、安倍内閣の自衛隊の武力行使やアメリカ軍などへの後方支援など、安全保障関連法の成立は相反する。「アベ政治を許さない」の揮毫には兜太の純真さに茶目気が滲む。杏子の純粋さが応える。

そんな純粋さにユーモアを込め、杏子がまとめた『金子兜太養生訓』（白水社、二〇〇九）、『語る兜太』（岩波書店、二〇一四）、そして『存在者 金子兜太』（黒田杏子編著、藤原書店、二〇一七）で兜太の人間に関して語りに語りあった。

二〇一七（平成二九）年一一月二三日、兜太協会名誉会長が迎えた現代俳句協会創立七〇周年記念式典（帝国ホテル）での特別功労者賞表彰は、そのお返しに兜太が「秩父音頭」を謡うという飛び切りのパフォーマンスが出た。このタイミングは兜太の脇添え杏子との阿吽の呼吸であった。兜太の花道であり、同時に黒子役黒杏のそれまでの大仕事へのしめやかな〆めでもあった。

私が現代俳句協会長としての七〇周年を振り返った式辞を三回も欲しいと乞われ、褒められたことが杏子からの買被りの絆の深まりにも繋がっていた。現代俳句協会では、広く現代俳句史への貢献者に現代俳句大賞をさし上げている。第二〇回受賞者に決まった杏子は最高に喜んでいた。

「日本列島櫻花巡礼」も「四国遍路吟行」も遊行を慕う旅も求道者杏子個人に達成感はあったに違いない。が、那須で学友のオールドローズの香につつまれ、〈薔薇つひに咲かせることのなき一生〉（俳日記二〇一三・五・八）との杏子の呟きは、生涯消えなかったのではないか。私が、『証言・昭和の俳句 上・下』（角川選書）を最高の仕事だと讃え、その後の何人かを加え、新装版を出す提案にのってくれたのも沈んでいた時だった。

私の俳誌「岳」のあり方に関心があり、我が俳誌「藍生」のノン同人の結社運営と共に、とことん語りたい。俳人の話題は兜太と龍太。ゲストを誰にと、生涯のまとめの仕事にしたいとプロデュース完了。総合誌での対談を実現するまでに準備をし、烽火を上げたのだった。その矢先の突然の逝去は本人が一番悔しんだであろう。心中を察すると粛たる思いに無限のさみしさに襲われる。

黒田勝雄様――おどろきです。なんと申し上げてよいか。おどろきです。信じられません。こんな人生があり得るのでしょうか。気が狂うほど信じられません。これが只今の本心です。

貴兄のおどろき、かなしみ。いまだ現とは思われないと思います。実はなにを書いているのか、私自身、支離滅裂の思いです。

今となっては晩年、兜太の人間性への深い深い共感から急速に交歓の場が拡大し、深化し、実にたのしく多面的な理解を重ねてきました。こんなに鋭く、的確に日本の俳句界を捉える、ゆたかな「人間」がここにいる。おどろきでした。次々にアイディアを出し、あれをやろう、これをやろうと、まさに青春の只中にいる気分でした。

黒杏さんよ、どうなってしまったのか。黒杏さんよ、これはおかしい。真実とは信じられません。こんなことがあり得るのでしょうか。

（二〇二三・三・一三、夜一一時半）

二　黒田杏子さんのこと

黒杏さんとは金子兜太さんを介してどどっと親しくなり、半世紀のお付き合いがあるかのような錯覚を抱くが、実はなんにも知らないのである。「件《くだん》の会」という杏子さん肝煎りの会で「みなづき賞」をもらって、こんな超党派の会を動かして行かれる俳人の底力はなにかと考えたことがある。

一つは着眼がつねに世の最先端の真ん中を突く知的感性が磨ぎ澄まされていること。学生時代にセッツルメントで筑豊のこどもたちと一カ月暮らし、それ以後のベースになる生き方に気づいたこと。

二つはそれから二〇年近く経ち、寂聴ツアーで南印度へ行き、マザー・テレサと同じ地べたからの考え方に出会い蘇生。筑豊体験が杏子流に普遍化されたこと。

三つは俳句を通して日本文化の伝統を季題季語のチマチマしたスタティックな探求ではなく、「日本列島櫻花巡礼」「日本百観音巡拝吟行」など体を張って「歩く」ことで体感する内側からの積極性と位置付けたこと。

四つは以上のことを昭和の俳人の証言を通して根気よく具体化し『証言・昭和の俳句』（上下二巻）にまとめあげたこと。

五つはバランス感覚のよさ、本物を見極める確かさは師山口青邨に師事し、青邨のことばを礎のように金子兜太の晩年の介添役に徹し、俳句の社会的な役割を「平和の俳句」を通して世に知らしめたこと。

以上の点は青邨流の知的良心をベースに、寂聴・兜太さらにドナルド・キーンまで杏子流の時代を見抜いた知的感性による「水平視程」の鋭さによって俳句界ばかりでなく、良心的な文化人を惹きつける魅力になっている。

ご本人も好きな青邨の句〈こほろぎのこの一徹の貌を見よ〉はそのまま黒杏さんの半生をいい得ているような感動がある。

これほど現代俳句大賞に相応しい人はいないではないか。

（二〇二〇・一〇・二四）

三　黒田杏子の純粋さ

黒田杏子からたくさんな手紙を貰った。公にするには憚られるものも多い。私の俳誌「岳」に関するものやその周辺のことに関して純真な本心を打ち明けたものを掲げ、杏子の人間性の純粋さに触れたい。

①二〇二二・七・六の手紙

宮坂先生　今月から、ご本人のＯＫを頂いて小林貴子さんに「藍生」寄贈させて頂くことに致しました。我が家に頂く結社誌は「岳」のみです。小林さんにも沢山の結社誌が届いている事と思います。

『証言……』に全力投球。私は句集を出せませんでしたが、昨年の8／15に『証言……』が出ていま三刷。ことしは私の84歳の誕生日に八月十日に、髙田正子さんの三年間の連載『黒田杏子の俳句』が深夜叢書社から一本になり出ます。『証言……』と同等の厚さで、私の総括と思います。もらうだけで、読まない俳人には贈らないので、もしも「岳」の方で、この方にというリストを頂いて寄贈させて頂きたいです。普遍性のある本です。現俳青年部の方々には贈ります。

ともかく、有名だからと言って俳人はほとんど本を読みません。手紙も書きません。主宰者が本など読まないのですから会員が読む筈ありません。金子さんが「あんたがまとめてくれたオレの本、〇〇〇と〇〇〇〇には送らんでくれ。読まないし、読んでも理解出来ない、絶対に送らんでくれ」とおっしゃった事を憶い返しております。

古畑先生（注1：「岳」同人・古畑恒雄句集『林檎童子』角川書店、二〇一四刊）の作品には驚きました。〈純真・まごころ・みずみずしさ〉。私など忘れていた感受性、専門俳人が歳月の中で失ってきた「心」・「感性」、反省致しました。佐藤映二さん（注2：「岳」同人）にも私などかなわない無垢。私も古畑先生に学んで、東京女子大入学の年の五月、山口青邨の言葉に感動して帰依した日に立ち戻りたいと思いました。「岳」と古畑さんに雷に打たれたように、正気に戻りました。東京女子大の卍マークのある封とうが出てきてサービス&サクリファイス「凡そ真なること」と記されていたキャンパスに立った日のことをゆくりなくも思い出しました。

黒田杏子拝

②弁護士古畑恒雄「連合赤軍事件と私」を読んで

『朝日新聞』（二〇二一・二・二六）社会面オピニオン&フォーラムインタビューに掲載された上記の記事と同時に、恒雄句集『林檎童子』を黒田杏子が読み、感動し、人生観が変わったといい続けたほどの衝撃を受けた。古畑恒雄さんは「岳」主要同人であった。

俳人金子兜太の体験から滲み出た反戦の生涯とは異なる形で、もっと地味に人目に付かない社会の底辺に生きる犯罪者の更生を支援し続ける人であった。無期刑受刑者の「寄り添い弁護士活動」を二〇年ほど前から続けていた死刑廃止論者。排除ではなく「寛容と共生」で社会を築くべきだと、上記のインタビュー全記事が「岳」(二〇二二・五月号)に掲載され、俳句界の心ある人に感動を与えた。杏子は熱烈な支持者であった。詳しくは紹介できないが、記事の冒頭は「連合赤軍事件から五〇年になる。一九七二年二月、『共産主義革命』を目指した若者たちが『あさま山荘』に立てこもり、同志のリンチ殺人も発覚した。弁護士の古畑恒雄さんは当時、検事としてメンバーを取り調べ、いまも無期懲役が確定した元幹部の身元引受人を務める。連合赤軍事件とは何だったのか。古畑さんに聞いた」とある。

「私は学生運動にあまり偏見をもっていませんでした。治安維持を目的に制定された破壊活動防止法に反対する闘争デモには、早稲田の学生だった私も参加していました。彼らの心情はよくわかりました。安保闘争があり、ベトナム戦争で日本が米国を支援して巻き込まれていく時代、為政者への批判を強めた若者たちの思いは理解出来ました」「いま私は二人の無期刑受刑者をお世話しています。彼は自らの犯した罪の重大さからして被害者遺族が納得せず、社会も冷たいことは当然であると十分に理解しています。その『気づき』が人間性の改善のしるしです」「どんな罪を犯した人でも、やがて本人の気づきと周囲の支えによって、変わり得る。罪を十分に反省して再起しようと努力しているのであれば、更生保護の支援をするべきです。適切な見守りと支えによって人間性を回復させるべきだと考えます」。

③古畑恒雄句集『林檎童子』への共感

杏子が感激した句集『林檎童子』の概要を紹介することで、杏子の純粋さを感知して貰いたいので、私が書かせて貰った同句集の序文から僅かのことばを抜粋したい。

句集は、一九八六（昭和六一）年以降二〇一三（平成二五）年まで、三〇年近い作者の半生の俳句集大成にあたる。句集を開くたびに句集自体が成長するという不思議な感覚があり、そこに感動する。生きるとはどういうことかを考えさせるのである。

焼酎とヴィヴィアン・リーに溺れし日

映画「哀愁」は第一次世界大戦下のロンドンを舞台にし、バレリーナと青年将校との出会いから別離に至る、波乱に富んだ束の間の愛の物語。掲句は、リーの追悼句か。焼酎を口にするとあれば、学生時代の苦学――貧しく・ひたむきで・純粋な――こんな表現に、女優と作者とがたちまち重なる。哀しい眼とその清純な憧れればかりが詰まったこころ。

サルトルと穀象虫と我が戦後

焼酎とヴィヴィアン・リーがナイーヴな柔の句ならば、こちらは骨っぽい剛の句。

雪の街蹤《つ》きし少女に離さるる

秋日傘回し少女に還りしよ

句集冒頭句に登場した雪の少女と最終句の少女に還った愛妻とはふしぎに連動している。秋日傘を回しながら、にこやかに現れる束の間の少女の幻は雪の彼方へ消えて行く。句集『林檎童子』は少女を配して、作者が四十四年連れ添った妻へ捧げた哀恋の句集ではないか。

掌に享けて林檎童子となりたしよ
林檎挽ぐ一天邃《ふか》き信濃かな

作者は南信濃の飯田生れ。林檎童子への憧れは故郷への郷愁であり、純粋無垢な含羞を思わせる。上京し、司法の道に進み、最後に最高検察庁公判部長を退官するまで、その宮仕えのご苦労がいかほどか、私には想像もできない。が、戦後の学生時代にジョン・レノンを聴き、サルトルを学び、ドストエフスキーを紐解いて人間の本質に不可解な無明の闇を見てしまった作者は、刑事政策の分野で犯罪者をどこまで「赦し」得るのか、罪を犯した者の社会復帰という更生保護に力をそそぐ。

国後《くなしり》もわが鋭心《とごころ》も霧の中
軍港の昏るるばかりや夜光虫
ひた急ぐ天道虫や爆心地
花ねむのいのちの凪と思ひけり
秋の蝶やさしきことはつらいのよ
蜷ほどの歩みや学の成り難し

国後の軍港も爆心地も社会詠である。およそ過激ではないが、課題を深く執念《しゅうね》く考え続けている。ねむの花と秋の蝶の句は、宮城まり子詠。仕事の繋がりから「ねむの木学園」を支援し、共感する句を詠んでいる。句中のことば「やさしいことはつらい」とは至言ではないか。いま解決しないでも、辛抱強く、困難な課題を抱え続ける。この「やさしさ」に人間の真価が問われる。

古畑恒雄俳句には「学成り難し」の感慨を詠んだ句がある。生涯の書生のような呟きに、私は感動している。最高の仕事をこの世に残しながら、なお実感を込めたこの語に、作者の永遠の青春性が象徴されているのではないか。作者の句集を紐解くと励まされる。句集が成長するとはそんな思いである。

黒田杏子の古畑恒雄への共感は杏子自身若さを失わないで、〈純真・まごころ・みずみずしさ〉を求め続けた生涯の書生であったのではないか。

山口青邨のご自宅「雑草園」に師とともに立つ杏子の写真一葉（一九九七・七、撮影：黒田勝雄）を見つめ、愛惜の思いが深い。

「続けること」——龍太から杏子さん、そして私へ

山廬当主
飯田秀實

黒田杏子さんは令和五年三月十一日、山梨県笛吹市境川町で「第十三回　飯田龍太を語る会」の講演のために、飯田蛇笏、龍太が生活した山廬《さんろ》にほど近い境川総合会館に足を運んでくれた。ご主人の勝雄さんも同行してくださった。この講演会は当初令和二年に開催する予定だった。しかしその年の初めコロナウイルス感染症が国内で確認され、講演会の開催を延期せざるを得なくなった。その後延期、中止を繰り返し、なかなか開催のめどが立たなかった。講演のお願いをしていた私は何度となく杏子さんと連絡を取った。感染症の警戒が続きお会いすることもできず、ただ電話でのやりとりだけだった。受話器から聞こえる杏子さんの声はいつも張りがあり元気だった。「大丈夫よ、私はどんなことがあっても龍太先生の『語る会』は実行するから」と再三の延期も理解してくれた。

「飯田龍太を語る会」は龍太が亡くなった翌年、一周忌を期に境川図書室の司書や、境川俳句部の方などが中心になって開催したのが始まりである。以来毎年龍太にゆかりの方を招いて講演会を開いている。平成二十一年「蛇笏賞」の贈賞式の会場で杏子さんと十何年ぶりかで再会した折、会話の中で「飯田龍太を語る会」という講演会を開いたことを話すと「そう、そう、そうやって語り継ぐことが大切よ、長く続けなければだめ。龍太先生のことなら私何でもするから」とおっしゃってくれた。私は十年続けられたら杏子さんに講師をお願いしようと秘かに決めた。

やっとコロナウイルス感染症に対する警戒も落ち着きを見せてきたことから令和五年三月の開催を決めた。結果的には龍太十七回忌の講演会を杏子さんが行うことになった。これも何かめぐりあわせを感じさせる。

約一時間半聴衆の前で龍太との縁と、龍太が杏子さんに告げた「俳句を止めないで続けてください」という言葉によって今の黒田杏子が存在すると熱く語った。その熱量は聴衆の心を鷲摑みし、一気に語り終えた。講演後、参加者の写真撮影に応じ、感染症の影響で会えなかった方と再会を喜び合った。龍太に対する責務を果たした安堵感からか、いつまでも講演の席から移動しようとしなかったのが印象的だった。その日は杏子さんのたっての希望で石和温泉の定宿「糸柳」に宿泊した。私も妻とともに糸柳に宿泊し夕食を共にしたが、いつにもまして饒舌で、杏子さんお気に入りの甲州の白ワインを振舞ってくれた。

杏子さんと私の出会いは杏子さんが広告代理店で敏腕をふるっていた時、私が山梨の放送局の東京支社勤務になった時だった。それまでは長く報道現場に身を置いており、そんな経歴から杏子さんにとって私は龍太の息子ではあるが「俳句を作らない放送局の男」と認識いただいていた。しかし、会社を辞し、自宅である山廬の維持管理を始めたことを知り、私の活動を「山廬守」と称し、ことあるごとに気にかけてくれた。

飯田蛇笏は青年時代、学業を捨て、書物一切を処分して帰郷したのち、家業である養蚕業と地主の長男として責務を果たしていた。その傍ら近郷近在の有志を集め句会を開いた。屋敷の南側に建つ南蔵の二階を句会場とし、「俳諧堂」と称して句会を開き、近隣の農夫に俳句の指導を行っていた。山廬近隣の戸主は蛇笏が命名した俳号を持つ人がたくさんいた。蛇笏、龍太が主宰する「雲母」の会員になった人もいるが、多くは蛇笏と蔵二階で俳句を楽しむ人がほとんどだった。

昔は自宅で行われた葬儀も、近年は葬儀場で行われるようになった。斎場の計らいで式場の一角には故人を偲ぶコーナーが設けられる。そこに立派な俳句が短冊に揮毫され展示される。故人が生前作った俳句である。俳号はもちろん蛇笏命名で、人によっては手作りの和綴じの句集を展示することもあった。その意味では山廬周辺はまさに俳句の里であった。この表蔵「俳諧堂」も時代の流れの中で他に移築されていた。「雲母創刊百年」をひかえた平成二十六年、俳諧堂を移築復元することになり、山廬文化振興会を設立して復元事業を始めた。事業には多額の費用を必要とした。私は地元笛吹市に協力をお願いするとともに、杏子さんに資金調達の相談をした。これより前、杏子さんは飯田龍太文学碑建設にも金子兜太さんとともに尽力下さり、龍太にふさわしい文学碑を山梨県立文学館のある「芸術の森公園」に建立することができた。再び杏子さんにご苦労掛けることになってしまうが、企画力、実行力をだれよりも備えた杏子さんは、計画内容を把握するとその場で金子兜太さんに連絡を取り、兜太さんの協力を取り付けてくれた。さらに、超結社「件」の会員にも協力を呼び掛けてくれた。旧「雲母」の方や「件」の方のお声がけで資金の目途が立ち俳諧堂を立派に復元することができた。

杏子さんは句集『木の椅子』で現代俳句女流賞を受賞した折、この賞の選者だった飯田龍太を訪ねている。龍太から「一度いらっしゃい」と誘われてのことである。龍太は「中央線の石和駅で下車し、日之出タクシーに乗りなさい」と案内したという。山廬は今の「石和温泉駅」から八キロちょっとの山村である。道案内なしにはなかなかたどり着けない。このタクシー会社は龍太が外出するとき使っている会社で、黙って案内してくれる。杏子さんは龍太の指示通りタクシーに乗り山廬の門をくぐった。山廬でゆったりした時間を過ごす中、龍太からの言葉「女流俳人などという名前はどうでもいい、本格俳人を目指してください」そして「俳句をやめないでずっと続けてください」と言われたという。この言葉があったからこそ、今日の黒田杏子があると杏子さんは振り返っている。そして、私が会社を辞し、山廬の維持管理を始めたとき、「この仕事はあなたしか出来ないこと、『山廬守』として素晴らしい生き方を歩んでいる」と熱く語ってくれた。

飯田龍太文学碑が完成した翌年、すでに建立されている「飯田蛇笏文学碑」と合わせ両文学碑の碑前祭を企画した。二人の俳人とゆかりの方を招いて講演をお願いし、参加者で碑前句会を開いた。手作りの碑前俳句会のスタートだった。杏子さんは、「蛇笏先生、龍太先生への思いがある人が集まること、そして何より続けること」と言っていただいた。第六回からは碑前祭に参加できない方のために、碑前祭俳句会を企画し全国に投句を呼びかけ、杏子さんをはじめ、井上康明さん、瀧澤和治さん、長谷川櫂さんに選者をお願いした。令和六年は十回目を迎える。

杏子さんの助言は私に新たなエネルギーを注いでくれる。これまで、報道の仕事に携わってきた私が、俳句の方々と交誼を重ねることができたのは、杏子さんの導きがあってのことである。特に

「件」では、規約にはない特別会員などという肩書をいただき、毎年夏に開催する「件」・大人の修学旅行に参加させていただいた。旅行記を同人誌に執筆することが参加の条件であったが、京都・大徳寺真珠庵での座禅体験や、瀬戸内寂聴さんを訪ね寂庵にお邪魔し、「件」の会員で俳人の細谷喨々さんのふるさと山形や、ドナルド・キーン記念館のある新潟県柏崎などを旅し、多くの方とのご縁をいただいた。こうした出会いや、訪問の中で、維持管理している山廬の活用を少しずつ具体化することができた。

杏子さんは何度となく山廬に足を運んでくださった。そのたびに杏子さんは「この空間は生きている」と感心してくださった。「蛇笏先生、龍太先生が生活したこの空間は秀實さん夫妻によってさらに昇華し輝いている。博物館ではないこの空間には人の営みがある。生きているのよ」と言ってくださった。そして常に「秀實さん、碑前祭も、語る会も続けることが大事よ、私はそのためには何でもするから」と後押ししてくれた。

黒田杏子という人は、人と人を結び付ける名手である。時には前面に出て、時には黒子のように後ろで控えつつ縁を結ぶ。企画力と行動力はもちろんであるが縁を大切にする力には感服する。

杏子さんは倒れる直前まで「龍太先生に『俳句を続けなさい』という言葉をいただいてここまでやってこれた」と語っていた。私は杏子さんから「続けること」という言葉をいただき、人との「縁《えにし》」の中で蛇笏、龍太の山廬を維持管理しその環境を守っている。

黒田杏子さんと金子兜太

金子兜太長男
金子眞土

金子兜太（以下父）は黒田杏子さん（以下杏子さん）を「くろももさん」と呼んでおりました。その言葉の響きには信頼と感謝が込められていました。

杏子さんと父とのお付き合いが何時頃始まったのかは分かりません。杏子さんが父の存在を認識したきっかけが、六〇年安保闘争に関わる父の句であったことは杏子さん自身が語っておられます。その後、朝日カルチャーセンターでの父の講義を杏子さんが聴講されています。この時が初対面だったのか、その時以前に面識があったのかは不明です。いずれにしても長いお付き合いでした。

私が父の活動に関わったのは最晩年の約九年間でしたが、杏子さんとはかなりの頻度でお会いしました。その間、二人の会話に立ち会いました。伊藤園やＮＨＫの選句の場面では対話をしているとは思われますが、個人の場面では、俳句に関わる会話の印象が希薄でした。当然のことですが、父が現代俳句協会の所属であったのに対して杏子さんは俳人協会の所属、師が山口青邨さんですから、あえてそのことに関わる部分をお互いに意識して避けていたのだと思います。

杏子さんと父の関係は、俳句世界の外にこそあったということです。俳句世界ではそれなりの存在感を持っていた父を、俳句世界の外に連れ出してくれたのが杏子さんであり、そのことに父が大いに感謝し、信頼を寄せていたということです。

俳句世界の中では、互いが俳人ですから、そのことをとりわけ意識する必要は無いわけですが、外に出るときは「俳人金子兜太」を意識して発言することが求められます。この環境が父には新鮮であり、ある種の使命感を感ずる楽しい空間であったと推量されます。

外に出た父は、日野原重明さんや鶴見和子さんなどの、異なる分野の方々と楽しく対話する機会を多く得ることができました。更に、俳句界ではそれほど大きな声を出していなかった「反戦、平和」を明確に主張することが可能になりました。これらの言動を杏子さんがしっかり補佐してくださいました。

勿論、父のこの一連の言動には各種の賛否がありました。旗色を曖昧にしている方々の多い世界の中で、結果的に、父は突出した存在になりました。ただし、父の旗色は「市民」であり「政党」ではありませんでした。このことだけは明確に申しあげなければなりません。この父の姿勢を杏子さんが支持していてくれたということです。

杏子さんの死は突然訪れました。せめて一週間程度の闘病期間があれば、周囲の皆さんには心の準備と感謝を伝えることができたはずですが、その時間はありませんでした。それはまるで杏子さんとの電話での会話のようで、ほとんどの時間を杏子さんが話を続け、突然電話が切られるのに似ていました。

杏子さんには、「お疲れさまでした、ゆっくりお休みください」という哀悼の言葉が似合わないというのが正直な印象です。既にあちらで、この世では実現しなかった瀬戸内寂聴さんと父との対談の準備を進めておられるのではと思います。

杏子さん、有難うございました。

父を宜しくお願い致します。


（「件」四一号より再掲・修正）

黒田先生と父ドナルド・キーン、そしてわたし

一般財団法人ドナルド・キーン財団 代表理事
キーン誠己

黒田杏子先生が初めて父ドナルド・キーンに会ったのは「おくのほそ道三百年」の一九九〇年年十月二十七日（土）栃木県北部の城下町黒羽で父が「おくのほそ道と日本文化」と題した講演をしたときだった。会場となったホテル花月の控室で一緒にお弁当をご馳走になり、黒田先生は「それは夢のようなひと刻でした」とことある度に話された。そしてその時のお気持ちを、

小春日やドナルド・キーン先生と

という句にして下さった。

この句の掲載された「藍生」を読んだ父は、

「いろいろな方の俳句作品を拝見する機会が多いのです。しかし、私のフルネームが詠みこまれた俳句をはじめて拝見いたしました。一筆御礼申し上げます。ドナルド・キーン」

と返信したそうだが、先生はその葉書について、

「限られたスペースに住所・日付・すべて見事な美しい筆跡できちんと記されています。」

と書かれている。

たぶんその頃から黒田先生からよくお手紙をいただくようになったようだ。地方に行くと名物のお菓子など土地の名産が手紙を添えて送られてくることもよくあった。父のことだからその都度御礼の葉書を書いていたと思う。最晩年は父に代わって私が書いていたかもしれない。先生は封書や葉書に貼る切手にもこだわりがおありだった。父もやはり、先生程ではなかったかもしれないが、葉書や切手にはこだわりがあり相手によって吟味して選んでいた。毎日のように手紙を書いた父にとってそれは楽しみでもあったようだ。父が買い集めた記念切手や絵葉書が今も机の引出しに山のようにある。実は黒田先生と父の影響で私も手紙をよく書くようになった。

私は普段の父の姿をほぼ毎日のように写真に撮っていた。時々嫌な顔をされることもあったがカメラを向けられることになれているせいか笑顔がチャーミングで写真うつりはよかった。父が亡くなってからしばらくしてその中から、黒田先生に宛てた手紙を書いている父の写真が見つかり早速先生にお送りした。それをご覧になった先生は大変喜ばれ直ぐにお電話をくださった。

机上の脇に黒田先生からの手紙を置き、黒田先生宛の封筒に住所や名前を書いている写真だった。二〇一二年一月二十三日午後九時過ぎだった。夕食後の時間だと思う。普通この時間は八階にある書斎にこもって原稿を書いたり、本を読んだりする時間帯だが、なぜかこの日は七階の書斎で机上のスタンドの灯りだけで先生に手紙を書いていた。スタンドだけの灯りが効を奏したのか不思議なまでに雰囲気のある写真で、プロの写真家でご主人の勝雄さんが、「レンブラントの絵を思わせる」

と言われたとのこと、黒田先生が教えて下さった。褒めていただいて嬉しかったが、嬉しいと言うより偶然の出来栄えに我ながら驚いた記憶がある。

黒田先生と父との間にはかなり多くの手紙が取り交わされた。「先生、いつか小さくてもいいからどこかでお二人の交流展でも開いて手紙や写真や色紙やいろんなものを展示しましょう、楽しい展覧会になると思いますが如何でしょう」と提案したことがあり先生も喜んでくださった。いつか実現したい。黒田先生の躍動感に満ち満ちた筆跡はいつ見ても魅力にあふれている。

父が亡くなって約五か月後の二〇一九年八月四日午前十時頃、黒田先生ご夫妻が我が家に初めて来て下さった。三十年ほども親しくさせていただき、先生が市川市から東京に越して来られてからは比較的近くに住んでおられたのに、父の生前に来ていただけなかったことは残念だった。まだ父の息づかいが感じられそうな頃に来ていただき書斎や居間をご覧になり、愛用の椅子に腰かけていただけたことは嬉しかった。その時の勝雄さんの写真で構成された黒田先生と私の記事「往復書簡ドナルド・キーンさんの世界」が翌年の秋に『明日の友』(婦人之友社)に掲載された。黒田先生のような大俳人と書簡を交わすことができたこと自体恐れ多かったが、天国の父も喜んでくれたと思う。

二〇〇四年十一月号の『家庭画報』(世界文化社)で、〝黒田杏子さんの達人対談「昨日・今日・明日」〟で先生と父は対談したことがある。場所は父がそれ以前に二度訪れたことのある京都の臨済宗の名刹で大徳寺の塔頭・真珠庵だった。父は真珠庵の開祖である一休宗純に関心があり一九六〇年代半ばに「一休頂相」という一休について考察した論文がある。おそらく生涯で四回か五回は訪れていて大好きな寺院のひとつだったと思う。私も或る雑誌社の取材で父と一緒に訪れたが禅寺特有の研ぎ澄まされた静謐さと美しい庭園のある塔頭を拝見し父と共に感動した。対談の際にその場で父は請われて色紙に芭蕉の、

京にても
京なつかしや
ほととぎす

の句を三行で記した。日付に平成十六年八月十日とあるから盛夏だった。掲載されている色紙の写真を見てそのオリジナル（実物）を是非見たいという止むに止まれぬ欲求にかられた。幸い世界文化社には軽井沢で父にも会ってもらったことのある旧知の古谷尚子さんがいたので連絡をとり、当時の担当者・島本公子さんを紹介していただいた。それが二〇二〇年九月頃だった。幸い掲載された画像は見つかり送っていただいたがオリジナルは見つからなかった。残念無念！と落胆していたところに二〇二二年三月に島本さんから見つかったと連絡があり狂喜した。大切に保管して下さった島本さんには感謝感謝しかありません。黒田先生にも早速ご報告し、記憶力抜群の先生は島本さんのことを覚えておられたので島本さんからも即刻先生にご連絡いただき、三人で大いに喜び合った。島本さんから送られてきた色紙は、手漉きで出雲の斐伊川《ひいかわ》和紙だった。見るからに美しく手触りもよかった。

話しはそれだけでは終わりません。その対談の折に先生が詠まれた句も雑誌に掲載されていたが

それは、

一休宗純ドナルド・キーン稲光

だった。なんとも先生らしい、豪快、明快、繊細、爽快、一切の無駄が省かれている、等々いろいろ形容できそうな俳句だった。私は二〇二二年六月に先生とも大いにご縁のあった草加市でドナルド・キーン生誕百年記念として「ドナルド・キーン先生と草加のゆかり展」が開催されることに思いを馳せた。「先生、実はお願いがございます。〝一休宗純ドナルド・キーン稲光〟の句をボクは大好きです。色紙に書いていただけないでしょうか。草加市のドナルド・キーン展に父の〝京にては〟の色紙と雑誌と並べて展示したいのです」と先生にお願いした。先生は遠慮されながらも快く私の願いをお聞き入れ下さり、間もなく三枚の色紙をそれぞれ畳紙《たとう》に入れてお送りくださった。畳紙の表には「稲光　杏子」とタイトルが記されていた。三枚の色紙には、「一休宗純ドナルド・キーン稲光」と先生らしい見事な筆跡で書かれ、杏子の署名もあった。御礼のお電話をすると、「誠己さん、あまりよいできでないから落款は押してありませんよ」と謙遜して何度も言われた。今の私の気持ちとしては、先生の意思に背くものでなければ、ご主人の勝雄さんにお願いして一枚にだけでもいつか落款を押していただきたいと思う。草加市では対談の掲載された雑誌と、先生と父の色紙が並べられて展示され好評を博したことは言うまでもない。

もうひとつの大切な思い出は黒田先生に、二〇一七年一二月一七日に「さろん・ど・くだん」で父と私の共著『黄犬ダイアリー』（平凡社）の出版記念パーティを開いていただいたことだ。お茶の水の山の上ホテル・銀河の間で先生自らが司会をして下さり、俳人の金子兜太先生、早稲田大学名誉教授で浄瑠璃研究者の鳥越文藏先生、平凡社社長の下中美都様をはじめとして父の愛弟子のジャニーン・バイチマン先生やローレンス・コミンズ先生、沢山の黒田先生のお弟子さんたちなど、いわば黒田ファミリーの錚々たるメンバーだった（お名前を挙げられなかった皆様ごめんなさい）。私の親族まで大勢参加させていただき、私にとっては父と経験した記念すべき最初で最後の出版記念だった。その上なんと私の古浄瑠璃『弘知法印御伝記』の弾き語りも披露させていただいた。また父の恩師・アーサー・ウエーリの『源氏物語』の日本語訳をされた毬矢まりえさん、森山恵さん姉妹がこの場で父に会って下さったことも特筆すべきことだった。最晩年を迎えつつあった父はこの日のことをなにより喜んだし、忘れようにも忘れ難い思い出になった。

父亡き後先生は私の心の支えでもあり、頼り甲斐のある激励者でもあり、大切なアドバイザーでもあった。先生はとても父を尊敬して下さっていた。また父も先生のお気持ちに感謝して先生の依頼はたぶんお断りしたことはなかったと思う。世間でいう所謂ウマアイだったたと思う。だから私が父の没後一年して代表理事に就任したドナルド・キーン記念財団の理事も快くお引き受け下さり、未経験な私を心配し毎週のようにお電話を下さり（時には長電話になることもしばしばだった）、様々な助言や提案をして下さった。そんなお話の中で、先生がなにげなくお話しになる日常のこと、考えておられることなどをお聞きすることも楽しかった。いつも迷いのない率直なお話しやお答えが多く、電話の後はすっきりした気持ちになった。

ところで皆さんも同じようなご経験をされていると思うが、お電話の先生のお話しは時に止めどなく、言葉が泉か噴水のように湧き上がってくるようだった。電話の終わり方、切り方も特徴的だった。最後の言葉がなんだったか忘れたが、「じゃあ、また」とかだったかもしれない。私が用件を言いかけているのに、切られることもしばしばだったがそれがなんとも先生らしく可愛くて、いつも思わず笑ってしまった。頭の回転がすごく早くてなにしろせっかちだと思った。その点は父とよく似ていた。父もいつも頭脳がぐるぐる回っている感じでせっかちだった。判断も早かった。身体の動きが頭脳の回転に追いついていないなあ、と思うことがよくあった。先生と父の一番の共通点はせっかちさだと今も思っている。

先生から頂いた最後の提案（遺言と言ってもよい）は、「真珠庵のご住職（山田宗正老師）の筆跡はすばらしいから是非キーン先生の俳句をお願いして書いていただきなさい」だった。父の俳句だけでなく、父を詠んだ黒田先生の俳句も願わくばお願いしたいと思っている。黒田先生とお親しく、また父も何度もお目にかかった和尚様にそれぞれの句を書いていただけるとしたら泉下の先生も父もさぞ大喜びすると想像している。

最後の電話は、父の命日「黄犬忌《きーんき》」の二月二十四日の翌日だった。先生が紹介して下さった若いふたりの外国人日本文学研究者のことだった。「イタリア人のディエーゴ・マルティーナと中国人の董振華はふたりともとても優秀な研究者だしキーン先生を尊敬しているから、よろしく頼むわよ。なにか頼みたいことがあればお願いしたらいいわよ」だった。

そして私にとっての先生の絶筆は、ドナルド・キーン記念財団の理事会（三月二十四日）の欠席届だった。先生の手紙メモで、「毎回、欠席申訳ありません。（金）の午後は毎週リハビリセンターにゆく日程で申訳ありません。」とある。消印は三月十日。たぶんお亡くなりになる三日か四日前の筆跡と思われる。乱れのないいつもと変わらない筆跡だった。

亡くなられた知らせは唐突だった。いつも一緒だったご主人の勝雄さんのお気持ちが思いやられた。そして今も黒田杏子先生の電話の声とお顔が時々鮮やかに蘇る。

父ドナルド・キーンが亡くなって四年後にあとを追われた先生のご冥福を心からお祈りする。

先生安らかにお休みください。そしてたまには夢にでもお目にかかりたいです。

（「件」四一号より再掲・修正）

花を辞し
銀河に向かう
杏子はん
合掌

山田不休

大徳寺真珠庵 住職
山田不休

二

黒田杏子を生きる

俳人 「秀」「星の木」所属
蘭草慶子

杏子先生に初めてお目にかかったのは一九八二年の春。この年の四月、私は東京女子大学で山口青邨先生ご指導の学生句会「白塔会」に出席した。ちょうどこの頃「白塔会」の先輩にあたる杏子先生が初めての指導句会「木の椅子会」を始めることになり、「白塔会」のメンバーにお声がかかった。「木の椅子会」には、やがて結社を超えた若手俳人が次々に加わり、当時としては珍しい超結社の勉強句会となった。あれから四十年、得がたい出会いであった。

磨崖佛おほむらさきを放ちけり 『木の椅子』
能面のくだけて月の港かな 『一木一草』
花に問へ奥千本の花に問へ 同

黒田杏子のようにスケールの大きな作品と活動を世に示し続けてきた女性俳人は、いまだかつていなかったように思う。黒田杏子を作り上げたものとは何だったのだろう。もちろん、師青邨と兄弟子古舘曹人の存在は欠かせないが、それ以外では何があるのか考えてみた。

まず、少女時代の体験があげられる。疎開先での豊かな自然体験は、のちに季語の現場に立って対象と呼吸を合わせる作句法につながっていく。敬愛する両親、兄弟姉妹との愛情深い生活は、豊かな情感を育てた。大いに読書もしたという。中でもノーベル賞作家で『チボー家の人々』の原作者ロジェ・マルタン・デュ・ガールに出した手紙に返信をもらったという成功体験は、その後も一流の才能、見識の懐に飛び込んで自らを高める生き方へとつながっていく。

次に、若き日の学生運動、大学セツルメントなど社会活動への参加である。この体験が社会への関心、志向を深め、俳人としてのジャンルを超えた活動へと続いていく。

そして一九七九年の瀬戸内寂聴とのインド旅行だ。この旅によって自然観、人生観が根底から覆り、森羅万象と交信し、忖度せず生きたいように生きることを決めたという。

一九八〇年代、杏子は広告会社博報堂で初めての女性部長になる。杏子の作品の持つスケールの大きさ、肝の据わり方は、男性に伍して第一線で働き続けてきた経験と自信によるものでもあろう。やがて杏子は調査役となる。博報堂には杏子用の部屋が一つあり、杏子専属の秘書が一人ついていたという。そして杏子は全国を飛び回って俳句を作っていれば良く、黒田杏子が俳人として活躍する事が業務のようなものとなったらしい。こうした特別待遇には驚くばかりだが、広告業界という職場と、杏子の能力あってこそのことだ。

私は杏子が持つ高いプロデュース能力に注目する。杏子はその能力を遺憾なく発揮して唯一無二の俳人黒田杏子の人生をセルフプロデュースしたのだ。トレードマークのおかっぱ頭にもんぺスタイルと真赤な口紅。一九六八年（三十歳）から単独行「日本列島櫻花巡礼」をスタート。全国の名桜を巡り、「桜の俳人」という名で呼ばれるようになった。また「俳句列島すみずみ吟遊」をはじめ多くの魅力的な企画を実践。二〇〇二年には自ら企画、インタビュアーを務めた『証言・昭和の俳句』を出版、俳壇史に残る仕事となる。

第四句集『花下草上』の二年後の二〇〇七年、六十九歳の時には、それまでの句業をまとめた『黒田杏子 句集成』を刊行、「藍生」で特集を組んだ。こうした企画も当時珍しかった。二〇〇八年には第一回桂信子賞、二〇一〇年には第五句集『日光月光』で蛇笏賞を受賞する。

二〇一三年に脳梗塞で倒れてからの十年間は、まるで残り時間を知っていたかのように、杏子自身（や弟子、ご主人）の句業や仕事を総括、顕彰する企画を次々に実行した。「藍生」での髙田正子による黒田杏子論の連載とそれをまとめた『黒田杏子の俳句――櫻・螢・巡禮』の刊行（全「藍生」会員に贈呈）、また、『木の椅子』『証言・昭和の俳句』増補新装版の刊行、句碑の建立、講演を積極的に行った。現在は、生前頼んでいた杏子の評伝を作家の中野利子が執筆中であるという。

私は二〇一〇年に「藍生」を退会した身だが、二〇一九年、先生から「藍生」六月号の「黒田杏子特集」に杏子論を執筆するよう依頼された。先生は掲載された文章をとても気に入ってくれ、同年電話で「この八月に誕生日を迎えるんだけど、今までお世話になった方達をお招きしてお礼の会をしたいと思うの。あなたも来てくれるかしら」とお招きをいただいた。メンバーは「藍生」の女性俳人を中心とする十数名で、都内のホテルで先生の誕生日をお祝いすることになった。今思えば、コロナ禍の半年前、先生を囲んで親しく話ができた、最後の忘れられない時間であった。

最期の講演は山梨で行われた。主題の飯田龍太は、かつて『木の椅子』が現代俳句女流賞を受賞した時の審査委員。以来「雲母」終刊まで杏子は購読会員として龍太に学んできたという。恩義を果たし、黒田杏子として生き切った見事な現役往生に感嘆する。

晴朗にして無私の人

文芸批評家、俳人「豈」「鬣」所属
井口時男

三月十六日朝、マンションの庭に一本だけある杏の木に花が咲いた。午後一時半、鈴木光影氏から電話。黒田杏子さんが亡くなったという。驚きのあまり思わず悲鳴のような声を発したまましばし絶句。光影氏もそのまま絶句。

杏咲く朝の訃報は承け難し

昨年末の十二月二十九日朝の電話で、その数日前に九十二歳で亡くなった渡辺京二の死の見事さを熱っぽく語っていたのを思い出した。渡辺京二は新聞連載エッセイを書きあげた翌朝、起きてこないのを不審に思った家人が亡くなっているのを発見したのだという。

「これこそ現役大往生というものよ。」

「現役大往生」はもともと金子兜太について黒田さんがしきりに用いた言葉で、現に雑誌『兜太 *Tota*』の第二号は「特集　現役大往生」だった。だが、兜太も最後は病院で過ごした。渡辺京二こそ「現役大往生」そのものだ、という感激の表明である。当然、ご自分の理想でもあったろう。

黒田さん、あまりに突然だったけれど、あなたも立派な「現役大往生」じゃないですか、と声をかけたくなる。とはいえ、そろそろ終わりだ、という自覚を持っていたらしい渡辺京二とちがって、次々と新しい企画を構想していた黒田さんのこと、やりたいことはまだまだいっぱいあっただろうに、とも思う。

花あんず現役大往生とは思へども

今年一月六日にはＦＡＸが入った。『熊本日日新聞』掲載の渡辺京二追悼文のコピーだった。十二月二十九日の電話では「あとはもう井口時男しかいないよ」と言われたが、ＦＡＸの余白には「こののちは井口時男です」の添え書きがあった。こちらがたじろぐような過褒だが、その意味を尋ねたりはしなかった。黒田さんらしい鼓舞の仕方なのだ。

さらに一月末には鎌倉で出している『かまくら春秋』という小冊子の昨年十一月号が届いた。疎開時代の思い出を書いた小文「愉しかった農村での毎日」が載っていた。「バカ受けした一文。ご笑覧下さい」と添えてあった。

「八十四歳の誕生日にこの原稿を書いています」と始まる。疎開先の宇都宮の農村で約十二年間過ごしたおかげで自然と共に生きる暮らしを学んだことが、その後の俳句と選句の人生を支えてくれている、という主旨である。

間借り生活も食糧不足もなんのその、「仲のよいきょうだいと共に父母の慈愛に包まれた生活」「不幸だなどと感じた事は全くありませんでした」。田植えでは「馬の鼻取り」の大役を上手にこなして褒められたし、「勉強はすべて一番。駆けっこもトップ」、「誰からも親しまれる人気者でした」。たいていの疎開体験記は被害者意識と田舎蔑視がにじんでいて、田舎の側に立つ私としては、農村搾取の上に胡坐をかいて都会の文化や経済を享受していたくせに、と不快の念を禁じ得ないのが常だった。書き手にも読み手の私にもルサンチマン（恨みつらみ）があるせいだ。

だが、黒田さんの文章にはそういう臭みがまったくない。もちろん自慢話の嫌味もない。ルサンチマンから解放された精神が書いているからだ。あどけないまでに華やいでいてまことにめでたい。全文引用したくなる。「バカ受け」するのも当然。みんなが幸福な気分になれるのだ。

全人生を肯定し祝福する喜び。全世界を肯定し祝福する喜び。「すべてよし」という晴朗な声が聞こえる。

「すべてよし」この世の朝の花あんず

黒田さんからはしょっちゅう電話をもらった。もっぱら愉快そうに喋るのは黒田さんで私は聞き役なのだが、あるとき、冗談めかして訊いてみた。

「黒田さんから頼まれると誰もイヤと言えないらしいんですよ、どうしてでしょうね。」

笑いを含んだしばしの間を置いて実に簡明な回答。

「私は自分のために何かをたのんだことはないのよ。」

なるほど、「自分のため」ではなく「人のため」。長年の金子兜太プロデュースも、俳人協会と現代俳句協会、「藍生」と「海程」といった組織の垣根を超えての活動だった。つまりは世のため人のため俳句のため。それがわかるから誰もイヤとは言わないのだ。むろん私も言わない。無私で自由で公明正大。黒田さんの精神はあくまで晴朗なのだ。

あんず咲き天晴《あっぱれ》黒田杏子逝く

手元のメモでは、最後の電話は二月二十一日。齋藤愼爾氏が現代俳句大賞を受賞したことの喜び。句集や著書『金子兜太』のあとがきなどに書いたとおり、私の我流俳句を見つけて句集を出してくれたのが齋藤さん、氏素性なき俳句界の「馬の骨」たる私を引き立ててあちこち引き廻してくれたのが黒田さんだったのだ。電話口でひとしきり齋藤さんの衰弱ぶりを嘆いた後、関悦史氏が『コールサック』誌上で始めた俳人インタビューについて、「そのうちあなたの番よ」と言うので、「まさか」と笑って返した。

黒田さんの訃報を受けた十二日後の二十八日、齋藤さんの訃報。

あんずの花びらと痩せ蝶の片翅と　散る

（「件」四一号より再掲・補筆）

地霊との交歓

俳人 「汀」主宰、「泉」同人
井上弘美

講演「巡礼の恵み」

平成二十五年十月二十二日、俳句文学館地下ホールに黒田杏子先生をお迎えして、「巡礼の恵み」と題する講演を聞く機会があった。

この講座は（公）俳人協会が春と秋に行っている俳句講座で、秋季は「自作を語る」というテーマによる連続講座。当時、私はこの講座の受付を担当していたので、満席となった会場の熱気をよく覚えている。資料として配付されたのは、「みちのくの桜　遠山桜」（『秋田さきがけ』二〇〇五年）、「巡拝吟行に徹す」（『寺門興隆』二〇一二年八月）、「季語の力」（『毎日新聞』二〇一三年九月一八日夕刊）の三種類の新聞だった。

黒田杏子といえば「日本列島櫻花巡礼」と「日本百観音巡礼」という、「桜」と「観音」を求めての巡礼で知られるが、櫻花巡礼、観音巡礼ともに平成二十四年の四月に満願、長い巡礼の旅を終えての講演だった。しかも、平成二十三年には東日本大震災を経験している。被災した人々と、支援しようという人々の心情を、季語「桜」によって繋ぐという杏子先生の呼び掛けや、そこから誕生した俳句なども新聞に紹介されている。そのような体験を経ての、「季語の力」に対する絶大な信頼をもっての講演だった。

当日の講演内容は『俳句文学館』(二〇一四年二月五日)に高浦銘子氏の明晰な文章によって報じられているが、講演の中で私がもっとも感銘を受けた言葉は、「足の裏から地霊が立ち上る程に産土の地を歩め」という言葉だった。今、高浦氏の講演記録で確認すると「作家はその土地を踏み締め地霊に応えてものを書くべき」とあって、これは瀬戸内寂聴氏の信念だったと記されている。杏子先生は、この言葉に背を押されて巡礼を続けたのだった。講演では、寂聴氏の言葉を紹介した上で、杏子先生の実践をもって語られたのだと思うが、私は「足の裏から地霊が立ち上る」という言葉に衝撃を受けた。そして、その感動のままに、以後、私の産土行脚の指針に据えた。

私の産土巡礼

この講演を拝聴した当時、私は「汀」の仲間とともに私の産土である京都の歳事吟行を始めていた。私は三十歳で俳句を始めたが、その時から、京都の歳事を一人で吟行していた。「汀」の創刊は平成二十四年で、その年から、一年に四回、四年間で京都の主な歳事を十六回に渡って吟行し、句会を開くという計画だった。一年目は五月に上賀茂神社の「競馬《くらべうま》」、七月に祇園祭の「鉾建」、十月に北野天満宮の「ずいき祭」、そして、十二月に嵯峨野広沢の池の「鯉上げ」を吟行した。

杏子先生の講演を伺ったのは、八月の終わりに広河原《ひろがわら》の「松上げ」を吟行した後だった。これは、京都の北部に伝わる松明行事で、山間部の数カ所に伝わっている。広河原は市内からは随分遠く、交通の便が悪い上に旅館などの宿泊設備が無いので、見ること自体が困難である。そこで、「汀」の外部の方の参加も募って、観光バス二台で出掛けた。豪快にして幻想的な松明行事は、白洲正子が「忘れ難い」と書いている心に沁みるものだったが、その後、小さな御堂の中でひっそりと行われた盆踊りを見ることが出来たのは幸運だった。観光客はすでに引き上げている。御堂には赤い提灯がいくつも吊されていて、前夜、峠から降した石地蔵が祀られている。夕暮れまで高齢の女性たちが御詠歌を上げていた。その余韻の残る御堂で、盆踊りが始まった。歌と手拍子だけの盆踊りで、顔を伏せるようにして踊る。だんだん興に乗ってくると、男女が即興で掛け合いを始めるなど、歌垣の名残が見られて、開放的でありつつ、呪術的で、魅入られるような世界だった。

私は、杏子先生の講演を聞いて、松上げも、盆踊りも土地の人々の「地霊」との交歓だったのだと知った。私たちは幸運にも、その秘儀のような場に立ち会うことが出来たのだ。この後、私は京都に伝わる歳事そのものが、闇深い京都の地霊との交歓なのだと思うようになった。

地霊との交歓

京都歳事吟行は無事に四年間で終了し、その他の歳事も合わせて『季語になった京都千年の歳事』として平成二十九年に刊行。さらには、これらの吟行で得た俳句を中心にとりまとめて、令和三年に『夜須礼《やすらい》』を上梓した。句集名の「夜須礼」は京都の今宮神社の奇祭「安良居祭」の別名である。

今宮神社は母の産土神社でもある。このようにまとめることが出来たのは、杏子先生の言葉と出合ったからだ。この句集の上梓によって、私は初めて杏子先生から直接お声を掛けて頂いたのだった。

みづうみや観音の闇花の闇　杏子

最後の句集『八月』に収められていた一句で、杏子先生の生涯を象徴するに相応しい。「闇を見つめなければ、対象の本当の姿は見えてはきません」という言葉が聞こえてきそうだ。この後は、この一句を高く掲げて、地霊との交歓をはかるべく精進したい。

杏子先生、ありがとうございました。

黒田杏子先生

俳人「郭公」主宰
井上康明

俳人黒田杏子氏を私は黒田杏子先生と呼ぶ。親愛の情からである。

花を待ち花を巡りてきし一生　杏子

「藍生」令和五（二〇二三）年四月号の「花巡りきし果報者」二十句のなかの一句である。「日本列島櫻花巡礼」など季語の現場に立ち、季語と出合うことを自らに課してきた作者の生涯を端的に語る。この四月号は四月一日発行であるが、既に三月十三日には作者は幽明境を異にされていた。

黒田杏子先生は、あくがれやまぬ衝動を抱えた人であった。俳句はたましいを込めるものだと語り、生涯、人と人とが出合うかけがえのない邂逅を求めつづけた。

私は、私の師廣瀬直人「白露」主宰を介して言葉を交わすようになった。廣瀬直人に連れられ、私は初めて「さろん・ど・くだん」に参加した。杏子先生と廣瀬直人は、廣瀬夫人町子氏とともに家族ぐるみの親交があったと聞いている。勿論、その向こうには飯田龍太がいる。かつて女流賞の選者であった飯田龍太。そして蛇笏賞に名を冠する飯田蛇笏。さまざまな場面を思い返してみると、杏子先生との関係の根底には、廣瀬直人、飯田龍太、飯田蛇笏への敬愛の念が深くあるように思われる。

私が、杏子先生から誘われ「件」同人になったのは、平成二十九（二〇一七）年。「件」二十九号からであり、終刊の四十二号まで六年間、活動を共にした。

雑誌「件」は、黒田杏子を中心とする自由で闊達な広場であった。この雑誌の合い言葉は越境であろう。参加者も伝統から前衛までそれぞれがテーマを持って活動する俳人であり、講演者は、ドナルド・キーン、芳賀徹、金子兜太、池内紀、宮坂静生など、洋の東西を超え、知の最前線に位置する人々であった。その業績について考え、さまざまな思考について読み味わったのは、文芸、文学の愉悦に満ちたひとときの体験であった。

黒田杏子第六句集『銀河山河』（二〇一三）には次の一句がある。「十月三日　没後五十年」の前書きを付して、

蛇笏忌の果なき銀河山河かな　　杏子

この句集には、〈たかだかと山廬の背戸の初櫻〉〈山廬守墓守甲斐の月煌々〉〈龍太忌ののち紅梅も白梅も〉など、飯田蛇笏、飯田龍太、そして父子の居宅を現在管理運営する龍太の長男飯田秀實氏への共感の深い俳句が並ぶ。なかでもこの蛇笏忌の句は、遥かな時空を描いて、その憧憬を伝える。

最後の句集『八月』（二〇二三年八月一〇日）には次の一句がある。

春雪の重し深しと山廬守　　杏子

これは、現在山廬を守る飯田秀實氏を語り、飯田蛇笏、飯田龍太への敬意を思わせる。春雪はずっしりと重く、かけがえのない豊かな明るさに満ちている。

黒田杏子先生の最後の講演は、令和五（二〇二三）年三月十一日、笛吹市境川総合会館で「山廬三代の恵み」と題して行われた。私は講演直前に控室を訪ね、蛇笏賞を受賞された句集『日光月光』に署名をお願いした。飯田蛇笏について書いた私の文章を誉めつついつもの踊るような筆跡で署名された。それが親しく話をした最後である。

その『日光月光』にこのような句がある。

日光月光すずしさの杖いつぽん　　杏子

この一句を今思い出す。日光、月光の涼気のなかを一本の杖を突いて歩いていく人の姿が思い浮かぶ。この爽やかな涼気が、生涯、魂の邂逅を求めつづけた黒田杏子先生にふさわしい。

仕事も俳句も

俳人 「いつき組」「街」所属

黒岩徳将

「ダイナマイトのような……」昔、あるラジオ番組で黒田さんが夏井いつき氏のことを紹介していた。「いつき組」を自称している私は、そのころ黒田さんとの親交はまだなかった。好奇心を持つことが詩への入り口であるという趣旨のご発言だったと思う。思いきった表現だなあと思っていたが、その後黒田さんとお話しすると、黒田さんも自分の関心を覚えたことについては同じくらい爆発力をもって突き進む方だということを思い知った。仕事を大事にしつつ、俳句に勤しむ。土地や外界の気風に触れることで自身を少しずつ快く変革されようとする力強さが第一句集『木の椅子』にはある。あまりに好きな句が多く挙げればきりがない。

十二支みな闇に逃げこむ走馬燈

静けさの中に生き物の気配が残っている。人間ひとりひとりにも十二支という守神がいると思うと、走馬燈の興趣という意味合いを超えて「逃げこむ」に相当な迫力があった。

昼休みみじかくて草青みたり

会社員の昼休みは短い。それをなんでもないように書いて、なんでもないような季語を配する。「青む」にしつこくない心地よさがある。

はにわ乾くすみれに触れてきし風に

農耕生活が基礎とされてきた日本の原初的な風景が、彩を帯びて目の前に拓けてくる。都市生活者にとってのオアシスのような句である。

ブレザーの金の釦の月昇る

徒らに青春性とは言いたくないが、みずみずしい。月の輝きと潤みを感じる。〈白葱のひかりの棒をいま刻む〉の他にもこんな素敵な比喩があった。

葱一本買ひ野良犬に慕はるる

『木の椅子』には何かを買ったり売ったりする句が多いが、経済という概念にとどまらない親しさやあたたかさがある。

沐浴のサリーを遠く牛冷す
ボンベイの日暮は茄子のいろに似る
明易や声明《しやうみやう》に似る地曳唄

インド連作は非常に読み応えがあり、温度感のある表現で一介の旅行者という存在を踏み越えて日本という存在を考えておられる。

あゝあをと日向は暮るる冷汁
雪解水ごくごく飲んで寝ねがたし

主体的な生を忘れずに対象物と向き合うので、自身の体の生理的反応を積極的に俳句にされようとする姿に励まされる。

旅人の一歩を入れて山眠る
河涸れてゐて白蝶のおびただし

自然界との呼応、山河の力を元に自身の表現を立たせている姿に感銘を受けた。
仕事に疲れたとき、俳句の世界と自分を繫ぐために『木の椅子』を読み、また頑張ろうと思える。
そうやって俳句人生を続けたいということを黒田さんに学んだ。

辺土めぐるべし

俳人　現代俳句協会常務理事
神野紗希

黒田杏子さんに初めてお会いしたのは、ＮＨＫの番組「俳句王国」の司会をつとめ始めた二〇歳のときだった。「俳句王国」は、全国から集まった俳人の句会を愛媛県松山市から生中継する番組で、毎回、主宰役として第一線の俳人が呼ばれる。そのおひとりが杏子さんだった。

羅や舟の速さを熊野灘
隠岐の塩与那国の塩雲の峰
紅粉花を摘む川霧の暁けぬ間に
鶏頭のつめたし辺土めぐるべし
天上にゆふべ濤音大枯野
あをあをと真清水を汲む山を汲む
往還といふ炎ゆる道終戦日
どんぐりが屋根打つ疎開第一夜
海蝕洞穴ぎつしりと梅雨の星
露けしとなつかしと瞑りにけり

流星の天涯暮れてむらさきに
白燕の一羽帰燕の渦の中
四万十や秋のほたるを枕上
子遍路の般若心経梅早し
冬薔薇金環蝕ののち開く

手もとに残っている資料から、私が番組を担当した六年間に杏子さんが番組で発表された句の一部を書き抜いてみた。「熊野灘」「隠岐」「与那国」「四万十」といった地名や「舟」「辺土」「天上」「往還」といった象徴的な言葉が、空間的な奥行きを生んでいる。同時に、その土地や人々が重ねてきた歴史を感じさせるゆたかな詠みぶりに、時間的な奥行きも延びてゆく。小さな身ほとりに意識を限定しない。とにかく世界が広いのだ。

一遍のこゑ空海のこゑ野分

この句は、平成一七年九月二四日放送の主宰大会で、有馬朗人、廣瀬直人、宇多喜代子、星野椿、相原左義長から支持され、ほぼ満票を集めた。対句で畳みかける句またがりのしらべが、押し寄せる野分の風の律動と重なり、時空をぐんぐん遡ってゆく。

一遍上人の誕生寺として知られる松山市の宝厳寺には、杏子さんが若いころこの地で得たという〈稲光一遍上人徒跣〉の句碑がある。土地の声に耳を傾け「辺土めぐるべし」と志し、各地をめぐって句を詠んだ杏子さんにとって、行脚して思想を拡げた一遍は大いなる先達だった。番組でも、主宰者大会がたいてい一遍忌に近い九月にひらかれることもあり、一遍を詠んだ杏子さんの句はことのほか多く、金子兜太さんなどは作者を明かす前から「これはクロモモだろう」などと当て、破顔していた。

杏子さんは、お会いするたびに『俳句王国』に来た主宰の俳人たちを、論にして書きなさい」と勧めてくださった。「若いんだから、何でもできる」「書けるうちにどんどん書くこと」「政治なんか気にするな、遠慮など必要なし」。励まされた声は、今も胸中に熱く響く。杏子さんはそうして、多くの人の背中を押し、俳句という詩の土壌に種を蒔いて、分厚く育てていった。

そもそも、私が俳句を始めるきっかけとなった俳句甲子園も、杏子さんの弟子・夏井いつきさんの考案した企画だ。いつきさんの自宅の句会に通い、あたたかな連衆に囲まれて、高校生の私は俳句のもたらす豊穣を知った。杏子さんがいなければ、私は俳句に出会っていなかった。私もまた、杏子さんの蒔いた種がひょろりと発芽した、そのひとつなのだ。

（『俳句四季』二〇二三年八月号より再掲）

獅子奮迅

俳人　現代俳句協会副会長、「岳」編集長
小林貴子

二〇二三年三月十三日に黒田杏子さんが亡くなられたとの報が届き、しばらく呆然としていた。当時の句帖に〈黒田杏子は火吹竹〉という中七・下五を書いたが、季語が決まらなかった。今、改めて思いを巡らしてみて、黒田さんはやはり火吹竹だったと思う。

私は二〇一九年に出した第四句集『黄金分割』（朔出版）によって、二〇二〇年、第八回星野立子賞を頂いた。第六回の受賞は瀬戸内寂聴句集『ひとり』（深夜叢書社）で、本書は黒田さんがプロデュースした成果といえよう。それゆえ、後続の受賞者についても、何かしらのプロデュースをしようと思い立たれたものか。二〇二一年、しばしば電話が掛かってくるようになった。その主旨は、「戦後生まれの女性俳人から八人に登場してもらい、「藍生」誌に一回二人ずつ、四回の連載として掲載する。内容は、自分の来し方行く末について、文章を自由に書くこと。そして、今までの代表句一〇〇句を挙げること」というものだった。この連載は「藍生」二〇二二年八月から掲載され、完結した。その陣容は、井上弘美さん、岩田由美さん、山下知津子さん、毬矢まりえさん、対馬康子さん、髙田正子さん、「朔出版」の鈴木忍さんと私の八人だった。

原稿依頼があって、しばらくすると、さらに黒田さんは電話で、「第一回掲載のお二人から届いた原稿はこんなに素晴らしい、それぞれこういう個性ある書き方をされている」と告げて来られる。

では私はどうしたかといえば、生来の引っ込み思案の性格から、俳句に携ることによって、徐々にではあるが向日的に変化してきた、その子ども時代のことを主として書いた。この内容が、「岳」の宮坂静生主宰には気に入らなかった。実は私も、事前にうすうす危惧してはいたのだ。主宰はもっと堂々と俳句の道を歩んできた弟子の言を期待していたのだ。この連載が書籍としてまとめられる際には書き直すようにと言われた。主宰は黒田さんへもそう言われた。ところが黒田さんはこれを、ガンとして聞き入れない。「私は、これは小林さんらしいと思う。だからこのままで良い」と言って一歩も退かなかった。何と力強い言葉だっただろうか。

決して信念を曲げないひと。それが黒田さんだ。その信念とプロデュース力という火吹竹によって、心の中の燠火をカッカと燃焼させられた俳人は数知れないと思う。

二〇二二年一月から私が『朝日新聞』「朝日俳壇」の選者を務めることに決まった時も、例によって矢継早やの電話で、大いに炎を掻き立てられた。黒田杏子・長谷川櫂・宮坂静生お三方は二〇一八年七月九日、金子兜太追悼の連句興行をされたとのことで、黒田さんは「あなたも学生時代から連句をやっているんだから、今度は長谷川くんとあなたと私とで、また連句を巻きましょう」と誘ってくださった。これは望外の喜びと思い期待していたが、実現することのないまま、二〇二三年三月十三日が訪れてしまった。惜しみても惜しみてもなお余りある。

気を取り直し、遺句集『八月』を繰り返し手に取る。連句といえば、五七五と七七の付句を付けてゆくことを「付け合い」というが、黒田さんにとって俳句は「付け合い」であり、似た言葉の「付き合い」でもあったのではないかと思う。

存在者寒満月のその真下
句集『ひとり』小説『いのち』冴返る

一句目は金子兜太の朝日賞、二句目は瀬戸内寂聴の星野立子賞を祝して詠われた。

男のをばさん女のをぢさん晩夏
稲光手書き人生仕舞はれし

一句目は永六輔、二句目は池内紀の追悼として詠まれたもの。いずれも作者と深く関わる人物との「付き合い」をもとにして、その対象の人となりを俳句で伝えようと試みている。生き生きと活動していた兜太・寂聴が読み進むと追悼の対象として立ち現れてくるのもまた、切ないことだ。

黒田さんは最後まで自己プロデュースをしていたのではないかと思う。それは、訃報の届いたその月の総合誌『俳句』三月号、『俳壇』四月号に五十句と十句の作品が載っているからだ。まるで全俳人に向けた遺言だ。『俳壇』十句の末尾の句は〈老婆は一日にして成らず櫻〉で、これまた「言ってくれるよ」と快哉を叫んだが、「老婆は一日にしてならず」は吉永みち子に著書があり、樋口恵子の言としても知られている。これも黒田さんの「付き合い」による「付け合い」だったろう。一方『俳句』五十句は雛祭の思い出を、半生を行きつ戻りつしながら構成されている。こちらは俳句による見事な略歴となった。

八月十日生まれの黒田さん。星座は獅子座だ。獅子座は十二星座の王として君臨するといわれ、運勢は最強とか。私のように該当しない者もいる一方、黒田さんは該当者の筆頭として、獅子奮迅の生涯を送られた。

童女のような杏子さん

俳人「草笛」「樹氷」同人
小林輝子

昭和四十九年一月十八日夕刻、黒田勝雄、杏子ご夫妻がはじめて我が家に訪ねて来られた。それより四十九年の長い年月おつきあいいただいた。

杏子さんが初めて豪雪の山深い地に足を運ばれたのは、前年、第十九回角川俳句賞を受賞された山崎和賀流さんの句に魅かれたこと。和賀流さんの句友で北上市にお住いの菅原多つを氏の案内で奥羽山系の地と作者に逢いに来られたのである。作者和賀流さんは我が家の夫の飲み友達であり私の俳句の先生である。その夜はもちろん酒盛りとなった。翌日はこの地方の奇祭、厄払人形まつりがあり、和賀流さんは吟行句会を行なうことにしていた。翌十九日は大吹雪だったが二十余名が集まり、駅から会場まで雪のため乗物はなく半里の道のりを雪中行軍となった。

集まった人々は口々に、雪がこんなに怖いものとは知らなかったとつぶやいておられた。

杏子さんが心配だったが、しっかりと歩かれ、列からおくれた方々を気づかっておられた。

句会の折、和賀流さんは次はかたくりの花の頃、吟行句会を行なうことを杏子さんに話され、後日、五月初旬に行なう旨の通知を各俳人に出された。ところが三月十六日深夜、脳出血のため急逝なされてしまわれた。

五月十二日のかたくりの花吟行会は和賀流さんを偲ぶ会となった。杏子さんご夫妻も参加して下さり、その折の写真をご主人勝雄さんは沢山撮って下さった。未曾有の豪雪だったので残雪を踏みしめての吟行となったが、長靴を履かれた杏子さんの足どりは軽々と山野を歩きまわっておられた。

昭和五十一年七月は我が家のまわりで蛍狩りをし、蚊帳を吊った部屋に泊り蛍を放した。

羽の国や蚊帳に放ちし青螢　　杏子

この句は杏子さんの第一句集『木の椅子』に掲載されている。その翌年一月にまたぎ集落の奇祭「垢離《こり》取り」が我が家の裏山で行なわれるので来宅された。またぎの山の講は旧十二月十二日。我が家の前、道一つへだてたところがまたぎの集落であった。またぎの若衆が寒中に沢水をせき止めた垢離場《こりば》で水垢離をし、神社に戻る苛酷なまつりである。

白褌の若衆が餅を搗き、山神の堂に集まり、焚火を焚き、七百メートルほどの雪道を走り垢離場に入り水に浸《ひた》り雄叫びを四方の山々にひびかせ、又走り神社に戻る。例年夕方六時頃から七時頃、雪のときもあり、かーんとしばれるときもあるが、杏子さんの来られた日はしばれた夕方であった。若衆の後について杏子さんは堂から垢離場まで走り、垢離取りを見て、又若衆の後をついて堂に走り戻られた。「輝子さん、本気で走ったわ、何も考えずに。俳句は出来なかったけれど。でも凍《い》て星を見上げ走っていたら、気分がすっきりして子供になったような感じがしたの」。杏子さんの目はきらきらして息をはずませていた。私は子供みたいな杏子さんと思った。

後日、我が家に遊びに来た村の人達は、「まんづたまげた。あの姉ちゃんのがんじょうな足はてんぐ様のようだった」とびっくりしていた。

又、ある年は十二月三十一日に我が家で年越しをして、除夜詣りに山の神の堂に出かけた。その時も深雪道を私どもより早く、しっかりと歩かれた。秋田県横手市のかまくら見物に出かけ、横手城前のかまくらを見て、城山の裏手にある細い急坂をふもとの横手川の岸辺まで雪道をころびもせずくだってきたこともあった。一九九〇年、俳誌「藍生」を創刊なされてからは仲々お会いする機会もなく、杏子さんの活躍のご様子を毎月お恵送いただく「藍生」誌にて拝読させていただいていた。

平成二十七年八月十四日、私は脳梗塞で倒れ、その入院中に杏子さんが同じ日に同じ病気で倒れられたことを知らされた。それから八年。私は小脳の損傷のため目まいがなおらず家にこもりがちだったが、杏子さんの活躍は続いていた。令和五年三月十四日。勝雄さんからの電話で杏子さんご逝去を知った。

この稿を書きながら、杏子さんと吟行をした下北半島、津軽半島、宮城県の追波湾等々。思い出が走馬灯のように浮かんでくる。

凍て星を見上げながら走られた童女のような杏子さん。かたくりの花の上に寝そべって「あーぁ、このまま眠っちゃいそう」とつぶやかれた杏子さん。目を閉じたら急に涙がこぼれてきた。さようなら杏子さん。私も近いうちに、そちらの世に行けるかもしれませんよ。

「『うつくしま』への禱りの旅」ふたたび

俳人「麟」編集
駒木根淳子

蛇笏賞とともに桂信子賞を受賞した俳人黒田杏子は確かな人生哲学と豊かな見識に基づき、その句業の奥義を窮めつつある。長年にわたる桜花巡礼、四国・西国・坂東巡拝吟行を経て、俳句作品は近年、人間をも包摂する森羅万象との一期一会の出会いと訣れ、鎮魂の祈りの色彩が濃い。博報堂で専門職を担い、有能で自立した働く女性が詠む俳句の先駆者でもある。さらに『証言・昭和の俳句』では卓抜した聞き手として、昭和俳句史を彩る第一級の俳人たちの貴重な談話を導きだした。また自らが中心となり創設した「みなづき賞」では地道な俳句研究に光を当てて顕彰し、多面的に現代俳句を支えようとしている。

東日本大震災以後、俳人黒田杏子にとって俳句と社会とのかかわりはさらに深化を遂げようとしている。

「選句を通して自己革新を果たさなければならない」という強い覚悟のもと、いちはやく『日経新聞』俳壇欄で震災の句を採りあげ、一部は翻訳され海外にも紹介された。疎開世代の黒田杏子にとり、原発事故に苦しむ福島への思いはことさら強く、日本ペンクラブ編『いまこそ私は原発に反対します。』に長文の「「福島」から「うつくしま」への禱りをこめて」を寄稿。地元の俳人や俳誌を支援し、選句を通して福島再生を願う。

その活動の原点に〈銀漢に触れ山姥の舞ひいづる〉〈夏終る柩に睡る大男〉と詠んだこの二人の人物、社会学者鶴見和子と作家小田実との邂逅があるのではないか。内発的発展論で知られる鶴見は水俣病の現地調査団の一員だった。また小田は阪神淡路大震災に遭遇し、被災者の公的支援の立法化に尽力した。強い社会的使命感を持ち、自然と人間の共生を願った二人。黒田杏子は病魔と闘った二人の最晩年を献身的に支え、いまその遺志を継ごうとする。俳句の言霊を信じ、選句により小さな声を大きな力にしようとしている。それは黒田杏子の新たな俳句巡礼の旅の始まりといえる。

右の文章は『俳句』誌（二〇一二年六月号）から依頼を受けた「平成の蛇笏賞作家たち」の草稿である。これを大幅に訂正加筆して掲載したのだが、その掲載誌が見つからない。時間的制約があり、諦めかけたときにパソコンの保存文書からこの文章を見つけた。

前述したように俳人黒田杏子が遺した大きな業績のひとつに、東日本大震災の時の『日経新聞』俳壇欄における震災詠の選句がある。それまで俳句は美しい自然を美しく詠むものであり、災害や戦争のような悲惨な事象を扱うのには適さない、という風潮があったのは事実である。しかし黒田は見事にその既成概念を打ち破り、かなり長い期間にわたり震災詠を選び掲載し、それは被災者と全国の人々との心の交流の場となった。

黒田が国民的鎮魂歌と名付けた〈さくらさくらさくらさくら万の死者　桃心地〉はもとより、〈小綬鶏のきて啼く朝の避難所に　本田正四郎〉〈うすらひの上に眠つてをりしこと　島田勝〉〈他を責めず福島の春離れ住む　村上かつこ〉〈津波雪あいつは今も海にいる　佐藤ただし〉〈黙禱の足元に舞ふ花の塵　小森邦衛〉と実感を伴う数々の秀句が生まれた。俳句を心のよりどころとして庶民の哀歓を詠むという、俳句本来の可能性が示され、俳句が社会的な問題を扱いそれに共感する、すなわち「俳句が文学であること」を証明した。

このたび能登半島大地震が勃発し、日本列島は悲しみの淵にいる。引用句の最後の作者小森邦衛氏の住所は能登と記されている。今俳句で何ができるのか。俳句はこの困難を乗り越える支えとなるのか。

杏子先生の叱咤激励の声が聞こえてくる。

もんぺ姿の巡礼

俳人　「パピルス」主宰
坂本宮尾

黒田杏子先生の思いもかけない訃報は衝撃であった。少し前に主宰している「パピルス」五周年記念号をお送りしたところ、すぐに厚い封書が届き、五年間継続できたことを祝っていただいたばかりであった。山廬で講演会が開かれる予定や、最後の句集として『八月』をまとめることが綴られた後に、要領の悪い私が結社の運営でもたもたしないように、「勝手連」でいきなさいという助言が記されていた。いつもながらの励ましが有り難かった。山口青邨門の先輩であり、長年教えを仰いできた杏子師の朗らかな声が、今もどこからか聞こえてくるような気がする。

最初の出会いは昭和四十年代の初頭、青邨指導の白塔会という東京女子大の学生句会であった。しばらく中断していた作句を再開した杏子師は、そのとき三十代初めで、紺のブレザーとパンツ、開襟ブラウス姿の颯爽としたキャリアウーマンであった。それ以来、夏草新人賞の受賞式では、留学中の私に代わって受け取ってくださったことから始まり、研究者の狭い世界にいる私をたえず心に掛けて、外に引っ張り出してくださった。

とりわけ忘れられないのは那智の滝に誘っていただき、健康で活動できるように、と私のために護摩を焚いてくださったことだ。親しくされている青岸渡寺の高木住職の朗々とした読経と、うす暗い本堂のなかで焚かれた天井を焦がすばかりの炎の強さが印象に残っている。

思えば、杏子調ライフスタイルは独自の美意識に貫かれていた。黒田杏子と言えば「もんぺとおかっぱ頭の俳人」というフレーズが浮かんでくる。この装いは素朴な普段着のようにも思われるが、そのじつ、細部にまでこだわった贅沢なものであった。仕事をするならまずヘアスタイルを決めなくては、というのが先生の持論で、銀座の行きつけの美容室でカットし、老舗の高級な柘植の櫛を愛用していた。そして大塚末子さんとの出会いからもんぺ姿が始まり、俳人杏子のイメージが作りあげられていった。

芭蕉布の誰の形見と申さねど

それまで趣味で蒐集されていた弓浜絣、ジャワ更紗などのみごとな布、また親しい方のゆかりの着物で誂えた特製のもんぺ姿を拝見するのが楽しみだった。当時世間では手入れが簡単なポリエステルなどの化学繊維が流行していたが、木綿、麻、絹という天然繊維にこだわり、伝統的な手仕事の品を好まれた。その志向は今から思えば、時代を先取りするものであった。

端で見ていると、もんぺは和服のように着付けに手間がかかるわけでもなく、ゆったりと着心地がよさそうで、どのような場でも映えた。しかも直線で仕立ててあるので、畳めばきれいな四角形になる。その合理性も気に入っていたのであろう。先生はきちんと畳む、ぴったりと箱詰めすることが得意で、旅行鞄はコンパクトに荷造りがしてあった。小さな荷物をプレゼントされることがあったが、箱を開くといつも驚くほど手際よく、季節の珍しい品々が詰まっていて感激したものだ。俳人杏子がまとうもんぺは、美と機能の両方を具えた最高の衣裳となった。

布本来の美しさを大事にするスタイルには、貴金属や宝石はふさわしくなかったのであろう、先生は装身具を身につけることはなかった。若い頃は忙しいスケジュールをこなしながら、腕時計もしていなかった。不思議に思って私がわけを尋ねると、「時間は、なんとなくわかるのよね」という驚くような返事だった。時間の経過を感知する超能力が体内にあるのか、とまさに狐につままれたような気分だった。

狐火をみて命日を遊びけり

そのような感性があればこそ、現実と非現実の境界を軽々と越えることができるのだろう。狐火に照らされた死者と生者の対話のようで、大好きな句である。仕事と創作活動のバランスは取るのが難しいが、先生の場合は邪魔し合うことなく、逆に相互に補完しあって活動領域を広げることに役立っていたように思う。「季語の現場へ」をモットーに、先生は巡礼のように日本各地を熱心に吟行した。ご一緒したさまざまな場所で、のんびりと現場を楽しんでおられた。アイディアに満ちていて、「風のように」という形容がぴったりのいきいきと自由な姿をなつかしく思い出す。

「上手い句を作ろうなんて考えていない」と口にしておられたが、ものの本質を直感で捉えることを重視して、目に触れ肌で感じたことを、技巧を弄せずそのまま一句に仕上げることに徹した。そこから印象鮮明で、愛唱性のある忘れ難い作品が残った。

秋つばめ包《パオ》のひとつに赤ん坊
まつくらな那須野ヶ原の鉦叩
一の橋二の橋ほたるふぶきけり

杏子師は優れた俳人・エッセイストであると同時に、時代の流れを見極めながら新しい企画を立てるプロデューサーとして、類い希な資質の持ち主であった。文芸に携わる人の多くは、原稿を書く力はあっても、原稿を本として刊行し、それを売るという実務の能力までは持ち合わせていないように思う。先生は驚嘆すべき事務処理能力と直感的な状況分析力の持ち主であった。接する人の能力や特性を素早く見抜いて記憶し、適材適所で人びとを活かした。人を使うことが巧かった。そこから華麗な人脈が生まれた。

戦後、社会制度は大きく変わり、高度経済成長期を迎えて女性の社会進出が盛んになった。そのような社会変化の先頭を切って、杏子師は持ち前のセンスと行動力で疾走した。もんぺとおかっぱをトレードマークに、俳句界にとどまらず文化人として幅広い活動を展開する姿が、まぶしく目に焼き付いている。一周忌を迎えようとしているが、傍で学んだことを深く大切に胸に刻んで、励んでいきたいと思っている。

桜の巨木に対するように──黒田杏子追悼

俳人　「翻車魚」同人
関　悦史

黒田杏子さんが不意にこの世からいなくなられて二ヶ月が経ったがまだご自宅で普通に生活されていそうな錯覚が抜けない。文京区のご自宅に伺ったのは一度きりで、一昨年二〇二一年の年末のことだった。そこでコールサック社の鈴木比佐雄氏らと引き合わされ、いま『コールサック』誌で連載している連続インタビュー「関悦史が聞く昭和・平成俳人の証言」のインタビュアー役をお引き受けすることになったのである。

その半月前にＺｏｏｍを使っての現代俳句協会青年部「黒田杏子に聞く『証言・昭和の俳句』と平成・令和の俳句」という勉強会があり、私も聞き手の一人として加わっていた。会の終わりに黒田さんから若い人へのメッセージを私が聞く段取りになっていたのだが、言うべき内容がすでに本論のなかで結構な熱量をもって話されてしまっていたので、それを私が先走ってまとめ「つまり若い人に言いたいことは、人に会え、本を読めということですね」と訊いてしまったところ、まさにその通りと黒田さんは大肯定されたのだった。その辺から私の起用を思い立たれたのかもしれない。関さんが受けてくれなかったらもうこの企画はないとまで言われて受けたが、この正眼真正面からのパワフルさも包容力を感じさせ、いささかも不快なものではなかった。黒田さんの頭のなかには多くの句友たちの特性が彼ら彼女らへの賛辞とともに整理されて詰め込まれ、誰と誰を出会わせ、どういう仕事に当たらせたら各々の力を引きだし、俳句の世界を富ませることができるか、そのプランが次々湧き出してやまないといったふうだったのではないか。

勉強会の動画がユーチューブで公開された後、普段インターネットに接していない黒田さんは、国内外の知人から見たという反響が来るのに新鮮に驚き、喜ばれて、例の黒田さんを知る者ならば誰でも受け取ったことがあるであろう、ほとばしるような書体文体のお手紙で何度かその感動を私に書き送ってきた。黒田さんの手紙というのは一旦書き終えてから思いついたことを別の用紙に書き足し、そこへさらに金子兜太の句碑の絵葉書の束ほか、その辺にあって分け与えられるものを何でも同封してくるといったものであった。この好意があふれ出してくる感じをどこかで見た気がしたが、メキシコのノーベル賞詩人オクタビオ・パスの文体の奔流のような溢出感からエロスの要素を引いたら似たものとなるのかもしれない。

そもそも結社にも協会にも属さず、師系的にももちろん無関係な私がなぜ黒田さんとの縁を得たかといえば、若手アンソロジー『新撰21』を宗左近俳句大賞の選考委員を務めていた黒田さんが、個人句集ではないのにノミネートしてくれたからだった。受賞には至らなかったが、公開選考会の後、私が黒田さんに駆けよって、このアンソロジーは私の知人というだけで俳句と無縁な女性医師が制作資金を出すと急に言い出してくれたおかげで奇跡的に出たと刊行の事情を説明すると、黒田さんは食い入るように聴いていた。これが黒田さんと私の初対面だった。黒田さんは人に対しても桜の巨木に対するかのように、相手の存在そのものに感応して応対されていたのではなかったか。出会いからご逝去まで驚かされてばかりであった。

（『コールサック』一一四号より再掲）

五泊六日の鹿児島の旅

詩人・俳人
高岡 修

いつの頃からだっただろう、黒田杏子さんから著作をお送りいただくようになったのは。書棚を見ると『黒田杏子 句集成』や蛇笏賞を受賞された句集『日光月光』も並んでいるから、かなり昔のことになる。むろん私も詩集や句集を刊行するたびにお送りした。物書きの不思議なところは、たとえ一度もお会いしていなくても、そういった関係だけで、ずいぶん親しく感じられるものだ。

だから二〇一七年に開催された現代俳句協会創立七〇周年記念大会で、正面の金子兜太名誉会長の隣りの席にお姿を拝見したとき、私はむしろ懐しいといった感情をさえ覚えた。

ところが懇親会に入ってもメイン席は挨拶の人々が絶えない。ようやく隙を見つけたとき私はご挨拶に馳せ参じた。

「鹿児島の高岡修です」そう申し上げると、「あゝあなたが高岡さん。金子さんがね、九州に男気のある俳人が一人いると言われてね、それがあなただったの」と返された。まさに間髪を入れずといった返され方である。そうして、その一事で私は黒田杏子という人となりを深く理解した。

鹿児島には鹿児島県俳人協会（全国の俳人協会とは別）という全県的な組織があって、春と秋に俳句大会を開催している。加入結社が二年ずつ事務局を担当するのだが、二年に一回、講演会を行なう。鹿児島でも黒田杏子さんは圧倒的な人気がある。そこで私は二〇一九年秋の「第一一四回南日本俳句大会」の講演者として杏子さんをすすめた。講演の実現もさることながら、私自身が鹿児島でゆっくりとお会いしたかったのである。

電話でその旨をお伝えすると快諾だった。ゆっくりしていただきたいと申し上げると、五泊六日の滞在となった。講演の後、桜島一周はもちろんのこと、霧島神宮、特攻基地のある知覧から薩摩半島最南端の長崎鼻、果ては日南海岸を上り宮崎市で一泊するほどの旅の連続だった。付き添いで同行していただいた夫君、勝雄さんからは写真集『最後の湯田マタギ』の校正刷りを見せてもいただいた。二〇年もの間、通いつづけてようやく撮れたという、人と自然の荒々しくも親しげな表情に私は打たれた。

それから三ヶ月ほどは毎日のように電話をいただいた。多い日には五回も電話のベルが鳴った。上京した折には、齋藤愼爾さんも交じえ、山の上ホテルで豪華な天ぷら料理も御馳走になった。そんな杏子さんを、私もまた喪なった。

黒田杏子の蛍

俳人「小熊座」主宰
高野ムツオ

二〇二三年（令和五年）五月一八日、西和賀在住の俳人小林輝子さん宅を訪問した。当地出身の角川俳句賞受賞俳人、山崎和賀流と当地を愛した黒田杏子の話を伺うためである。ちなみに二人は一九三八年生まれの同い年。和賀流は三十五歳の若さで急逝している。杏子さんは一九七四年一月一九日、「夏草」同門の岩手の俳人菅原多つをに誘われ、当地の厄人形送りという土俗的な行事を見物するため訪れた。当夜、湯本温泉白雲閣（今は廃業）で地元俳人たちと句会を催している。手元にその記録を掲載した草炎俳句会報「草炎」のコピーがある。和賀流主宰の句会であった。和賀流はこの年の三月十六日に急逝しているから杏子さんとは一期一会の句会であった。夜に二回。翌朝一回開かれている。

雪積めり木地師の妻のまつげにも　黒田杏子
厄人形生れ人の世の寒さ負ふ　山崎和賀流
厄人形祀り冬木を神の木に　菅原多つを
雪嶺負ひ一揆の顔の厄払人形　小林輝子

杏子さんは西和賀に魅了されて、何度か訪れている。その宿となったのが輝子さん宅。杏子さんの句の木地師は輝子さんの夫である。杏子さんが亡くなった三月十三日の翌日、伴侶の勝雄さんから輝子さんに電話が入った。「杏子が突然居なくなってしまった。」と何とも表現しようのない声だったと輝子さんは顔を曇らせた。勝雄さんもまた西和賀に魅了され、杏子さんとは別にカメラを担ぎ二十年以上も通い続けた。氏の写真集『最後の湯田マタギ』はその貴重な一冊である。

かたくりの花敷きつめて雲の影　　黒田杏子

は再訪の折、西和賀の片栗の花の大群落を初めて見た時の驚きの句である。夜には片栗の花のおひたしに舌鼓を打っている。

羽の国や蚊帳に放ちし青螢　　黒田杏子

は輝子さん宅での作。蛍は窓を開けていると部屋の中にも入ってくるぐらいの数だったそうだ。杏子俳句の生涯のテーマの一つ、「蛍」の原点である。

寝なさいと叱られてゐる螢狩　　小林輝子

は輝子さんの作。家のすぐ前で子供達が蛍狩に夢中になり、なかなか戻らない様子を詠んだものだ。旧暦十二月十二日には輝子さん宅のすぐ裏手の山祇神社で裸参りが行われる。この時も黒田夫婦が訪れている。勝雄さんは、雪の中を裸で走り川で水ごりをする男たちの撮影に夢中になる。杏子さんといえば、なんとモンペ姿のまま男たちと一緒に神社から走るのだそうだ。少女期に那須野を走り回り、三十歳から「日本列島櫻花巡礼」を始め、二十八年かけて巡礼を満行した行動力の一端を垣間見る思いで、輝子さんの話に耳を傾けた。山祇神社も杏子さんが駆けた山道も輝子さん宅のすぐ目前にある。

輝子さんに、杏子さんは西和賀でどんな俳句の話をしていたか聞いてみた。すると意外な答えが返ってきた。「いいえ、杏子先生はいつも聞き役でしたよ。話すのはもっぱら私の方でした。」大きな目をみひらいて豪雪地で生き抜いてきた人の声に耳を熱心に傾けている黒田杏子の横顔が目に浮かんできた。一期一会を大切にする姿である。

一九六五年、松島の木曜会の名月句会もまた一期一会の出会いだった。会場は松島瑞巌寺の門前にある大宮寺ちゑ子宅、当日はあいにくの激しい雨だが、店先には萩などの秋の草花が飾られ、みちのくの秋たけなわを演出していた。杏子さんは十句出しの最後の一句に苦吟していたが、佐藤鬼房の「おばんですぅ」という声が土間から響いた瞬間に句がひらめいたという。「私には手ごたえがあった。」と回想している。

能面のくだけて月の港かな　　　　黒田杏子

あとで鬼房がこの句に触れて私に向かって「雨の夜だからねえ。」としみじみ呟いたことがあった。ちなみにその句会で同じように評判となった鬼房の句は、

松島の雨月や会ふも別るるも　　　　佐藤鬼房

である。句会には深見けん二や若年の岸本尚毅なども同行していた。私と同時受賞した蛇笏賞の祝賀の席でけん二さんが、「あの夜は忘れがたい。私は当時スランプでね。あの句会がスランプを抜け出るきっかけとなったんですよ。」と熱心に話していたのも忘れがたい。

私が杏子さんと親しく話すようになったのはいつ頃からか、はっきり覚えていない。杏子さんが主宰するＮＨＫ俳壇にゲストとして招かれたあたりからではなかったか。一九九七年である。同席したゲスト俳人は青柳志解樹、岡田史乃。収録後、「かんだやぶそば」で俳壇事情に疎い私の視野を大いに広げてくれた。

黒田杏子の蛍俳句の原点は先に述べたように岩手県西和賀の蛍にあるのは間違いないが、蛍そのものとの出会いは、やはり疎開先栃木県大田原市の山河の蛍にあろう。言葉と言葉を何度も重ね繰り返すことによって、時空を超えて記憶の中の山川草木、鳥獣魚虫そして愛する人々を呼び出す手法は、黒田杏子が修練の末に編み出したものだ。それは巫女や瞽女が唱える祭文であり、地霊を呼び出す魂振りそのものである。

鮎のぼる川父の川母の川　　黒田杏子

最後に『木の椅子』から私好みの句をいくつか抜き出し、粗雑な感想を締めくくることにする。

橋からの眺め橋得て露けしや　　黒田杏子
白葱のひかりの棒をいま刻む

春雷のゆたかにわたる夜をひとり
みちのくの菊のひかりにつまづくや
父の世の木椅子一脚百千鳥
磨崖佛おほむらさきを放ちけり
母の幸何もて量る藍ゆかた

（角川書店『俳句』二〇二三年七月号より再掲・修正）

杏子を語る——繊細な感性

俳人　「天晴」代表、「枻」同人
津久井紀代

杏子を一言で言うと「自分に正直」な人であった。

杏子は目標を決め目標に向かって、一本の道を迷うことなく進んだ人であった。太っ腹で男性に互し、その行動力は並はずれていた。杏子は私が俳句を始めたその日から背中を追ってきた大先輩である。すでに「夏草」の男性からも一目置く存在だったと思う。杏子はイエスかノウか、好きか嫌いか、ということに常に正直であった。杏子が決めたことに「ブレ」を感じたことは無かった。そのブレない行動は自分の身の回りにも表れていた。

大塚末子のモンペスタイル、銀座名和美容院でのおかっぱの髪、靴はドイツ製のガンダー、鞄は京都の一澤帆布。時流に流されないライフスタイルを頑として貫いた。

杏子という作家を作り上げた一要因はこんなところにも表れているのであろう。

杏子は即座に判断する能力を持っていた人であった。そして杏子の琴線に触れた人の心をたちまちわしづかみにする能力を持っていた。例えば杏子から頂く手紙に心奪われた人は少なくないであろう。大きな文字、切手の選択、一つの芸術品にいつも仕立て上げていた。不思議である。そこには嘘がないからであろう。ほめるべきところは褒めてくれた。いけないところははっきりとその道を示してくれた。すべてのことに対し、その行動力とそれにともなう能力は俳壇の大先輩も一目置く存在になった。

一例を挙げると、大学の先輩である瀬戸内寂聴の心の中に飛び込み、その交友の範囲を広げていった。

杏子の転機となったのは瀬戸内寂聴を団長とする「南印度乾期の旅」に参加したことであろう。印度研究家芳賀明夫の企画プロデュースによる格別なプログラム。杏子はこの旅で俳人としての覚悟を明確に示したのである。

杏子は次のように記している。「この旅で私の人生観と自然観は日々革新され、自由奔放・融通無得、に生きていく道を感得出来た」のである。さらに「私は生きたいように生きていいのだ」。「付度無用」。「人にどう思われようと私は図々しくふてぶてしく女としてこの世を渡っていくのだ」と。

杏子は一作家として生きていく覚悟を据えている。これ以後の杏子は変わった。最後まで「杏子」を演じきったのである。見事にブレることのない一生であったように思う。古舘曹人は「印度紀行以来生まれ変わったようにスケールの大きな根性の強い作品を発表するようになった」、と指摘している。自由奔放に生きたからこそ押しも押されもしない大作家として立ったのである。見事な生きざまであった。

一方、杏子にこんな句がある。

強がりの日記果てんとしてゐたり

「強がり」は努力ともとれる。自由奔放に生きることも、杏子の「強がり」にあったように思う。実は私は杏子を支えているものは繊細な感性にあると思っている。先に示した杏子の手紙もその一例である。磨き抜かれ言葉の一つ一つに言葉の命がある。繊細な感性には人への思いやる心が出ていると思う。電話、手紙において、杏子は沢山のことは言わなかった。最小限必要なものを早口に一方的に伝えた。「強がり」の一部であったのかもしれない。私は「椎」誌に「決断」という文章を書かせていただいたことがある。連れ合いの延命治療をどうするか。人一人の命を決断することなどできない。決断に迫られたことがある。その記事を見て杏子は掲載の記事を真黄色い半紙にコピーしてお金を添えて送ってくれた。その中には言葉は一つも書かれていなかった。私はただ涙であふれた。杏子という人はそんな人であった。

暗室の男のために秋刀魚焼く
花の夜のむかしがたりをしてふたり
花を待つずつとふたりで生きてきて
なにはともあれ金婚の初日浴ぶ

ひらがな書きにもふたりでいる幸せをかみしめているようだ。「私がこうしていられるのもつれあいのお陰」と寂聴に語っている。杏子からはじめてほろりとでた言葉であろう。こころを許した寂聴にだけに話せる言葉。杏子を支えた本当の気持ちであったのだと胸を熱くする。

また、杏子の俳句の中には父、母、兄、などを詠んだ句が多い。母の手紙の「人と競うのではなくあなた自身をゆっくりと高めてゆけばよいのです」の言葉が杏子の根っこを支えたと思うのである。

「藍生」終刊。「件」終刊。蹤跡を残さず。潔い一生を終えた。

大きな愛——黒田杏子

俳人　「麦」会長、「天為」最高顧問
対馬康子

黒田杏子さんは、広告宣伝という人とのつながりを根本とするビジネスの世界における女性の社会進出の魁として、いつも遥か先頭を走っておられた。そのパワーの根源となるものが、人の心の奥底の秘奥に触れることのできる短詩型文学としての俳句であった。

今のＳＮＳやインターネットが出現する以前に、高浜虚子とは違った形で俳句形式を通じて、人と人のつながりをネットワークする近代的なビジネスモデルを形成されていった。

杏子さんと初めてお会いしたのは昭和四十八年、山口青邨先生の東大ホトトギス会である。杏子さんは、大学卒業後広告宣伝の世界に身を投じ、そこでの経験をもとに、再び青邨門に入ることを果たした頃で、男性に伍して「東京散歩句会」や勉強句会「木曜会」に打ち込んでおられた。

同じ「夏草」の古舘曹人氏の強い影響と指導を受け、俳句創造においてもビジネスモデルとして、目標設定、決断、実行を粘り強くやり抜かれた。厳しく自己の内面と向き合ってきたからこそ、ビジネスの面でも高い評価を得、新しい女性俳人像を打ち立て得たと思う。人がその心の奥に持つ独自の個性を尊重し、尊敬し、励まし、自分の周りの人々を含めて大きく抱擁しながら高まってゆくそのエネルギーは晩年になっても変わらず、と言うよりも、もっと体系的なものに導かれるように、多くの人々を魅了し、単独で「日本列島櫻花巡礼」を満行されたように、強い覚悟と信念を後進に示された。

稲妻の緑釉を浴ぶ野の果に

白葱のひかりの棒をいま刻む　『木の椅子』

この緑釉が織部の人生を象徴するような稲妻の色である、と美を断定する勇気は、茶の湯を人生の喜びとする市井の生き方を超えている。敢えて芸術の孤高の道へ踏み出そうとする初期作品のみずみずしさは圧倒的である。日常の生活のねぎを刻むという行為の中にも「ひかり」を見出す非凡さがある。

旅することで人々との連携は拡大し、日本を超えて印度、中国などの国際的展開へとその行動は広がりを持った。

供花ひさぐ婆の地べたに油照　『木の椅子』

秋つばめ包《パオ》のひとつに赤ん坊　『一木一草』

「旅」をすることは、自らの日常性を離れ、新しい自分に出会うことができる。杏子さんのように多くの人を引き付ける「愛」の力を持つ俳人は、異なる風土と出会い、異なる信仰と出会い、何物も差別しないで大きく受け入れる作品を異なる風土でも傑作として作り出すことができる。これこそ国際俳句の嚆矢である青邨の魂を受け継ぐ俳人である証である。

生と死という俳句の普遍のテーマに対して杏子さんの作家としての源を、かつて世の中から疎外された人々の最後の死に場所であった「遍路」を巡り、一遍を愛し、日本の美の根底とも言うべき「花」に身を置くという思想につながっていったと思われる。

花に問へ奥千本の花に問へ　『一木一草』

はるかよりきし花びらのかの世へと　『八月』

随筆の名手だった青邨と同じく杏子さんも、全国を旅し、体を動かし、「季語の現場」に立って、人や自然の一瞬一瞬の出会いとの感謝を優れたエッセイで綴られた。

私にとって、第十回桂信子賞（柿衞文庫主催）を大石悦子さんとともに受賞させていただいたのは望外の喜びである。選考委員の杏子さん始め、宇多喜代子・寺井谷子・西村和子の先生方には温かく心に残る授賞式をしていただいた。私が中島斌雄、山口青邨、有馬朗人の三人の師に恵まれたこと、夫西村我尼吾が尽力した「松山宣言」から、殊に「正岡子規国際俳句大賞」を金子兜太先生が受賞されたことで世界の「ＴＯＴＡ」になられたのだという、杏子さんの推薦文が当日披露された。そのような評価をいただいたのは初めてであった。

『証言・昭和の俳句』は、黒田杏子の名プロデューサー力がいかんなく発揮された偉業であるが、二十年ぶりとなる増補新装版に際して解説執筆陣に入れていただき、さらに二〇二二年「藍生」誌における特集「戦後生まれの女性俳人」の八名に選んでいただいたことは、何よりも有難い、最後の贈り物となった。

杏子さんは、俳人は誰を「師」とするかが決定的に大切であると言っておられた。俳人黒田杏子は、大俳人青邨を生涯の師として、青邨との心のつながりを自己のアイデンティティーとしておられた。俳句とは青邨であり杏子であるという信仰にも似た崇高な思いを生涯変わることなく持ち続けておられたと思う。そのような生き様と生涯現役の思想こそ、私のこれからの標となる。

新盆に、「件の会」の方々と一緒に京都五山の送り火にて法要をさせていただいた。闇に浮かぶしずかな炎は杏子さんの大きな愛のようだった。

花冷えや黒という字は鳥に似て　康子

牡丹園の夜明け

俳人　「桔槹」選者、同人会会長
永瀬十悟

黒田杏子さんご逝去の知らせを聞いた時にすぐには信じられなかった。その一ヵ月前に、兜太現代俳句新人賞の公開選考会が東京であり、その後に黒田さんが金子兜太についての講演をされた。私も選考委員の一人で、親しくお話をしたばかりだった。黒田さんは、兜太が長く担当した福島県文学賞俳句部門の審査委員の後を継ぎ、東日本大震災を経験した福島県の俳句にかかわれたことを誇りとしていると話された。この審査委員を長くご一緒した私は、黒田さんの福島への想いの深さを改めて感じた。

黒田さんは大震災の前年の第六十三回から、二〇二一年の第七十四回まで審査委員を十二年間続けられたのだが、毎回の篤い選評には心を動かされた。日常詠はもちろんだが、特に震災と原発事故を福島の俳人が俳句でいかに表現するかを見続けた。ストレートで生な言葉の使われた作品には、俳句として昇華されているかを問うた。

ところで私が黒田さんに初めて会ったのは、一九八七年五月の須賀川市の牡丹俳句大会であった。私の所属する俳誌「桔槹《きっこう》」が講師としてお招きしたのである。黒田さんは当時四十九歳、第一句集の『木の椅子』が現代俳句女流賞及び俳人協会新人賞を受賞し、新進気鋭のスーパーレディ俳人として活躍されていた。私は三十四歳で、会の若手として『おくのほそ道』ゆかりの須賀川を当時の「桔槹」編集長の森川光郎氏と一緒に案内した。黒田さんは「季語の現場に身を運ぶ」をモットーとしていたが、牡丹園でも講演前日の「午後から園内をゆっくり吟行、日が沈むまで園内にとどまらせてほしい」、そして講演当日は「太陽が昇る一時間前に特別に園内に入れてほしい。日が昇って牡丹がひらきはじめる時間を体験したい」という希望だった。その行を共にする大変な役を仰せつかったことも、俳人の凄みを体験した懐かしい思い出である。これをなぜ覚えているかはそのインパクトが強かったこともあるが、黒田さんが雑誌『旅』の一九九四年五月号に「暁けてくる牡丹園」として書かれていたからである。

さて講演は当初予定していた会場が黒田さんの声価が高く手狭になり、急きょ変更して小学校の体育館を借りることにするなど冷や汗ものであった。講演は「私の俳句勉強法」で、要旨は、一つは初心者への三点、①本気で俳句をやる覚悟をもつこと。②急がば廻れ。基礎的な勉強をやること。

③志を高く持つ。句会などで一喜一憂することなく目標を高く持つこと。もう一つは実作上の注意の三点、①現場に立って実際に目で見ること。②句会で学ぶことを重視する。③古今の名句を読み、学ぶこと。であった。これらは今でも私の指針となっている。講演では、その日の朝ご一緒した牡丹園での句を次々紹介され、私は圧倒された。なおこのとき贈った牡丹「白王獅子」の苗木が黒田家の庭に根づき大輪の花が咲いたと、〈はなびらのま横にとんで白牡丹〉の色紙を頂いた。今も我が家に大切に飾ってある。

その翌々年一九八九年十一月には、牡丹焚火俳句大会（須賀川牡丹園の枯れた牡丹を焚いて供養する、「桔槹」と市の行事）の講師として再度来て頂いた。「牡丹焚火」は、その玄妙さにより一九七八年に季語として歳時記に収載されていた。講演は「俳句が教えてくれるもの」と題し、俳句を作ることによる新鮮な驚きや、また厚い友情の生まれることなどを話された。牡丹焚火の後の句会に黒田さんは〈父のこゑ師のこゑ牡丹焚きにけり〉の句を出された。さて黒田さんの代表句の一つに〈音もなくあふれて牡丹焚火かな〉があるが、この句のエピソードを書いておきたい。その年「牡丹焚火」のセレモニーとして「桔槹」会員が句の吟詠をすることになり、その一つに黒田さんの牡丹焚火の句が欲しいと事前に依頼し届いた句のうちの一句であった。即ち題詠であるが、「音もなくあふれて」は威厳と供養を秘めた牡丹焚火にまことにふさわしいと思っている。

その後、独特の流麗な字でお手紙を頂いたり、「藍生」からの文章依頼に何度か書かせて頂いたりした。「藍生」は総合誌のような充実した内容の俳誌で、執筆枚数も自由、書かせて頂くことは光栄であった。福島県文学賞の審査委員となった頃からは直接お電話を頂くことが多くなり、私の二〇一九年度の現代俳句協会賞受賞時には、お祝いとともに若い頃の須賀川でのことに話が弾んだ。この年は現代俳句評論賞に、黒田さんも私も敬愛する武良竜彦氏が、そして奇しくも同じ年度の現代俳句大賞を黒田さんが受賞することになりとてもうれしいことであった。

黒田さんのトレードマークのもんぺ姿は、その生き方と美意識を如実に表すスタイルだった。田舎の無名の若者にも誠実に対する、弱者の味方、反骨の人であった。黒田さんの俳句には前書きが用いられることがある。それは俳句が存問であり、祈りであるという大切なことを教えてくれる。前向きな姿勢に勇気づけられてきた。敬意と感謝の想いは尽きない。

クロモモさんと呼んでいました

俳人 「銀化」主宰
中原道夫

黒田杏子さんが亡くなったという連絡を受け取ったのは、偶然にも黒田さんが文京区に越す前、長年住み慣れた千葉県市川市だった。それも桜の蕾が綻び始めた昼さがりの霊園。実は私も知人の葬式の後、納骨の最中。新聞社から携帯への知らせで何も聞かない内に、黒田さんのことでしょうと向こうが何も言わない内に、先走って言ってしまった。一度倒れられていることを知っていたし、何となくそんな予感がしたのだ。そして直ぐに、追悼文の依頼だろうということも察しがついていた。

黒田さんに初めてお会いしたのは、彼女が纏めている若い人の句会で佐渡吟行一泊二日だったように記憶する。まだその頃はトレードマークの大塚末子製のもんぺ姿ではなく、殆ど誰も見たことがないというセーター姿で、グレーのざっくりとしたマフラーをしている写真が残っている。それを遡ること半年のある日、新聞の「ひと」欄に俳人協会新人賞に決まったことが出ていて、そのとき彼女が俳句をやっていることが社内に知れわたってしまった。第一句集の『木の椅子』である。博報堂の社内にはいくつか句会が存在していたようだが、東京女子大時代から山口青邨に指導を乞うていたことは社内の人には内緒だったようだ。途中いくらかブランクがあったようだが、実社会へ出ても俳句を作り続けるのは大変だったろう。

私は外資系の商品の広告を作る部門に在籍していて、その吟行を通じて、急接近するのだが、私のことを「みっちゃん」と呼ぶひと回り上のお姉さんのような存在で、公私にわたりお世話になった。新人賞ともなった『木の椅子』の〈かよひ路のわが橋いくつ都鳥〉に出会ったこの頃の句が懐かしい。私も初学で、同じ総武線に乗り神田錦町にある会社まで通う通勤ルート。そこには江戸川、中川、荒川、隅田川にいくつもの橋。そして川面を飛び交う水鳥たちの営為を吊り革に揺られながら、ぼんやりと車窓からの風景を眺めていたものだ。初心者には生活の一断片をこう切り取ることで、俳句になるのだと気付かされた句でもあった。あるとき届いたハガキに表現を殊更弄りたがる私に対して「もっと直球を投げなさい」と書いてきたことがあった。能村登四郎門の私の句はともすると、饒舌型、述べるタイプの句、それに穿った言い方をする。彼女の教えを乞うた青邨門から見れば何とも曲球に見えたのだろう。

私も結社を持つようになって忙しく、中々会う機会が減ってしまったがそれでも、帰りに東京駅でばったり会って、同じ快速に乗って片や市川で降りるまで良く喋って乗客に叱られた苦い思い出もある。数年前に倒れられて以来、歩行困難となり大きな大会以外は外出は控えていたようで、会うことはなかったが、二〇一八年六月に有楽町の朝日ホールで開かれた「金子兜太さんを偲ぶ会」で旦那さんの押す車椅子に乗った杏子さんの姿があった。その後間もなく旦那さんの写真集『最後の湯田マタギ』(二〇二〇年)を戴いたことも記憶に新しい。それら全て杏子さんの気配りのなせる業であることは知っていた。〈暗室の男のために秋刀魚焼く〉これも初期の作品だが、この男こそが写真家である黒田勝雄さんだと今になって気付く人も多いことだろう。

雑誌『広告』の編集長として東奔西走するエネルギーを更に俳誌「藍生」を創刊(一九九〇年)することで最大トルク/燃焼まで持ち上げて行く姿には、端で見ていても凄まじいものがあった。恐ろしいまでの情熱である。創刊に当たって密かに社内メールが来て「あなたに『藍生』の表紙のデザインをお願いしたい。出来れば永年使用に耐えうるシンプルなものを希望。題字の揮毫は既に榊莫山氏から戴くことになっています。では宜しく」と万事簡潔、スピーディーにことを熟す。この人脈は何処から?というくらい幅広く唖然とすること度々。その判断力、そして行動力たるや彼の田中角栄を思わせるものがあった。彼女の魅力に引き付けられた人々で、ご存知、瀬戸内寂聴、永六輔、篠田桃紅、ドナルド・キーンなどもスクリューに巻き込まれた人たちであった。ここでは彼女の偉業の全てはとても紹介し切れないし、杏子ファンなら周知のこと、蛇足のようなものである。昭和、平成俳壇の牽引者だったと誰もが認めるところだろう。

奇しくも、角川『俳句』三月号の巻頭五〇句「炎ゆる人炎ゆる雛／八四歳の記憶」が最後の仕事となった。その中から〈戦争に勝つまで雛は飾らぬと〉杏子六歳、疎開先の栃木県南那須村での記憶が痛々しい。そして開花宣言が出た日にその桜を見ることもなく旅立って行った。否、彼女の眼裏には「日本列島櫻花巡礼」で出会った数多の桜が、その儘咲き誇っていたに違いない。

（『新潟日報』二〇二三年三月二三日付より再掲・加筆）

天地有情

俳人 「陸」主宰、現代俳句協会会長
中村和弘

黒田杏子さんとの出会いは句集を通してであった。一九九四年に出版された第三句集『一木一草』を当時担当していた『俳句』（角川書店刊）の年間秀句集の欄にてとり上げ批評したことがきっかけであったように思う。

ガンジスに身を沈めたる初日かな　『一木一草』
初観音逆白波を踏みわたり　〃
ふるさとの室の八島も注連の内　〃
一茎のあざみを挿せば野のごとし　〃

などの句を思い出す。当時の掲載号が見当らず、詳細はもはや記憶にないが、詩情豊かで〈天地有情の感あり〉とまとめたように思う。下手な批評を書いてしまった、といささか悩んでいたがその後の作風を含め〝黒田杏子の天地有情〟は本質に迫っているように思う。この句集『一木一草』にて一九九五年俳人協会賞を受賞。黒田さんは電話忠《まめ》、筆忠《まめ》である。掲載号が発売され、間を置かずに旧知のごとくに電話をいただいた。

第四句集『花下草上』（平成十七年、角川書店刊）の批評、これは多分黒田さんの指名であったと思うが『俳句』編集部より句集評の依頼があり短評を書かせていただいた。この『花下草上』を含め『木の椅子』『一木一草』は秀句集、今読んでも心うたれる作品が多い。

淋代の浜打ちあがる夏花かな　『花下草上』

は句集冒頭にある句である。この句は〈みちのくの淋代の浜若布寄す〉という師である山口青邨の句がある。それを下敷にしての挨拶句の趣がある。夏花は、夏安居九〇日間に仏に供える花のことである。恩師山口青邨を想ってのことであろう。句集冒頭に置いた意味はそこにあろう。

屈原の日の粽結ふ少女かな　『花下草上』
西蔵《チベット》の端午の星をおもふべし　〃
上海や金魚冥きにひるがへり　〃

平成八年作とありこの年は、中国、西蔵と海外の旅を続けその句は多くはないが情感豊かで力強い。

櫻鯛彗星の尾のつめたけれ　（平成八年）
石割つて花の木となる箒星　（平成九年）
大寒の星ひかり出づ兄等《けいら》のごとく　（平成十年）
深井戸の底に海原椿山　（平成十一年）
岩屋寺に月ほそりゆく芒種かな　（平成十一年）
草の香の姨捨山の盆の月　（平成十二年）
月山の薬草乾く月夜かな　（平成十二年）
みな過ぎて鈴の奥より花のこゑ　（平成十三年）

まことに秀句の多い句集、豊かさそして俳句における新しさとは何かを考えさせてくれる句集である。

黒田さんは六〇年安保の世代である。私は当時予備校生で先輩の影響下その洗礼を受けデモに参加した程度、である。『學鐙』（冬号 Vol. 119 No. 4）に、

一九六〇年六月十五日。大きな盛り上がりを見せていたいわゆる反安保の国民的なデモ。この日、東京大学四年生の樺美智子さんが仲間と国会構内に突入。この強行派のデモを粉砕しようと対峙した第四機動隊との激突の末、若い命を落とされました。この事実に私は衝撃を受け

ました。大学セツルメントのメンバーの一員として、この日、私も国会議事堂をとり巻く大群衆のひとりでした。しかし、いかに挑戦しても、この日の怒りと悲しみを俳句作品に詠み上げることは当時の私の力量では不可能……この時、私はたまたま出合ったのです。

デモ流れるデモ犠牲者を階に寝かせ

作者は金子兜太とありました。

とあります。後年の金子兜太との係りを予感させるような場面です。詳しくは『學鐙』をお読みいただきたい。

この度の黒田杏子最終句集『八月』(角川書店刊)に金子兜太にかかわる句が多い。

兜太待つ秩父往還まむし谷

(二〇一三年)九月二十三日　皆野町行　兜太先生誕生日祝賀句会

語る兜太歌ふ兜太山紅葉

(二〇一六年)九月二十四日　九十七歳の賀

春北斗寝釈迦の相の大詩人

(二〇一八年)二月二十日　兜太先生　九十八歳

荒凡夫存在者花降りやまず

四月五日　ご納骨　海程院太航極句居士

お骨埋めて暁闇のほととぎす

六月二十二日　お別れ会　東京有楽町マリオン朝日ホール

ＴＯＴＡ兜太と集ひくる梅雨晴間

ざっと読んだだけでもこの数である。金子兜太との関係を何よりもこれらの句が物語っていよう。

そして二〇二三年二月十八日、現代俳句協会主催にて「兜太現代俳句新人賞」の選考会（公開）が日本記者クラブで行われた。この賞は金子兜太のようなスケールの大きい俳人を育成することを目的に現代俳句協会が設けた若手対象の賞である。この日のイベントとして黒田さんに金子兜太のことを気軽に話していただく、ということで選考会後の懇親会にお招きした。結果、先に引用した『學鐙』の記事にほぼ尽きるが黒田さんの率直な話が若い人達に好評、強い印象をのこした。

私が黒田杏子さんにお目にかかったのはこれが最後になってしまった。金子兜太そして黒田杏子が亡くなり俳壇も寂しくなったものである。

でもね、先生

俳人 「いつき組」組長
夏井いつき

「あなたは弟子なんかじゃないわよ。」

全く杏子先生という人は、面と向かっていきなりこんなことを言うのだから、こっちは心臓が幾つあっても足りないほど縮み上がる。ギョッとして振り向くと、先生はこう言った。

「あなたは仲間。同志なのよ。」

一瞬、キョトンとしてしまった。が、脳に意味がゆっくりと入ってくると、逆な意味で呆然とした。


二十代の頃、愛媛の南の端っこの小さな町のたった一軒しかない本屋さんで、俳句総合誌に掲載されていた第一句集『木の椅子』五十句抄を立ち読みし、私はこの人の弟子になると決めた。先生が私の存在すら知らないうちから、勝手に弟子になっていたのだから、今更「弟子なんかじゃない」と言われても困る。


が、ちょっと腑に落ちてしまったところも無いことはない。

俳句結社に所属するとなれば、ごく常識的な意味での行動規範というものはある。（私はそんなことも知らずに、「黒田杏子の弟子」と公言しつつ、地元の俳句結社に入会。好き勝手な活動をしていたら、様々な軋轢を生じさせてしまい、地元俳句界からカンペキに干された経験がある。句会の楽しさを知った頃だったので、一人で俳句を続けるのは、やはり淋しかった。正直、かなり堪えた。）「藍生」の立ち上げを知り、意気揚々と参加したが、振り返ってみると、その頃の私の言動は前出の地元結社時代と何も変わっていなかった。俳句界における常識的な主宰であったなら、私なんぞはとっくの昔に、破門なり出禁なりを言い渡されていたに違いない。

が、有難いことに、杏子先生は、常識的な主宰ではなかった。

私は、しょっちゅう先生に手紙を書いていた。返事が欲しいのではなく、とにかく何かを訴えたかったのだろう。「俳句甲子園を松山でやりたい」「俳句の種を、今、誰かが蒔かなくては、俳句界はやがて朽ちる」「俳句結社が取りこぼしてしまう部分を、補っていく仕組みが必要」等など、折々に思うことを書き綴りつつ、遠く離れた愛媛で勝手に行動を起こす。「弟子」という範疇に入れておくと、実にメンドクサイ種類の人間だったはずだ。

でもね、先生。

私は、やはり貴方の弟子です。

中学校の教員だった四十年前。あの本屋で〈昼休みみじかくて草青みたり〉が目に飛び込んできた時、春草の青さが眼球にじゅわんと沁み込み、目のうちが明るくなる心地がした。〈磨崖佛おほむらさきを放ちけり〉の世界に瞬時にワープし、オオムラサキに憑依し、やがてゆらゆらと磨崖仏を見下ろしている自分に驚愕した。

黒田杏子の作品に魅入られることがなければ、本気で俳句を勉強しようとは思わなかった。黒田杏子という俳人に出会わなければ、教員という手堅い仕事を辞め、俳句を生業とする波乱万丈な人生を選んだりはしなかった。今の私は、有り得なかった。

「あなたは仲間。同志なのよ」とは、ここまでの活動を認めて下さった最大のご褒美の言葉。有難すぎる賛辞であることは重々承知の上で、やはり、私は先生に歯向かう。一生涯「黒田杏子の弟子です」と言い続ける。そう決めている。

「あなたね、もうそんなに持ち上げてくれなくていいから。」

私が最後に電話で話した時、先生はいつものようにそう言った。

もし、本書に黒田杏子礼賛の美辞麗句ばかりが並んでいたら、「あなたたち、なにバカなことばっかり書いてんのよ」と、先生はちょっと照れつつも、ちょっとご機嫌を斜めにするかもしれない。

でもね、先生。

心から師と呼べる人に出会えることは、類い稀なる幸運。持ち上げる気はさらさらないけど、率直な気持ちは伝え続けたい。

師の作品に憧れ、師の作品から離れ、己の作品を確立させる。表現という大海に身を漂わせる者にとって、「師を持つ」とは、一本の鋼の如き錨を持つこと。私たちにとって、先生は、鋼の如き錨としてずっとそのまま存在している。何も悲しむ必要はない。なに一つ揺らぐことなく、共にここに在る。

が、ささやかな欲を言わせてもらえば、もう一、二回「あの作品よかったわよ」と褒めて貰いたかった。などと、女々しい思いを抱くと、急に淋しくなるから、つまらぬ感慨は心に固く封じておく。

大文字

俳人「知音」代表、「件」同人
西村和子

「あなた東京に戻って来たそうだけど、私たちの句会にいらっしゃいませんか。超結社の集まりで、メンバーは……」

二十年前、黒田杏子さんからいただいた電話の声が忘れられない。明快で説得力のある声に、直ちに従った。九段の「藍生」の事務所で毎月夜句会をして、終わると同じビルのレストランか寿司屋で飲んで別れた。九段で集まっていたことから「件《くだん》の会」と命名して、黒田さんをリーダーとする活動が始まったのは、その後のことだった。

「みなづき賞」「さろん・ど・くだん」「件」の発行、そして年に一度の「大人の修学旅行」。その発案とリーダーは常に黒田さんだった。日本各地に人脈を持ち、名刹、名店を知り尽している黒田さんとの旅は、贅沢で貴重な体験だった。

青森の佞武多、五所川原の立佞武多、奈良の辻村史朗さんの窯場、京都大徳寺の真珠庵、嵯峨野の寂庵、甲斐の山廬、柏崎のドナルド・キーン・センター、高野山、沼津。連れて行っていただいた何処も、黒田さんの人脈が無ければ望めない体験に満ちていた。ある時は先頭に立ち、ある時は座の真ん中で、感動しきりの仲間の顔を眺めつつ満足気に盃を傾けていた黒田杏子。その存在を失って、「件」の仲間は途方に暮れている。

あれは夫の新盆の年だった。同じ年、妹さんを亡くした橋本榮治さんと二人のために、「大文字の送り火を遥拝しましょう」と提案して下さった。西山の常寂光寺の住職父子が「件」の仲間を迎えて下さった。夜中は鵺が鳴くという静かな堂内で、日の暮れを待った。その夜は聞こえなかったが、丁度ビンの口に息を吹きつけたような声で、鵺は鳴くと教えていただいた。

夕刻一旦閉められた山門が、八時前に再び開門され、近所の人々が点火を待っていた。住職が撞く鐘の音の余韻に呼応するように、京都盆地の彼方の東山の闇の中に、大文字が点火された。常寂光寺の最も見晴らしのよい場から拝んだ大文字ほど、静かで、悲しくて美しかった送り火はない。

夜風に吹かれながら、小さな大文字が消えて、涙が乾くまで、佇ち尽していた。榮治さんも同じだったことだろう。黒田さんも仲間たちも、闇の中で静かに待っていてくれた。

今年八月、大文字の日に黒田杏子さんの法要を大徳寺真珠庵の和尚様が計画して下さって、急拠京都へ行くことになった。ところが台風の上陸で、東海道新幹線は前日から全面運休。早朝から天気予報とニュースを見続け、午後に運転再開と報じられるや否や家を出た。臨時のぞみ号に滑り込み、座れてほっとしたのも束の間、名古屋の手前、京都の手前で動きが止まってしまった。レール上に特急が何本も渋滞していたのだ。

天ぷら会席の夕食にも間に合わず、いくら何でも夜八時の大文字の点火までには着くだろうと思っていたが、甘かった。京都駅のタクシー乗り場は長蛇の列。やっと辿り着いた時、大文字の火は骨組みだけ燃え残って、名残の送り火を拝むことができた。東京、神奈川から、遠くは山梨県から駆けつけた仲間たちの刻々と変わる予定に、一日中気を揉んで待って下さった京都の人々と、黒田さんを偲ぶことができた。

「大人の修学旅行」は京都が最も多かった。真珠庵では坐禅体験もした。思い出多い真珠庵の奥で、折詰にしていただいた天ぷら会席を食べる遅刻組を、遺影の黒田さんはほほえんで見て下さった。あの明るい声が聞こえてくるようだった。和尚様自慢のスピーカーから溢れるクラシック音楽に身を浸していると、長途の一日の疲れが癒されてゆくのを覚えた。真夜中、真珠庵の裏木戸でタクシーを待っていると、虫の音が聞こえた。今年の大文字も、忘れ難い思い出となって残ることだろう。

(『俳句四季』二〇二三年八月号、「知音」同一〇月号より再掲・修正)

台風の吟行

俳人「トイ」所属
仁平 勝

私はいちど「藍生」の句会に参加したことがある。といっても、ゲストとか飛び入りというのではない。黒田さんが私のために、わざわざ吟行と句会を企画してくれたのである。

かれこれ四半世紀前のことだ。講談社の依頼で俳句の入門書を書くことになり、担当者から本の内容として、吟行と句会のことを書いてほしいという注文があった。そういわれても私には、結社とかカルチャースクールがあるわけでなく、一緒に吟行するような仲間もいなかった。そこで黒田さんに相談すると、ならば「藍生」でやってあげるわよ、ということになったわけである。

日取りは一九九九年八月十四日の土曜日。ところが、不運にもその日は台風だった。各地で大きな被害があり、東京でも朝から暴風雨である。予定していたメンバー（黒田さんを含め十三人）がちゃんと集まるかどうか、集まったとしても、予定通り決行できるかどうか心配だったが、集合場所のJR御茶ノ水駅に、一人も欠けずに全員が集まってくれた。つくづく黒田さんのリーダーシップと、「藍生」の心意気に感心した次第である。

湯島聖堂からスタートして、次に江戸情緒の残る湯島の町を散策しながら湯島天神へ向かい、そのあと淡路町のかんだやぶそば（黒田さんのお気に入り）で昼食をとって、九段下の「藍生」事務所で句会というスケジュールだった。けれども、湯島聖堂が夏休みで閉まっていて、湯島天神へ直行することになる。とても江戸情緒など味わっている場合ではなく、強い吹き降りをなんとか傘で防ぎながら、ひたすら足早に歩くだけである。

湯島天神では、境内にある休憩所で雨宿りすることもできて（甘酒を飲んでいるメンバーもいた）、ゆっくり吟行の時間がとれた。そして一同は、また雨の中を歩いてやぶそばへ向かったが、そのころには雨の勢いもすこしずつ弱まってきた。一行は道端にある古い店をのぞきながら歩く余裕もできて、江戸切子を売っている店に立ち寄ったりした。ちなみに黒田さんは、そこでこんな句を作っている。

神田川とどろく雨の切子かな

途中で昌平橋を渡ったとき、その下を流れる神田川が、激流になって渦を巻いていた。その様子を「神田川とどろく」と詠んで、そこに切子燈籠を取り合わせた。立ち寄った店で見かけたのだろう。「雨の切子」とは、なかなか洒落たフレーズである。

さて、やぶそばに着くと、改装工事中ということで店は休みだった。二度目の番狂わせに一同はがっかりしたが、仕方なく、近くの神田まつやに変更する。ここも老舗の蕎麦屋だが、細長いテーブルでの相席になる。しかも満員だったが、無事に昼食を済ませて、そこからはタクシーに分乗して「藍生」事務所に向かった。

句会では、なんとテープレコーダーが用意されていた。至れり尽くせりというか、黒田さんのこういう気遣いには頭が下がる。おかげで私は、あくせくメモを取る必要もなく、「藍生」の句会をゆったりと堪能することができたのである。

私の俳句入門書は『俳句をつくろう』（講談社現代新書）という本になったが、第六章の「吟行と句会」にこの日の記録が書かれている。となると、手抜きをしたように思われそうだが、この本は（いわば新書の宿命として）絶版になっている。そんなわけで、あらためて黒田さんの思い出として、楽しかった台風吟行の一日を振り返ってみた。その「藍生」が終刊になったのは淋しいことである。

寂庵句会の日々

俳人　「椎」共同代表、「馬酔木」同人
橋本榮治

もっこ（MOCCO）の会（句会）が「件の会」と改組改称されてしばらく経った二十年前のこと、件の会の句会の席上だった。「馬酔木」の編集長になってから教える句会ばかりで、教わる句会が皆無になった、一から教えてくれる句会はないものかと私が嘆いた。知命をとっくに過ぎた編集長が一からの手習いはないでしょう、あったら私だって入りたいというような顔を他の出席者にされて、そうか無理かと自分から諦めざるを得なかった。

しばらくして、黒田さんから先日のあなたの言葉、考えさせてと電話が入った。さらに三、四ヶ月経ったろうか、東京では誰かに見つかって変な噂が立ったら困ります、その恐れが少ない京のあんず句会（通称・寂庵句会）に来ませんか、のお誘い。毎月ですが通い切れますかと念を押されたのだが、黒田さんの心配は耳を素通りし、一も二もなく京都行に飛びついた。

寂庵句会に初めて参加したのは早春の頃だった。着くや早々、ご挨拶に行きましょうと黒田さんに言われ、句会が開かれる僧伽《さんが》の隣棟の寂聴さんの部屋に向かった。雛段の前で紹介されたが、お二人の能弁の前では専ら聞き役だった。後で考えると、寂聴さんに私を紹介する約束が事前に出来ていたようだ。次にお会いしたのは句会にお出ましの時だった。この頃の寂聴さんは毎回出席せず、お出ましの時は僧伽内の空気がぴりぴりし、緊張が走った。姿が見え、黒田さんの隣にいた私が席を譲ろうとすると、「そこはあなたの席、この句会ではあなたが上席、私に譲ってはいけません」とやんわりとたしなめられた。私の句歴を調べ上げたかのような心添えであったのには驚いた。

寂聴さんとは京都駅でよくお会いした。手編みの帽子を被って、くりくりとした両目、それが良く目立った。ご挨拶をすると大抵は「杏子さん、お元気?」で始まった。寂聴さんと黒田さんが親しくなったのは会って間もない頃、寂聴さんが印度の旅に誘ったのがきっかけと聞いている。この旅で生まれた作品は黒田さんが角川賞に応募し、雑誌「件」にも再録され、本人に忘れがたい印象を残している。もっこの会入会間もない頃に私も黒田さんにヨーロッパの旅に誘われた経験がある。話を受けてから旅立ちまで半月程しかなく、準備不足を理由にお断りした。色々と話す時間が欲しかったのに「残念ね」という素っ気ないお返事を戴いたが、痛惜この上もなかった。

寂庵句会が済むと、黒田さんに京の店を案内していただく機会が多くなった。先ずは黒田さん自身が旅鞄を何式もお揃えの一澤帆布店。店内で信三郎恵美夫妻を前に二人が如何に誠実な方であるかを聞かされ、黒田さんの知り合いというのみで製品を割引いて下さった。それが嬉しくて、我が子たちに配るものまで買い込んだのを覚えている。後々、信三郎氏は店の存亡を懸けた訴訟に巻き込まれるのだが、その折の黒田さんの心配の仕方は「過激」であった。その信三郎帆布に強力な支援を送ったのが、京の黒田さんを語る時に忘れてはならぬ人、大徳寺の真珠庵住職山田宗正和尚である。私が「件の会」の一員として初めてお会いした時は副住職であられた。京の限りない奥深さを知ったのは真珠庵を訪ね、山田住職の趣味の破格の深さに接してからのことだった。

人生は長くはないのだから無駄な付き合いはしないことと杏子さんが言い、今回の面談は時間が無駄だったわね、と感想を漏らすことがあった。ある時、高野山の俳句大会に来なさいと命じられ、投句は必要ないと言われる。何をしに行くのか分からぬままに現地に行くと、骨董商で俳人の山陰石楠氏に会わされた。老いて眼光鋭く、言葉一つひとつを絞り出す人であった。その後、杏子さんが石楠氏に会う場に何度も呼び出された。杏子さんがわざわざ会いに行く価値を認めた人は名の有る無しに関わらなかった。

観音様が紙雛をご覧になっている句を寂庵句会に出したことがある。杏子選には入ったがそこそこの評だった。翌日は私の属する関西句会の吟行会があり、近江の渡岸寺を訪ねた。十一面観音の前には小さな折り雛が置かれていた。ところが、拝観を終えた直後の仲間がざわざわしだした。入口に杏子さんが姿を現したのだ。まさか昨日の句の確認に来ておりますと嘘も言えず、黙って笑みで迎えると「やはり来てお出ででしたか」と一言いわれた。その頃の杏子さんの句の基本は句材を「歩いて」稼ぐ。それに「見た者のみが表現し得る感動」を加え、事実から「詩への飛躍」を図る。渡岸寺での私はその入口でうろうろしていたことになるが、私の俳句作法がやっと分かり始めたわねという表情が杏子さんのかんばせに浮き出ていたのには嬉しかった。

寅年の友

藤川游子　俳人

令和六年に入って早くも一月が過ぎようとしている。

黒田杏子さんからの声の便りが途絶えて早くも十ヶ月が過ぎてしまった。

「黒田です。お元気にしていますか？」と最後の電話があったのは、昨年の三月三日だった。

「角川書店から五十句思い入れのある句ばかり発表したので御本送りますから読んでね！」と言われた。いつもはすぐに到着するのに今回は一週間過ぎてやっと御本が届いた。

早速開いてみると、御兄上と若くして死別された追慕の句や、百歳を目前にした瀬戸内寂聴さんとの永訣の句が並んでいた。全て雛に託した思い入ればかりをもろに感じさせて、日頃の杏子さんらしからぬ五十句だった事を思い出す。

私と黒田杏子さんは同い年の寅年。私事ながら三月十二日にやっと金婚式を迎える事を報告する用意をしていたら、それよりも前に杏子さんから御自分のダイヤモンド婚の内祝を送って来られた。

それなのに三月十三日を命日に選んで逝ってしまったのですね！

私のまわりからつぎつぎと親しい人が旅立っていってしまう。

ちなみに瀬戸内寂聴さんのご命日はご存知ですか。私は十一月九日と知っていますよ。なぜって、それは私の誕生日だからです。

返事

俳人 「玉藻」主宰、鎌倉虚子立子記念館館長
星野高士

今でも黒田杏子さんから電話がかかってくるような気がするが、本当にお世話になったと言うことを一番に思う。

母の椿が親しくしていただいていて、私も銀座「卯波」の月曜会へ連れていってくれてからは、もう私の先生でもあった。それ以前からどこかのパーティ等でお会いはしていたが、電話が直接かかってくるような関係ではなかった。

その「月曜会」は俳壇でも高名な藤田湘子、三橋敏雄、阿部完市などの流派を超えた集まりであり、入会審査はないが、なかなかお仲間に入れない句会。次回の日程を伝えてくれれば入会という厳しい場所でもあった。杏子さんはいつも湘子さんと次の日程を決めて私に「貴方もよ」と言ってくれてから、付き合いは三十年ぐらい経ったか。

私はまだ「玉藻」副主宰の時代であったが、毎月行なわれる会で、いつも杏子選に入り小躍りしていたのである。

もっともこれは星野立子が東京女子大であり、その後輩が黒田杏子さん。そんなこともあったのか、ずい分可愛がってくれて、隅々まで気の行き届いた方であったと今更乍ら懐しい。

今でもあの気の届け方、気の付き方の出来る方はそうそう居ないと今でも思っている。

それでも俳句会になるとそんな甘いものではなく、独特な選評をされていた。その後その会もなくなり、杏子さんが力を入れていたのが「件の会」。

「月曜会」がなくなり他派の方々との交流も少なくなった頃に電話があり、「件の会に入って」と。もちろん一つ返事で入会した。毎回の集まりには出席出来なかったが、黒田杏子と一緒に居られる貴重な時間であったのは嬉しい事であった。

そして十二年前に立ち上げた「星野立子賞」の審査員を今度はこちらが杏子さんにお願いしたのであった。一つ返事で御快諾いただき、もう親戚のようなもの。

この賞の主催の上廣倫理財団も黒田杏子さんが審査員に居ることを大変に喜んでいただいたのは何よりのことであった。

当時第一回目の時に選者の後藤比奈夫さんの神戸まで御一緒したことも思い出の一つ。

また第六回の立子賞に瀬戸内寂聴さんを推したのも杏子さん。見事に立子賞を受賞され、それを縁に、当時私が出演していたＮＨＫ俳句のゲストに寂聴さんが心良くでてくれることになる。

そして私の番組の収録後は杏子さんも寂庵に入り、ＮＨＫの特番の寂聴・杏子の対談が実現したのであった。私も本当は自分の出番は終ったので帰ってもよいのだが、こんな機会は先にないと思って、寂庵のＮＨＫスタッフ席の最前列で二人の対談を生で見ていたのである。

司会はＮＨＫの桜井洋子さんであったが、二人共もちろん台本はなし。更に時間もかなりオーバーしてのトークは今でも頭に焼きついている。

そして令和五年のご逝去の二日前にも電話をいただき、私の出版した句集を評価していただいた。それもその前から二、三回電話があり、激賞もしてくれた。

私も必ずしも電話に直ぐ対応出来なかったのであるが、杏子先生の電話には何をおいても出た。それ程、「何かある」と思わせてくれたのも彼女の魅力であった。

だから今でも電話がかかってくるのではと思っているのである。

繋ぎ人　黒田杏子さん

俳人　「一葦」「件」同人
細谷喨々

手元に二〇〇九年六月発行の「件」十三号（阿部完市追悼号）がある。その中に黒田杏子さんの「アベカン先生は永遠です」という文章が載っている。第一幕「銀座「卯波」月曜会」、第二幕「するが台下　てんぷら「魚ふじ」」、第三幕「一ツ橋学士会館　会議室」、第四幕「神田するが台　山の上ホテル」」、第五幕「かんだ神保町「藍生」事務所」と分けて阿部さんと黒田さんのお付き合いを書いたものである。幅が広過ぎて把握するのがなかなか難しい黒田さんのこの時期の俳句活動を要約するのに手頃な資料と思われる。

第三幕に「今井杏太郎さんの呼びかけで俳句会をすることとなり、私は即座に賛成、幹事となった」とある。句に凝る。コルクの風合いの座をという杏太郎精神から「コルクの会」と名付けられた超結社の会である。今井さんはメンバーについて「ともかく頭が柔らかい人が良い。人間が良くて、本気で俳句が好きで、馬鹿じゃない人で行こう。肩書や地位、名誉は一切関係なし」。この会が第四幕で「MOCCOの会」と名前を変え、そして第五幕で最終的にご存じ「件の会」となる（以下適宜敬称略）。

第三幕に出てくるのは黒田、今井、阿部と仁平勝、細谷の他に榎本好宏さん、棚山波朗さん、大串章さん、岸本尚毅さんの合わせて九人。そして第四幕は棚山、岸本両氏を除いた七人で始まる。今はもう無くなってしまった山の上ホテル別館地下の「シェ・ヌー」の料理は阿部さんのお気に入りだった。若手の仁平、細谷が五〇歳、中堅の榎本、黒田、大串が六〇歳、ベテランの今井、阿部が七〇歳と十歳ずつ違うばらばらな句風の七人が月に一度の句会を楽しんだ。

少し遅れて横澤放川が仲間入りし、大串が抜け第五幕で場所を九段（実際の住所は神田神保町）の「藍生」の編集室に移し櫂未知子、西村和子、橋本榮治を加え総勢十人で件の会（命名者は仁平）として発足、「みなづき賞宣言」を掲げ同人誌「件」創刊。二〇〇三年のことである。翌年には山下知津子が加わり総勢十一人となった。そのうちに今井さんがお忙しくなり欠詠が続き「件」を辞された。星野高士、石田郷子が加わって二〇〇八年ごろには十二人での活動となる。この時の人数をピークに翌二〇〇九年には阿部先生が亡くなられ、再び十一人にもどる。今井先生も二〇一二年にご逝去。その後、石田の退会の後に井上康明、高野ムツオが入会、榎本さんがご逝去（二〇二二年）。その後に対馬康子が仲間になって一年後に黒田さんも他界なさった。二〇二三年六月の四十一号が黒田さんの追悼号、同年十二月発行の「件」の四十二号が最終刊となった。最後の会員は井上、櫂、高野、対馬、西村、仁平、橋本、星野、細谷、山下、横澤の十一名だった。最後までメンバーの人選は黒田さんの専任、それにしても橋本さんは編集長としてよく頑張っていただいた。

「件」二十号（二〇一二年十月）に悼・今井杏太郎のコーナーが有り黒田さんが「ドクトル杏太郎との対話」という一文を書いておられる。先の「頭が柔らかくてバカじゃない人」という杏太郎発言もこの中にある。黒田さんの独白が興味深いので一部を引用する。

ところで、自分で言うのもなんですが、子供の頃から、私は人と人を結びつけることに情熱を感じてきたようです。とりわけ、今井杏太郎さんと阿部完市さんを結びつけたこと。そして仁平勝さんを今井杏太郎さんの「魚座」にあっせん（?）したことを誇りに思っています。同い年の今井・阿部ドクターは句座を通じてお互いを深く発見されましたし、論客・仁平勝を俳人に育てあげたのは今井先生のお力です。畏友・仁平勝が『黄金の街』という名句集をまとめ上げることが出来たのは今井杏太郎指南のおかげです。

私も黒田さんのお力でいろいろな方と繋がらせていただいた。深く感謝している。先ずあげなければならないのは「件」の仲間達である。それから黒田さんのお仲間や先輩の俳人達、句座を共にした方もお話を伺っただけの方も。亡くなられた方も多いだけに貴重な思い出だ。一期一会ながら忘れられない人をあげると澁谷道さん、田中裕明さん。

三十年近くも前のこと、黒田さんが選者のNHK俳壇にゲストの一人として呼んでもらった事がある。ご一緒したのが澁谷道さん。収録後に近くにあったアリマックスホテルのロビーでお茶を飲みながら澁谷さんとしばらく話をした。その後、句集やお便りをいただいたりしたもののお会いできないまま二〇二二年に亡くなられた。ある日の夕方、黒田さんから神田のやぶそばへ呼び出され田中さんに紹介された。理系で俳句をやっている者同士、とても嬉しい時間だった。金子兜太さん、友岡子郷さん、深見けん二さん、中村苑子さんも黒田さんが繋いでくださった方々。寂聴さんも大徳寺真珠庵の山田宗正さんも。

最後の最後まで

堀田季何　文芸家

黒田杏子さんとの出逢いは、そう昔でなく、二〇一八年一一月一七日に開催された「兜太と未来俳句のための研究フォーラム」（於・津田塾大学）から始まった。私は、「兜太俳句と外国語」の部にパネリストとして参加していたが、兜太俳句の翻訳や外国での受容について話し始めると、付き添われながら、杏子さんが会場に現れた。会場はどよめいたが、涼しい顔で、私の眼の前に陣取られた。そして、「食い入るように」という表現しかない前のめりの姿勢で、私の話をじっくりご清聴してくださった。私が顔を上げるたびに、杏子さんと目が合って、一生忘れないパネリスト体験になった。

それ以来、杏子さんは、私のことをずっと気にかけてくださった。私以外にも大勢いただろうが、杏子さんには、どんな人にでも「ああ、私のことを気にかけてくださっている」と思わせる人徳、カリスマ、気遣い、加えて、良い意味で「人誑し」の天才があった。当然だが、気にかけていただけた誰もが杏子さんに本気に惚れてしまうのだ。私も例外でない。

杏子さんからのお電話、お便り（葉書一枚の時もあれば、便箋がわりに数枚の葉書を使ったお手紙も）、自分や知人の書籍がどんどん拙宅に押し寄せてきた。お便りの中に、私が大好きな篠田桃紅の回顧展招待券が入っていたこともある。

いただいた書籍の著者のうち、アビゲール・フリードマンさんとディエゴ・マルティーナさんには、無事お会いすることができた。アビゲールさんとお茶をした話から、すぐに、〈秋深みゆくアビゲール堀田季何　黒田杏子〉という句になったのは、杏子さんらしい。ただ、著者の前田万葉枢機卿には、まだご連絡できていない。

書くと言えば、神奈川県医師会報にエッセイを一篇書くお仕事を紹介してくださったり、私の句集『星貌』及び『人類の午後』が出たら、「藍生」に紹介するページを、どかっとくださったりした（師系的な繋がりがないのに、である）。そして、二〇二三年の春から、「藍生」に連載するお話もいただいていて、「俳句について、何でも好きに書いてちょうだい」と言われていたが、杏子さんの急逝によって、永遠に達成できないお仕事になってしまった。

もう一つ、永遠に達成できなくなったのは、高志の国詩歌賞受賞のご報告と御礼である。二〇二二年の暮、いきなり、杏子さんが、私が推薦するから、応募してみませんかと、同賞の募集要項をお送りくださって、直後、お電話までくださって、どうするの、あなたしかいないと思う、とまでおっしゃられたので、畏れ多くも、杏子さんに推薦していただいた。そして、その後、運よく受賞が決まった。しかし、受賞をお伝えできる段になったとき、杏子さんは、この世にいらっしゃらなかった。

唯一の救いは、お亡くなりになるひと月前、その年の二月二〇日、杏子さんがスピーチを行った兜太現代俳句新人賞選考会（私は選考委員だった）で再会できたことである。スピーチの冒頭で「今日は、私はなんたって、堀田季何という人のお姿を見たいと思って来ました」とおっしゃったのには、吃驚するしかなかったが、ああ、杏子さん、あなたは最後の最後まで、人誑しでした。

尊敬しています。好きです。本当に、本当に、色々と有難うございます。一生忘れません。そう遠くないうちに、あの世でまたお会いしましょう。

月光無限

俳人、評論家　「銀化」、国際俳句交流協会 所属
毬矢まりえ

あの朝の電話。それまでも何度もいただいた電話ですが、あの朝は格別でした。

「素晴らしい本じゃないのっ！　すごいわよ」

よく通る声が、ビンビン響いてきます。

「このクリムトの装丁といい、この厚さといい、ものすごいじゃないの！　寂聴さんにはお送りしたの⁉　今日中にお送りしなさいっ！」「はいっ！」

翌朝。再び電話が鳴りました。

「大変よっ！　寂聴さん徹夜で読んだんですって。ものすごく感動したって！　早くお電話なさい」

あれよあれよと言う間の出来事。妹、森山恵との共訳書『源氏物語 A・ウェイリー版』（左右社）第一巻は黒田先生の肝入りで、寂聴さんの元へと届けられたのです。百年前、イギリス人東洋学者のアーサー・ウェイリーが世界で初めて英語全訳した『源氏物語（ザ・テイル・オブ・ゲンジ）』を、現代日本語に戻し訳したものです。

恐る恐る寂庵にお電話すると、なんと本物の寂聴さんが出られました。お馴染みの声で、拙著を激賞してくださったのです。

「もうやめよう、やめようと思うのに、やめられなくて、徹夜で読んでしまいましたよ。なんて美しい日本語なの。それになぜ私が出家したのか初めてわかりましたよ。こんな歳になると、もう楽しみなんてないのに、久しぶりに感動しましたよ。ありがとう！」

そうです。黒田先生は感激なさると、それを包み隠さず、率直に表される方。そして、私のような若輩者にも、温かく、分け隔てなく接し、人にも繋いでくださるのです。黒田先生という大樹は、枝を広げ、豊かな緑と実をもたらすのでしょう。

黒田先生が選考委員のお一人であった「ドナルド・キーン特別賞」をいただいた時には、身に余る幸せに、妹と抱き合って喜びました。

東京大学の国際学会「東京学派シンポジウム」で、妹とその「ウェイリー源氏」について発表させていただいたことがあります。お誘いするとオンラインでの三時間以上にわたる学会すべてを、ご主人の勝雄さんと端座してご視聴くださったとのこと。すぐに電話でお褒めの言葉を賜り、それだけでも恐縮でした。が、その翌朝のこと。ファックスが届きました。なんとそこには学会の感動が、七句の俳句に結晶していたのです。

言霊千年月光の姉妹　　杏子

驚愕でした。お礼をお伝えすると先生は「私はね、何かに感動すると、夜明けに俳句を一気に詠むのよ。昨晩もほとんど眠れずに作ったのよ！」

詠まずにはいられなかったというその七句は、今は先生の形見の宝物となりました。

その後も先生は私の導きの星でした。評論集を出したいとお話しすると、白水社の編集者をその日のうちにご紹介くださいました。そのご尽力で生まれたのが『ドナルド・キーンと俳句』。重版をご報告すると、これまた狂喜。自分のことのように喜んでくださるのです。

コロナ禍もあり、よく長電話をしたのが懐かしく思い出されます。明るく笑いの絶えなかったあの貴重な時間。先生のパワーにどれほどのエネルギーをいただいたか分かりません。

ある日、「こんなことを思いついたのよ」と新企画が出てきました。私を「戦後生まれの俳人」八人の一人に選ぶ。文章と自選百句を「藍生」に載せる、というのです。タイトルは〈私のこれま

で　私のこれから〉。まさか私が、と尻込みしましたが、送られてきた文書にはこうありました。「私が日頃より共感を抱き、その方たちのお仕事と生き方に注目をして参りました女性俳人の方々にご登場いただく」と。なんとありがたいことでしょう。この時の拙文と拙句が、まさか「藍生」への最後の寄稿となろうとは。その時は夢にも思っていなかったのです。

二〇二三年三月十五日。その電話はご主人の勝雄さんからでした。「実は昨夜……」涙声の急死のお知らせに、ただただ呆然とし、言葉を失いました。涙がこぼれました。

今春、講談社『群像』に妹、森山恵と連載していた評論エッセイが『レディ・ムラサキのティーパーティ　らせん訳「源氏物語」』と題し、出版の運びとなりました。あの学会の内容とも重なるこの新書。連載を楽しみにしてくださっていた黒田先生。どんなに笑顔で喜んでくださったことでしょうか……。

月光無限千年紀百年紀　　　　**杏子**

この御句が、今殊に胸に染みます。

黒田杏子先生、心よりありがとうございました。先生には厳しい人生を生きていくうえで、沢山の教えを賜りました。熱いご期待に応えられるよう、これからも真摯に歩んで参ります。天からどうぞお見守りくださいますように。敬愛の念をこめてご冥福をお祈り申し上げます。

我が道を照らしたまへや月光無限　　　　**まりえ**

巡礼と邂逅の彼方に

童話作家、俳人　「小熊座」同人
武良竜彦

黒田杏子氏は、私のライフワークとする石牟礼道子論の完成を励まし続けてくださった方である。私が現代俳句評論賞を拝受した石牟礼道子俳句論を書く以前から、私のライフワークが石牟礼道子文学であることを知っていた方である。

社会批評的な視座を含む石牟礼文学論を書くことを想定して、全作品の研究をしていた私には、最初は俳句論を軸としてそれを纏めるという視座はなかった。その視点からの起稿を教唆されたのが黒田杏子氏だった。

私は石牟礼道子が俳句も遺していたことは知らなかった。『石牟礼道子全句集　泣きなが原』の出版を藤原書店の藤原良雄社長に示唆されたのは黒田杏子氏であったという。

大学生時代に畏友の高野ムツオから、現代俳句の凄さ、可能性について教えられていたが、私は俳句の道には入らなかった。だが黒田杏子氏のおかげで石牟礼道子が俳句作品も遺していることを知り、必要に迫られて、高野ムツオが主宰する「小熊座」の門を叩いたのである。そして俳句の実作の経験を積み、同誌で俳句時評を担当させてもらい、俳句評論文を書く足腰を鍛えさせてもらった。

そんな私の評論文が齋藤慎爾氏の目に留まり、齋藤氏が総合誌で書いていた俳句時評で何度も名指しで褒めていただき、氏との交流が始まった。齋藤氏の最後の句集『陸沈』の解説文と、付録の栞で「齋藤慎爾全句集論」という総括的な評文を書かせていただいた。

それを目にされた黒田杏子氏から激賞のご連絡をいただいて以来、彼女との交流が始まったのである。

私の石牟礼道子論は未完であり、目下「小熊座」誌上にて連載中で、今年中には完結の予定である。論稿の完成を楽しみにしてくださっていた黒田杏子氏、齋藤愼爾氏の両氏の訃報が昨年、相継いだ。私はその深い喪失感の中にいる。

齋藤愼爾氏が『木の椅子』増補新装版で、「俳人協会」に身を置く黒田杏子氏が「現代俳句協会」の大賞を授与されたことに、これまでの狭いセクショナリズムの壁が崩壊してゆく気配を感じているという意味のことを述べられていた。その後、現代俳句協会は無所属の齋藤愼爾氏にその同じ大賞を授与している。俳句界再編統合の兆しはこのお二人の逝去によって遠退いてしまった。

※　※

最後に、黒田杏子氏の俳句作品について述べておきたい。

第一句集『木の椅子』には巡礼・魂の道行きのオリジンの輝きがある。

日本古来の、特に仏教思想の流れによって育まれた日本人の精神性の底流を貫き伝承されてきたものである。巡礼とは己を虚しくして魂の遍歴を行う精神的な行為である。

会派を超えて先達・後輩の創作的精神性に寄り沿い、敬愛と励ましの真心を捧げる黒田杏子氏の行為の根幹には、この巡礼の思想がある。

蟬しぐれ木椅子のどこか朽ちはじむ　『木の椅子』
父の世の木椅子一脚百千鳥　〃

木の椅子は常に自分に居場所を与えてくれるものであり「巡礼」に出かけてはまた還り来る場所でもあり、そういう魂の活動と循環の末に朽ちゆくものでもある。自分の居場所には「蟬しぐれ」を降り頻らせ、父の居場所には「百千鳥」の鳴き声を降らせている。
伝統的な俳句表現では無常観の表現として詠まれて詠嘆的になる傾向があるが、黒田杏子俳句では、それを決して「嘆き節」にはしない矜持がある。

牛蛙野にゆるされてひとり旅　『木の椅子』

必ず死で終わる命の旅を終末観などでは詠まない。人間中心主義ではなく、生かされて「在る」という天の摂理への感謝と釣り合う自己肯定感と拮抗するような詠み方である。

ホメロスの兵士佇む月の稲架　『木の椅子』

古代ギリシャ（紀元前八世紀末）のアオイドス（吟遊詩人）であった「ホメロス」は盲目であったという説もある。本邦の平家物語を「かたる」琵琶法師、過去の不幸の物語を三味線で「かたる」

瞽女という盲目の「かたり手」。古代ギリシャでも、盲人が社会で就けた数少ない職業が「うた」の語り手だった。この句では月夜の苅田に佇んでいるのは「ホメロス」が「うたった」叙事詩の中の戦場にいる「兵士」だ。ここに孤高の俳人精神である「巡礼者」としての、黒田杏子氏の吟遊詩人のような身上の投影があるように感じる。

稲光一遍上人徒跣　『一木一草』

涅槃図をあふるる月のひかりかな　『花下草上』

黒田杏子氏の魂の巡礼は此岸彼岸の境も超えてゆく。――黒田杏子先生、彼岸にてまた。

S奨学金

俳人「麟」代表　山下知津子

社会学者鶴見和子先生のご命日である七月三十一日に、毎年鶴見先生を偲ぶ会が行われている。コロナ禍の拡がりにより開催されなかった数年をはさんで、十数年あまり続いている。黒田杏子さんが「山百合忌」と命名したこの会では、毎回杏子さんが司会を務められ、美智子上皇后も皇后陛下の時代からほとんど毎年ご臨席になられた。

いつも会の前半は、鶴見先生の学問上の業績について、さまざまな分野の気鋭の学者が独自の切り込みと認識で論じ、後半は鶴見先生の著作を元にした朗読や新作の謡、舞の上演など、非常に新しい鮮烈な試みが展開される。

私は杏子さんからお誘いを受け、毎年参加させていただいていたのだが、ある年の「山百合忌」には石牟礼道子さんが出席なさった。鶴見先生は水俣の調査にも深く関わっておられたので、そのご縁であったろう。

美智子皇后と石牟礼さんが丸い卓に向かい隣り合わせで腰掛けておられたが、その頃すでにお身体が少しご不自由だった石牟礼さんのために、美智子皇后は飲み物を注ぎ、料理を取り分けて石牟礼さんの前に差し出された。皇后の貴重なお姿を間近で拝見し、私は深い感銘を受けた。

そして皇后は会が終わって退室なさる際、わざわざ司会者席の杏子さんのところに回られ、杏子さんに労いの言葉を掛けてゆかれたのだった。

ある年の山百合忌の集いに、私は関わっている難民救援NGOで出会い、サポートしてきた女性Sさんを伴ったことがある。Sさんはいわゆる脱北者。両親は共に元在日コリアンで、十代前半に北朝鮮への「帰還事業」で北に渡ったのだった。Sさんは大学生だった時に自由と人権を求め命がけで中国に逃れ、難民状態で日本にたどり着いた後、夜間中学から始めて猛烈に勉強。山百合忌に出席した当時は看護学校の生徒になっていた。非常に優秀で深い理解力を持ち、感性も豊かなSさんに、こういう世界もあるのだと体験してもらいたくて、鶴見先生についての説明をしたうえで山百合忌に伴ったのである。その席上、杏子さんにSさんを紹介した。するとその翌朝、杏子さんからファックスを頂戴した。Sさんのことに触れた文面だった。

「山下さん、私はあんなに知的で美しい若い女性に会ったことがありません。看護学校でしっかり勉強なさってくださるようお伝えください」と書かれていた。

その後Sさんが看護師の国家試験に合格した際には、杏子さんからSさんに温かいお心遣いを賜ったのである。それに対しSさんはお礼状を書いたのだが、その手紙を読んだ杏子さんから、私は電話をいただいた。

「Sさんからお手紙をもらいました。字も立派！　文章も立派！　私はとても感動しました」

さらにその数日後、また電話を頂戴した。

「考えたのだけれど、あなたたちの会の中に奨学金の部門を作れないかしら？　Sさんの名前を冠したS奨学金という制度を設けてもらったら、そこに私と私の友人が定期的に寄付をします。Sさんのように難民状態で日本に来て、向学心に燃えている若い人を応援したいと思うので」

早速NGOの仲間たちと相談、検討。外部の有識者や難民支援に大きな実績をあげている他団体の人たちにも理事として加わってもらい「S奨学金」が発足したのである。

受給型のS奨学金は、やはり脱北者である女性Kさんへの供与がすぐに決まった。Kさんの両親もやはり元在日コリアン。Kさんは北で大学を卒業し小学校の教師になったが、生徒はあまり登校せず、給料も出なかったという。北朝鮮社会に絶望したKさんは苛酷な道程を経て日本に到着。Kさんも夜間中学から始めて必死に勉強に励み、医療系専門学校の歯科衛生士のコースに合格したのだった。

Kさんは S 奨学金を継続的に受け取ることができたおかげで、アルバイトに時間をとられることもなく、凄まじいばかりの勢いで一心不乱に勉強に打ち込んだ。そして見事に国家試験に合格したばかりではなく、医療系専門学校の卒業式の折りには、ほとんどが日本人である何十名もの歯科衛生士コースの卒業生の中でただ一人、成績優秀者として東京都歯科医師会から表彰されたのだった。

※　※

杏子さんはこのような奨学金制度を自らの発案で発足させ、日本に逃れて来た若者の成長と将来のためにずっと資金面で支えてきてくださった。しかしこのことを多くの人々の前で明らかにすることをよしとせず、静かにひそやかにやってゆきたいと思っておられたようである。今、このような形で私が書かせていただいてしまうことを、杏子さんはあまりこころよく思われないかもしれない。もしかすると「あなた余計なことをして！」と、お叱りを受けることになるかもしれないと私も案じてはいる。

それでも杏子さんのご支援のおかげで国家試験に合格し、日本社会で立派に根を張って堂々と生きてゆくことができるようになった若い女性がいる。そのKさんとともに、私は杏子さんに対する深い感謝の気持ちをお伝えしたい。どうしても書かずにはいられない。そして、私たちの社会には優れた歯科衛生士が確実に一人増えたのである。

杏子さん、本当に、本当にありがとうございました。

（「件」四一号より再掲）

悼むこころはむしろ詠唱せんとて

俳人 「件」同人、「森の座」代表
横澤放川
三月十一日山廬にての講演を果たせし晩餐の席からならん、黒田杏子さんより電話ありしが旅上にありて気づかず。翌日になりて留守番録音なるにその朗声ののこされあるに気づく。さらに結社全国大会候補地踏査にありしその翌日、細谷亮太先生より思はぬ急訃を受く。水辺にて虚脱の思ひ

流れきし白梅の塵流れゆく
はこべらの花なづな花杏子亡し
はこべらに御足つつまな杏子さん
花はこべ杖息《やす》ませよ黒杏子
束の間に天人五衰春夕焼
春水さまざま閼伽桶得たる円水も
あたたけし思ひ出すひとみんな亡し
日本橋句会の最中日本経済新聞文化部より後任選者についての相談電話至る辛し

女人は花三百年の命たもれ
あたたかくさみしく恋し玉子溶く
汁粉から白し白玉春彼岸
置いてきぼり春寒鼻たり泪たり

※

春日落つ大きなものがけふも落つ
さ迷ひて其処に至れば花の雨
春そぼそぼ黒田杏子をそほち雨
どの花にどの奥花に問ふとても
花の魂こぞりて咽ぶ花の雨
雨の花雨の花過ぎ雨の中

しとしとといひしはたれぞ春の雨
かへさんにどこへかへさん花の闇
散るさくら時の帰さぬ不思議さよ
花の散る散る赦してよ赦してよ
花を一遍超一超二超杏子
なぜ水はゆく花はゆく時はゆく
いつしかに四月となりぬなりにけり

黒田勝雄さん如何に

たづねばやゆかばやと春闌けゆくも
水かくるなさけに春思またつのる
瞑れば中有ただただ花ふぶき
逝く春の暮雲か見捨てがたなさに
野蒜ひく愛しき珠をこぼしつつ

※

向島なる印刷所に提稿せしのち目指すとなく栃木方面へと電車に身を委ぬ

どんみりとうら重き日も揚雲雀
訣るると逢ふとのさかひ草の絮

杞憂とは違ふ気重さ残り鴨
残されてゐるとも知らず残る鴨
うつうつと日月過ぎぬ蕗の姥
かへさんかゆかんか花に埋まらんか
このままにゆかな三春の花うづみ
今生の六道輪廻花盛り
おんかかかそはか花逝くおんそはか
わが死者のときにこぞれる花嵐
杏子さんお逝きになんぬ滝桜
花にうかみ水にさすかな面影は
いつまでも思ひ流しの花筏
花のたび愛別離苦も花のたび
ありありとありて吾れわぶ花の下
怺へずは崩れ流され花筏
花がくれ花がくれして俤は
さみしさは花の祠に籠らんか

杏子さんならばかく唱ふ

愛別離五陰盛苦《ごおんじやうく》と花万朶

俳句は杏子さんの一生の旅の賦算とも

南無阿弥陀仏決定往生花盛り
月朧花朧ひと朧おぼろ
桑芽ぶく兜太が杏子が生きてゐる
逝く春や浅葱幕なす遠つ嶺

※

哭くやうに一遍称名山うつぎ
萍のなんで浮くやら逝くのやら
白玉をゆつくり掬ふ匙の上
白玉のひかりゆつくり掬ふかな
いひかよふみなすずしくも逝きけると

松山宝厳寺

聴きほくるまで一遍と熊蟬と

終焉の地となりし山廬にて

半歳を経たる秋嶺秘色なす
あきらめのひいふうみいよ灸花
とんぼかな灸花かなみ魂かな
ゐてくれるだけでと泣けり秋海棠
いまさらに逝かれたぢろく秋の風
いたぶるもなぐさむるのも秋の風
焚かるるも流さるるのも盆のもの
水の実のたれも目連尊者にて
盆秋の来《き》と来《く》る白き雲とゆく
盆過の忘れがたみの戯雨《そばへ》かな
踊の輪すすみ面影見失なふ

※

山茶花がちりんたちりんた吾もちつた
冬めくよ泪目めくよあんず飴
そのひとの暮れさすまじき年ぞ暮る

黒田杏子記念財団設立の相談にて本郷へ赴く

本郷がつひのうぶすな雪中梅
杏子ますいまさぬいます雪中梅
雪中梅逝きたるものを生かさんず
降るとしも消《く》まじおもかげ雪中梅

那須野ヶ原の闇

俳人「香雨」同人
若井新一

黒田杏子さんに初めてお目にかかったのは、一九九九年七月のこと。俳人協会新潟支部の県支部俳句大会の折であり、場所は新潟市の「新潟会館」。爾来早くも四半世紀が過ぎ去り、記憶も薄くなりかけ細かいことは覚えていない。その年の第三三回「蛇笏賞」受賞者は鈴木真砂女で、句集の名は『紫木蓮』。黒田さんは真砂女さんの受賞のことを、話題の中心にして講演された。真砂女は一九九五年には、その前の句集『都鳥』にて「読売文学賞」の栄に浴しており、晩年の絶頂期であったが、話はそのことについても触れていた。地方に住む人にとって、中央の俳句の話題はなかなか伝わってこないので、氏の俳壇の話は非常に面白くて新鮮なものであった。

黒田さんは当時『新潟日報』の読者欄の俳句の選者をしておられ、既に「おかっぱ頭」と「もんぺ」のスタイルが定着していた。テレビ等に出演することも多く、新潟県の俳句に関わる人で彼女を知らない人はおらず、輝かしい俳人であった。私は会場の遠くから、その話を聞くのみであったことを思い出す。

俳人協会の県支部俳句大会へ投句する人は当時沢山いた。私も毎年投句したが一発勝負には殊の外弱く、なかなか入選に至らなかった。二〇〇三年（平成一五年）の応募句は、

青墨の流るるやうに夏去れり

であり、珍しく黒田杏子選の秀逸となった。俳人協会本部の選者に拾って貰えるというのは有難いことで、今でも確と覚えている。

「ぎふ・関全国子ども俳句コンクール」が始まったのは二〇〇一年。予選選者として関市へお邪魔した。本選者には黒田杏子さん、茨木和生さん、正木ゆう子さんという、豪華な顔ぶれだ。その時初めて黒田杏子さんに声をかけて頂き、会話をしたのも懐かしい思い出になっている。吟行の折に〈青墨の……〉の句のことを申し上げたら、「その句、いいじゃない」とお褒め頂いた。関市の子ども俳句大会は隔年開催である。予選の選者も本選の時に招かれたこともあり有難かった。この時の俳句大会の本選者のメンバーは全員入れ替わったが、大会の行事は今も継続中だ。

数年後、新潟県には「宗左近俳句大賞」という、俳句大会が始まった。選考委員は、金子兜太さん、黒田杏子さん、中原道夫さん、坪内稔典さん。新潟県人の俳人の本宮哲郎さんや私が予選委員の任に当たった。本選の時の選考委員の論議、懇親会でのやり取りを聞いているだけでも頷くことは多く、啓発されたことは申し上げる迄もない。

「蛇笏賞受賞」作家の黒田さんは、遠くから眺める私の目にすら、企画力と行動力は抜群で輝いていた。殊に超党派の実力者が構成メンバーの、「件の会」の存在感は圧巻であった。会合は会員でなくても門戸は広くあけられており、幹事から声がかかると東京へ出かけ、授賞式や講演会に参加したこともある。出席したのは数回に過ぎなかったが、その中で最も鮮明に記憶に残っているのは、芳賀徹東大名誉教授の「桃源郷」の話である。

「道に迷った武陵の漁師が、長い渓谷の先に桃の花が咲き乱れる林をみつける。桃林の向こうには、とても美しく豊かな村があり、漁師はびっくり仰天。村では、風変りな人々が争いのない平和な暮らしを送っていた。漁師は村人から手厚くもてなされ、数日その村で過ごす。村人は村のことは誰にも言わないでほしいと頼んだが、漁師は目印をつけながら帰宅し、役所の長官に報告した。長官は、漁師に案内させて村を訪れようとする。しかし、つけたはずの目印がひとつもみつからず、どんなに探しても村に到着できなかった」というあらすじである。

桃源郷は、「現実世界とは思えないくらいに素晴らしい」ことのたとえだとか。また桃源郷とはあくまでも自然界のもので、ユートピアは、人間が作り上げる理想郷という違いがあるという。唯この話のみで百分も続け、聴衆を退屈させない芳賀先生に敬意を表するが、卓抜した力量の講師を招いてくる、黒田杏子さんの実行力には驚嘆するばかりだ。

昨春、惜しくも黄泉の世界へと旅立たれた黒田杏子さん。推し量ると食に関しては究極の味を探求する、食道楽ではなかろうか。

私は越後で「魚沼産コシヒカリ」や「新潟黒十全茄子」などを栽培する、農民の一人である。どこかで拙宅作の「十全茄子」の味をお聞きになったようで、希望があった時にお送りすると、「うまい」とおっしゃられた。

最後に氏の俳句についての感想は、基本的には師匠山口青邨に学んだ、写生派だと思われる。時々省略をよく利かせて、豪快な本塁打の俳句を捻り出す。好みの句は何かと問われれば、躊躇なく『一

木一草』に遺された、

まつくらな那須野ヶ原の鉦叩

を挙げる。団塊の世代の一人である私だが、広大無辺な闇は疎開生活の深い闇であり、太平洋戦争中の、暗黒の象徴に相違なかろう。

月光のえにし

俳人「諷詠」主宰
和田華凜

私と黒田杏子先生との直接のご縁は令和四年の三月から令和五年の三月までの約一年間でしたが、その間の杏子先生との交流で杏子先生は私の生涯の師となりました。そのご縁をここに書かせていただこうと思います。

令和四年三月の末、私が主宰を務める俳句結社「諷詠」の桜吟行句会が夙川でありました。満開の桜に散る桜、桜の精に出会ったような気分で家に着くと一本の電話がありました。「黒田杏子でございます。和田さん！　あなたの『月華』すごいわ。素晴らしい！『諷詠』も読みたいから本郷の自宅の方へ送って頂戴。私の『藍生』も送るから読んでちょうだい！」とはきはきとしたお声で要件を告げてその電話は切れました。私は少し圧倒されて、「ありがとうございます」などとしか言えなかったように記憶しています。「黒田杏子」といえば、日経俳壇の選者であり、俳句界の誰もが名を知る有名人。また素敵なボブカットに藍染などの着物風の御召し物は一度見たら忘れられません。曾祖父後藤夜半から続く伝統俳句結社「諷詠」の四代目主宰を平成二十八年に父が亡くなってから継承している私にとって杏子先生はなかなか接点がなく少し遠い存在であったのですが、私が令和四年三月三日の星野立子忌に上梓した句集『月華』をとても気に入って下さったようで、お電話を下さったことがご縁の始りとなりました。そして月に一度結社誌を送り合うようになりました。先生は「諷詠」誌を隅から隅まで読んでくださり、また私が俳句総合誌で書いたものなどにも目を通してくださり、毎月二〜三通ほど葉書やお手紙をくださるようになりました。そこには何々の文章がよかった。とかこの一連の句には独自の感性があるなどのありがたい感想があり、とても励みとなりました。私も「藍生」の特集記事に感動したお話や総合誌の先生の大作が素晴らしかったことなどを書き、お手紙のやり取りをしていました。杏子先生はご自身の著書を次から次へと送ってくださり、ご自分がされているお仕事を報告してくださいました。また「あなたは人の目に触れるものも触れないものも文章を沢山書きなさい！」とよくおっしゃられました。先生の言葉や文字にはとても力があり、句や著書にふれると先生の人間力に圧倒されるようでした。

父であり師である後藤立夫が亡くなった後、令和二年にその後支えていてくれた祖父比奈夫が亡くなり、また母のように慕っていた恩師である「ホトトギス」名誉主宰の稲畑汀子先生が『月華』上梓直前の令和四年二月末に帰天されていたこともあり、私にとって黒田杏子先生の存在はとても大切なものとなりました。

「あなたの句の世界には伝統芸能がいろいろと詠まれていて、奥行と拡がりがあります。ますますの発展を期待致します。ともかく、毎日のように句会。お体に気をつけられ、天女のようにゆたかにのびやかに句作で舞ってください。」これは『月華』が第十一回星野立子賞受賞に決まり、杏子先生から二月末に届いた最後の手紙の最後に書かれていた言葉です。この手紙には「黒田杏子略歴」が同封されておりました。「東京女子大卒業。山口青邨に師事。卒業と同時に広告会社博報堂に入社。六十歳定年まで在職。第一句集『木の椅子』にて現代俳句女流賞。俳人協会新人賞受賞。第三句集『一木一草』にて俳人協会賞受賞。第五句集『日光月光』にて蛇笏賞受賞。他にも第一回桂信子賞や第二十回現代俳句大賞受賞、著書多数……」とありました。最後の電話は三月七日夜。「立子賞本当に良かった！　胸張って自信もってあなたはそのままでいい。大いに活躍して下さい！　十八日の授賞式で会いましょう」と元気なお声でした。

星野立子賞授賞式は大雨の東京、ホテルグランドアーク半蔵門「光の間」で行われました。この日の朝、杏子先生の訃報が新聞に報じられたのでした。私は神戸から東京へ行く新幹線の中でこの最後の手紙を何度も読み返し、またこの手紙を握りしめて壇上へ上がりました。授賞式で選者の先生方（小澤實先生、宮坂静生先生、西村和子先生、星野椿先生）が選評の際に口々に「今思えば、くろももさんは何かを予感していたように、華凜さんにこれからを託したがっていた」とおっしゃられました。一度も実際にお会いすることがないまま逝ってしまわれた杏子先生ですが、私は先生への感謝を生涯忘れることはありません。どうぞ天界から見守っていてください。

三

明るく、そして民主的な

東京外国語大学名誉教授、アメリカ文学・文化研究
荒このみ

黒田杏子先生の存在を初めて知ったのは、婦人グラビア雑誌の中だった。おしゃれで着心地のよさそうな独特の着物姿で、表情豊かに明るく語りかけるように映っているお姿に、なんともいえぬ魅力と近しさを感じたものだった。

その杏子先生とじっさいにお会いするようになるのは、何年もたってからで、作家小田実さんをしのぶ会でのことだった。その後、私がアメリカ文学を研究し、『風と共に去りぬ』の翻訳を出したことを知ると、先生は積極的に関心を示してくださり、主宰する「藍生」のなかで取り上げ、またエッセイを書くように勧めてくださった。

おそらく杏子先生の周りには私のような体験をした方々が、それこそ山ほどいらっしゃるだろう。それぞれの仕事に関心を持って評価し、そして精力的に励ましてくれる。その莫大なエネルギーと、広く大きな心に私は深い感銘を覚えたのだった。

これほど大きな人物が日本の社会にもいるのか、しかも女性で、と私の心は不思議な感動で満たされた。というのも戦後、私たちは民主主義を学んだことになっているのだが、どれほどその精神を備えた「文化人」がいるのだろうか。もっとも精神が解放されているはずの大学人でさえ、自分の言葉に責任を持たず、「民主的」でない人々が多い。一つの例は、「ある人がこう言っていた」と、

否定的評価を他人に転嫁する行為が見られることである。「みんながあなたのことをこう言っているよ」と逃げて、自分の感情や意見に責任を持たない。「噂」のせいにしてしまう。

民主的であるとは精神的に自立していること、ラルフ・エマソンの定義を借りれば、「自己信頼＝セルフ・リライアンス」である。なぜ堂々と発言できないのだろうか。相手から反論されるのが怖いのだろうか。

杏子先生の「いさぎよさ」は、ご両親からのＤＮＡによるのだろうか。いかにしてはぐくまれたのだろうか。

杏子先生のいらっしゃらない今、もはやお聞きすることもできない。

俳句に親しみたい、その世界を知りたいと、私は思い続けている。とりわけ杏子先生の俳句に触れ、先生のお人柄を知り、その精神の豊かさに満たされるとき、私もジャンプして俳句の世界に飛び込み、先生の教えを請いたかった。だがもはや実現不可能な望みになってしまった。

黒田杏子さんと私

雁の里親友の会
池内俊雄

私が黒田さんと面識を得たのは、『毎日新聞』の「女の新聞」という月一度の特集号にエッセイを掲載していた一九八七年頃である。私の文章の裏面に俳句が掲載されていて、その選者が黒田さんであった。編集長で論説委員でもあった増田れい子さんから、「貴方と話が合いそうな人がいるので紹介する」と言われて、とある広告代理店に伺った。

書斎兼応接室のような部屋に通されてお会いした黒田さんは、広告代理店に勤務されている方という先入観とはかけ離れ、全くの文化人というか風流人の出立であった。私は、日露共同で行っている雁類の標識調査を支援するための制度について説明し、早速一羽の「雁の里親」になっていただいた。この時、黒田さんは日露を往復する渡り鳥の生態よりも、日本人と雁との関りについて深く興味を示された。そして私にとにかく毎日数句、先ずは千句詠みなさいと宿題を出された。

私の詠んだものは箸にも棒にもひっかからず、「貴方は文章はいいけれど、俳句はダメね」と一刀両断のもとに切り捨てられ、「そのかわりに『藍生』誌上で何でもよいから好きなことを書きなさい」と別の課題を言い渡された。こうして「藍生」に、直接俳句とは関係の薄い、歌川廣重の浮世絵の私的解釈を連載することになった。ある時駿河台のホテルに呼ばれ、「原稿料はお支払いできなかったけれど、貴方が見たいと思っている広重のスケッチ画帖を（このお金で）見に行っていらっしゃい」と、熨斗袋を差し出された。さらに「（自分が）よい句を作ろうと思っているだけではなく、『藍生』を優れた句の詠める人を育てる場にしたい」という趣旨の決意を改めて語られた。恐らく「藍生」と名前を付けたのも「青は藍より出でて藍より青し」の荀子の言葉を踏まえてのことであろうし、まさに「選句・添削」は仏教でいうところの言葉の「菩薩行」である。

大英博物館で閲覧した廣重のスケッチについては、ロンドンの画商店で見た他の版下絵とともに、その考察を『藤沢市文化財調査報告書』の第五四・五八号にまとめた。さらに、関連する展示を藤沢市民ギャラリーで行い（二〇二三年九月一二日〜一一月五日）、講演会を同年九月一六日にふじさわ宿交流館で開催した。黒田さんにこれらの展示や講演会にご足労頂けなかったのは甚だ心残りである。俳句では全くものにならなかったが、何とか文章のほうで恩返しができたのではないかと思っている。

友人・黒田杏子さん

池谷キワ子　林業

黒田杏子さんと私は昭和三六年四月に博報堂に就職して出会い、机を並べて社会人のスタートを切りました。それから現在に至るまで、中年の頃はそれぞれの世界に邁進していて途切れていた時期もありましたが、ほぼ六〇年以上、友人として多くの励ましをいただいてきました。

当時の博報堂は神田錦町にあり、周囲にはあらゆる本の取次の店が軒を並べていて、私たちは昼休みに通っては値引きで取り寄せてもらっていました。杏子さんは特に多く、「ブリューゲルの画集」「世界の料理」という外国出版の日本語版や「石川啄木全集」などを次々に購入していたのを覚えています。社内では近くの席の男性社員たちにこっそりあだ名を付けるのも得意で、出世を望んでいないような満ち足りた風情の方には「イナフ氏」などと名付けていました。また杏子さんは、山間に生まれた私以上に健脚で健康そのもの、イナフ氏らとともに立山剱岳苗場山に登った折にも、あらゆる森羅万象に心を寄せていて鋭い観察眼でした。

その頃『チボー家の人々』に心酔していた私に、杏子さんは作者からお手紙をいただいたことがあると言うのです。中学校で習いたての英語を駆使して読後感を作者のマルタン・デュ・ガールに送ったところ、返事を貰ったのだそうです。学生時代から俳句に近づいていたうえに、天性のことばに対する鋭い感覚を持っていて英語でも作者の琴線にふれる内容だったのだと知らされる出来事でした。


私は四五年ほど前から父を引き継いで林業を営み、奥多摩でスギ・ヒノキを育てています。近頃の異常気象で山では災害が頻発してきました。一九八六年三月には大雪害が起き、我が家の山林では虫食い状に多くの木々が裂けて倒れてしまいました。激甚災害です。どう手をつけたらいいか悩んでいた折、杏子さんは「被害の様子や自分の心の動きを記録しておくと良い、それは時と共に風化してしまうものだから」と助言してくれました。この勧めは大変役に立ち、事態を客観視出来て、その習慣は自分の糧にもなりました。

私の植えてきた木々の中でも杏子さんのように樹形良く立派に育っている樹木はありません。健全でのびやかな独特の心の広場を持っている太い枝と、俳句の世界で人々に言葉をつなげてきた社会性のしっかりした大枝とがバランス良く左右に張り出して比類ない大樹になっているのです。

俳句を通して、また広告の中からも、言霊の世界をひろげてきた黒田杏子さんの生涯でした。近頃は、お互いもう少しだけ頑張りましょうと言い合っていました。杏子さんは私よりたった一日だけ年上の誕生日でしたから、お互いに言わなくても通じ合うなにかがあったように思えます。この世で出会えた幸運を感謝せずにはいられません。心よりご冥福をお祈りします。

杏子はんとこにみんなそろうたら、句会しまひょな

一澤信三郎帆布 店主
一澤信三郎

ほんまは、杏子先生と書かなあかんのですが、末端の弟子にもなれきれんと、親しくさせてもろうたんで、「杏子はん」と呼ばせてもらいます。

初めてお目にかかったんは、四〇年近く前になるんでしょうか。永六輔さんと一緒に来店された気がします。おかっぱ頭にモンペ姿、ようしゃべるうちの親父も顔負けの論客で、明るく朗らかで風圧がありました。

博報堂にこの姿でずっとお勤めやとは、杏子はんもそれを許す会社も、あっぱれですなぁ。有名な俳句の先生とわかって、何度もお会いするうちに「そうや、京都でけったいな人間を集めて句会を主催してもろたらおもろいやろなぁ」と無謀にも「杏子はんと俳句で遊ぼう」を企画したんです。

京の老舗の主人や、教師、僧侶、芸術家など、多士済々？　俳句の素人ばかり。俳句のイロハか

ら教えてもらい、吟行というものを初めて体験しました。

京には吟行に適した場所だけはたくさんあります。それぞれが句を書いて、最後に気に入った俳句を何首か選ぶんやけど、ええ加減なメンバーばかりで、誰も杏子はんの句を選ばへんのです。多分、我々凡人は、俳句の真髄や奥深さが全くわかってへんかったんやろうね。

法然院をはじめ、祇園界隈、銀閣寺近くの料理屋はんなどで句会を開き、場所だけは一流やったんです。

杏子はんは、いやがらんと辛抱強く、「奇想天外な句が飛び出して愉しいね」と何度か続けてくれはりました。

杏子はんは、服装や持ち物にこだわる方で、うちの麻帆布のかばんを同じ型で、ワイン、青、緑、茶、生成り色とすべてお持ちでした。アジアの凝った織物、藍染め、染色作家のものなどで誂えたモンペ姿も、おしゃれでした。

大徳寺の芳春院で、うちの娘の結婚式にご臨席くださり、

ほほえみの記憶いよいよ初櫻

の句をいただきました。

この一句で、結婚式の情景や、桜の開花が遅い寒い春やったなぁと二〇年前を懐かしく思い出します。

俳句の力はえらいもんですなぁ。

一句

作家・クリエーター
いとうせいこう

もしも黒田さんがご健在ならば私は書くことに困ってなどいないだろう。なぜかといえば諸先輩方こそよくご存知のように、黒田杏子という人は優れた俳人であると同時に優れたプランナー、アイデアの人だったからで、となれば私はその時点での企画の狙いの鋭さやら、射程距離の長さやら、臆することなく協力者を集うまっすぐさやらを素直に誉めればよかったのであるから。

だいたい私と杏子さん自体、おそらく「件の会」から「みなづき賞」をいただいた折に直接出会ったのではないかと思われ、それは俳句にとってほぼ部外者である私などが金子兜太師と「平和の俳句」なる無謀なプロジェクトを始めていたことを、文化の側からきちんと評価しようという目論見から来ていた。

この「平和の俳句」は、兜太さんと私が選んだ句を当初『東京新聞』一面に毎日ひとつずつ載せるものだったが、テーマが「平和」と決まっていて、すなわち「平和＝季語」のごとく考えるという、今考えても大胆不敵な試みであり、そのうえ兜太さんはド素人の私が肝をつぶすほどの、もしくは肝を冷やすほどの選句をぶつけてきた。もはや交通標語のような作でも迷いなく採ったのである。「これは素直だ。作られた言葉ではない」と言って。

そんな句を採る金子兜太を生み出してしまっていることに、私は晩年の巨匠の価値をおとしめてしまってはいないかと内心おそれを抱いた。ただ兜太さんはご自分の主義を貫かれたし、私も問題は新聞上で「民衆の句」を採ることの意義だと思っていたからじっと黙っていた。

そのおそれは苦しみにも似ていた。いずれ私自身、文学的な罪を指弾されると考えていたからである。ところが、そこに「みなづき賞」が来た。黒田杏子が旗を振るようにあらわれた。権力が戦争を指向するとき、兵士となる者、兵士を送り出す者は一体どんな言葉で抵抗すればいいのか。黒田さんはそう言いたかったのではないか。兜太さんと共に。

事実、それ以後も私に会うたび、黒田さんはしつこいくらい言った。「金子兜太は晩年、あなたに出会えて本当によかった」

簡潔だが、おそれ続ける私にはきわめて奥深い言葉だ。そして思わず涙を誘われる。私にとってそれは、黒田杏子にもらった大切な一句だ。

奥会津に生まれた俳句文化

奥会津書房
遠藤由美子

福島県奥会津。山間の辺境の地に、俳句文化を根付かせてくださったのは黒田杏子先生でした。

一九九七年に誕生した「歳時記の郷・奥会津全国俳句大会」は、以来一〇年間の長きに亘り、杏子先生はご縁の深い中央の選者の方やゲストをお連れ下さり、奥会津各地を会場に俳句の学びを展開されました。過疎の町村には毎年大勢の参加者が全国からやってきました。奥会津の俳句人口は目覚ましく増加し、毎年、入賞者の句碑が建てられることにもなりました。

地元でささやかな出版社を営んでいた奥会津書房も、中盤からその運営を任せていただくことになり、杏子先生と親しくお話をさせていただけた日々は、夢のような時間でした。

当時、三島町長であられた齋藤茂樹氏が「藍生」の同人だったこともあり、大会の前後は、杏子先生、榎本好宏氏、齋藤茂樹氏の三人で子どものように無邪気に談笑しておられた姿がありました。俳句にはまるで不調法な私にも、古い知己のように接してくださったことを忘れません。楽し気な会話の中から、杏子先生が奥会津という鄙びた山村を深く愛しておられることが、深く心に響きました。

重なる山襞に囲まれ、これといった名所旧跡もなく、まばらに点在する集落のそこかしこに、杏子先生たちは毎年足を運んでくださり、俳句文化の花を咲かせてくださったのでした。振り返ってみますと、杏子先生の奥会津への愛情は、恵みも災厄も表裏一体の自然に添って、身を低めながらも懸命に生きる奥会津の人々への心からの敬意であったのだと思えてなりません。

杏子先生は、関わった人間の誰一人としてないがしろにはされず、真正面からお一人おひとりに向き合ってこられたのだと感じました。生涯を通して多くの方々を渾身の取材で顕彰され、記録してこられた膨大な仕事に、人間の存在を深く見つめ共感する、真摯なお姿が重なります。

杏子先生の全き不在を納得できず、逡巡しながら黒田勝雄さまにお手紙を認めた数日後、携帯に「黒田杏子先生」からの着信を頂いた時のことです。一瞬、「やっぱり杏子先生は生きておられた！」と、驚きとも感動ともつかない感情が、涙と共に溢れました。それは、勝雄さまからの丁寧なお礼の電話でしたが、一緒に杏子先生のお声もお聞きしたように思いました。

あの一瞬の混乱は、とてつもない贈り物でした。

奥会津には今も、杏子先生のバイブレーションが響いています。深く深く、感謝申し上げます。

繊細な姐御肌

ドキュメンタリー映画監督
北村皆雄

手紙が出てきた。

再版された句集『木の椅子』の中に挟まれていた。初めて気づいた。

「一九八〇年の瀬戸内寂聴さんとの二十三日間の南インドの旅。私の人生観をゼロに戻らせてもらった旅」とある。全く別人に生まれ変わったという衝撃的な旅だったようだ。

その一年後、私も四十数日間、瀬戸内さんとインドの旅をした。ブッタの生涯を訪ねる旅で、ブッタの生まれたところから死の場所までの全てをたどった。

当時「シャーマニズム」に魅かれていた私は、寂聴さんとの旅をきっかけにジワジワと仏教に惹かれて天台系の修験の道に入り、仏の院号を受けた。黒田杏子さんと同じように瀬戸内寂聴さんとのインドの旅で、人生リセットのきっかけを得たのであった。

杏子さんとの出会いは、一九七七、八年ころまで遡る。彼女が三〇代後半か四〇歳のころか。私は当時テレビ番組のディレクターとして番組を作っていた。その番組提供の代理店「博報堂」の担当者が黒田杏子さんだった。「番組の企画案、書いといて！」と、スポンサー筋の人に対してあり得ないようなことを気軽に頼んだりしていた。私が取り組んでいる沖縄久高島の祭りを記録する自主映画にボーナスからカンパをしてくれた。杏子さんが「俳人」であることは全く知らなかった。『木の椅子』をいただいてびっくりした。

その後、俳句に縁がなかった私が、四年かけて俳人の映画を撮るようになるとは思いもよらなかった。芥川龍之介が世に出し、山頭火を「おお井月よ」と感嘆させ、「芭蕉や一茶のことはあまり考えない。いつも考えるのは路通や井月のことだ」とまで言わせしめた漂泊の俳人「井月」の映画『ほかいびと』（二〇一一）である。私の故郷で野垂れ死に同然に亡くなったこの俳人の映画の制作を応援してくれたのが金子兜太さんであった。兜太さんと気脈が通じていた杏子さんは、兜太さんに最後まで付き添っていた。杏子さんから電話がきた。兜太さんの故郷秩父で、九七歳の誕生日の祝賀会があるから撮影しないか、とのお話しである。兜太さんが住んでいる熊谷からSLで行くという。杏子さんのお誘いは、私は命令と受け止めることにしている。どなたも体験しているでしょうが、とにかく一方的に話し続け、言葉を挟む余地など寸分もないのである。繊細な気遣いの杏子さんは、数秒の沈黙が耐えられないのだろう。寂聴さんも去り、存在者の俳句を作りたいと言っていた兜太さんも亡くなり、二人に共感していた杏子さんも去っていった。

ここのところ友人知人が亡くなっていく。歳をとることはこういう寂しさを抱えることなのだろう。杏子さん、さようなら。

杏子先生と私

『郷土文化誌 郡上II』編集代表、「喫茶門」店主
古池五十鈴

杏子先生、まだあの元気なお声が、私の耳に響いています。

「そうよ、あなた、ホントよくここまで、皆さん続けていらっしゃるわね。ホラ、若い人たちが郡上に住み着いて思いがけないことと始めているでしょ！ 郡上ってそういうところなの。だから私もネ……etc」

これは、『郷土文化誌 郡上II』第三冊に「郡上とのご縁 谷澤さんとのご縁」をご執筆いただき、その本をお送りした時にかかってきた電話の一部です。それ以後も第六冊刊行の昨年の一月まで、毎回ご感想のお電話は続きました。

思えば、水野隆さんとのご縁で、平成十二年七月の「郡上八幡連句フェスタ」にご参加以来、翌年六月には、永六輔さんのご縁で「郡上八幡大寄席」もたび〳〵来てくださるようになり、例えば「全国藍生のつどい」が開かれた帰り、遠方からでもバスで郡上八幡まで足を運んでくださり、「菊美屋」を定宿に、随分と中味の濃いお付き合いをいただきました。

雪の香の寒満月の登りきし　　　**菊美屋にて**

雪の香の珈琲の香の門に入る　　　**喫茶門にて**

書名

読者カード

●本書のご感想および今後の出版へのご意見・ご希望など、お書きください。
（小社PR誌『機』「読者の声」欄及びホームページに掲載させて戴く場合もございます。）

■本書をお求めの動機。広告・書評には新聞・雑誌名もお書き添えください。
□店頭でみて　□広告　□書評・紹介記事　□その他
□小社の案内で　（　）　（　）　（

■ご購読の新聞・雑誌名

■小社の出版案内を送って欲しい友人・知人のお名前・ご住所

お名前

ご住所 〒

□購入申込書（小社刊行物のご注文にご利用ください。その際書店名を必ずご記入ください。）

書名　冊	書名
書名　冊	書名

ご指定書店名

住所

都道府県

郵便はがき

料金受取人払郵便

牛込局承認

5362

差出有効期間
令和6年12月
4日まで

162-8790

東京都新宿区
早稲田鶴巻町五二三番地

（受取人）

株式会社 藤原書店 行

ご購入ありがとうございました。このカードは小社の今後の刊行計画および新刊等のご案内の資料といたします。ご記入のうえ、ご投函ください。

お名前	年齢
ご住所 〒 TEL　E-mail	
ご職業（または学校・学年、できるだけくわしくお書き下さい）	
所属グループ・団体名　連絡先	
本書をお買い求めの書店 市区郡町　書店	■新刊案内のご希望　□ある　□ない ■図書目録のご希望　□ある　□ない ■小社主催の催し物案内のご希望　□ある　□ない

古今伝授の里フィールドミュージアム「茶屋 いなおほせどり」にて。右が渡邉多美子、左が古池五十鈴。このときは大和から県道を経由して東俣峠を越えて、明宝のせせらぎ街道へ入りました。

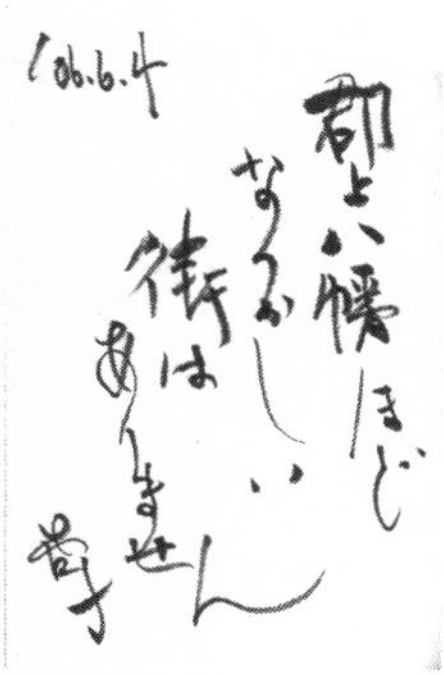

「喫茶 門」に残した色紙（2006年6月4日）

松のとれた一月、正眼寺に行かれる前に郡上八幡へお立ち寄りくださり、常宿で主の渡邉多美子さんと三人、深夜まで御喋りして、お隣から苦情を言われたこと、また晩秋の一日、お暇があるということで、多美子さんの運転で〝せせらぎ街道〟をドライブしたとき、途中道の駅で天津甘栗を見つけ「鶴見和子さんがね大好物なの。片手でパリッと皮がとれるでしょ。そうだわ、宇治へ送ってあげましょう」とびっくりするほど買い求められたことも懐かしい思い出です。

お店の書棚に「黒田杏子コーナー」が設けてあります。「これは皆さんにもお薦めしてね」といただいた『証言・昭和の俳句』上・下巻（角川書店）。充分読破してません。そして何故か私の好きな著書『布の歳時記』（白水社）の表紙を開けると、「門 五十鈴姐さん江」と為書があります。私のほうが妹なのに……。そうだわ、これから先生の著書をしっかり読み返し、文字通り先生の姐さんになれるよう精進します。私が元気でいる限り、私の心の中で杏子先生は八十四歳のまま、ご健在ですから。

杏子さんと共に駆け抜けた青春

鎌倉三田会丘の上句会会員
志村靖雄

黒田夫妻は、私が学生時代にセツルメント活動で苦楽を共にした戦友です。第二次世界大戦の最中に幼少期を過ごした私たちは、戦後の青年時代に平和運動、労働運動に深く関わる運命にありました。東京信濃町にある慶應義塾大学医学部の学生が診療所を開いていた近辺の若葉町、ここで暮らす貧しい人たちの生活に寄り添ったのが若葉セツルメントでした。ここに集まったのは、慶應義塾大学、同医学部付属の厚生女学院、それに東京女子大学の学生たちでした。当時、東京女子大学の学生であった黒田杏子さんはここで慶應義塾大学の塾生であった夫君勝雄さんと知り合い結婚、私たちは一緒に遊んだり勉強を教えたり主として若葉町の子供たちの生活支援に明け暮れる青春時代を過ごしました。

杏子さんは第一句集『木の椅子　増補新装版』のあとがきで「俳句の基本は観察。オブザベーションです」という師山口青邨の言葉を紹介していますが、観察した森羅万象を言葉で切り取るのが俳句とすれば、これを映像で切り取るのが写真、夫君勝雄さんがプロはだしの写真家であることを思うと、誠に似合いのご夫婦であったと思います。

米寿を迎えた今、往時を振り返るとあれほど人生に真面目に純真に立ち向かった時代はなかったとしみじみ思います。

杏子さんは二〇二一年に上梓した大作『証言・昭和の俳句』の中でインタビューのアンカーをつとめた俳人三橋敏雄の次の言葉を紹介してあとがきを締めくくっています。「戦争は憎むべきもの、反対するべきものに決まってますけれど、〈あやまちはくりかえします秋の暮〉じゃないけれど、何年かたって被害をこうむった過去の体験者がいなくなれば、またはじまりますね。いずれにせよ、昭和のまちがった戦争の記憶が世間的に近ごろめっきり風化してしまった観がありますが、少なくとも体験者としては生きているうちに、戦争体験の真実の一端なりとせめて俳句に残しておきたい。単に戦争反対という言い方じゃなく、ズシリと来るような戦争俳句をね」。

昨今の世相を顧みる時に、この言葉は私たち若葉セツルメントのオールドセツラーが今も変わることなく抱いている共通の思いです。

武器捨てよ話せばわかる春隣

杏子さんは雪女？

下重暁子 作家

早稲田大学の暉峻康隆門下といっても、教室で出会ったことはない。新宿の暉峻先生ゆかりの飲み屋だった。

「元気のいい人だなあ」というのが第一印象。当時私は人づきあいが下手で、黙って酒を飲んでいるので、先生もまわりも酒が強いと思われたようだった。

そこで『酒』という雑誌の佐々木久子編集長から声がかかり、「酒」で連句、酒恋歌仙を巻く時は一員として、酒と恋の入った五七五、七七とつなぎ、「お前さんの俳句は頭で作るから色気がない！」といつも桐雨（俳号）先生から言われていた。俳句における色気とは何かと頭を抱えていると、黒田杏子さんを紹介された。大きな声でよく喋る人で、とても色気があるとは思えなかったが、その俳句には色気があった。いわば独特の香りとか雰囲気といったものだろうか。それが究極の自己表現であるからこそ滲み出るものだったろう。

特に私の好きなのは雪女の句である。

雪女とて旅の者流れゆく

自分自身が雪女に化してしまうということは様々な連想を生む。雪女の化身である杏子さんは雪の日どこを訪うのだろうか。そう思ったら着物地で作ったもんぺ姿が、急に色っぽく見えてきた。暉峻先生が亡くなって時間が経った。その間体を悪くしたと噂に聞いて心配していたが、金子兜太さんが亡くなってそのシンポジウムに声がかかった。

車椅子の杏子さんを押しているのは、パートナーの黒田さん、以前から興味を持っていた写真家だった。

言いたいことを遠慮なく言う杏子さんはなぜか男性に人気があった。知人の編集者なども、私と出会うと必ず杏子さんと飲みに行った時の話をした。

面倒見がいいので、私の方が少し年上なのだが、姉のように世話を焼いてくれるのだった。その好意に甘えていると居心地がいいので、その後も私にできる限り、金子兜太の催しなど、お手伝いできることをした。それが杏子さんその人を偲ぶ会に出ることになろうとは……。

今日、二月五日は東京でも雪が降った。窓の外をよぎる雪の粒を見ながら、今夜あたり、会えるかなと思う。雪女の杏子さんのためにとびっきりの日本酒を用意しよう。

杏子先生と寂聴先生

瀬戸内寂聴記念会 事務局長
竹内紀子

初めてお会いしたのは、一九八二年八月の阿波踊り。瀬戸内寂聴先生が出身地の徳島市で一年間開いていた「寂聴塾」をもとに翌年「寂聴連」という阿波踊りのグループを作って、桟敷席に踊り込んだ。その時のゲストが画家の堀文子氏と杏子先生であった。お二人は男踊りで、果敢に列の先頭で踊っておられた。その二人の白い太ももはまぶしかった。後日杏子先生は、

ふたり住むある日すだちをしたたらす

と徳島の柑橘「すだち」を詠んでくださった。

次は寂聴先生が一九九二年に谷崎潤一郎賞を『花に問え』で受賞したときの二次会で、私は寂聴先生と杏子先生の間に座らせていただいた。芸達者な編集者たちの振り付きのカラオケに笑い興じているさなか、「俳句はいいわよ。本を送ってあげる」とおっしゃり、杏子先生の『あなたの俳句づくり――季語のある暮らし』を送ってくださった。その頃、毎月、杏子先生は京都の寂庵で寂聴先生も参加する「あんず句会」を開いておられた。

二〇〇二年、徳島に県立の文学書道館が開館し、毎年寂聴関連の展覧会が開催された。私は担当の学芸員になった。「寂聴の旅展」のときは講演に来てくださり、インドを共に旅し、寂聴先生がツアー仲間のお年寄りの肩をもんであげていたことなど紹介してくださった。「寂聴なつかしき人展」で交友のある作家などの書簡を展示したときは、巡礼の合間に立ち寄ってくださり、「何でも協力してあげる」と励ましてくださった。

寂聴先生が初めての句集『ひとり』を二〇一七年に自費出版したときも、たいそうほめてくださり、中でも、

御山《おんやま》のひとりに深き花の闇

は、初めて天台寺でこの句を見せられたとき、「私は身の震えがとまらなかった。文人俳句などではない。この一行こそ瀬戸内寂聴の人生」と評してくださっている。

二〇二三年、二月。寂聴先生三回忌にあたり、瀬戸内寂聴記念会では「寂聴をしのぶ俳句」を全国募集したい、その選者になっていただきたいと私は杏子先生にお願いした。快諾してくださり、

連日ああしよう、こうしようとお電話をいただいた。そして三月、突然の訃報をご夫君から杏子先生の携帯電話で知らされた。最後になった講演で寂聴先生のことを存分に語り、この俳句募集のことも宣伝してくださったという。

藍生俳句会の温かいご支援を受け、三回忌記念「寂聴を詠む」は予定通り開催でき、印象深い句の数々を生み出してくれた。

もうあのパワフルな電話の声を聞くことはできないが、その実行力、優しさ、継続力はお手本であり、今も耳の奥で勇気を与えてくださっている。

黒田杏子先生と道後俳句塾

松山市立子規記念博物館 総館長
竹田美喜・井上めぐみ
同友の会 職員

竹田　黒田杏子先生には子規記念博物館は特別お世話になりました。

道後俳句塾は二〇〇五年に始まり、二〇二三年で一九回となりました。

開催当初からの友の会担当者井上めぐみと二人で杏子先生にお礼の気持ちを込めまして、道後俳句塾の思い出を語り、御前に捧げることといたします。

井上　道後俳句塾は、二〇〇五年に「金子兜太の道後俳句塾」として、当時の天野祐吉館長が杏子先生に相談して始まりました。

宝厳寺の句碑

竹田　初回から杏子先生のお弟子さん夏井いつき先生もお手伝いに入ってくださいましたね。「金子兜太・黒田杏子の道後俳句塾」となったのは三回目からでした。

兜太先生と杏子先生が「松山だからできる俳句塾だ。俳句の講評をした後に、酒を呑みつつ膝を突き合わせて話ができる。ビルの中でする俳句会とは一味違う」と大変楽しんでくださっていました。

井上　吟行会は一遍上人誕生寺「宝厳寺」と決まっていました。杏子先生は、本当に一遍上人の伝道師でした。一遍上人の忌日が兜太先生の誕生日九月二三日でしたので、兜太先生は「一遍上人の生まれ変わりだ」と喜んでいらっしゃいました。

竹田　私どもも地元ながらに感化されました。一遍上人と杏子先生のご縁は深いものがありました。二〇一〇年に宝厳寺で杏子先生の〈稲光一遍上人徒跣〉の句碑の除幕式がありました。発起人は瀬戸内寂聴、金子兜太、相原左義長、藤平寂信各先生、そして私まで名前を入れていただき、ありがたいことでした。

二〇一二年からは「宇多喜代子・黒田杏子の道後俳句塾」となり、兜太先生は名誉顧問として在宅で選をしてくださいました。

一〇年近く定点観測の地として吟行していた宝厳寺の本堂と国宝の一遍上人像が二〇一三年八月一〇日に不慮の火災により焼失。長岡住職は九月八日の吟行会まで片づけをせず、生々しい現場を残してくださいました。

井上　焼け焦げたにおいの残る宝厳寺で杏子先生は、〈灰燼に帰したる安堵一遍忌〉と詠まれました。

竹田　杏子先生の熱意のもと、コロナ禍の三年間は無観客でのライブ配信等縮小しながらも開催を続けました。最近では、ご主人の黒田勝雄様とご一緒にお越しいただいており、本当に仲の良いご夫婦でした。お二人のお姿も思い出されます。

コロナ開けの二〇二三年は西村和子先生をお迎えして、宇多喜代子、夏井いつき、松本勇二各先生で道後俳句塾を開催しました。

杏子先生には二〇年間、本当にお世話になりました。

私どもは先生の御遺志を継いで、道後俳句塾をさらに発展させていきたいと思います。

俳人モモコのこと

エッセイスト　元「藍生」会員
中野利子

一九四四（昭和十九）年。クロダモモコの兄（小学三年）の集団疎開先が栃木県黒羽の常念寺に決まった。

黒羽（現大田原市内）は『おくのほそ道』の旅の途上に芭蕉が十三泊した町であり、常念寺山門の脇には〈野を横に馬牽きむけよほとゝぎす〉の句碑が立っている。

モモコと芭蕉の関係を思うと、奇跡のような偶然である。東京の児童の行先は関東東北のいずれかの県であり、どこになるかは役所の決定次第なのだった（たとえば永六輔の集団疎開先は宮城県の白石温泉）。

児童の戦禍を避けるのが疎開なのだけれど、モモコの母はできるだけ息子の近くに住んでいたいと切望し、ご近所の牛乳屋の世話好きなおばさん、池島さんに相談し、常念寺近くの二階家に貸間を見つけてもらった。常念寺の句碑の句を声に出して読み上げる母の横に五歳のモモコがいた。

一年後に、モモコ兄妹の父が本郷で営む医院が空襲で焼失。父と姉も合流して一家そろって南那須村の父の生家に寄留することになった。小学校卒業までの六年間、モモコは季語の宝庫のような往復二里の道を通う。広い屋敷の奥に榧《かや》の大木があった。母はいつもその下に盥《たらい》をおき、洗濯板を用いて洗濯をする。学校から帰宅するとモモコはすぐに母のもとに駆け寄り、盥をはさんで母娘の百人一首遊びがはじまった。母が「めぐりあひて……」と上の句を口にすると、娘は「みしやそれともわかぬまに……」と応じる。意味はわからないが、娘は小学生のうちにすべての歌を暗唱していた。

百人一首から『おくのほそ道』まではそれほど遠くない。モモコは小学五年のときにその全文を読み、圧倒された。惹きこまれ、熟読し、繰り返し声を出して読んでいるうちに、まるで自分の文のような気分になり、暗記してしまう。ことに黒羽のあたり、それから平泉のあたりがお気に入りだった。

晩ごはんのあとなど、父と母、きょうだいの前に立ち、目をつむって朗誦しては拍手を浴びたりした。娯楽の少ない時代だったから、と大人になり昔をふりかえるモモコは言い訳をするが、めったにないめずらしく美しい光景である。うっとり、を大事にされる。うっとり、を誰も妨げない。持ち前の、なんの物おじもしない自然な度胸は、こんなあたりから生まれたのではないかと、私は想像する。

中学三年になると、『チボー家の人々』のジャックがこのうっとりの情熱の対象に加わる。遠い海の向こうの物語の作者に手紙を書こうという多感な少女の思いつきはわかる。ただ用意周到なのである。白水社気付で訳者の山内義雄に手紙を出し、小説家は英語が読めますか、とまず尋ねてから事《こと》をはこぶ。すでに一人前のプランナーなのだ。忘れた頃にはるばるフランスから返信の絵葉書が船便で届いた。

大学の卒業が近づき就職を考えはじめると、子供の頃からのモモコの編集者志望を知っている母は、「池島さんに相談したらどう？」ともちかけた。黒羽の貸し間を探してくれた池島さんの息子が、文芸春秋新社の名編集長になっていた。

息子、つまり池島信平はモモコの希望を聞き、助言してくれた。

「女性でも一生自立して働いてゆきたいなら、今の時代、出版社より、活字以外にもさまざまな媒体をあつかう広告会社の方が、あなたに向いているのではないか」。

博報堂を勧めてくれた。他の会社も受験しなかったわけではないが、博報堂に合格し、ここに人生の大きなレールの一つが敷かれた。

クロダモモコにとっては俳句こそ天職、表通りであり、裏通りの会社員時代についての回顧は（永六輔のことをのぞいて）、口が重い。けれど、東京の中心でもっとも現代的な会社に身をおき、多彩な分野の人々、専門家に会いつづけて刺激を受けた体験を大切にしてきた。

一九七三年に池島信平が亡くなってから数年、命日には鎌倉、円覚寺松嶺院の墓所に必ず詣でていた、ときいている。

話はまったく変わるが、珍しくとても強引な誘いを私はモモコから受けたことがある。四国は足摺岬の金剛福寺に代表句十二句の句碑ができる、除幕式にきてほしいという。遠いし、交通費もかかるし……と迷っていると、

「生前葬だと思ってきてよ」

「ついでに佐川《さかわ》に行けばいいじゃないの？」

私が二歳の時に病死した生母の母が、高知県佐川の出身だとモモコの調べは行き届いている。佐川を訪れてみると、祖母の育った家は有名な植物学者の牧野富太郎の家のすぐ近くだった。春になると、友だちと一緒に夢中で佐川盆地の野山の山菜をとり歩く、野の少女だったという。気のせいか、盆地ののぼり下りの坂道が脚に心地よい。ＤＮＡのさやぎなのかもしれない。

モモコは五十年来の古い友人の重い腰を上げさせて、「祖母の物語が書けるのではない？」とそそのかす。多くの人に向けたさかんなプロデュース力を私にも発揮するのだった。

杏子先生の花

大東文化大学名誉教授、日本文学・日本詩歌
ジャニーン・バイチマン

黒田杏子先生が亡くなられたのは、桃始笑《ももはじめてさく》の時期でした。

数か月あと、句集『八月』が、先生の生まれ月八月に出版されました。手にとって、これが杏子先生の最後の句集かと思うと、悲しみと同時に、友人として、読者として、この句集をまとめられたすばらしいご主人や「藍生」のメンバーの方々への感謝の気持ちでいっぱいになりました。『八月』は、ある意味で杏子先生の最後の花といえるかもしれませんが、先生がおられなくても、先生の句が我々に語りかけ、ふたたび花を咲かせるように感じます。次の句を読んだとき、ことにそれを強く感じました。

かなしきことをかなしみて花を待つ

The things I grieve I grieve
as I look forward
to the blossoms

黒田杏子と那須の黒羽

黒羽芭蕉の里全国俳句大会 実行委員長
蓮實淳夫

「黒羽が私の俳句の原点です」との言葉を耳にしていたので、杏子さんと黒羽との関わりを記してみます。なお、黒羽町は平成十七年に大田原市と合併し、黒羽町の名が消えてしまいました。

①戦時疎開

昭和十九年（一九四四）十月、六歳の時に黒羽町に戦時疎開。約半年間過ごす。

②芭蕉文学国際シンポジウム（黒羽町主催）

平成二年（一九九〇）十月二十七日（土）、「俳句をめぐる新しい世界」と題するシンポジウムにパネリストとして参加。他のパネリストは、佐藤和夫、山下一海、ジャック・スタム。なお、当日は、「おくのほそ道と日本文化」と題してドナルド・キーンの基調講演もあった。この時よりキーン氏との付合いが始まった。

③黒羽芭蕉の館での俳句講座

平成四年・五年の二年間に十回俳句の指導に黒羽へ来ていただいた。講座終了後、受講生が杏俳句会を立ち上げ、現在も続いている。

④黒羽芭蕉の里全国俳句大会

平成四年の第四回大会から選者を三十回務めていただいた。この大会の恩人である。令和五年に実行委員長より感謝状が授与された。

⑤黒羽町特別自治功労者表彰
平成十六年に授与された。

鮎の里公園の句碑前で

⑥大田原市民大学講師（平成二十一年度）
「現代俳句の世界・芭蕉そして世界の俳人達」と題して講義。

⑦黒田杏子句碑建立
平成二十四年（二〇一二）六月二十三日（土）除幕式。場所は鮎の里公園（大田原市黒羽田町・那珂川左岸）。句はこのために新作。

鮎のぼる川父の川母の川

⑧大田原市名誉市民
令和二年二月十日（月）名誉市民推挙式。

⑨大関作新館賞
令和二年三月二十日（金）、第一回の受賞者となる。
大関とは、黒羽藩の藩主の苗字であり、作新館とは黒羽藩の藩校名。

賞は、栃木県内の学術・教育・文化の振興に顕著な貢献をなさった方に授与されている。
⑩黒羽図書館
黒羽図書館に膨大な俳句関連の図書を寄贈していただいているので、館内に「黒田杏子文庫」の名を付けたコーナーが設置されている。その充実さは、栃木県内随一である。

ありがとうございました

千本山乗運寺 住職、(公社) 沼津牧水会 理事長
林 茂樹

静岡県沼津市は、市制百周年を令和五年七月一日に迎えるにあたり、記念事業実施を広く呼びかけました。

公益社団法人沼津牧水会は、「牧水と鳥」をテーマに、牧水の短歌・童謡・詩・随筆・紀行文を纏めた『牧水 鳥』を発刊し、特別企画展、講演会を実施しました。

思い起こせば、二〇年前の平成一五年、沼津市制八〇周年を迎えるにあたり、何か記念事業を実施しないかと沼津市教育委員会に声を掛け、有志が集って話し合い、文学をテーマとする「沼津文学祭開催実行委員会」が組織されました。

第一回は、沼津千本松原を守った沼津市の恩人である歌人若山牧水を取り上げることになり、牧

水ファンで知られるドイツ文学者の池内紀先生を助言者に迎えて、「牧水は何を見たか」と題する池内紀先生の基調講演などが行われ、大成功でした。「沼津文学祭」は隔年で実施することになり、第二回は旧制・沼津中学校（現・沼津東高校）卒の「井上靖」がテーマでした。

そして、第三回を何にしようかと検討した時に、俳句が候補となりました。沼津の俳句友好者の会である「沼杏会」の講師として沼津とゆかりのある黒田杏子先生に「沼津文学祭開催実行委員会」の助言者になっていただけませんかとお声を掛けたところ、「よろこんで」とおっしゃってくださいました。

第三回「沼津文学祭」は、「俳句」をテーマとすることが決定し、黒田杏子先生の企画で、先ずは永六輔・入船亭扇橋・大西信行の三者の「俳諧の諧」と題する座談会が開催され大好評でした。また、現在テレビ番組等で活躍されている夏井いつき先生による沼津市内小中学校での句会ライブ、夏井いつき・細谷喨々両先生ほかによる俳句講座が開かれ、榎本好宏先生ほかの吟行会や俳句教室も行われました。

そして締めが、俳句界の大御所、金子兜太先生をお迎えし、吉行淳之介氏の妹の吉行和子さんをゲストに、黒田杏子先生との三者による「俳句ＤＥ沼津トークショー」が平成二〇年二月一七日（日）に催されました。当日、金子兜太・黒田杏子・榎本好宏の三先生の選による事前投句の入賞作品の表彰式なども行われ、大いに盛り上がりました。黒田杏子先生の名企画のおかげです。感謝のほかありません。

黒田杏子先生は、「件の会」が組織されて催しが実施されると、ご案内くださり、俳人の方たちと親しく言葉を交わす機会を与えてくださいました。
思い出は尽きません。黒田杏子先生、ありがとうございました。

もんぺと講演

三菱商事 顧問・元代表取締役副社長
古川洽次

故・黒田杏子さんは、一九三八年（昭和一三年）八月に東京市本郷で生まれている。父上が開業医だった一家は、太平洋戦争末期の一九四四年、栃木県の黒羽田町へ疎開。その後、宇都宮女子高から東京女子大学に進み、卒業後は博報堂に就職、というのが、自著『季語の記憶』などで知られている略歴だ。

私も、黒田杏子さんと同じ年の四月、東京市杉並区東田町で生まれた。父は鉄道省の役人で、軍属としてフィリピン鉄道に出向中の一九四四年、残された一家は、母の故郷であった薩摩川内市久見崎町へ疎開した。父は彼の地で殉職したため、三人の子供を抱えた母のその後の苦労は筆舌に尽くし難い。子供心に残る母は常に前向きでいつも働いていた、もんぺを着て。

黒田杏子さんとは四半世紀以上に亙る知己だったが、初めて会ったのは、どこでいつだったか。記憶がブラックボックスに入って仕舞い、どうしても思い出せない。ただ、母が亡くなったのは一九九七年三月であり、その後暫くしての頃であったかもしれない。亡母によく似たもんぺ姿で、好奇心に満ちた目をした女性が、突然、目の前に現れたので、一瞬、時空の概念が混乱したようだった。何はともあれ、もんぺ姿が想定外だったことは覚えている。以来、時宜を得た会合や会食などで度々同席させて頂いた他、電話や独特の字体をした手紙などを貰ったことを思い出す。

その後、郵政民営化に駆り出されて慌ただしくしていた或日、東京駅丸の内南口改札から新幹線改札口へ向かっていると、在来線の降り口階段の上から〝古川さーん〟、と呼ばれるではないか。振り向くと、誰あろう〝もんぺ姿〟が手を振っていた。手を振り返して別れたが、黒田杏子さんは何処にいても存在感がある人だと思った。

後述の黒田杏子さんの講演会で、季語について丁寧に説明する場面がある。「もんぺ」についても触れているが、遠慮がちだったせいか、話が通じにくかったので、改めて「もんぺ」についてあれこれ調べてみた。まず、句としては『日本大歳時記』に、〈もんぺ穿き傘たばさみて子規墓参　高浜虚子〉、〈もんぺ穿き浄発願寺僧ひとり　富岡掬池路〉の二句がある。

更に、ウィキペディアで探すと、二十世紀の後半、ファッションデザイナーとして活躍した大塚末子が考案した、ニューキモノの一つに「もんぺスーツ」があり、「もんぺを使った上下セットはそれ迄もあったが、大塚のスーツは洋服の裁断法を用い、上衣はブルゾン風になっているなどスタイリッシュで機能的であり、俳人の黒田杏子が愛用している。」とあるではないか。〝もんぺ〟こそが彼女にとって、吟行などで至便でお洒落な衣装だったのだと思わず膝を叩いた。

黒田杏子さんに初めて三菱商事で講演をして貰ったのは二〇〇三年十月であった。新任部長など二十余名を前にしてのことだったが、初心者向けに季語のイロハから、自身の句作のプロセスを開陳するなど幅広い経験を語って貰ったのである。この研修会はその後六年間に亙って続けられていた。

当日、後ろの席で聴講していて、大変驚いたことを思い出す。それは、黒田杏子さんが、俳句や短歌など韻文や挨拶文などの、〝縦書き手書き〟を逍遥する場面で、突然、哲学者にして歴史や文化・文芸など幅広い分野に通暁している梅原猛のことを持ち出して来たことである。

何でも、黒田杏子さんがそれまで勤務していた博報堂で、『広告』という雑誌の編集長だった時代、「日本文化デザイン会議」、という博報堂が主催した会議があったときのことであると。その会議の議長が梅原猛で、黒田杏子さんは梅原猛の担当者でもあったというのだ。

各方面に多彩な実績を残した梅原猛は、一九七二年に、『隠された十字架・法隆寺論』、次いで『水底の歌・柿本人麻呂論』と立て続けに仮説に基づく主張を世に問う出版を行い、ベストセラーになった。また、その頃から、「タケル」というスーパー歌舞伎の創作もしていたという。

当時、私は三菱商事の四代目の従業員組合委員長であり、多忙ではあった。しかし読書は、病弱で臥していたことが多かった幼年の頃からの趣味である。たちまち梅原本に熱中。出版されるたびに片っ端から熟読したのである。従って黒田杏子さんから、私の全く知らなかった梅原猛に関するエピソードや人間的な側面を聞かされたときは、少なからず仰天したことを思い出す。

梅原猛のことは、前述した二〇〇三年一〇月に三菱商事で行われた黒田杏子講演会の録音テープを目下整理中であり、後日、作成される予定の講演録に掲載されることになる。

黒田マジックに導かれて

早稲田大学名誉教授、日本近世文学・俳文学
堀切 実

草加市主催の「奥の細道文学賞」は、一般から応募した紀行文を対象として、平成五年の第一回からドナルド・キーン、大岡信、尾形仂の三氏による最終選考が行われてきたが、第六回からは尾形に代わって私が、平成二十六年の第七回からはキーン・大岡に代わり黒田杏子・長谷川櫂が務めてきた。そしてその年から、芭蕉や俳諧に関する評論部門としてキーン賞が創設され、当初はなかなか大賞にふさわしい作品が出なかったが、平成三十一年の第三回には秀れた作品が集まり、慎重な議論の末、栗田勇氏の『芭蕉』（上・下、祥伝社）が受賞した。芭蕉の生涯の精神史ともいうべきこの大著には私も圧倒されたが、黒田杏子さんの情熱感に溢れた推薦の弁がとくに印象に残っている。黒田さんは、若い時、栗田勇の『一遍上人――旅の思索者』（新潮社、昭和五十二年）を読んで深く感銘を受け、やがて二十七年間をかけて単独行「日本列島櫻花巡礼」の旅に出たのであった。

黒田さんとの出会いは、もう一つ黒羽芭蕉の里俳句大会にもあった。那珂川に面したホテル花月での雑談の折、TVで人気を博している夏井いつきさんへの評論が俳壇で見かけないが、と問いかけたら、逆に、急に改まって「先生、それを是非書いてくださいよ」と依頼されてしまったのだった。私はふと思うところあって、「藍生」令和二年十月号に「夏井いつきの俳句教導法」を寄稿した。じつは、そのとき金子兜太の『語る 兜太――わが俳句人生』（聞き手・黒田杏子、岩波書店、平成二

十六年）の中で、私の著書『俳聖芭蕉と俳魔支考』（角川選書、平成十八年）をとり上げて、地方行脚に徹しつつ蕉風俳諧を庶民の間に広めていった支考の功績を、近代における虚子の役割に比して、称えていたのを想い出したからであった。私はそこで支考と夏井いつきの「俳句教導法」とを対比してみたのであった。

さらに「藍生」令和五年三月号の「「戦後生まれの女性俳人」シリーズ特集を読んで」——これも電話による突然の依頼だったが、原稿をお送りすると即座に「これあなたの自分史でもありますね」という言葉が返ってきた。まさに的を射た感想で、七人の女性俳人の俳句人生の折々の転機に私自身の転機を重ねてみたものであった。黒田さんからは雑誌刊行後、ほぼ一日置きに電話があり、いろいろな人の感想を伝えてこられた。ところが、四、五日電話がないなと思っていたら、早朝「黒田ですが」という男の声、御主人からの電話だった。

弥生の空へ

篠田桃紅作品館
松木志遊宇

三月は私にとって一番大好きな月である。殊に雪国の越後人にとって十一月から二月にかけて凍てつく寒風の厳しさは忍の一字である。三月のおとずれは、恵みであり、柔らかな風、花々の芽吹きは心身共にほころぶ。

その三月に私の敬愛して止まない、篠田桃紅先生、並びに黒田杏子両先生は、弥生の空に昇天された。きっと桃紅先生は「あら黒田さん早すぎたのではございませんか」と、杏子先生は「先生の偉大さを、広報部長として、『藍生』に特集号をくみました。松木さんからも原稿を寄せていただきました」とご報告されて居られるのでは……と。

杏子先生との出会いは、一九九八年十一月十五日、京橋で鎌倉画廊の主催、桃紅展の時であった。杏子先生がギャラリーの戸を開けて入って来られたお姿をキャッチした私は「あのお方は、新潟日報俳壇の選者、黒田杏子氏ですよ」と申し上げた。その折シューズデザイナー高田喜佐さんも居られ、四人の写真撮影が誕生した。その時の一枚から出会いの日付を確認し得た。幸運な資料であった。この日の様子を最終号『学鐙』の「人に出合う人に学ぶ」（黒田杏子文）に生き生きと描写され、杏子先生の率直さが伺われる。そもそもこの記事は「松木さんこんな風に書いたので、今読みますから聞いて下さい」と電話をいただいて居たのである。杏子先生の句集『花下草上』に因んだいきさつを知り、桃紅先生への想いの深さに打たれた。杏子先生はことあるごとに電話を下さり心のつながりを深めるに至った。桃紅先生も一回の電話内容は、二時間超えであった。このお二方の共通点は、良く語り即対応するエネルギッシュそのものであり、偉人たるゆえんに他ならない。

又、作品館オープン時において、餞けの句をいただいた。

篠田桃紅作品館照紅葉《てりもみぢ》　　**黒田杏子**

松木志遊宇さんの情熱と開館を祝して

「照紅葉」の季語について「紅葉した草木の葉に光沢があって照り輝いている状態」とご説明を頂戴。そして二〇〇五年、今から十九年前の十月にオープニングに見えられた桃紅先生に一筆を申し出たところ、この「照紅葉」をお書きいただく。杏子先生にお詠みいただき、桃紅先生によって書された「照紅葉」の作品は、お二方の合作として本館のお宝となった。

ご恩ある杏子先生の訃報を勝雄さまより賜った私は、大きな衝撃を受け、天を仰いだ。

私にとっての三月は単なる気候のおとずれに留まらぬお二方の凜としたお導きの、あたたかさに包まれる月となった。

残雪

あらきそば二代目当主・芦野又三の次女
松田紅子

あれは昭和が平成にあらたまった頃ではないでしょうか、初めてそば屋の暖簾をくぐって下さったのは。春まだ浅い季節のことでした。……何しろマントをはおりモンペにブーツという出で立ちもさることながら、おかっぱ頭に赤い口紅という印象的なお顔立ち。私はすぐに俳句の先生だと思い、それはちょうど数日前にテレビにご出演の姿を見ていたからです。

そばとニシンを召しあがった頃に「黒田先生ですね」と言葉をかけますと、「あら、よく分かったこと」と返されてたいそうお喜びでした。お連れの方は大石田の乗船寺のご住職で、山形を回る際はいつも案内をお願いしているのだとか。ハキハキとした話しぶりで、「美味しかったわ、また来るから」と仰ってお帰りになると、すぐに色紙を送ってくださいました。

残雪や炉火をきよらに姉妹

それからは毎年のようにお顔を出して下さるようになりまして、細谷喨々先生・飯田秀實先生・大徳寺真珠庵の山田宗正ご住職……俳句のお仲間御一行様の時など、にぎやかにお酒を召し上がりながら、いつも座の真ん中にいらっしゃるという風でした。

季節の山の物や香の物がお好きでしたから、蕨やぜんまいをもどして煮物にしてお送りしますと、その都度ていねいなお礼状をいただいたものです。

あらきそばにて

ある時、入院先の病院からだと電話があり、ニシンが食べたくなったから送って欲しいと言います。病院では難しいでしょうと申し上げましたら、「大丈夫、看護婦さんに話してあるから大丈夫」と言って、「ニシンを五本と、ぜんまいの煮たのと、あとは何でもいいから送ってちょうだい」とのこと。「あらきのものを食べると元気が出るから」と仰います。数日しましたらまた電話がかかってきて、夕方、寄ってくれるご主人と一緒に二人で夕食を食べるのだと言うことでした。

例の疫病騒ぎの時も何度も電話を下さいました。「お客さんはどう?」と言いますから、正直に「休んでばかりの日が多いんです」と申し上げましたら、「あらきそばを食べた人は必ず帰って来るから、続けなさい。止めないで続けなさい」と仰って下さいました。

二〇二一年の夏に、八月一五日付発刊の『証言・昭和の俳句』をいただきました。二段組みの大部のご本でしたが、涼しくなってから少しずつ読み続けまして、ようやく読み終えましたとお手紙をしたためましたら、「もう吃驚したわよ。あなたが全部読んだなんて、びっくりしたわ。日本も捨てたもんじゃないわね」と仰り、この時もたいそうなお喜びだったことを懐かしく思い出します。

自由闊達なお人柄で、とらわれのない方だと思っていましたが、終戦のあの日だけにはとらわれていたように思われます。……あの時が終わりであってそうして始まり。けれどももうすでに終わったのかも知れない。それでもやはりもしかしたらまた始まるのかも知れない。そういう思いでいつもいらっしゃったのでは等と思っております。

黒田杏子先生の人間力

公益財団法人上廣倫理財団 理事・事務局長
丸山 登
「寂聴さんの思い出、寄稿していただけませんか」

「藍生」が瀬戸内寂聴先生の追悼号を出すことになり、主宰の黒田先生から原稿依頼を受けた。黒田先生は星野立子賞の審査員であった。寂聴先生が『ひとり』という句集で、賞を受賞された際に、嵯峨野の寂庵にお訪ねすることを勧められた。

寂聴先生と長年の交流のあった黒田先生に、手土産について助言を求めると、マンゴーがお好きだと教えて下さった。日本橋の千疋屋からマンゴーを末広がりの意味で八個事前にお送りした。

寂庵を訪ねすると、寂聴先生は、俳句の賞ということもあり、何回も私で良いのかとおっしゃった。「それならば、ご辞退されても構いませんよ」と澄まして、申し上げると、「いえ、いただきます」と、すぐにおっしゃられた。九六歳の先生のまるで少女のようなはにかみと、やはり、賞を受けたいという強いお気持ちとのアンバランスで、居合わせた人々は爆笑した。

寂庵では昼食のご接待を頂き、デザートにマンゴーが出された。器用に皮を剝く寂聴先生の手先とそれを見守る秘書で、現在は文壇でデビューしている瀬尾さんの表情が印象的であった。拙稿は「寂聴さんのマンゴー」という題で、「藍生」の追悼号に掲載された。原稿を黒田先生に送った朝、スマホに寂庵で撮影した寂聴先生の写真が浮上した。原稿を依頼されてから一気呵成に書いて、黒田先生にお送りした。すぐに電話をいただいた。深い感謝のお言葉を頂いた。

俳人としての黒田先生の仕事やこの上ない評価は仄聞していたが、私は、一〇年間の賞の主催者と選考委員という関係の中で、次第に人間黒田杏子に惹かれ始めた。博報堂の宣伝部長時代の、仕事と俳句の二足の草鞋の話には、共感を覚えた。

亡くなる直前に、電話をいただいた。飯田蛇笏、龍太ゆかりの山廬の自然と旧飯田邸の保全をしている飯田秀實氏の活動についてご案内をいただいたのである。俳人として、世に出た頃、飯田龍太氏から受けた励ましを忘れられなかったようである。

俳人としての素晴らしい人生もさることながら、実に多くの人々に手を貸してこられた先生の人間的側面にも深い尊敬を覚える。表彰事業の中で、私もまた、多くのご教示をいただいて、文化的感性を豊かにすることが出来た。黒田先生、ありがとうございました。

東京やなぎ句会と杏子さん

東京十七句会、演劇評論家
矢野誠一

一九六九年一月に当時は柳家さん八だった入船亭扇橋を宗匠に始めた東京やなぎ句会のメンバーは、永六輔、江國滋、大西信行、小沢昭一、桂米朝、永井啓夫、三田純市、まださん治の柳家小三治、それに私の十名で、その数年後に加藤武と神吉拓郎が加わった。既に光石の俳号で句が高浜虚子の『季寄せ』に載っていた扇橋以外俳句のハの字も知らず、歳時記ひとつ開いたこともない輩ばかしである。月に一度句会を開筵することのほか別に「決まり」はなかったが、女人禁制と句友の女に手を出した者は除名が大原則だった。

所詮句友の女に手を出すほどの甲斐性のあるのはいないとあって、除名者こそ出さなかったが女人禁制はすぐに反古となった。黒田杏子をゲストに迎えたのである。きっかけは江國滋が俳句ブームの火つけと評された『俳句と遊ぶ法』を朝日新聞社から刊行するにあたって、その内容に事実誤認がないか黒田杏子に徹底チェックしてもらった縁からであった。

黒田杏子のおおらかというほかにない性格、姿勢は東京やなぎ句会の歓迎するところとなり、それから何度もゲストに招くことになった次第だが、私は江國滋の私淑していた鷹羽狩行から、「やなぎ句会は女人禁制ではなかったか」とやや抗議めいた電話を受けている。江國滋が招いた旨をその電話で告げると、狩行先生しばし絶句したものだ。

黒田杏子が初めて東京やなぎ句会に出席したのはたしか一九九四年八月のはずだが、永六輔に「杏子さん、ここではプロの句は点が入らないのよ、点が入らないことが専門俳人の証明なんだからね」と言われている。そのゲスト初参加のときの印象を、「優等生はいないが全員天才、生地の人間そのものが問われる達人芸競演の場」と記して、「ここは東京迷宮殿《ラビリントス》。すでに浄土にさしかかる理想郷《ユートピア》。」とつづけている。

少し褒めすぎですよ、杏子さん。

黒田杏子さんとの思い出

吉行和子　女優

黒田杏子さんにお会いしたのは、私の人生の半分以上過ぎた頃でした。

お話ししてみて、実はもっと前、私達が二十代のはじめに会っていたかも知れないという事が分り、親しみが一そう深くなりました。

「劇団民藝」という新劇団の研究生だった私と、文芸部にいらした黒田さんとは、廊下などですれ違っていたかも知れないのです。

親しくして頂いてからは、金子兜太先生の地方でのお話を伺いに一緒に行ったり、いろんな所に誘って下さいました。

『木の椅子』を拝読して、ますます尊敬し、しかし、何せ素人なので、ただ感心しているだけで終ってしまっていますが、『証言・昭和の俳句』などを送って下さったので、勉強だけはずい分していきます。

俳句に出会ってから、もう一つの生活が生れました。この世の中だけではない、もっと豊かな世界があることを知りました。

そんなきっかけをつくって下さった黒田杏子さんに感謝しています。

それにしても、あまりに急なお別れで、今だに途方にくれています。お礼を言う間もなかったなんて、悲しみは残ったままです。有難うございました、と言いたかったのが、そのままになっています。後は、句集を拝読させていただくしかありません。「八月」は忘れられない月になりました。

四

みんなみんな友達だ

かまくら春秋社代表
伊藤玄二郎

初対面でも旧知であったと思わせる人がいます。僕にとって黒田さんはそういう人です。黒田さんとお会いしたのはそんな昔ではありません。しかし、例えば瀬戸内寂聴さん、「藍生」の会員でもある三菱商事顧問の古川洽次さんなどを間に挟んで知り合いでした。

確か最初にお目に掛ったのは『日本経済新聞』の俳句をめぐる座談会だと記憶しています。この日の小集は黒田さん、夏井いつきさん、カトリック枢機卿前田万葉さん、古川洽次さん、そして司会の僕です。

会場の如水会館に黒田さんはご主人の勝雄さんが押す車椅子で現れました。お互いの視線が重なった瞬間、黒田さんは長年の友人であるかのような表情をされました。恐らくそれは僕だけでなく、多くの人に同じような接し方をされていたのではないでしょうか。この日を境に黒田さんとの距離は一気に縮まって、毎日のように電話をいただくようになりました。また、ご自身周辺の人材を次から次へと惜しげもなく紹介して下さった。そういう人柄だからこそ、黒田さん一流の毒舌を吐いても多くの人から愛されたのだと思います。

僕が前田万葉さんの句集を手掛けていると伝え聞いた黒田さんは、選句だけでなく解説も買って出てくれました。そこには「どの句も炊き立てのごはんのように、まだ窯で焼き上げたばかりのパンのように、香りたち新鮮」とありました。それは作品の感想であると同時に前田枢機卿の人柄を少し知る僕には「どんぴしゃり」の人物評です。黒田さんは本当に見巧者です。

那須の村遠山桜疎開の子

昭和十九年の秋、六歳の黒田さんは母親に連れられて三歳の妹、生後六ヶ月の弟と那須の黒羽に疎開しました。黒田さんはこの農山村での疎開体験がなかったら、俳人としての今の自分はない、と言っています。僕は数年前、文学の師である里見弴先生が遺された那須塩原の山荘を引き継ぎました。足元に那珂川が流れ、前方に那須岳を仰ぎ見ることが出来ます。それは、黒田さんがかつて見た風景です。

作家森詠さんも黒田さんと時を同じくして東京から那須塩原に疎開しています。近いうちに那須を拠点にした新たな文化活動を一緒に始めよう、という話をしていました。その矢先の訃報です。残念で寂しいことです。

不肖の弟子

共同通信文化部 記者
上野 敦

黒田杏子さんの謦咳《けいがい》に接したのは二〇一〇年のことだった。場所は、作家で僧侶の瀬戸内寂聴さんが暮らしていた京都・嵯峨野の寂庵。黒田さんが月一回開いていた「あんず句会」の末席に、ご縁をいただいて連なることになったのだった。俳句を作ることさえ初めてだった私には、参加する人たちの、借り物ではない言葉を探し当てようとする熱意と、表現に注ぐ純粋で真剣な面差しが心に残った。そんな善き人々の輪の中心にいたのが黒田さんだった。

その後、大阪から東京に異動して文芸担当記者となった私を、黒田さんはさまざまな縁へと導いてくださった。その一人が金子兜太さん。金子さんによる「アベ政治を許さない」という極太の墨痕がプラカードとなって人波に揺れるような世相の中、金子さん自身もたびたび戦争体験を語った。講演会では黒田さんが聞き手を務めるのが常で、真面目なテーマなのに聴衆を飽きさせることがなかった。名コンビだった。

「句座は平等」という精神が、黒田さん主宰の「藍生」を貫いていた。人間の魂は平等であり、その発露である表現はどこまでも自由ということが、句会からうかがえた。戦後民主主義の最良の部分に則る――というよりも、もっと体の奥深いところに据えていた核だったと思う。草木国土悉皆成仏というような……。「平等」という近代的な語彙で仮に表出された精神は、人間のみならず森羅万象の恵みを感受して俳句に結実させてきた人の実感ではなかったか。だからだろう。「藍生」には多彩な才能が集った。そして、そんな方々による本が出るたびにインタビューする機縁も作っていただいた。師恩ということを思った。

ただ、私はどこまでも不肖の弟子だった。担当記者がどこかの結社に属することは公平性を損なうと考えて「藍生」には入会しなかった。すると黒田さんは、南天の実の絵が躍る便箋に「あなたはぜひご自由な立場でいいので句作には打ちこまれることを期待します」とつづってくださった。別の機会にはこうも書いていただいた。「あっという間に歳月は流れます。俳句を作っていると、その流れをしっかり感じることが出来ます。生きていることを実感しないで生きるのは、もったいない。惜しいです」。生きている時間を惜しみながら、一生懸命に生きる。その教えが今、胸に蘇っている。

モモコ・フォンの着信履歴

日本経済新聞 編集委員
内田洋一

日経俳壇の担当編集者だったことから、選者を二十五年つとめた黒田杏子さんとのご縁はできた。担当をはずれてからも、ひんぱんに電話をいただいた。ケータイの着信履歴をみて「またか」と思いつつ電話すると「読んだわよ」と記事の感想を伝えられる。こちらからは喋れない勢いのまま切れるけれど、不思議にいつも元気が出た。

思い返すと、私はこのモモコ・フォンを頼りに署名記事を書いてきた気がする。電話がないと、がっかりしていたのである。

ほめられた記事といえば、日曜版の美術紀行「美の美」で取り上げた西行、芭蕉、一遍、空海のシリーズ、石牟礼道子『椿の海の記』や水上勉『良寛』をめぐる夕刊のルポ、くりかえし掲載した金子兜太さんのインタビューなどで、こうして挙げてみれば、やっぱり一本シンがとおっている。常民の心に寄りそい、その暮らしとともに生きた人たち、とりわけ地霊を求め歩いた漂泊者について書いたとき、電話が入ったのだ。

たびたび取材のヒントもいただいた。ひとり挙げるなら、良寛の生地で漁師をしながら句作に励んでいた斉藤凡太さん。『新潟日報』の俳壇選者もされていた黒田さんから「出雲崎の凡太に会ってみて」とうながされ、インタビューに出かけたのは二〇一二年夏のこと。そのころ八十六、十三から素潜りの「磯見漁師」になった凡太さんは「私は海の河童」とうそぶいてカラカラ笑った。夜の席で一杯やりながら、磯の栄螺や海藻を採る日々の営みから、戦争中レイテ島で特攻艇の作戦にかかわった思い出まで、くめども尽きぬ話を聞いた。

凡太さんが地元の句会に入ってまもなく、黒田さんが座に招かれたことがあったという。誰も採らなかった句が最優秀とされ、凡太さんを小躍りさせた。

間引菜や妻も間引かれ石の下

軍歌「戦友」の一節「友は野末の石の下」にことよせ、先に逝った妻をしのぶ一句。出雲崎の女は海に入らないが、網のつくろいで夫を支える。「お前は気がきかんなあとか、からかっては一緒に暮らしてきた嬶は戦友でもあったから」と凡太さん。

六〇年安保とともにあった学生時代、黒田さんは三井三池の炭鉱住宅にひと月暮らし、子供の支援活動をした。行きついた先は平和の象徴としての、名もなき俳人たちの句座の花だった。新聞俳壇もまた句座であり、モモコ・フォンで激励する心から選句していたにちがいない。病気で倒れても欠かさなかった選句は、どれもが読者に贈る着信履歴だっただろう。

「平和の俳句」と黒田さん

東京新聞 編集委員
加古陽治

さて取材先に向かおうかと、家を出ようとしたときだった。朔出版の鈴木忍さんから電話が入り、黒田杏子さんの死を知らされた。「えっ」と、絶句した。二週間前に話したばかりだ。いつもの元気な声、言いたいことを言って切るのもいつも通り。電話だから見えないが、あの髪型で、モンペを履いていただろう。なのにもうこの世の人でない、その事実がピンとこない。

お悔やみをお伝えしようと、夫の勝雄さんに電話すると、ちょうど荼毘を終えたところだった。「こんな時にすみません」と言いながら、二言三言話すうちにじわじわとその死を実感し、話し終えるとさまざまな思い出が浮かんできた。

黒田さんとの出会いは、二〇一五年のことだ。『東京新聞』や『中日新聞』の1面に毎日、読者から募った「平和の俳句」を載せていた私たちの試みが、有力な俳人のグループ「件《くだん》の会」の「みなづき賞」に選ばれた。前年夏に金子兜太さんといとうせいこうさんが対談し、俳句を通じて平和を目指す「軽やかな国民運動」をしましょうと意気投合したことがきっかけで企画された連載。金子さんをよく知る黒田さんは、この取り組みを「歴史に残る快挙」と高く評価し、選考をリードしてくださったようだった。

授賞式に向けてやりとりする中で、黒田さんのプロデュース力を目の当たりにした。「兜太先生といとうさんとあなたで鼎談をしてもらうから、よろしく」「会場に『平和の俳句』のチラシを置くから四百枚用意して」等々と矢継ぎ早に注文するが、鼎談の内容については任せたからどうぞという案配。でも山の上ホテルでの授賞式当日は大いに盛り上がった。私はともかく「兜太先生といとうさんなら大丈夫」という確信があったのだろう。

二〇一六年に金子さんの故郷・埼玉県皆野町で開かれた「九十七歳を祝う会」でも、鮮やかな差配を見た。司会の黒田さんが秩父音頭を歌ってはと促し、これにこたえて金子さんが朗々と歌ってみせたのだ。その日一番の見せ場だった。

「平和の俳句」は三年間毎日1面に掲載し、今も八月になると毎日掲載している。一七年夏、高齢の金子さんが選を続けることが難しくなった時、「あんたがやってくれるなら」と後継に指名したのが黒田さんだった。黒田さんは、文字通り心血を注いで選にあたった。最後となった二二年八月の講評では「選句作業を進めながら、何度涙ぐんだことでしょう」と書いている。

その黒田さんは、もういない。だが「平和の俳句」選者のバトンは、しっかりと次の走者に受け継がれた。師の思いを知る夏井いつきさんである。

杏子さんと私

元・小学館編集者
佐山辰夫

一冊が菊判六百ページという日本古典文学全集を、時に年に複数冊も出版するというハード・ワークを課せられながら、小学館という雑誌社に入った以上、なんとか雑誌編集に関わりたいと願っていた私は、念ずれば花開くで、ようやくPR誌『本の窓』の義勇軍に加わって文芸面を主に担当、休日も返上で、はりきってました。大組織にも、こういう〝はずれもの〟を活かす余地はあったようです。

古典全集の好評から『全集樋口一葉』が企画され、前田愛さんの責任編集と決まったことから、担当は私となり、なんと、全く新たに瀬戸内寂聴さんに評伝を書いていただくことになりました。この、たかだか四百字詰二百枚の書き下ろしに難渋し、私は地獄の苦しみを味わうという貴重な体験をしました。一方、寂聴さんも、これまで新聞・週刊誌・月刊誌の連載が中心で、書き下ろしに不慣れであったことから、さらに新潮社の『比叡』という大作も抱えて、生活も一変し、私以上にご苦労なさっておられたようです。数か月も締切を延ばされてしまい、殊更、締切には厳しい雑誌社だけに、私への風当たりは尋常でなく、遂に、先生、約束は守ってくださいと迫ると、「何を言ってるの。私はそういう浮世のしがらみが嫌やで出家得度したのよ。」と開き直られる始末、なす術もありませんでした。この頃、杏子さんも初めて寂聴さんを訪ねておられます。一九八〇年頃、寂聴さんが六十歳前、杏子さんも私も四十代初め。

この難関を突破した後は、実に面倒見よく寂聴さんは私に接してくださり、何度か同席するうち杏子さんとも打ちとけて、博報堂と小学館とが眼と鼻の先にあることから、親しく往来するようになったのです。

寂聴さんは、杏子さんが社業のかたわら、俳句一筋に打ち込む姿に、感銘してました。文壇でも無頼派といわれた寂聴さんにとって、孤立無援の〝はずれもの〟を見ると、とても他人事とは思えなかったのでしょう。

万事に積極果敢な杏子さんは、前田愛『幻景の街』取材にもすすんで同行したり、才能に対するセンサーが鋭敏な方でしたから、松田修さんや暉峻康隆さんへもお引き合わせしました。東大赤門前の法真寺でスタートした文京一葉忌のご縁で、「藍生」の前身にあたる「東京杏句会」の会場に、旧三階の大広間を紹介したりもし、永眠の地となりました。

春夏秋冬、時折訪れる神保町の古書街から、あのもんぺ姿が消えて、淋しくなりました。

姉のような優しさで

元・しんぶん赤旗学術・文化部 記者
澤田勝雄

俳人でエッセイストの黒田杏子さんが急逝して一年になった。俳句の持つ力について誰にも負けず確信を持って、反戦・平和を求め、闘う人だった。杏子さんの明るく大きな声が耳に残る。私の六歳年上で姉のような優しい態度で解説をする方だった。二回、インタビュー取材でお会いして、新聞記事にした。

二〇〇八年四月、桜が散り始めた東京神田の俳句結社「藍生」事務所に、「もんぺ」と革靴という独特なコスチュームで現れた。このスタイル、四〇代から続けており、「このかっこう、動きやすく、おしゃれが楽しめる。もんぺにも、俳句と同じ定型のよさがあるのよ」と言う。「日本列島の四季ははっきりし、日常生活も朝から晩まで季語の現実で構成されています。朝食できざむネギ、春のミツバチに春菊など俳句は、日常卑近な素材を取り上げる庶民の芸術です。生活の一瞬一瞬が生き生きとしてきます。『季語の現場』に立つ、誰にでも芭蕉の句心が響くでしょう」。まるで俳句初級教室で学んでいる気分になった。学生の頃からの師匠、山口青邨は、黒田さんに「俳句の基本は観察にある」と教えたという。森羅万象あらゆる存在との出会いが俳句の基本で、「季語の現場に立つ」ことであり、黒田さんはこれを信条に旅という「行」を重ねてきた。「大学を卒業して広告会社に就職して、俳句の単独行『日本列島櫻花巡礼』を始めたのは三〇歳。五七歳で終了して引き続き『残花巡礼』をしています」。仲間と共に「江戸百景吟行」「西国吟行」「四国巡路吟行」「坂東吟行」そして海外、「インド吟行」へとつながった。

一九八二年、黒田さんの第一句集『木の椅子』が現代俳句女流賞を受賞、四三歳だった。「私は生まれたての赤ん坊のようにまっさらな気持ち。ここで再びゼロからスタートできる」とコメントしている。この句集は二〇二〇年にコールサック社から復刊された。私の取材の最後に、「俳句を作り続ける人生を選び取ったこと、私はいま、とても豊かな愉悦感に満ちた日々に遭遇しつづけています」と結んだ。

黒田杏子さんの二度目の取材は五年後、二〇一三年三月、『手紙歳時記』（白水社）が出版された時だった。東京神田の山の上ホテル別館にいつもの「もんぺ・革靴」で現れた。新著は俳句をとおして絆を結んだ知人・友人・句友との手紙を基に一年・一二カ月を語りつくす構成になっていた。青春時代は一九六〇年の六月一五日の反安保の国会包囲デモに参加した〈六〇年安保世代〉だった。『手紙歳時記』には、作家の小田実、俳優の小沢昭一、書家の榊莫山・美代子夫妻、社会学者の鶴見和子らの手紙を介しての印象の残る思いをつづっている。四〇年来になる「あんず句会」命名者であり、瀬戸内寂聴には〈小春日や無頼出離者大往生　杏子〉を残す。さらに日本文学者で反戦主義者のドナルド・キーン、「東京やなぎ句会」の永六輔、柳家小三治らとの交流や東日本大震災で被災した岩手の句友一家のことなど「一期一会」を大切にする姿は素敵だ。

新聞俳壇選者として、福島原発事故、少子化・高齢化社会、平和憲法の危うさなど現代社会の断面を切り取った俳句作品を選ぶ日々。「日本中の方々からの俳句をすべて選者の私に対する『手紙』と考えて心を込めて拝見している。『福島忌』『原発忌』は『原爆忌』と同様に、現代日本の『季語』になっていますね」。今やメール全盛の時代、「だからこそ、手紙はその人の人間の証明になるのでは。私にとって手紙は、今日を育ててくれた恩人です」。

青空にコブシが美しい日、生を閉じた杏子さん。角川『俳句』誌七月号などが「追悼・黒田杏子」

の特集を編んだ。毎年八月、「東京」の「平和の俳句」企画の選者をつとめた黒田さんは強い思いを込めた。八月一〇日生まれの黒田さんは、〈広島忌長崎忌わが誕生日〉を残した。「九条の会」賛同者、「脱原発社会をめざす文学者の会」会員だった。「権力になびかない、信念の人だった」と句仲間は評す。新聞記者のわたしの良き相談相手だった。「取材の思いのほどを、手書きの手紙で申し込みなさいよ」とアドバイスしていただき、金子兜太、ドナルド・キーンさんらがわが新聞の紙面に登場してくれた。昨年八月、最後の句集『八月』（KADOKAWA）が店頭に出た。〈兜太待つ秩父往還まむし谷〉から、〈三月十日炎《も》ゆる人炎ゆる雛〉で結んだ。ありがとうございました。

新しい女性

平凡社 代表取締役会長
下中美都

はじめてお会いしたのは一九八二年、黒田さんは「あなたなんだかなつかしいひとね！」とおっしゃいました。黒田さんは雑誌『アニマ』創刊時広報担当として、当時の社長の父下中邦彦に呼ばれて、平凡社に博報堂から二年席を置きました。「会社で壁につきあたって、あなたのお父さんが助けてくれたのよ！」とのことでしたが、私は顔も話の間や呼吸も父にそっくりだというのです。その年大きな賞を複数受賞された、黒田さんの第一句集『木の椅子』が「ミセス俳句大賞」も受賞。その編集担当だったのがご縁の始まりです。「木の椅子」のモデルがある、それは静かな茶房にご一緒したり、当時東大赤門前で開催されていた「あんず句会」にも参加しました。黒田さん主催の勉強会に呼ばれた講師の編集者が、伴侶になるというご縁もいただきました。

黒田さんはいつもおかっぱにクリクリした目で、言うべきことは臆せずおもねらず率直に話しました。筆マメで、闊達な踊るような字の葉書をいただいた方は、全国にたくさんおられることでしょう。「なにか役に立てることはないか?」と目の前のことに集中し、すぐに有言実行。独特の推しがあって、事が一気に進みます。とても真似のできることではありません。

黒田さんは新しい女性でしたね。形骸化した世の当たりまえを吹き飛ばす自由人でした。教えていただいたいちばんの宝物は「季語は日本人共有の生活文化のインデックス」という寺田寅彦の言葉です。その言葉をキーワードに、二〇〇〇年に別冊太陽「日本を楽しむ暮らしの歳時記」四巻を編集、その監修をお願いしました。春夏秋冬の季語の例句を選ぶ作業の折、黒田さんは『平凡社俳句歳時記』(全五巻、一九五九年初版)をめくりながら、一季語につき例句を、ものの十秒で決然と選び進むのです。「飯田蛇笏、山口青邨先生たちが書いた季語解説が素晴らしいのと、古典例句が最も多い歳時記なので、熟読して頭に入っているの」とおっしゃるのですが、大変な記憶力です。

一度倒れても見事に復活され、ファックスの踊るような字もお変わりありませんでした。最後に戴いた手紙は、一昨年伴侶を亡くして、生きているのがやっとだった私に「何かできることはない?」と気遣う葉書でした。お返しそびれたままで心に残っています。

こうして記憶をたぐりよせると、あの張りのある親身な、なつかしい肉声が耳に蘇ります。黒田さん、本当にいろいろとありがとうございました。

「これから」への視点

朔出版 社主
鈴木 忍

俳壇の隅々にまで目を光らせている人だった。
有名無名を問わず才能を引き出す名手だった。
誰彼を放っておけない愛の人だった。

「黒田杏子さんが亡くなられたそうです」。突然の報せは細谷喨々さんからだった。令和五年三月十三日の夜、講演先の山梨にて急逝、脳内出血だったという。頭が真っ白になる。つい二週間ほど前に電話でお話ししたばかりだった。中野利子さんによる『評伝・黒田杏子』をはじめ、これからが人生の総仕上げとでもいうように、二年、三年先の展望を意気揚々と聞かせてくださったのに。よもや飯田蛇笏・龍太を育んだ甲斐の地で不帰の客となられようとは。

黒田さんとは、私が角川書店の『俳句』編集部に入って二年目に『証言・昭和の俳句』の単行本化（角川選書）を担当した時以来のご縁で、二十年以上のお付き合いになる。当時、黒田さん六十三歳、私は二十九歳だった。その後、蛇笏賞受賞作となった第五句集『日光月光』の編集も任せていただいた。私が『俳句』編集長となってからは羽黒山、北九州、鎌倉、沼津、草加、西伊豆など各地の取材先でご一緒し、その都度、圧倒的な存在力で若輩の私を導いてくださった。

「件の会」が主催する企画で俳句の聖地・山廬を初めて訪ねたのは平成二十三年秋のこと。ドイツ文学者の池内紀さんの講演会が開かれ、氏の手書きによる「山廬風土誌」が実に素晴らしかった。手書きといえば、黒田さんと交流のあった方なら誰もが思い出すあの独特の筆跡。エッセイ集『俳句の玉手箱』に収められた池内紀さんとの対話の中に、黒田さんの「手書き」に対するこだわりが語られている。「世の大勢が受け付けないからといって、せっかくの手で書くという愉悦感まで放棄したくはないですね。〔中略〕便利になることは悪いことではありませんが、人生の楽しみが減ってゆくなら、その便利さはご遠慮したい。」

そして、この本の帯には池内さんからのメッセージが記されている。「もう一度言いましょう。黒田さん、僕らは手書きのまま死ねますから頑張りましょう。」

「生涯手書き」を公言し、一字一字に思いを込めていた黒田さん。その言葉にどれほどの人が力を得たことだろう。私が角川書店を辞した時も、また出版社を起こす折にも、お便りをくださっては、親身に相談にのっていただいた。そして、他界される前年には、「藍生」誌の四号にわたる連載企画「戦後生まれの女性俳人――私のこれまで、これから」に執筆の機会を与えてくださった。これからの俳壇を担う女性俳人の中に編集者の私が加わるのは憚られると一度はお断りしたが、「あなたが起業する時からの夢と歩みを知る者としてはぜひ登場いただきたい。自分のこれまでを思う存分に書いたらいい」という黒田さんの手書きの熱意に押されてお引き受けした。

その稿を書きながら気づいたことがある。大切なのは「これまで」ではなく「これから」への視点。俳句に携わる編集者として、この先あなたは何を成し、何を求めていくのか、黒田さんはそれを問いたかったのではないか。今となってみれば、この企画こそが黒田さんからの最後の贈り物だったように思えてならない。

平成、令和、その先の時代を見据えて昭和の貴重な証言を後世に遺した黒田さんは、広範かつ多様な人脈を持ち、人と人を結びつけながら自然を歩き、生活者の眼差しを持つ俳人の中の俳人であった。叶うことなら、彼の地から我々の進む道を照らし続けてほしい。

（山廬文化振興会会報『山廬』三二号より再掲・加筆訂正）

本質で判断、人へのまなざし温か

新潟日報 記者
高内小百合

『原発忌』って言葉が浮かんでくるのよ」。東日本大震災が引き金となって起きた東京電力福島第一原発事故からそれほど日を置かずして、黒田杏子先生から聞いた言葉だ。

二〇一一年当時、私は読者文芸の担当だった。新潟日報では一九九二年から黒田先生に俳句の選者をお願いしており、選評や選句について不明点があると、電話で問い合わせていた。用件が終わればすぐに電話は終わることが多かったのに、その日は地震の日のことや福島の状況についてどちらからともなく自然に話していたのを鮮明に覚えている。

「原発事故は天災ではなく人災」とおっしゃり、避難を余儀なくされた福島の人々に思いを寄せておられた。「原発忌」という表現には異論を唱える人もいたようだが、黒田先生は批判を恐れはしなかった。原発事故への憤りを「原発忌」という言葉に託されたのだろう。

社会の動きに敏感であり、駄目なものは駄目と言える強さに私は深く共感していた。一方で、人に対するまなざしはいつも公平で温かさを感じさせた。器の大きな方だった。

だからなのだろう、額に汗して働く市井の人々からも慕われた。地方紙の投句者には農林漁業に従事する人も少なくない。仕事や生活に根差した句が多く寄せられ、技巧に走らず飾らない句がよく採用されていた印象がある。

毎週、選評付きは五句で、一句につき最大でも四十字で選評はまとめられていた。採用された投稿者から「選評を読んで黒田先生は私の生活を見ておられるんじゃないかと思ってびっくりしました」という言葉を何度となく聞いている。それは十七音字の背景にあるものまで先生が見抜いておいでだったからに他ならない。

新潟県内での文芸イベントに参加された際には、宿の一室で間もなく日付が変わろうかという時間だったのに二十人ほどで句会が催されたこともあった。肩書のある人にもない人にも、年齢が上の人にも下の人にも、どんな人に接するにも黒田先生の態度は変わらなかった。

「句会は平等よ。俳句の中身が全て。だから、寂聴さんだって特別扱いなんてしませんよ。そんなことをしたら逆に失礼でしょ」と聞いていた通りの世界が、目の前にあった。世の中には人を肩書で判断し、それによって態度を変える人も多いけれど、黒田先生からそうした嫌なものを感じることは一度もなかった。私が黒田先生に強くひかれる理由の一つだ。

誠意と熱意の、えにしを結ぶ達人

元・岩波書店 編集部長
高村幸治

最初から最後まで楽しい本作りだった。金子兜太著『語る 兜太――わが俳句人生』（聞き手＝黒田杏子）は、金子さんと黒田さんお二人の純粋な思いが、響きあい結晶した著作である。これだけ気のあった共同作業も珍しい。二人とも熱意にあふれ、つねに相手に対する気遣い、そして笑いがあった。

大変読みやすく、サラっと仕上がっているように感じられるために、本書中にさまざまな要素が重層的に巧みに織り込まれ密度の濃い充実した仕上がりとなっていることに気づく人は多くないかもしれない。そうしたことを意識させない自然で見事な作りになっているのは、聞き手であり編者である黒田さんの手腕、鶴見俊輔さんに名編集者と称賛された編集的才覚によるものだ。そして使命感と労をいとわぬ熱い思い。もとより九十五歳になろうとする金子さんの信じられない頑張りがあった。五十人を超える「忘れえぬ人々」についての書下ろし、新たな自選百句の選定、個人史略年譜は、まさに心血を注いだ労作だった。記憶力がよく頭の回転も速い一見豪放磊落に見える金子さんだが、その実、仕事ぶりは極めて周到かつ慎重だった。黒田さんの問いに応えるためとはいえ、人生の軌跡を記した膨大な量の日記を全て再読するのは、高齢の身にとって大仕事であり相当な負担だったはずだ。

本書の実現を可能にしたものは、お互いの相手に対する深い信頼と敬愛の念に他ならない。俳人兜太に対して黒田さんは、常に金子先生という言い方をされた。俳句界における先達ではあっても師弟関係にあるわけではない。所属する俳句協会も異なる。「さん」づけでもおかしくないのだが、黒田さんにとって金子さんは純粋に尊敬できる、先生と呼ぶべき存在だった。黒田さんが「先生」と呼んだ俳人は師山口青邨を別にすれば兜太さんただ一人ではなかったろうか。黒田さんは本書にあたかも自分の著作であるかのように、膨大な時間と情熱を傾けられた。

金子さんの黒田さんに対する親愛の気持ちは、以下の言葉に端的に現れている。「(黒田さんのことを) 私は「クロモモ」と通称しています。……別のニックネームは黒バイです。黒田杏子、これは肉感があって、やわらかないい感じですね。黒バイというときつい感じですが、黒のバイタリティということで。……この人がウーウーと来ると、白バイ以上に怖いという感じがあるわけでございます (笑)。クロモモにして黒バイ、この力を私は遠慮なくいただいて今まで来ました。……そういうわけで非常に親しみを持っております」(「件」一三号)。

本書は『わが戦後俳句史』の続編として構想されたが、俳句史に屹立する金子兜太の生涯と思想の全貌を示す記念碑的著作となった。二人の間の相互信頼と敬愛、そして黒田さんの献身的情熱と卓越した編集力なくしては、生れなかった著作であることは間違いない。

ところで本書の成り立ちを考えるときに忘れてならないのが、作家小田実さんの存在だった。小田さんは一度の出会いで繋がる深い縁を大事にし、「一期一会」という言葉を好んだ人だった。もしも小田さんと黒田さんが二〇〇七年の二月二十二日に出会っていなかったら、そして小田さんがその直後に癌で聖路加国際病院に入院するということになっていなければ、あるいは本書が誕生することはなかったかもしれない。

不思議な縁は幾重にも繋がっている。前年の〇六年に小田さんの著作が岩波書店、大月書店、新潮社から相次いで刊行された。その縁で、異例の三社共同主催による「小田実講演会」が開催されることとなった。そこに出席をしていたのが黒田杏子さんだった。黒田さんは小田さんの話にいたく感動し、その熱い思いを、初めて顔を拝した小田さんに認められたのだった。しかし小田さんは、講演会直後にそのまま出発した海外旅行の旅先で体調不良をきたし帰国とあいなる。既に末期の胃がんに冒されていた。死期を宣告され東京で医療を受けることを希望する小田さんが相談をしたのが、新たな縁を得た黒田さんだった。そして黒田さんの句友細谷亮太さんとの縁で聖路加国際病院に入院となる。そして入院されたその日に病室で黒田さんと出会ったのが見舞いに訪れた私だった。七月三〇日に小田さんが亡くなられ、黒田さんは葬儀の司会を務められた。小田さんとの交わりが縁となって黒田さんとあの日出会っていなければ、金子さんは私にとって遠い存在のままであり、企画の相談をすることもなかっただろう。

この意義深い著作の誕生に立ち会えたのは、いまも忘れ得ぬ編集者生活の思い出である。人と交わるのを楽しみ、人を結びつける達人だった黒田さんの存在の大きさを、亡くなられた今改めて強く感じる。

黒田さんの手紙

熊本日日新聞 文化部次長・論説委員
浪床敬子

〈浪床さんはあれほどのお方に出会い、信頼され、深くお教えを受けたのです。このことを力にしっかり生きて生きてお仕事をされてください。私達はしっかり生きて先生のご恩にむくいなければ申訳ありません。がんばりましょうね〉

担当していた日本近代史家の渡辺京二さんが亡くなった数日後、黒田杏子さんから届いた手紙には、励ましの言葉が並んでいた。混乱と悲しみの最中にいた私は、わざわざ速達で送ってくださった手紙を読みながら、声を上げて泣いてしまった。

初めてお便りが届いたのは二〇二二年三月中旬だった。熊本の文芸誌『アルテリ』に書いた「うめぼしのうた」という私の文章を読んで、感想を送ってくださったのだ。

〈くり返し拝読いたしました。今号一の読みものであると思います。私はこういう女性の存在にとても嬉しくなりました〉

夜桜の切手と桜の花びらの形をしたピンクの封緘が貼ってあり、直接会ったこともない私のような者にも、これほど心を尽くしてくださる黒田さんのお心遣いがうれしかった。御礼の手紙を送ると、今度は〈ありがたく、うれしく。こちらこそ浪床さんからのお手紙大切に致します〉とあった。

なぜこれほど心を寄せてくださるのか不思議でならなかったが、その数日後に再び届いた長文の手紙を読み、分かった気がした。

〈ご両親さまの介護がはじまるとのこと。介護されるご両親が居られることはあなたさまの幸せなのです（亡くなったら親に尽くせません）。新聞社に職があり、女性であること、光栄と困難が共にあります。地方紙の記者、女性であること、娘であること、同居人ではないご両親。浪床さんのスタンスは一つの典型であり、この国の縮図でもあります。浪床さんのご執筆により、「日本のいま」が浮きぼりになります〉

黒田さんはその後も、地方で生きる女性としての「今」をしっかり記録しておいてくださいと、繰り返し手紙に書いて送ってくださった。その思いに応えようと、両親の介護を続けながら働く日々をつづった文章を書いて送ったところ、〈この介護記は残ります。立派です。書き抜いてください〉と、再びエールが届いた。

最後の手紙が届いたのは二〇二三年三月だった。

〈やっぱりあなたの文章抜群ですね。さすがです。渡辺さんも天国であなたに誰より感謝されていますよ〉

十日後、黒田さんは帰らぬ人となった。闘いの連続だったであろう黒田さんの人生がにじむ手紙は、私の道標になっている。

#「この本が出るまで死ねない」はずが……

元・白水社
和氣元

一年半ほど前、黒田杏子さんにお電話を差し上げた際、例によって近況などをお聞かせいただいたあとで、評伝刊行につきご意向をお伺いしたことがありました。これまで自伝風の断片的なエッセイは拝読しておりましたが、黒田さんの半生をどなたかに総合的に描いていただき、読んでみたいと願っていたからです。俳句界を超えて評伝を出すにふさわしい方だと思い続けていました。「少し考えさせてほしい」とおっしゃるかと思いきや、黒田さんの頭の抽斗には、すでにこの構想がしまい込まれていたのでしょう、即座に執筆者として中野利子さんにお願いしたいと推薦されました。

申すまでもなく中野さんは、英米文学者中野好夫のご長女で、ご夫君黒田勝雄さんともども、長年ご親交を結んでこられた方です。『父 中野好夫のこと』（岩波書店、日本エッセイストクラブ賞受賞）はご自身をも含めた「孤立」が強く印象に残った一冊でした。

さっそくご連絡し、お住まい近くの八王子でお目にかかることになりました。すでに黒田さんから趣旨や要望は伝えられているはずで、昔の江戸っ子口調に例えるなら「おっと合点みなまで言うな」とおっしゃるかと思いきや、「一晩考えさせてほしい」と、今度は黒田さんとは正反対のお言葉が返ってきました。

この一晩は、中野さん自身が決意を固めるために必要な時間だったと思われます。翌日正式なご了承をいただき、以降、中野さんご指定の八王子の喫茶店で、毎月一度お目にかかることになりました。向かいはソープランド。昔の花街の名残を留めている場所に、店主の珈琲への強い思いが溢れ、不思議な共存が漂う居心地のいい喫茶店です。

黒田さんから中野さんには毎日のように電話があり、頻繁に資料が送られてきたそうです。「この本が出るまで死ねない」ともおっしゃっていたようですが、昨年三月、黒田さんの思いはかなわぬこととなりました。

三月十八日、黒田さんの訃報が各紙に掲載されましたが、偶然ながらその日は、八王子での打ち合わせが予定されていました。お目にかかることになったものの、話が沈みがちになるのはいたしかたありません。そしてこの企画は続けるか、それとも中止するか――。

勝雄さんのお力添えもいただきながら、中野さんとの定例会合はその後も続いています。「何が何でも」という固い決意が、中野さんにも新たに芽生えたようでした。昨年暮れには、黒田さんがお好きだった山の上ホテルでお会いすることになりましたが、思わぬ休館騒ぎで喫茶室は三時間待ちと軽くあしらわれてしまいました。

目の前から消えていくものが増えていくと痛感しますが、この話を消すわけにはいかないという思いが、中野さんとの定例会合ごとに深まっていきます。

第Ⅲ部 「藍生」会員から

俳句ヶ原

東京都　「青麗」所属
安達潔

俳句はだれでも作ることができる／俳句を作りつづける人生は面白い／俳句実作者への道はだれの前にも平等に開かれています。

青邨先生門下に戻られるとすぐさま歳時記を徹底的に筆写。その後季語の実体との新しい出会いを重ねつづけることを自らに課して来られた先生。句集『木の椅子』のご縁で山廬を訪われた折、龍太先生からの、生涯忘れられない一言――俳句をやめないでください――に出合われる。それ以来先生は、俳句を軸に、出合ったすべての人、俳句とそれらの人々のために何が出来るかを必死に考え、その実現を実践して来られた。右の文章は『木の椅子』上梓から十年後、一九九二年、『今日からはじめる俳句』の「はじめに」で、読者に贈られた挨拶である。平易な言葉だけれど、そこには〈人それぞれに精進の道はある。やるかやらないかは貴方次第〉のメッセージがそっと挿まれている。「志を高く！」

それから十年後、先生畢生の編著『証言・昭和の俳句』が世に送り出される。「敬愛する十三人の先達」からの「やさしい語り口で述べられた未来へのメッセージ」をまとめ上げられた時、先生は、「俳人万歳！　日本の国民文芸「俳句」万歳！」と、それこそツツヌケの喜びを現わされた。

しかし、この出版物こそは、遠く一九八七年、当時の〈新しい人たち〉について交わされた兜太氏と龍太氏の短いやり取り、「見事に流行的な感じで、不易への自覚がないんじゃないかな」（兜太）、「多くの人に理解してもらえるってことは非常にいいことだ――それ以上に一歩も出てない」（龍太）を全身で引き受けて成し遂げられた、杏子師ならではの大仕事だったと思う。

句を作りつづける生活の中で、いずれ（俳句史、俳諧の歴史、そして連句などにも）おのずと興味が湧いてこられることは間違いありません。俳句を始めるということは、学びつづけるという人生を選ばれたことになるのです。

（『今日からはじめる俳句』あとがき）

先生はしばしば、「選句は我が天職」と語っておられたけれど、それは、広大な〈俳句ヶ原〉を踏破し拓いて来られたからこその、颯爽たる自負。心打たれるばかりである。

出羽三山巡拝踏破してふたり
選句して選句して三月十一日

向島百花園にて

東京都「青麗」所属
安達美和子

今年の二月四日立春の日、私は向島百花園を訪れた。節分草に会うために。杏子先生との句会で初めて知った花。風の冷たいどんよりとした曇り空の下、それでも節分草は二輪ほど花開いていた。小さな吐息のように。

ここ向島百花園は先生が何十年も通い、句会を重ねていらした場所。ここに来ると、私は杏子先生の気をいただける。

人影の途絶えた静かな草庭にすわって、耳を、心を澄ませていると、先生もこうしていらしたのかもと感じられる。自然からの恩寵に感謝して、全身をかたむけていらしたのかもと。

次の日、私は一冊の懐かしい手作りの合同句集『八千種』を繙いた。杏子先生と十一人の連衆で一年間、毎月向島百花園で行った句会のまとめの句集である。発行日が八月十日の先生のお誕生日であることに、私は微笑んでしまった。

その序文の中に、先生は百花園の近くで暮らしたいと思い、貸家の庭つきの日本家屋を見に行くが諦める。しかし、その家にひと時でも身を置いて、その佇まいに向島というものにじかに触れた心地がしたということを書いている。その頃先生は〈俳句列島日本すみずみ吟遊〉という「行」をなさっていて、ほとんど東京にいなかったのだ。

季語の現場に佇つということを提唱、実行されてきた先生は、その土地、その土地の気をいただいて作句なさってきた。さらに、自然からの賜物と同時に、人との出会いの賜物にも感謝をささげていらした。

その八千種の会はそれからも有志で続けているが、先月一月の会で、私は、その日本家屋の物件を紹介なさった茶亭のご主人と杏子先生の思い出話をして心があたたかくなった。

「いつも同じ所に座っていて飽きませんか」とご主人が尋ねると、杏子先生は、

「何言っているのよ。景色が全然違うのよ。風が違うのよ」と。

これからも、私は向島百花園に通い続ける。どんな景色が、どんな風が待っているだろう。どんな人と出会えるだろう。

屹立の一喝

北海道　俳句集団「itak」代表、「雪華」同人
五十嵐秀彦

現代詩が好きだったが三〇代終りごろ思うところあって俳句に転向。最初に投句をしたのが角川『俳句』誌の「平成俳壇」だった。私の句をしばしば取ってくれたのが黒田杏子先生。当時俳句の世界などまったくなにも知らず、黒田杏子が誰かも知らなかった。現代詩の欠片のような私の句を取ってくれるこの人はどんな人だろうと書店に行き、先生の句の載っている本を読んで伝統的な作風の人であることを知り驚いた。なぜ私の句を選んでくれるのか。不思議に思い手紙を書くと、丁寧な返事と「藍生」へのお誘いを受け、入会した。三八歳ころの懐かしい思い出だ。すべてはそこから始まった。

平成一五年に、私の「寺山修司俳句論」が第二三回現代俳句評論賞を受賞したとき、先生はその全文を「藍生」に転載してくれた。以降、評論の執筆を継続的に依頼される。先生は俳句より評論の方に私の才能を見ていたのだろう。当時も今も三〇枚以上の論稿を載せてくれるところは他には無かったので、「藍生」が主な発表の場となった。「一遍上人論」「尾崎放哉論」「金子兜太論」「細谷源二と齋藤玄論」など、どんな内容でもダメ出しひとつなく全文掲載をしてくれた。いま思えば他の結社ではありえないことだった。

なかでも印象に強く残っているのは、「灰燼に帰したる安堵～黒田杏子と一遍上人」。書く時には

ためらいがあった。師に阿ることや主宰礼賛は絶対書きたくない。中には先生が不愉快に思うことも書かざるを得ないだろう。書き上げてからでは遅いと思い、先生に電話した。

「次の評論が決まりました。黒田杏子と一遍上人論です。先生の作品世界に旅の思索者一遍の生涯を重ねて考察したものを書こうと思います。」

いつも間髪入れず歯切れよく反応するはずの先生がこのときだけ数秒沈黙された。

「……そう……わかりました。書いてください。五〇枚書いてもかまいません。」

「先生。書くからにはどこに出しても通用するような作家論をめざします。だから黒田杏子と呼び捨てにして書きます。礼賛的なことは書きませんし書けません。失礼もあるかもしれません。」

「それは当然です。あなたの思うように書いて下さい。時間はかかってもかまいません。待っています。」

それで私の迷いも吹っ切れて、さっそく取り掛かっていると、先生から学生時代や卒業後間もないころの個人的な資料や思い出など書き留めたものが送られてきた。先生の勘の鋭さ。私は先生が一遍上人の存在に自分の思いを託した下地が、学生時代の理想と社会人になってからの迷いにあったと考えていた。まさにその時代の資料。思いは一緒だと確信し、一気に書き進めることができた。

その時のことを振り返って感じるのは、黒田杏子という存在が私にとって結社主宰という存在ではなく、ひとりの文学者、作家としての先達だったという思いだ。「藍生」という組織は前提条件として存在していなかった。

時間は前後するが、そのことを私に強く印象付けたエピソードがある。平成三〇年の「藍生全国のつどい」を札幌で開催できないかと電話で打診があった。北海道には「藍生」会員が少なく開催する力はないと先生に告げたところ思いもかけないことを言われた。『藍生』ということを気にしなくてもいい。会員であってもなくても参加できる自由で開かれた俳句の集まりはどうか。そういう集まりを全国の『藍生』会員にみせてやってよ。」私はひっくり返るほどに驚いた。「藍生全国のつどい」なのに、「藍生」を気にせずやれと言う。自由すぎる。結社の組織的な団結よりも、会員に文学的な刺激を与える機会を作ることを先生は求めたのである。その結果、平成三〇年の「全国のつどい」は「藍生・itak合同イベント」として札幌で開催された。黒田杏子、夏井いつき、吉田類、橋本喜夫と私によるトークショーを含めた初日の句会には全国から集まった「藍生」会員に北海道の「藍生」とは関係のない人たちが参加し二五〇人を超えるイベントとなった。地元のテレビ局や新聞社も取材に来た。私は二日にわたる期間中、ひたすら黒田杏子という自由人に圧倒され続けた。もちろん先生にとって「藍生」という存在は重要ではあるが、それは組織としてではなく、独立した作家たちによる文学集団という思いが強かったのに違いない。

先生と直接お会いする機会は少なかったが、電話でしばしばお話をした。そのたびに権威や組織に縛られることの無意味さを何度も言い聞かされた。詩人は孤立を怖れてはいけない。そのことを先生に学んだ。

黒田杏子　青嵐五十嵐秀彦屹立

企画中だった私の句集『暗渠の雪』の序句。三月に急逝される一ヵ月前にいただいた。勝手気ままな私のことを最後まで気にかけてくださった。「屹立」の一喝だ。

ありがとうございます

兵庫県 池田誠喜

ガンジスに身を沈めたる初日かな　杏子

平成元年（一九八九年）昭和天皇崩御直後の二月インド仏跡巡りの折り父の俳句手帳に筆写されていた句。桜と梅の差もわからない、学校で習ったはずの俳句も何一つ憶えていない、ただ五七五と短い、作者名に子がつくが男性俳人しか知らなかった私は、夜明けのガンジス河に小舟を浮かばせ河岸の火葬場を中心に眼前にひろがるガートの階段で沐浴する恍惚の老若男女をこんな簡潔に表現されていることに驚いた。

帰国してもこの句が頭から離れない。

同年六月に天安門事件、十一月にベルリンの壁崩壊と、考えられない事がさも必然のように起きるたびガンジスの句が浮かんでは深く心に染み込んでいく。

それから新聞雑誌に掲載されている俳句に目を通すようになったが、作るなど考えもしなかった。

平成五年父が入院。付き添いの会話代わりに父が出す季語の兼題で深夜の時間を過ごした。入院半年で亡くなった父の蔵書から歳時記と句集を戴き、少しずつ独学で句を作るようになっていた平成七年一月、阪神大震災。尼崎の自宅マンション半壊。西宮旧家の友人宅は全壊。二階で寝ていた友人家族は無事であったが「一階の両親を圧し殺した気分やねん。それでも十日後ヘリコプターが来てくれて、高槻で無事火葬出来たんやからラッキーやったわ」。私は、このままではダメだ、何とかしなければと、いてもたってもいられない焦りをしずめるため俳句にのめり込んでいった。そして少しずつ、「俳句は衆の文学」まして私の文才で独学は無理と判り、俳句月刊誌・結社広告欄に「主宰・黒田杏子」を探したが、無い。

俳句仲間もおらず、まして関西から関東で主宰される黒田先生にどうしてもお教えいただきたい、と何とか細い紐をたどり「藍生」に平成十年三月入会が叶った。

全国大会、吟行、句会にも参加せず投句を続けていた平成十四年十月、伊丹柿衞文庫の句会で初めて黒田杏子先生にお目にかかったその時のもんぺ姿の鮮やかさ。

日没ののちの八重山上布かな　　杏子

翌平成十五年十一月丹波篠山にて一泊二日の鍛錬句会。

火を焚いてくださる綾子生家かな　　杏子

その後、来阪のたび声をかけてくださり、俳句関係だけでなく広範囲にわたる様々な方々との座に同席させていただいた。また「いぶき」両主宰の数年に及ぶ大病を幾たびも見舞われ、励まし続けられた。
平成十九年六月藍生全国のつどい高野山大会・宿坊無量光院にて句碑開きの句。

涅槃図をあふるる月のひかりかな　杏子

そして翌月からの高野山月参りに同行。満願終了の平成二十年六月藍生全国のつどい神戸・須磨大会。

能面のくだけて月の港かな　杏子

敦盛を舞うための能舞台。その段ボール製大屛風を市松模様に埋める紅柄・泥染の二色五十枚の奥出雲斐伊川和紙色紙。その中いちだんと異彩を放った、

稲光一遍上人徒跣　杏子

この色紙をU女史は涙一粒で今井豊氏からゲットされた。大会の打ち上げ懇親会での世話人全員の笑顔が今でもありありと浮かんで来る。
思い出は思い出すほど尽きず次々と湧き出してくる。
最後に高野山月参り同行の道中つぶやかれた姉師の言。

弟子に利用されるのが師匠

本当の弟子が誰だか解るのは私が死んでからよ
黒田杏子先生三十四年間本当にありがとうございます。

「いいのよ、そんなこと」

千葉県　第三回藍生新人賞、第十回短歌現代新人賞
石川仁木

「あ、もしもし、黒田です、また掛けまーす」

携帯電話のメッセージには確かにそう入っていた。明るく大きく、懐かしいお声だった。

その時、私は長崎の稲佐山にいた。夜景で有名な場所だが、夕日もまた格別だった。そこで夕焼けを題材に句を作ろうと思い立ったのだ。腰を据えて取り組むために、携帯電話の電源は切っていた。展望台から降りて来ると見知らぬ電話番号から伝言が入っていた、それが黒田先生からだった。

その日は二〇二一年七月二二日。少し前に藍生俳句会に再入会し、投句を再開したばかりだった。はじめて「藍生」に入会し黒田先生に師事したのが一九九一年、私は大学一年生の一八歳だった。先生は俳人協会賞を受賞する第三句集『一木一草』を出版される少し前の時期で、とにかく精力的に句作に取り組んでおられた。私も何度も句座を共にさせて頂いた。しかし私はその後、「藍生」から、そして俳句から遠ざかっていた。いつの間にか一五年以上の月日が過ぎていた。

落ち着いて話せる場所まで行って、折り返しの電話を掛けた。

「石川です、石川仁木です！　ご無沙汰して申し訳ございません」

「ああ、いいのよ、そんなこと」

へどもどしながら長年の無沙汰を詫びる私に、先生は笑いながら、鷹揚にそう仰った。

先生と最後にお話ししてからも、やはり一五年は経っていただろう。

「あなたに期待している人は私だけじゃないんだから。俳壇にだってたくさんいるんだから」

当時三〇歳になったかならないかという私に、そんな勿体ないお言葉を掛けて頂いたことがあった。それ以来の電話だったはずだ。私の不義理など気にせずこうしてお電話を下さることを、ありがたく思いながらも、申し訳なさでいっぱいだった。

そんなお電話を頂いた二〇二一年の年末、私は大学卒業以来勤めて来た会社を辞めた。俳句修業に専念するため、即ち黒田先生のご恩に報いるためだった。

しかし今は、もう何をやってもご恩返しなど出来なくなってしまった。後悔だけが募る。それでも「黒田杏子先生へのご恩返し」、これが私の今の原動力の一つであることには変わりはない。

杏子さんのまなざし

熊本県 「阿蘇」「青麗」所属
磯あけみ

杏子さんが幼い頃疎開していた栃木県南那須村はわたしの故郷である。

杏子さん一家が疎開していた家は、わが家からは遠かったので、杏子さんと親しく遊んだことはなかったが、わたしの記憶の中には杏子さんのお父さんが頻繁に登場する。

わたしと弟は杏子さんのお父さんを、「ひかるおじさん」と呼んでいた。

ひかるおじさんはお医者さんだった。わたしの父方の祖母は、わたしが三歳になる前に亡くなったのだが、祖母が亡くなるまで、ひかるおじさんは毎日のように往診に見えた。わたしは祖母の姿とその頃のひかるおじさんの姿をかすかに憶えている。

「最後の三月《みつき》ばかりは毎日来られた。よほど姉さま思いだった」と叔母は今でも言う。ひかるおじさんは祖母の弟だった。

ひかるおじさんはわたしと弟をたいそう可愛がってくれた。祖母がいなくなっても遊びに来ては、わたしと弟をまだ珍しかった自動車に乗せ、何度も喜連川町のおじさんの医院へ連れて行った。

医院は自宅と繋っていた。居間で菓子や果物をいただくのだが、わたしは、部屋の隅で一心に本を読んでいる、わたしよりいくつも年上に見えるお姉さんが気になってたまらなかった。何の本を読んでいるのだろう。このお姉さんはどんな方なのだろう。

その人が杏子さんだった。杏子さんはわたしより九歳年上。子どもの頃の九歳は相当な距離である。杏子さんとは、御挨拶ぐらいはしたのだろうがそれ以上の言葉を交わさないまま、わたしは下を向いて本を読んでいる杏子さんの、頭のてっぺんばかりを眺めていた。

その杏子さんに半世紀以上の時を経て会ったのは、二〇一四年五月。東京工業倶楽部で行われた、谷川健一先生のお別れ会の席だった。来賓席に杏子さんの姿が見えた。後で御挨拶に行こう。思いながら健一先生のお嬢さんたちと話しこみ、この後お茶をしましょうという話をしていた。

そこへ杏子さんが来られたのである。「この人はわたしの親戚だから、この後ちょっとつきあってもらうの」。しかし、杏子さんはどうしてわたしがわかったのだろう。しばらく前に、南那須村の磯朝恵の娘です。熊本の地で、この頃は俳句を始めましたと、お便りをしたけれど、何十年も顔を合わせたことはない。わたしは杏子さんに連れられ、山の上ホテルの天麩羅屋さんへ行き、輝くまなざしに圧倒されながら、長い長い昔話をした。

そうして、「藍生」に入会し、杏子先生の指導を受けることになった。会員になってたった十年。何という短かさだろうと思う。

神保町の一年

東京都「青麗」所属
糸屋和恵

「学生と働く人のための」というタイトルにひかれて通い始めたカルチャーセンターの俳句教室で、初めて黒田杏子先生の教えを受けた。俳句は詩であること、季語の現場に立つこと、本気で取り組むこと……。その語り口にも引き込まれ、俳句に取り組んでみたいと思うようになった。

対象と正面から向き合う先生のあまたの俳句を知るとともに、時間と労力の多くを仕事に振り向けて働く、会社員としての自らを詠んだ句にも強く共感した。

昼休みみじかくて草青みたり
かよひ路のわが橋いくつ都鳥
半日の休暇をとれば地虫出づ
古書街のひとつの木椅子冬賞与

一九九七年一月、東京周辺在住の「藍生」若手女性会員を集めた勉強句会で、一年間指導を受ける機会に恵まれた。「ずっと木の椅子会という句会を続けていますが、この会は一木一草塾とします」。おそれ多くも句集の名を冠した会となった。

月一回東京・神保町のタンゴ喫茶「ミロンガ・ヌオーバ」で開かれた句会では、大音量でタンゴが流れる中、俳句を始めて間もない私たち相手に、先生も十句投句され、互選の後、一句一句に真摯な句評をいただいた。

表現に難があってもそれぞれの句のよいところを見出し、作者を励ましていただく評も多く心に残っているが、特に貴重だったのは、「こういう表現はよくあるわね」「自分の目で見ていない」「こういう句はあなたが作る必要はない」といった、公の句会では聞くことの少ないダメな句への率直な批評だった。その後も句帳に句を書きつけながら、不意に先生の叱咤の言葉が飛んできた気がして、そのまま消したことは数知れない。

句評の合間には、各地での吟行のこと、知り合った人のこと、お能や読んだ本のこと、土曜日午前中で仕事を終えて電車に飛び乗り、各地の桜巡礼を重ねていたことなど、多くのお話を聞くことができた。女性として企業で働き続け、要職に就きながら俳句を続けるという困難な道を切りひらいてこられた先生は、後輩を応援する気持ちで、貴重な時間を割いてお話しいただいていたのだと感謝に堪えない。

「一木一草塾」の句会メンバーは、その後俳句を続けている人も、遠ざかった人もいてさまざまだ。残っているメンバーがそれぞれの歩みで句作を続けているのは、先生からいただいたエールが力になっていることは確かだ。今はお互い顔を合わせるたびに、どれだけ先生に期待され、守られていた貴重な一年だったかと懐かしんでいる。

最も異端の弟子として

兵庫県　「いぶき」共同代表
今井　豊

先ずは以て浄土の黒田先生にご報告したいことがあります。

第一は、令和五年十二月に「明石の俳人・横山蜃楼展」と第一回横山蜃楼顕彰俳句大会を開催することが出来ました。約三十年、横山蜃楼の資料を探し、やっと小さな展覧会を開くところまできました。来場者からは、「よくこれだけの資料を集めましたね」とか、「もっとささやかな展覧会だと思っていたが、本格的な展覧会だったので驚いた」とか、声をかけていただきました。まあ、三十年かかっていますからね。最終日には、顕彰俳句大会も同時に開き、約百人ほどの参加がありました。遠くは島根県松江市や愛媛県松山市、愛知県岡崎市などから来ていただきました。第一回横山蜃楼顕彰俳句大会は始まったばかりです。これからも、続けていきたいと思っています。これは選者を引き受けて下さった先生方（高田加代子、津川絵理子、中岡毅雄、花谷清、藤井啓子の諸先生）、講演をして下さった角野京子先生、投句をして下さった全国の皆様、スタッフをして下さったいぶき俳句会の皆様のおかげです。「いいわね。やりなさい。」この顕彰俳句大会のことを相談したとき、即座にそう言って下さった先生の声がまだ耳に残っています。

二つ目は、いよいよ俳句資料館が令和六年春に開館できるめどが立ちました。俳句資料館の構想を先生に話をさせていただいたのは、「いぶき」創刊の前だったと思いますので、六年以上前のことになります。その時、先生からたくさんの資料を送っていただきました。細見綾子、桂信子、金子兜太、後藤比奈夫、佐藤鬼房、古沢太穂、阿部完市などの色紙・短冊や黒田先生の直筆原稿の数々、ずっと私が死蔵しておりましたが、「明石の俳人・横山蜃楼展」でほんの一部ですが、「参考展示・現代の俳人」として公開することができました。また、俳句資料館の方でも展示スペースはあまりないのですが、入れ替えをしながら展示していきます。これを先生の生前に出来なかったことが、私の痛恨事です。これらの色紙・短冊や諸資料は私個人がいただいたものとは思っておりません。俳句資料館のために寄贈していただいたものです。私の書庫に入れていたのでは意味が無いどころか、先生の意思に背くことになります。公開したり、後進の為に役立つような用途を考えていきたいと思います。

私の油断です。先生が亡くなるというイメージが無く、漠然とですが、あと十年ぐらいは先生は第一線でバリバリと仕事をされるだろうと思っていました。その後、徐々に仕事を減らしたり、「藍生」の終刊へ向けて何年か計画で事を進めていくのではないかと。私の見通しが甘かった訳です。私も定年までは勤めるつもりでしたので、それから、横山蜃楼の展覧会や顕彰俳句大会、俳句資料館の建設など、進めていけばいいぐらいの思いだったので、後手後手を踏みました。

私と黒田杏子先生との出会いは四十年前に遡ります。当時私が編集長をしていた「獏」から、黒田先生に原稿依頼しました。「獏」とは全国規模で高校生や大学生が刊行していた短詩型文学機関誌で、田中裕明、上野一孝、森賀まり、中岡毅雄、松田正徳、武藤尚樹などが活躍していました。一面識もなかったのですが一九八四（昭和五十九）年七月発行の「獏」三十四号に原稿をいただきました（本書二一頁参照）。当時、先生は第一句集『木の椅子』が現代俳句女流賞と俳人協会新人賞をダブル受賞して脚光を浴びていました。バリバリ現役で仕事をされていたし、俳句の仕事の方も忙しかったと思うのですが快諾していただきました。当時、先生は四十五歳、私は大学四回生。それから上京した際には博報堂を訪ねたり、手紙のやり取りをするようになりました。私は昭和三十七年生まれ、先生は昭和十三年生まれ、ともに寅年で私の二回り上ということで、話が弾んだこともありました。この辺りの事を書き出すときりがありません。

黒田先生は若いころ、よく「一女書生」という言葉を使用されましたね。名声を求めず、あらゆる欲から無縁に、ただ俳句に打ち込む姿は、一遍の生きざまとも重なるものだと思います。一遍に魅かれた所以でしょう。私もただただ無名の一俳人として、俳句に向き合いたいものです。私の命が尽きたとき、そのことを浄土で先生に報告できたらどんなに幸せだろうと思います。

先生の掌

静岡県　俳人　「青麗」「あかり」所属、俳人協会会員
岩上明美

初めて杏子先生にお目にかかったのは、私が二十七歳の時、「藍生」の東京例会でのことだった。例のおかっぱ頭にもんぺスタイルの先生は、独特の強いエネルギーを纏っていて、実際のお体より少し大きく見えた。それから数多くの句会を重ね、先生と言葉を交わす機会も増えたが、いつでも

そのエネルギーに圧倒されてしまい、私はうまく会話をすることができなかった。先生に語り掛けられるのは、専ら俳句を通してだったように思う。

「藍生」に入会してから短い期間ではあったが、「藍生」誌の編集のお手伝いをさせていただいた時期がある。当初は会員の栗山弘さんのお宅を事務局とし、編集作業をしていた。その後九段下に「藍生」の事務所を構えた杏子先生は、俳人として惜しみない仕事をする決心を改めてご自身に誓ったのかもしれない。とにかく一分一秒を惜しむように精力的に活動されていた。そんな中でも、会員の方々と食事に行くような機会があれば、心ゆくまで料理を味わい、会話を楽しみ、ゆったりと寛がれていたご様子をしみじみと思い出す。時間の使い方が上手な方なのだな、と感じた。

「藍生」に入会して二年後、私は結婚し、静岡県伊豆半島の山葵農家に嫁ぐことになった。結婚を先生に報告すると、「それはおめでとう。俳句はどこにいてもできますよ」と祝ってくださった。「どこにいてもできる」ということは、私がどこにいても見守り、指導してくださるということなのだろうと、その一言で安心したことを思い出す。その後嫁して二十余年、三人の子供に恵まれ、日々の暮らしに精いっぱいで心のゆとりを失うと、俳句も疎かになりがちになった。もう俳句など続けられないと思ったこともあった。しかし、平凡ながらも日々の荒波を乗り越えることができたのは、結局のところ「俳句」というものが私の人生の「芯」になっているからなのだと気付いた。昨年自身の句集を纏める決意を固め、杏子先生に報告のお手紙を出すと、速達で返信が届いた。そこには必ず良い句集を作りなさいという励ましのお言葉があった。「貴女には何か短い文章を贈りたい」とも。結局贈ってくださるというその文章は間に合わなかった。令和五年三月十一日、山梨県境川での先生の講演でお目にかかったのが最後だった。先生は私の背中に掌を当て、「大丈夫。大丈夫よ」とおっしゃった。その二日後先生はふいにこの世を去った。私の背中には今でも先生の掌の温もりが残っている。

杏子先生と私

神奈川県　俳人　「秀」「青麗」所属
岩田由美

杏子先生との出会いは甲州の桃畑吟行だった。おそらく一九八七年。まだ句帳もろくに持っていないような若輩が、そうそうたるメンバーの中に立ち交じった。桃畑の静けさと「細見綾子さんの若い頃の句みたい」という杏子先生の言葉だけが思い出される。

大学卒業後俳句を離れていた私は、連れ合いの岸本に言われるままに俳句を再開した。所属する波多野爽波の「青」の句会に参加したが、同世代との交流の場は杏子先生を囲む「木の椅子句会」だった。この句会は東京女子大の句会だった会に東大俳句会の学生が合流し、吟行や読書会を行っていた。長谷川櫂さん、大屋達治さん、稲田眸子さん、脇祥一さん、皆吉司さん、藺草慶子さん、上田日差子さん、仙田洋子さん、名取里美さん、髙田正子さん、高浦銘子さん……若い頃に句座を共にしたつながりは格別で、今も俳句のご縁をいただいている方も多い。皆熱心で、俳句に関しては遠慮なくものを言う。杏子先生の懐の深さ、若い才能を引き上げようとする姿勢が作り上げた、たぐいまれな場だったと思う。一九八九年に私は角川俳句賞をいただくが、受賞作は多くこの句会で得た句だった。

一九九〇年「藍生」創刊。以来終刊に至るまで「藍生」に投句することが生活のペースメーカーに等しかった。

藍生新人会の吟行が始まり、「藍生」のつながりで世界がさらに広がった。「皆さんは若い。若いということはいつ俳句を辞めるか分からないということ」だと杏子先生がいつか新人会でおっしゃった。ご自身が就職後に俳句を中断した経験から出た言葉だろうか。

「藍生」初期の企画の江戸百景吟行会には時々呼んでいただいた。俳句を辞めようとは思わなかったが、子どもが生まれると思うようには吟行にも行けない。この頃から、俳句から心が離れ始めると、「藍生」誌上の選評で句を取り上げていただくという巡り合わせが始まったようだ。

最初に取り上げられたのは〈白粉花や子供の髪を切つて捨て〉。子どもの句をよく取ってくださった。〈えごの花子の通ひ路に落つる頃〉は子どもを家に残して郷里の病院に入院していた時の句。子どもと離れている状況を読み取ってくださったことには驚いた。

吟行にも参加できなくなり、直接お目にかかることはなくなっていた。月一度の投句が俳句につながり、杏子先生とつながるよすがだった。それでも一句をここまで読んでくださる。時に電話や達筆の手紙で「藍生」に原稿を依頼してくださる。無菌室でパソコンに向かって桜のエッセイを書いている時、自分は確かに俳人だと思えた。

二〇一八年に「藍生」に「藍生とわたし」というテーマで書いた文章がある。

「一か月間ようやく作りためた句の中から、これなら、と思う句を選んで投句する。信頼する選者がそれを必ず読んでくれる。選ばれた句には素直に喜び、選ばれなかった句には理由を考える。俳句に関わる時間はやはり楽しい。誌面では、以前に句会でご一緒した人たちの句が掲載されている。お名前からそれぞれのお顔を思い出し、その句から今どうしていらっしゃるかを想像することもある。良い句を見ると、腕を上げられたな、と自分の励みにもなる。やはり藍生は俳人であるためのセーフティネットだ。」

杏子先生が用意してくださった場所で、何の愁いもなく遊んでいた。ただこの時はもう杏子先生は一度お倒れになった後だった。幸い言語に支障はなく、さらに企画力は上がったご様子だった。不肖の弟子はさらにこう書いた。

「ご入院の折はなんとも心細く、作者としての自立がまだ遠いことを思った。藍生のネットワークを寄って立つところとしながら、自分の中の美意識も確立していかなければならない。これからは自分の句の選に一喜一憂するだけでなく、先生の選句自体に学んでいこう。」

杏子先生は甘い方ではない。翌年には先生の選について好きなだけ書け、との原稿依頼が来た。選評に取り上げられた句を分類し、私の得た結論は「真実の句を目指す」。選評の言葉をいくつかそのまま挙げる。「病むことも文化」「その人ならではの句」「心の風景・人生観までも示す」「世のあり様がくっきりと見えてくる」「ありきたりのことは詠まない」「これは作者のこころで詠まれた句」など。作者の生き方に根差した句を評価された。時には「巧いか下手か。感想は自由」とまでおっしゃり、仕上がりの美しさよりも真摯な内容を重視された。ご自分の経験に引き付けた読みも、真実に迫りたいという思いの表れだろう。

「生きた言葉は小手先の小器用な気の利いた風の言葉よりずっと美しいし、実在感がある。私たちは日本語の宝石のような俳句をめざしている筈」（平成三十年十二月号）。この選者を信じて句を投じた月日を思う。

思い出の山語り

東京都　あんま鍼灸師
岩魚仙人

黒田杏子先生と話が弾んでいるうちに、土佐湾の中ほどで太平洋に流れ込む仁淀川上流の話になった。高知県高岡郡佐川町小川、峰。もう五十年もまえの話なのだ。そこに知人の家があり、浪人中の私は夏休みに長逗留させてもらっていた。その時分は土佐のどこでも川の上流は物凄く綺麗で、川底の砂利やアメノウオの影がみえた。お世話になった家の庭に、竹筒で清水が引きこまれ、小さな池になっていた。西瓜とリンゴ箱が一つ投げ込まれてあった。そのリンゴ箱の隙間から真っ黒い毛むくじゃらの爪がはみ出していた。「ガニぜよ。」手足を広げると二十五センチを超えるモクズガニがリンゴ箱にギッシリ犇めきあっていた。

ももこ先生はモクズガニを良くご存知で、話の途中どうやって捕ったのかと聞かれた。その家の主人は一尺の竹ひごの先端に釣り針を括り付け、ミミズを針に通し、これを川の石垣の隙間に差し入れてガニを誘う。体が全部出たところで、軍手をした方の手で真上から叩きつける様にして、背負い籠の中へ放り込むのだ。間髪を入れず流れるようにやらないと、一瞬にして穴へ逃げ込まれてしまう。軍手をしていないと、ガニの剛毛とトゲが痛くて素早く摑めない。三時間で二十匹も捕るのだ。実は、このご主人、片腕なのである。ここまで話すと、ももこ先生は興味深気になんども頷かれた。

私は訪問あんま治療をしている。二〇一八年の春、ある人の紹介で黒田杏子先生を初めて訪問した時の思い出話です。以来、伺うたびに山川草木、鳥獣虫魚の話で盛り上がりました。ももこ先生は戦時中、疎開先の南那須村で小学生時代をすごし、天然自然に親しみながら勉強されたそうです。「この少女時代の体験が俳人としての私を支えてくれました」と先生は幾度もおっしゃっていました。渓流釣りの好きな私は、東北のエゾイワナ、信州伊那谷のヤマトイワナの釣れたてを、春と夏にお届けしていました。文学に縁のなかった私に、「渓流釣りの実体験は貴重だから残しておかないと勿体ない、あなた俳句をやったら良いわよ」。先生は控え目に少し強い口調でおっしゃいました。そして、「岩魚仙人、良いじゃないの」となり、「藍生」に四年間投句させていただくことになったのです。ももこ先生、ありがとうございました。

青嵐のように——第三句集『一木一草《いちぼくいっそう》』を読む

京都府　短歌結社「山の辺」代表
植田珠實

平成七年、花神社より黒田杏子第三句集『一木一草《いちぼくいっそう》』が上梓された。旧姓は齊藤杏子。『一木一草』は、師、山口青邨先生、いそ夫人に捧げられ、第三十五回俳人協会賞を受賞する。

黒田杏子受賞のことばである。

「句集を出すということは、人前に裸で佇つようなものだ。『一木一草』の十年間は、俳句作者として自然観と人生観を深く耕すこと。吟遊と句会活動による十全なる自己革新を希って力をつくした期間である」

自選二十句抄より。

秋つばめ包《パオ》のひとつに赤ん坊
まつくらな那須野ヶ原の鉦叩
よく見ゆる眼大切野分あと
ガンジスに身を沈めたる初日かな
狐火をみて命日を遊びけり
寂庵に雛の間あり泊りけり

能面のくだけて月の港かな
露草の咲き寄せてくる机かな
指さして雪大文字《ゆきだいもんじ》茜さす
働いてばかり冬木の芽の揃ふ
しぐるゝやまだあたたかきにぎりめし
ふたり棲む節分草をふやしつゝ

閒石とご署名のある余寒かな
たそがれてあふれてしだれざくらかな
日輪へ発つ玉蟲の数知れず
ゆつくりとほたるたちまちふぶきけり
あは雪のとけて氷りし修二會僧
花火師にまだももいろの信濃川
那珂川のことしは寒き鮎のかほ
くずきりのこのつめたさをこのまれし

季語の現場に立った修行の十年に生れた句である。おおらかな手触り感のある句の数々。創刊された「藍生」の大会にてよく書かれた色紙への御句は、

花に問へ奥千本の花に問へ　『一木一草』
稲光一遍上人徒跣《かちはだし》　〃

昭和六十一年、嵯峨野、寂庵にて「あんず句会」が始まる。わが母は毎月、愉しげに句会に参加してその記録を手作りの冊子に残した。歌人である母、高蘭子もこの三月末に亡くなり、二人を偲びつつ、しみじみと今、句会報を読んでいる。おかっぱ姿の先生はほんわかと実に可愛く、その横に寂聴尼が居ます懐かしい写真と句の数々。先生の手書きの会報。昭和六十二年の会報に『一木一草』の句も（句集では〈達陀や火中の椿掃かれつゝ〉）。

韃靼の火中の椿掃かれけり

句会にてご自身が名乗りをなさるお声が今でも甦る。「モモコ」その響きの涼やかであったこと。

「あんず句会」20周年の折

犇くように身を寄せ合った我々は、その先生のお声に、御句に、そしてその選句に酔った。甘やかな濃密な句会の時間。懐かしむ度、胸に刺すような痛みが走り、淋しさが湧く。
『一木一草』を黒田先生亡き後に、抱くように一句一句を味わい、その「時」を一緒に旅をするとき、黒田杏子はわが裡に青嵐のように吹き渡る。修行より生れたであろう句の何れもが、軽やかに季語と共に心地よい風をおこすのだ。写生と言葉の確かさに感じ入りつつ読み終えると、あたたかい想いがゆっくり裡に充ちる。

茗荷の子とんと刻んでふたりきり
子をもたぬをとことをんな毛蟲焼く
なかなかに昼寝も出来ぬふたりなり

最後に、俳人協会賞受賞第一作「木流し」より巻頭句を。

あたたかにいつかひとりとなるふたり

（「件」四一号より再掲）

杏子先生とのこと

東京都 牛嶋毅

先生を韓国ソウルにお招きしたのは二〇〇六年十一月のことだった。ソウル俳句会での講演をお願いし、快諾をいただいたのだ。この会は十五年ほどの歴史を持ち会員は在住日本人と日本語に堪能な韓国人合わせ四十人ほど、戦前に「ホトトギス」で虚子の選を得たこともある李桃丘子先生がおられた一方、大半は句歴せいぜい数年の初心者だが、それまでに稲畑汀子、金子兜太、有馬朗人などの諸先生をお招きし講演、吟行、句会をお願いしており多少は日本でも知られた存在になっていた。杏子先生は久しぶりの韓国とて到着早々の昼餉に参鶏湯を所望されある店へお連れしたが、その味がお気に召して後々まで「あれは美味しかった」と言っていただいた。もちろんソウル故宮での吟行、中央大学校での句会、日本文化院での講演も大成功で、先生ご一行はソウルの後、韓国は新羅時代の古都慶州へ足を延ばされ吟行を催された。

私は二〇〇九年に韓国での勤めを終え帰国、定年後の徒然の友としてせっかく親しんだ俳句でも、といずれかの結社へ入ることにした。少しは分かりかけてきた自分の句の傾向からすると、翌年お招きした坪内稔典先生の「船団」が合うか、とも考えたが本拠が関西のため、杏子先生の詩情豊かな俳句は荷が重い、と戸惑いつつ「藍生」に入会した。しかし、その後は必ずしも熱心な会員であったとは言いがたい。例会にも出たり出なかったり、会誌への投句も長いことさぼったり。それにも拘らず、先生を囲む小人数の句会に誘われたり分不相応に目をかけていただいたのは、ソウルでの参鶏湯の功徳かもしれない。そもそも、私の俗情溢れる句は先生の詩情あふれる句とは全く傾向、というのはおこがましいか、が違う。だが、先生は「面白い句をつくるわねえ」と言われつつずい分と選び励ましてくださった。そこが先生の懐の深さであり、それ故に、この「黒田杏子の世界」に示されるように俳句界を越えた幅広い人脈、交友を育まれた理由であったと思う。イタリア人の詩人、マルティーナ・ディエゴを紹介し「藍生」に引き込んだのも想い出だ。

そして先生の亡くなる直前二〇二三年「藍生」二月号で初めての巻頭を得た。

敗荷や無頼に生きてみたかつた　毅

この選評に「牛嶋さんのとても率直な感想として共感いたします」と書いていただいたが、どのような共感だったのだろうか。

杏子先生へ

兵庫県　会社員「いぶき」所属

畝 加奈子

ご無沙汰しております。今頃は天上の東京女子大同窓会が盛り上がっていることと存じます。

私は先日、実家の片付け中に一九九〇年の日独俳句大会にて母が杏子先生から頂戴した「藍生」

創刊号と添えられた手書きメッセージを見つけました。先生は当初から藍生俳句会のディレクター兼トップセールスマンでいらっしゃいましたね。

そのご縁で入会した「藍生」には同年代の若者が多く居ました。七年後、二〇～三〇代の働く女子を中心とした一年限定勉強句会「一木一草塾」がスタート。神保町のミロンガ・ヌオーバで杏子先生にご指導頂く幸せといったら！　タンゴの調べとホワイトビールは楽しい思い出と共に私の大好きな物になりました。翌年は働き盛りの男性向け勉強句会にスイッチなさいましたが、皆様ご多忙で人数が揃わぬ事もあり、真新しい「藍生」事務所でのその句会に私達が引き続いて参加を許される幸運も。杏子先生のお膳立てで十日町の友禅絵師・山崎巖さんの工房へ吟行旅行に行ったこともありました。人と人の間を取り持つ天才で、後進の育成に力を注ぎ、本業で培われた企画力を遺憾なく発揮しておられた杏子先生の掌の上でどれほど充実した日々を過ごしていたことか！

にも拘らず作句をサボりがちの私でしたが、そんな甘ちゃんを見捨てず、いつもお声がけ下さいました。特に女子大の関西同窓会に端を発した勉強句会は、京大和屋さんでのお食事と楽しい語らい、真剣な句会と充実の内容。優秀な先輩方の句は言葉や季語の取り合わせが秀逸で、句歴が長いだけの甘ちゃんはついて行くのがやっと。杏子先生の選評と先輩方との会話をひたすら聞き入っておりました。また、そこで目にした素の杏子先生は「大学の先輩」として近しく感じられたものです。

「(有名な方のエピソードを発信なさる事に対して）黒田杏子の有名人好きと揶揄する人もいるけれど、そうじゃないのよ。永六輔さんや兜太先生、とても素晴らしいことを仰る。それを私一人が聞いただけでは勿体ない。もっと多くの人に知ってもらいたいの」と力強く語られたのはいつだったでしょうか。

そして二〇一五年、すっかり薹が立った甘ちゃんに藍生新人賞を下さいました。「いつまでたっても上達しなくて……」と壇上で泣きながら挨拶した私にそっと「そんなことない」と仰って下さいましたね。あの慈愛に満ちたお声が忘れられません。今迄有難うございました。

得がたき一年

東京都 俳人
遠藤由樹子

黒田杏子先生が急逝される前年に、私は「藍生」に入会、一年間師事させていただいた。その一年について書きたいと思う。

実は私は、黒田杏子先生と直接お目にかかり、お話しさせていただいたことがない。むろん著名な俳人でいらしたので、そのお姿を目にしたり、お声を聞いたりしたことはある。今となればずいぶん以前となるが、当時師事していた鍵和田秞子先生が、俳壇に疎い私をお供として各種の俳句関係の会合に連れていってくれた。そういう折に、「あっ、黒田杏子」と思ったことが幾度となくある。呼び捨てにすることは躊躇われるが、金子兜太は金子兜太であり、黒田杏子は黒田杏子である。遠くからでも必ず気づくオーラのある方だ。

二十年ほど所属した「未来図」を退会、今は既に亡き鍵和田先生の膝下を離れて、三年近く結社に入らずにいた。また、入る気持ちもなかった。それが不思議な御縁を得て、「藍生」に入会して黒田先生に師事すると決断した。一年という短さではあるが、はかり知れないほどの恩恵を頂戴した。

入会より少し前、前年の二〇二一年に上梓した『寝息と梟』という拙句集に、黒田先生からこの上なく温かいお手紙を頂戴した。それは本当に勿体ないような文面で、思いもよらないことであった。遥か遠くから名前を呼ばれたように励まされた。このような人間性を持つ人のもとで、再び俳句を学んでみようと即断。「藍生」に入会してすぐに投句を開始した。

一年で終わってしまったが、毎月胸躍らせて、投句の葉書を投函した。俳句を始めたばかりの頃の新鮮な気持ちをもう一度取り戻せた。直接お会いしなくても、毎月の「藍生」を通読すれば、またその選を受ければ、その人となりは伝わる。明晰な頭脳と強い意志を持つ黒田杏子という俳人は、生涯を通して、瑞々しい勇気と純真さを持ち続けた方だと思う。それもとびきりの瑞々しさだ。直感で人を見抜く一方、また手放しで人を信頼する大きさのある方だと感じた。そして何より、人の何十倍もの温かい心を持っておられた。私もその温かさの恩恵に浴した一人である。

何度かお電話を頂戴したことはある。受話器越しの張りのある声に、わくわくとした。そのうちどこかでお目にかかりたいと願っていた矢先のご逝去で、返す返すも悔やまれてならない。急逝された翌月、山廬を訪ねてみた。

桃の花も桜も盛りは過ぎていたが、青空の下、そちこちに咲き残っていた。

ひととせの師恩となりし桜かな　　由樹子

季語の本当の現場へ

東京都　政策フォーラム世話人　第四回藍生賞
大矢内生氣

六年半を費やした年史本上梓を終え、完璧な燃え尽き症候群と化していた或る歳末。政策論を看板にした呑兵衛茶話会が新宿外れの沖縄料理屋で開いた忘年会の佳境暫くして突然、もじり袖の女性ら数人が乱入、いきなりこれから句会だと。友人が藍生俳句会主宰の黒田さんだと耳打ちする。会合を邪魔された形の私は、二十世紀末の《現代》に何の俳句ぞと、ムカッ腹を立てたが後の祭り。人生初の句会だった。帰り際黒田主宰が「あなた、言葉に独特のこだわりがある。俳句おやりなさい」と悪魔の囁き。何故か心に滲みたその言葉に導かれ、暫くして東京例会に通うことになる。例会では、古典だ現代だのという固定観念を脱し、英表記も辞さない自由奔放さや、言語が実に稠密な相関にある黒田杏子の句世界に眼を見張った。遅蒔きながら私はすぐに、句会とは極めて冷徹で鋭利な刃物の上を歩くが如き「現代の知的コンペティション」であることを知った。

何より象徴的だったのは、黒田主宰の仰る「季語の本当の現場に立て」とは、季語の現場に立つだけではなく、現場情況に肉薄せよ、小情況から大情況へアンガージュせよの意だったことだ。このことは、辺境にこそこの国の真実が宿るとするわが師、「旅する巨人」民俗学者・宮本常一の「歩く・見る・聞く」を説く姿勢や思想と驚くほど同質な「反・戦後論」であると独りごちた。『証言・昭和の俳句』の刊行や「九条の会」への参加を俟つまでもなく、若き黒田杏子が安保鍋の炊き出し部隊までして六〇年安保闘争にコミットしたのち、国内外の知の巨人たちと広汎なヒューマンネットを構築し、「日本人と時代」への強烈な関心をもって生涯を貫かれたことは、言わば必然である。瀬戸内寂聴・金子兜太両氏や草創期の「藍生」連衆は皆、人間黒田杏子のそんな俳句界の常識を超えたジャーナリスト感覚を愛していた筈だ。

磯辺まさる・夏井いつきの両氏とともに第四回藍生賞を私にと仰る主宰に、前代未聞らしい受賞拒否を主張、神保町「藍生」事務所前のバス停に置かれた襤褸な木の椅子に並んで座り、寒風荒ぶ深夜二時間にもわたった「授ける」「才に非ず」の押し問答は、いま思い出しても身が縮む。だが、そのときの黒田主宰のお話は、畢竟『シチュアシオンⅡ』文学論の主命題を思い起こさせるに十分過ぎるものだった。

黒田杏子先生と奇跡の「原爆体験記」

神奈川県　俳優・語り手　「いぶき」「青麗」所属
岡崎弥保

「この手記は、『藍生』で印刷をして会員全員に配ります」

一瞬、何が起きたのかわからなかった。思わず顔を上げると、杏子先生の黒くまるい大きな瞳がまっすぐ私に注がれていた。

二〇一八年六月の東京藍生例会、句会が始まる直前のほんのわずかな一時のことだった。私はその日、できあがったばかりの冊子を握りしめて東京例会に向かった。原爆作品を語る活動をしている中で偶然知り合った被爆者西村利信さんの「原爆体験記」だ。

被爆当時、広島第二中学二年生だった西村利信さんは、建物疎開の作業をしていた同中学一年生の弟正照さん、陸軍中佐の父利美さんを原爆で失った。今まで家族にさえ語らなかったこの原爆体験を、西村さんは被爆わずか四年後に克明に書き残していたのである。

一九四九年の「原爆体験記」が今日になって発見されたのは驚くべきことだった。当時連合国の占領下にあった日本は一九五二年まで厳しい検閲があり、原爆に関する文章はことごとく没収・廃棄されている。西村さんの文章は、広島から離れた千葉の高校での文学クラブ活動内のことであったため、奇跡的に検閲をまぬがれることができたのだ。

私は、末期癌で余命わずかの西村さんが処分しようとしていた茶色くなった手書きのガリ版刷りの原本をデータ化し、必要な写真を集め、小さな冊子にまとめたのだった。

杏子先生にぜひ見てもらいたい。けれど、はたしてそれができるだろうか。今の自分が、杏子先生に個人的に話しかけられる立場にないことはわかっていた。東京女子大学・白塔会でのご縁から身近に杏子先生のご指導を賜り、また私の仕事に対して多大なるご尽力をいただいた大恩がありながら、私はやっと「藍生」にいるだけの、不遜で怠惰な一会員にすぎなかった。でも、今を逃したらもう見ていただくことは叶わない。

「たまたま見つかった被爆四年後の貴重な手記なんです」

杏子先生は黙って冊子を一瞥し、さっと開いた——数秒の間。そして、冒頭の言葉を口にされたのである。

この「原爆体験記」は、二〇一八年「藍生」八月号別冊附録となった。その後、『東京新聞』八月六日の一面にも取り上げられ、数多くの人々に関心高く読み続けられている。

あの日、一会員の言に耳を傾け、価値を見抜き、それを生かす方法と行動を瞬時に決めた。それは、ゆるぎない平和への信念を持つわが師・黒田杏子にしか成しえない神業であった。

（西村利信さんの原爆体験記　https://ohimikazako.wixsite.com/kotonoha/blank-17）

あんず句会と黒田杏子先生と私と

京都府　河辺克美

昭和六十二年春、京都嵯峨野の寂庵を目ざして、ひとり早足で歩いていた。化野念仏寺へ行く道を途中で左に折れて、とわかっていたつもりなのに迷ってなかなかたどり着かず。

東京の出版社の知人が、瀬戸内寂聴先生のところで今売出し中の方が句会を開いてられる。ご一緒にと。でもなかなかご来京されず、紹介しといてくださったら一人で行きますと申して。やや遅刻の初参加。

受付には、こわーい顔の藤平寂信さん（元毎日新聞大阪支社長）が会費を集めて、遅刻の私をじろりとにらみつけておられた。後のち、寂信さんとは句友として親しく交流させてもらいこれも句縁の有り難さ。

あんず句会は昭和六十年秋より開催。このときはもう一年半経っていたが、嵯峨野僧伽のお堂の正面には、瀬戸内寂聴先生と黒田杏子先生のおふたりがどんと座しておられた。おおかたが女性の五十名ぐらいの人が、二月堂の机に。

杏子先生と続いて寂聴先生の選句があり、どちらかの選に入れば嬉しかったし、寂聴先生は明るく楽しいお話をしてもりあげてくださった。またいつも寂庵のお菓子を皆に出していただき、寂の字が底に描かれたお湯のみでのお茶も。すべてに贅沢なゆたかな句会だった。

その頃の参加者は、もうはじめの頃に来てられたという寂聴先生の友人お知り合い、編集者の方々はほとんどおられず。他の結社のベテランの人やいろいろ。中でも杉田久女の娘の石昌子さん、琉球尚王家の尚道子さん、湯豆腐順正の上田馬子さん、杏子先生のお知りあいの俳人の方、先生母上の、齊藤節さんの欠席投句等など、さまざまな句を拝見できた。

杏子先生の選句は、翌月に手書きの句会報を配布され、あんず句会通信も添えられ、先生のいろいろの情報・思いなどがびっしりと書かれていた。

句会場は六十三年春より常寂光寺へ移った。小倉山山腹の紅葉の美しい、藤原定家ゆかりの名刹。その立派な床の間のある大座敷をお借りして寂聴先生、長尾憲彰ご住職に感謝の句会。

その頃、山口青邨先生ご逝去のあとの、杏子先生の「藍生」立ち上げの話あり。先生の俳句への思い、取り組みも一段と真摯に。私たちにも、楽をしては何も身につかない。努力、勉強をと。みなにはっぱをかけられた。

その頃のあんず句会通信に、

「二度と戻らぬ　今日の　いまの　あなたを表現すること。人に言われてそうするのではなく、どんどん作る前向きの、創造的な自分に自分を仕立てていく。それが俳句のある生活への正しい道です。

思いあがり・思いこみ・言いすぎを反省。推こうを重ねましょう。他人の作品をよく味わいましょう……」などなどと。

先生の結社誌への意気込み、迸る思いを伝えられ、今読み返してみても衿を正す感あり。

常寂光寺の句座は、三年半ぐらい続き、また元の寂庵にもどった。

杏子先生は、東京でのお勤めの忙しい中での来京。その週末を京都で行動され、蛍狩り・大文字・祇園祭などなど京都の行事をあちこちご覧になり俳句に紀行文にされた。中でも京北の常照皇寺の桜に会いに毎年タクシーでゆかれるとか。京都のお店やさんのご主人たちとも句会をもたれて交流。バイタリティあふれる先生に感嘆ばかり。

私と杏子先生とは、俳句を通じて深く結びつかせていただき、私の第一句集『花野の麒麟』の序文に、河辺克美という人の作品と対面しつづけてきた二十年。私は勉強をさせてもらったし、いまもこの人の力を享けている。しかし私達は個人的にじっくり話あったこともなければ、身の上を語られたこともない。あくまで作品を通して、句縁に支えられ、人間としての共感と友情の絆に結ばれているのだ。この関係を私はここちよく思い、誇りとする。

と書いていただいた。

私も先生との信頼関係が、ずっと揺るぎなく続き、あんず句会の二十六年、「藍生」をひっくるめての三十七年間を、先生の選一筋に受け続けさせてもらった幸せを、深く嬉しくおもっている。

「藍生」三十周年に新設された藍生大賞。その八名のうちの一人に私を選んでくださった。

私は大富豪でも有名人でもなく俳句界での活躍もなく。そんな私に「藍生」を代表する大きな賞を授けてくださって、杏子先生からのビッグプレゼントに心からの感謝をささげ、先生と出会え巡り会えた喜びをいつまでも心に大切に生きてゆきたい。

小さな句座

北垣みどり　京都府

俳都松山で高校までを過ごした。小学校帰りには、えらい詩人さんが住んでたんだと言って、一草庵の庭で遊んだ。高校の敷地にある明教館には、子規さんや漱石の写真がかかり、その前で、お弁当を食べたりした。今では、センサーがついて、入ったりできない。

でも、私にとって彼らは歴史上の人物にしかすぎず、俳句とは全然縁のない生活をしていた。同世代の夏井いつきさん達の活動で俳句甲子園が始まり、若い人たちにも俳句が浸透し始めたのは、故郷を離れて久しい、今から二五年前のことである。

京都に居を構えて、母校東京女子大学同窓会の世話役となり、講師として、大先輩の黒田杏子先生をお迎えすることに。先生は、講演会の前日に、お役の方と色々話したいと言われて、会食を希望された。二〇一〇年六月二日のことである。たまたま私たち夫婦の真珠婚の日で、実行委員長の小川裕子さんとすでに予約していた洛北のレストランにお招きしたところ、先生の馴染みのシェフ夫妻の店で、びっくり。先生はかつて、寂聴さんのお声かけで、真珠庵の山田和尚様、一澤信三郎さんや京都の旦那衆の方々と句会を続けておられたのだ。

話は盛り上がり、実は真珠婚なんだというと、先生は歓声をあげて、あなた方は真珠庵に行かねばならないと、山田和尚様にその場で連絡をとろうとされた。それが、今につながるとは、思いもようないことである。そうして、つい松山出身だと話してしまうと、なんで俳句をしてないの？　ということになってしまった。

　講演会が終わった翌日から、怒涛のような電話、手紙、ファックスを頂き、俳句を始めなさいというお誘い。無理です、とやりすごそうとしたら、とりあえずは、道後俳句塾に参加しなさいと。母が、道後温泉病院に入院していた私は、じゃあ、ついでにのぞいてみようかと、なんとも失礼な返事をしてしまった。それが、あの熱気にふれた最初の機会である。おまけに、会場にいて、数日前に俳句甲子園で優勝したのは、母校松山東高校の後輩たち。もう、ご縁がありすぎで、糸が繋がっていたとしか思えない。

　先生の新たなる提案は、俳句をまったくやったことがない同窓生を集めなさい、一から指導して上げるからということだった。ちょうど、京都支部長をされていた、「山荘京大和」の故阪口恵子女将に依頼し、京都駅前のホテルにあった、「京大和屋」さんにて、その年の九月から句会がスタート。講演会の役員をしていた者たち十数人が集まり、何もわからず、先生の指示を待つ状態。

　投句用紙と清記用紙は、先生からのＦＡＸをコピーして用意できていたものの、短冊がない。あら、忘れてた、なんか白い紙ない？　と先生。

　お店の方からハサミを借りて、短冊を作成したのが私の最初の仕事だった。思えばなんと贅沢な初めての句会だったのだろう。

　まずは優雅に、京料理を味わう。そうして、食べ終わってからお部屋を借りきり、句会という流れだ。二回目からは、兼題に合わせて、料理長たちが、お料理を作って下さるようになった。私たちも、お料理で即吟を詠み、料理長に短冊をプレゼント。

先生も特別メニューに喜ばれて、まったくこんな句会ないわよ、『家庭画報』が喜びそうだと笑っておられた。その意味がわかったのは、その後、「あんず句会」に参加してからである。お食事つきの句会とは真逆のピリピリした雰囲気に、震えあがったものだ。続けて二つの句会に出ると、違いは歴然。時には、投句の読み方すら分からず、慌てて歳時記を調べたもの。古くからの「藍生」の方々には、なんだこの連中は、と不審がられたのでは、と思う。知らないってことは怖ろしい。だけど先生は、いいのよ、あなたたちの自由な発想が新しい世界を開くのだから、と寛容であられた。好きなように詠みなさいと。俳句はね、生きてきた人生も反映するのよ、余計なものを一七音にそぎ落とせばよいのだと。

十六夜の雲割つて飛ぶ一遍忌
盆の月樺美智子の母のこと

その小さな句座で、先生のこの投句を初めて目にした感動は、忘れられない。

ヨチヨチと始まったその会は、「ふだんの会」という名前をつけて頂き、まだ細々と続いている。場所は変わったものの、最初に美味しい京料理を食べて、句会をするという流れは変わっていない。指導して下さる杏子先生は不在でも、「ふだんの会」の指導者は、永遠に杏子先生。手前味噌な句が満載かもしれないけれど、季語を巡って丁々発止と激論もある。先生が育てられたいちばん小さなこの句座は、ここ京都の地で確実に根付き、咲き続けている。

杏子先生とわたし

「青麗《ソウル》」所属
金 利恵

いつもなら、句会のあとは夕食会だけ参加して、二次会は遠慮していた。けれど、その日は、当時ソウル俳句会会長の牛嶋毅さんに強く誘われたのだ。ちょっとだけでも二次会にさ、行こうよ。細い階段を下り、店の扉を押して中へ。そのずっと奥。カフェバーの数人がけのソファの真ん中にゆったりと座っていらした。鮮やかな赤が入った作務衣のような服の方。眉がちょうど隠れるくらいに揃えた前髪の下の目が私を見上げた。「あなたさまはどなたさまですか」と一言。にこりともせず、拒絶するでもなく。隣に立った牛嶋さんが私を紹介し、私はご挨拶。あら、そう、という具合に体を少しずらし、横に座るように目でおっしゃった。座ると、すぐに、「さっきね、あなたが会場に入ってきたとき、あら、と思ったのよ。どなたかしら、って」。

杏子先生と初めてお会いした二〇〇六年十一月。ソウル俳句会が毎年、日本から著名俳人を招いて催す特別句会の日だった。その三年ほど前、私は誘われるまま会に入ったものの、思ったことをぽつりと呟くように十七音字にするだけ。著名俳人にも有名俳句にも疎かった。

当日の午前中、骨董品の町仁寺洞《インサドン》吟行に同行できなくて、午後からの句会に駆けつけた。会場の入り口で渡された一枚の講師紹介。――黒田杏子の俳句――。プロフィールの後に代表句、〈白葱のひかりの棒をいま刻む〉。はっとした。裸体のように白く伸びた葱がまな板に横たわり、光を一身に浴び、それが無数の欠片となって散っていく……そんな光景が浮かんだ。俳句ってこんなふうに作るものなのか。

句会の後半で黒田杏子選。並選。「〈銀杏色して舞姫は古書の窓〉」。先生の、大きな声がはっきりと。びっくりした。作者は……、「キム　リエ」。少し大きな声ではっきりと私は名乗った。

ソファで先生の隣に座って、私は、あの句は第二次大戦中に半島の舞姫と賞賛された崔承姫の写真で、などと話したのだったろうか。私は日本で生まれた在日韓国人で、二十数年前にソウルに来て、舞踊をしています、などと。

その翌々年のソウル俳句会十五周年記念号の先生の寄稿文〈人生はご縁〉に、「……彼女のような生い立ちと人生の人にとって、俳句がどのような位置を占めるのか興味を持ちました。……金利惠という人との出合いは、一昨年ソウル俳句会に私が伺わなければあり得なかったのです。まさに一期一会の句縁です」（抜粋）。

あの日、誘いに応じてあの階段を下りていなかったら、杏子先生とのご縁は生まれていなかった。そして、私は俳句に近づくこともなかったかもしれない。

先生とのさまざまが甦る。中でも、山の上ホテルで先生と二人きりの勉強会。

「私はあなたを特別指導します。当日はノートを一冊用意すること」とファックス。私の東京公演があった翌日、ホテルの小さな会議室。午後、五時間くらいご一緒したのだったろうか。でも、ノートには最初の一、二ページに、〝一日一句〟〝続ける〟などと走り書きが残るだけ。あの日、何を話したのだろう。私の来し方、いま悩んでいること、洗礼を受けた信仰のことなど。私はしゃべりつづけ、先生は、「へえ」「すごいね」「そうなのお」「そりゃ、あなた無理よお」……。部屋の窓に夕日が射し込む頃、先生は手提げから大きな物を抱え込むように取り出し、目の前のテーブルにドン、というよりドスン、と置かれた。「じゃ、これ、ソウルに持って帰って。今朝、出版社から届いたばかりなの」。『カラー版　新日本歳時記』（講談社）。そして最後に、「あなたも『日本経済新聞』の《俳壇》に投句してみなさい」。

その翌年四月、出先で東京の知人から携帯が入った。「りえさんの句が日経俳壇に載ってるよ」。初めての新聞投句だった。「〈春愁や犬の眼人の眼私の眼〉。黒田杏子選評、『犬の眼と他人の眼とそして作者自身の眼と。それぞれの眼があり、それぞれがこの世に生きて在る。春愁という季語の世界がこの世の巷を行き交うものの存在を包みこんでいるようで巧い』」（二〇〇八年四月二十七日付）。家に帰るバスの窓から望む漢江の河面が、あんなにキラキラ輝いて見えたのは初めてだった。

《俳句を舞う—俳舞》の舞台を企画し、ご相談に「藍生」事務所を訪ねたのは二〇一九年の秋。公演構想をじっとお聞きになった先生は、「衣装はまっ白、シルクね」「花はコスモスでは弱すぎるからやはり鶏頭花」「そうだ、推薦文は寂聴先生に御願いしましょう」など、次々と。翌年一月、李御寧先生原案のこの公演が実現したのは、杏子先生の強い応援と的確なアドバイスがあったからだ。あの日、相談が終わる頃、先生はふと呟くようにおっしゃった。「舞って夢なのね。夢を舞うのね」。

杏子先生が、「全力で応援します」とおっしゃって下さった初めての句集作業にいま取り組んでいる。予想外に時間がかかり先生にお見せすることが叶わなかった。この春、花の咲く頃には出来上がるだろう。

きっと花の国のソファにゆったりと座っていらっしゃる杏子先生に、この句集を捧げよう、と思う。

抜群の企画と実行力——季語の現場に立って詠む

青森県俳句懇話会 会長
草野力丸

報道機関から俳人の黒田杏子さんがお亡くなりになられたとの一報が入ったのが昨年三月一八日の午後七時頃だった。

あの元気な黒田先生が、まさか他界されるとは、思いもよらない出来事であった。一瞬目の前が真っ暗闇になり「なぜ」「なんで」「どうして」の言葉が脳髄を駆け巡った。実は一週間ほど前に、「黒田です。元気よね。八月一五日の終戦記念日に思い出特集を組むつもり、原稿を頼むわね……。」と、気合の入った声だった。後で知ったが、三月一一日に山梨県での「飯田龍太を語る会」に出席し、一二日に急変、甲府市の病院に入院し、そのまま帰らぬ人となったという。

記憶を辿れば、俳人協会青森県支部俳句大会の講師として招かれ、郷土料理家の阿部なをさんを偉く誉め讃えていた。阿部なをさんは青森県浪岡町出身の方で、上野でみちのく料理店「北畔」を構え、テレビ番組出演や執筆で活躍した人。「ミズとさざえの水もの」や「けんちん汁」などの郷土料理に話が及んだ。

その後二〇〇四（平成一六）年の夏、「黒田杏子です。白神山地を案内してくれないかしら」との電話だった。藍染の着物にモンペ履きの独特な姿であった。弘前経由で西目屋に行き、ブナの巨木マザーツリーを見て、岩木高原の旅館に宿泊。よもやま話をしているうちに「世界遺産白神山地歳時記」編さんの話に及び、あれこれと注文がついた。中扉の裏に、春は黒田杏子、夏は金子兜太、秋は成田千空、冬は津田清子、新年は有馬朗人。俳句とコメント、必ずサインをもらうことなど、地酒「じょっぱり」が効いてきたせいか、強情な口調になってきたのだった。

白神山地歳時記が立派にでき上がったのは、黒田先生のアドバイスがあったからこそと思う。編集後記を手直ししてくれたのも黒田先生。当時のファックスはロール巻きになっていた。太い万年筆でベラベラ書いて送ってくる。ワープロでその通り書いて送ると直ぐに折り返しファックスがくる。何回も送ったり送り返したりしてようやく出来上がったのだった。恐れ多くも金子兜太さんに電話をかけたら、機関銃のような口調で「躊躇するな、ガンバレ」と励まされた。難儀したのは、有馬朗人さん。何回電話をかけても留守、当時、小渕内閣の文部大臣でもあった。夜中に電話が繋がり快く承諾。しばらくしてからワープロでの原稿がきたが、肝心のサインがなかった。ギリギリになってようやくサインが届きホットした苦い経験もある。この時、私は黒田先生の抜群の企画力、実行力を垣間見た思いがした。私はいつの間にか藍生俳句会の会員になっていた。

黒田先生の人脈は抜群だった。瀬戸内寂聴さん、金子兜太さん、ドナルド・キーンさん、榊莫山さん、永六輔さん、小沢昭一さん、小田実さん、鶴見和子さんはじめ有名な方が名を連ねている。青森県俳句大会の特別選者を依頼できたのも黒田先生のお蔭なのである。高野ムツオ、夏井いつき、橋本榮治、櫂未知子、金子兜太、横澤放川、西村和子などいずれもそうだ。

大きな仕事をなさったのは『証言・昭和の俳句』である。〈モダンガール桂信子の終戦日〉〈読書人思索者六林男終戦日〉〈おだやかに草間時彦終戦日〉〈トラック島に金子兜太の終戦日〉〈青森空襲成田千空終戦日〉〈学徒出陣古舘曹人終戦日〉〈大和乙女の津田清子終戦日〉〈鯔背《いなせ》なる古沢太穂終戦日〉〈風を聴く沢木欣一終戦日〉〈愛の俳人鬼房の終戦日〉〈戦争未亡人中村苑子終戦日〉〈虚子想ふ深見けん二の終戦日〉〈自由人三橋敏雄終戦日〉〈証言者十三名の終戦日〉は増補新装版十三人に対する思い出の深い句なのである。

黒田先生の蛇笏賞受賞作の句集『日光月光』の中に青森県内で詠まれた句がたくさん収録されている。〈ここ津軽深浦艫《へなし》作銀河濃し〉〈白神の月のひかりにそばの花〉〈ねぶた来る棟方が来る闇が来る〉〈五所川原暮れて蒼天立佞武多〉などがある。

東奥日報社主催の青森県俳句大会には一四年の第六八回大会で特別選者、一六年の第七〇回では特別ゲストとして招かれている。五所川原市の中村草田男、千空の師弟句碑序幕にも著名な俳人を連れて、献花した。千空の死去には東京から駆け付け、弔詞を読んでいる。

俳句の基本はオブザベーション、季語の現場に立って詠むもの。黒田先生は二七年かけて日本列島桜巡礼を成し遂げ、西国、坂東、秩父百観音霊場巡礼、四国八八ケ所遍路も果たした。

山口青邨に師事。「藍生」創刊。現代俳句女流賞、俳人協会新人賞、俳人協会賞、蛇笏賞、桂信子賞、現代俳句大賞などを受賞。『東京新聞』「平和の俳句」選者、『日本経済新聞』俳壇選者を務め、移りゆく季節の現場を詠むだけでなく、出版にイベントに最後まで精力的に活動された。なんといっても『証言・昭和の俳句』。黒田杏子は永遠に不滅であろう。

黒田先生の死を悼み、謹んで会員ともどもご冥福をお祈り申し上げます。

わが心の句

福島県　自由人「小熊座」所属、福島ペンクラブ

久保羯鼓

十三夜樹木を溶かすごと照らす　久保羯鼓

この句ができたのは、今でも不思議なくらい、最高の十三夜に出会ったからだ。

二〇一二（平成二十四）年に白河市で開かれた県俳句大会の折り、講師として来福した杏子先生と前夜句会を、丁度十三夜の日。

その日の後の月の輝き、美しさは例えようもなく、私はいつの間にか両手を合わせ、拝んでいた。

黒田杏子先生も黙ったまま立ちすくんでいたのを思い出す。その夜の句会で、杏子先生の特選を頂いた。

今思い返しても、あの時は月から言葉が、降りてきたのである。亭亭たる大樹、一葉一葉の月光の照り。杏子先生も「あの月光の輝きは見たことがない」と時折話されていた。

「十三夜」五十句で県文学賞準賞いただきました（平成二十五年）。

その後令和元年、県文学賞「正賞」を「生きる二」で頂く。

俳句選者は勿論、黒田先生でした。

杏子先生と最初にお会いしたのは、「藍生」の出発の前年、須賀川の牡丹焚火での出会いでした。杏子先生にはオーラーがあり、とても素敵でした。それから何年が過ぎ「奥会津歳時紀の郷俳句大会」九年間、九ヶ町村で、杏子先生を筆頭に、三橋敏雄、藤田湘子、大串章、榎本好宏、今井杏太郎、細谷喨々、永六輔、橋本榮治、中原道夫、その他の大会で宇多喜代子、上田五千石、今井聖、大物の、金子兜太先生、高野ムツオ先生と出会う。

その折々の先生方の出会いと、改めて、俳句を皆さんに勧めたくなり、平成十六年に『花の終楽章』を一千部出版、私の駄句も入れて、各先生のプロフィルと出会い等を書き、その折に、杏子先生の文の折りは先生にファクスで送り訂正して頂きました。またその折は「藍生」会員ではありませんでした。

「第二十三回全国藍生のつどい福島大会」平成二十六年六月十一日〜十二日に開催、一二五名盛会、福島は小山、宗像、田村さんが主体に働きました。「件の会」角川新年会、出席。有名な諸先生方に出会い、黒田勝雄氏にカメラに収めて頂いた事、感謝です。只今私は九十三歳となり、杏子先生に出会ったおかげで、本当に充実した人生を過ごせたと思っております。

黒田杏子先生、本当にありがとうございました。やすらかにお眠り下さいませ。

杏子先生の「気迫」

東京都 「青麗」「パピルス」所属、俳人協会会員
後藤智子

いま目の前に藍色のお洋服を着たおかっぱ頭のお人形が置いてある。私が二十代の終わり頃に、黒田杏子先生からいただいたものだ。

出版社で働いていた私は、たまに体調がわるくなると会社内の医務室を利用していた。ある日、そこへたまたま産業医としていらしていた村田英尾先生の診察を受けた。診察室の机の上に歳時記が置いてあったので、「先生、歳時記ですね」と申し上げたところ、村田先生が、

「歳時記を知っていますか。それでは黒田杏子先生を紹介してあげましょう」

と言われた。村田先生は東大ホトトギス会の出身で、「藍生」の会員でいらしたのだ。私は池袋の東京芸術劇場大会議室で行われた東京例会に参加することになった。

初めてお会いする黒田杏子先生は、とても威厳のあるお方だと思った。杏子先生が、

「それでは、選句を始めてください」

とおっしゃると、会場が一瞬にして静まり、全員が選句に集中する。先生の気迫と集中力が会場の皆に伝播しているのを肌で感じた。

その時、初めての句会で投句した句〈八月はひとみを閉づるやうに果つ〉を先生が特選でとってくださった。

杏子先生とお話しする機会が得られ、職場が麴町であることを申し上げると、「すぐ近くに事務所があるからいらっしゃい」と誘ってくださった。そして会社帰りに時々、「藍生」の事務所におじゃまして、原稿のとりまとめや校正のお手伝いをするようになった。

事務所での杏子先生は雲の上のような存在ではなくて、とてもお優しくあたたかな「母」のような方に私には思えた。藍色のお洋服を着たお人形は、杏子先生が会員のどなたかからプレゼントされて事務所に飾ってあったものだったが、「あら、このお人形、智子ちゃんに似ているからあげるわ」とおっしゃって、くださったものだ。

事務所での作業は、その後、在宅でのお手伝いに変わってしまったが、お人形はずっと傍らに置いていた。

時を経て、私は俳句大会の運営や作品集の編集をするという仕事に就いた。これには「藍生」事務所で編集や校正のお手伝いをした経験が大いに役立った。

原稿に向かうときや校正の仕事をするとき、いつも杏子先生が選句に向かわれるときのあの「気迫」を思い出す。もう先生のお声が聞けないと思うとさみしいが、先生が集中されるときのあの気迫は、これからもいつでも思い出すことができる。

杏子先生、ありがとうございました。

鈴の音の鳴りやまぬ花吹雪かな　智子

海に出て

愛知県　「いぶき」「深海」所属
近藤 愛

「アンドリュー・ワイエスの絵の中の少女のような佇まい」、若かりし頃、髪を茶色（光の当たり具合によってはほぼ金色）に染めていた私を見て、杏子先生が言った言葉だ。その画家の名は初めて聞いたのだけれど、それ以来アンドリュー・ワイエスの絵の大ファンになった。それだけではない。堀文子も篠田桃紅も杏子先生の文章をきっかけに興味を持った。ドナルド・キーンも然り。『石牟礼道子全集』に至っては、直々にお電話をいただき、ぜひ、読むよう勧められた。それまでそんなふうに思ったことはなかったのに、なぜか「そろそろ読まねばならない時期だと思っていました」と答えていた。思えば、杏子先生と「藍生」からたくさんのことを学んだ。俳句の豊かさ、俳句とともにある生活の愉しさ、学び続ける人生の喜び、どれが欠けても今の私はない。

中学三年生のとき、『毎日新聞』の「女のしんぶん」楽句塾で出会って以来、杏子先生は私の憧れだった。杏子先生に褒めてもらいたくて楽句塾に投句し、杏子先生からご案内をいただいたのがうれしくて「藍生」に入会、杏子先生のようにずっと働き続けたいと思い、公務員という仕事を選んだ。なにより、杏子先生の作る俳句が大好きだった。

海に出てまつ赤な橋のしぐれけり
茸汁会へばやさしき人ばかり
またたびの実をとりにきて寒がりぬ

杏子先生との出会いの三句である。小難しい言葉はないし、古臭さもない。さりげなくて、親しみやすいのに特別な感じがする。特に一句目、海から橋、橋から時雨と飛躍していき、それでいて無理がなく自然で、どこがどうとは言えないのだが、教科書で知っていた俳句とはずいぶん違っている。無謀にも「こんな俳句をつくってみたい」、そう思ったのだった。

この句は、句集『一木一草』に収められてはいるけれど、代表句とは言えないし、自選にも含まれていない（「藍生」二〇一九年七月号）。しかし、杏子先生の声を、もんぺ姿を、そして句会やお手紙、エッセイなどさまざまな形で受け取った励ましの言葉を、記憶の中にたどっていくと自ずとこの句に行き着く。そして胸が熱くなる。

杏子先生がこの世を発たれて一年、気持ちが折れそうなとき、くじけそうなとき、気が付けば〈海に出てまつ赤な橋のしぐれけり〉と心の中でつぶやいている。

杏子師を偲ぶ

山形かみのやま温泉 旅館女将
佐藤洋詩恵

天赦、一粒万倍日の佳き日から始まった甲辰の年始早々能登の大地震、日本航空機と海保機の衝突事故が起き、大波乱の幕明けとなった。

去年の元旦の初電話は、「あけましておめでとう。一つ一つ丁寧に作られていて古窯のおせち美味しかったわよ」という杏子師からの心弾む嬉しきお声であった。常ならぬ世にあって、在るように在る暮らしのありがたさを感受する日々、杏子師の不在に、治まりつかない悲しみ、淋しさがこみあげてくる。春に先駆けて咲く山形の啓翁桜を、一枝挿した萩焼きの花瓶と共に、『木の椅子』増補新装版を机上に置き、杏子師を偲んでいる。折々に頁を開き、杏子師とのありがたき邂逅の日々に思いを巡らしている。

東京大学で教鞭を執りながら「夏草」を主宰されていた工学博士の山口青邨先生が指導して下されていた白塔会。東京女子大学を象徴するチャペルの白塔の名を冠したこの俳句研究会で、五十四年前、杏子師にお逢いした。句座は青邨先生のお人柄そのまま、和やかで温かく居心地がよく、私達はよく笑いあった。先生の句が選ばれると「青邨」と語尾があがる懐しきお声が思い出される。杏子師の句は青邨先生の特選句にしばしば選ばれ、また杏子師も青邨先生の句をよく選んでおられた。他にOGの方も参加されていたが、今に変わらぬおかっぱ頭、作務衣にもんぺ姿の杏子師は、際立っていた。

時代の最先端をゆく広告の仕事を精力的にしながら、俳句の世界に身を置き、季語の現場に立ち続け、珠玉の言葉を紡いでおられることに感銘した。杏子師の身をもってのお導きに、十七文字の世界へと凝縮する女将の日常を、誠実に積み重ねてゆくことを決意し、ときを得て私も句作をと杏子師へ手紙を認めた。

三月十四日の朝、ご主人からと告げられた電話に、瞬時胸騒ぎがしたが、不安を振り払い、「杏子さん、お元気ですか」と私は一段と明るい声を発した。杏子師の急逝を伝える震える糸電話のような写真家黒田勝雄様からの初めての電話であった。亡くなる一週間前、お互いまめで達者でと話したのが杏子師との最後の電話となった。六度目の年女となり、句作に励みたいとの思いが高じた今、杏子さんは、もうこの世には、いらっしゃらないのですね。八方から風が吹き、天に舞いあがる花吹雪の中の杏子師を、湯の町かみのやまより、尊くありがたく、お見上げ申しております。

合掌

花吹雪　杏子さんが逝くや　無漏路

「育つ」と「育てる」

東京都「青麗」所属
城下洋二

黒田杏子先生（以下「先生」という。）は俳句の世界において句作、選句の傍ら有望な若手俳句作家を育てることに定評があった。選句は天職とおっしゃっていたが、その選句の能力が若手を育てたのだと思う。

一九八二年に句集『木の椅子』で、世に出てすぐに、大学生を中心とした「木の椅子会」を立ち上げ、その多くのメンバーが現在の俳句界の中心的役割を果たしていることでもお分かりいただけるだろう。

私が藍生俳句会に入会したのは二〇〇一年、「藍生」創刊一〇周年の記念行事を終えたころで、このころ先生は三年ばかり若手の研鑽会を開いていた。先生と指名された十数人が一年間毎月、向島百花園で句会を開くのである。朝十時に集合し、吟行、昼食を皆でとり、午後一時に十句出句。三時半ごろ一回目の句会が終わると二回目の句会の席題が三つ出され、五時の夜の食事まで作句、食後十句出句、第二回目の句会は八時ごろまで行われた。

若手というので私のような初心者ばかりかと思っていたら、後で聞くと、句歴十年以上のベテランが多く、初心者は私を含め二名であった。まあ年齢は三十代から六十歳未満と、俳句界では若手の部類だったが。

考えてみれば、初心者ばかりの句会では講習会となってしまう。初心者は先生や有望な先輩方の句を味わい、先輩方は切磋琢磨し、先生は選句を通して皆の力を伸ばしていくという構図が見て取れる。初心者を混ぜるにはちょうどいい割合なのかもしれない。ただこう言った会は選者即ち先生に対する絶対的な信頼がなければ成立しないだろう。

先生や先輩方の選評を聴いて初めて句を理解できたり、選んだ句を選評することで、選をすることの責任を改めて自覚させられた。まさに座の教育である。

先生は多く添削をしない。内容がいいもので、少し手を加えればもっと良くなるという時だけ添削を加える。庭師が樹形を見ながら一鋏入れるようにである。

一日一句を目指していた私にとって、吟行で十句、席題で十句というのは、気の遠くなる作業であったが、いいところを見せよう、あわよくば名句を作ろうという欲より、ただひたすら十句を作ろうとしていたおかげで推敲の迷宮に陥らずにすんだように思える。多作の効果だったのかもしれない。

先生の言葉に「季語の現場へ」というのがある。向島百花園は日本古来の植物が多数あり、しかも名札がついているので、自然に疎い私でも名前と実物とが一目で一致する。それを一年通じて観察するので、その植物のたたずまいが理解でき、毎回新しい発見があるのである。頭で作るのではなく体感して作るというのを教わった場所でもある。

この鍛錬句会からも何人かの主宰誌を持つ仲間が巣立った。

その後、二〇〇六年に新たな鍛錬句会が発足した。先生の句集名となった「日光月光の会」である。

場所は向島百花園、若手研鑽会と同じく午前吟行十句、午後席題十句である。出席者は先生の知己の俳人数人（超結社）と「藍生」の会員の混成で、十人余りで行われた。

この会は「銀河山河」「雨洗風磨」と名前を変え、毎年一部出席者を入れ替えながら続けられた。先生が病気を患われて一時中断、全快されてからは先生の住まいの本郷に場所を移し、名前も「本郷弓壱句会」と改め、コロナで中断する二〇二〇年三月まで続けられた。やはり午前十句（吟行ではなく持参十句）、二回目は席題十句出句で句会を続けた。

これらの句会は後輩を育てるという側面もあったが、互いに刺激しあって、育っていくための句会だったように思う。主宰となると忌憚のない意見が聞こえづらくなるのを先生は自覚されていたのではないか。自分が育ってゆく俳句の土壌を自ら作っていたように思う。

「件の会」をはじめ、超結社の句会に参加されたお話を何度も伺ったことがあり、また自ら桜花巡礼、残花巡礼、日本列島隅々吟行など称して全国を吟行して自らの句を育てられた。藍生俳句会でも江戸百景吟行や四国遍路巡礼吟行、西国・東国・秩父百観音札所吟行などのイベントを通じ俳人が育つ土壌を耕し、またご自身も大きく枝葉を伸ばしていかれたように思う。

振り返れば何の素養もなくいきなり俳句を始めた私が二十年余りにわたり俳句を続けることができたのは、先生のおっしゃる「俳句は人生の杖」の杖を与えて頂いたからだと思う。しかも先生の作句の現場を間近に拝見し、また俳人を育てていく姿を見ることができたのは本当に幸せであったと思う。

先生の横顔

杉山久子　山口県

昨年、句集を出版した。先生には見ていただくことが叶わなかったその句集のあとがきに、こんなことを書いた。

「そして、その日は突然やって来た。この句集の初校ゲラと同時に届いたのは、師である黒田杏子先生の訃報。あまりに突然のことで、途方に暮れた。

先生の寝顔がそばに朴の花

句集の後ろの方に入れたこの句は時間的にいうと約三十年前の作。先生の他界を予見していたわけでは全くないが、なぜかこの句を入れたいと思った。

『藍生』のロングラン吟行『西国三十三ケ所観音霊場吟行』に時々参加していた。これは、第二十八番札所成相寺での吟行の時の事。前泊するために乗った特急の指定席でたまたま隣り合わせになった。前の席には『藍生』の先輩である新田久子さんと岩井久美惠さん。四人で席を向かい合わせにして喋った後、ふっと眠りに入っていかれた先生。先生が凭れる車窓を夕立が通り過ぎ、夏の日差しが通り過ぎた。」

本気でとり組む
急がば廻れ
志を高く

これは、「藍生」誌が創刊一周年を迎えた時、先生が掲げられた言葉だ。師を失って後、いよいよ恐ろしく、温かく響いて思い起こされるようになった。

そして同時に、あの時の先生の横顔と車窓の映像は、時折私の脳内に現れては、この列車はどこまで行くのかというくらい、繰り返し再生されるのだった。

黒田杏子と地霊

埼玉県　俳人　「雪華」同人
鈴木牛後

黒田杏子先生には目をかけてもらったという思いがある。その理由のひとつにはおそらく、私が地方に住んでいたということ、とりわけ農業・牛飼いの仕事をしていたということがあったのではないかと思う。

『黒田杏子歳時記』の「はじめに」に、次のような文章がある。「〈季語の現場へ〉身を運ぶことは、季語という日本語の宝石のようなことばの言霊に触れ、同時に地霊に遭遇することであって、私はそのことのために生きているのだ、といってもよいほどに、他の事はあらかた切り捨てて、過ごしてきた。」

これは先生が繰り返し言ってきたことで、実際先生は、日本列島櫻花巡礼、残花巡礼、西國四國板東秩父の巡礼と、エネルギッシュに日本各地を訪ね歩いた。また後年、遠出することが難しくなってからは、毎日一冊の本を読み、蛇笏や龍太の全句集や『奥の細道』を筆写していたと聞く。これらも故人の魂との対話にほかならず、巡礼の一環と言っても言い過ぎではないだろう。

冒頭の「地方に住んでいた」という話に戻るが、都会と違って、地方ではまだまだ地霊の力を感じることができる。巡礼の対象となるような古寺は当然だが、人々の日常にもそれは宿っている。もちろん、そこで生活している人々がそれを日頃から意識しているわけではない。私にしても、地霊の存在など、春秋の地神祭のときくらいしか考えることはなかった。しかし、つねに天候を気にして、畑や牛に気を配りながら生活しているうちに、自然に地霊との何らかの交流が生み出されていたのではないかと感じる。地方には直接農業に関わらない人も多く住んでいるが、そのような人々であっても、身近にある作物の実りや家畜の存在を目にすることによって、やはり地霊の気配を無意識に感じていたはずだ。

黒田先生は日本各地の〈季語の現場〉を旅して、そのことを身をもって感じていたのだと思う。それゆえ、地方のすみずみから送られてくる投句を読んで、そこに込められている地霊の気配を、誰よりも敏感に感じ取ることができたのではないだろうか。

以前、「藍生」の『木の椅子』を読む」という特集で、私はこの「地霊」ということに着目して評を書いた。手前味噌になるが、ゲラを読んだ黒田先生から、さっそく手紙で感謝の言葉を伝えられたことは、私のひそかな誇りである。残りの紙幅には、そのときの文章を掲載させていただきたい。

地霊を感じる旅（「藍生」二〇二二年四月号）

句集『木の椅子』の芯を成すものは「乾季の南インド行」と題された句群であろう。この句群は、そこから前後の句を照射するように、句集のほぼ真ん中に置かれている。このインド行について著書『手紙歳時記』には次のように記されている。

《この「芳賀（引用者注：芳賀明夫氏）ツアー」は私の人生観、自然観を一新させてくれました。一度しか生きられないこの世。思いっきり自由に自在に、自分をごまかさないで行こうと腹をくくることができました。》

インドには、現代の日本では失われたものがあったのである。それはおそらく「地霊」に対する畏敬だろう。『黒田杏子歳時記』には《地霊はその土地を踏んだ足の裏から全身にのぼってくる》と書かれている。

炎天や行者の杖が地をたたく
供花ひさぐ婆の地べたに油照
地に坐せばサリーかがやく胡麻を打つ
瓜を売る地に一燭を立てにけり

籾干すや老婆の布衣は地に乾く

「地」という漢字の含まれる句を挙げてみたが、他の句も含めてこの句群には濃厚に地霊のイメージが横溢している。黒田杏子は、インドの地霊を確かにその足裏で感じ取ったのである。増補新装版の巻末に付されている南インド行の全五十句「瑞鳥図」にはさらに、

黒髪に花挿しにほふ跣足かな
石窟を素足のすすむ花筺《はながたみ》

という二句もあり、地霊と直に跣足で接するインドの人々への、崇敬とも憧憬ともつかぬ心情が窺える。

この思念の延長に「季語の現場へ」という黒田杏子の一貫した、そして確固とした姿勢がある。

逆光に歩めば巨いなる鶴よ　（釧路鶴居村）
冬虹や野の果に売る湖の魚　（湖北渡岸寺）
鞘堂の内はあかるし雪時雨　（出雲崎など寒中行）
夾竹桃天へ咲き継ぐ爆心地
磨崖佛おほむらさきを放ちけり　（佐渡行）

いずれもおおらかな世界をゆったりと、しかし同時に緊密に詠んでいる。この難行を成功させているのは作者が「地霊」の力を信じ、それを味方につけているゆえであり、それこそが私たちが学ぶべきことと思っている。

黒田杏子先生と奥会津

福島県 鈴木 隆

私は平成元年当時三島町役場企画係長として勤務していた。

過疎化が急激に進んでいたこの当時、隣の柳津町から上流の只見川沿線町村とその支流伊南川流域、檜枝岐村までの九町村が連携して町おこしをすることになり、キャッチフレーズを「歳時記の郷奥会津」とした。その旗揚げに東京で奥会津の暮らしを紹介するＰＲイベントを開催することになり、イベントの中でシンポジウムを開催することになった。歳時記とは俳句の世界につながる。そのパネラーを、コンサルタントをお願いした日本観光協会の古賀学さんが黒田先生にお願いして、無理矢理承諾を得てシンポを成功させることができた。

当時町内十一集落で小正月のサイノカミが行われており、このサイノカミを深掘りするべく町教育委員会が主催でシンポジウムを開催することとしており、先生にチラシとお手紙を出したところ、参加していただけた。小さな集落が一月十五日に隣の集落はどのようなサイノカミを執り行うのかは全く興味を示さず、粛々と伝統を守ったサイノカミと町内の暮らしぶりや桐の木のある風景に、私には解らない魅力があったらしく、帰るときに今後毎月一回三島町を定点観測に訪れると言ってくださり、一ヶ月後から、毎月来ていただけることが何年も続いた。先生が毎月訪問した一番の理由は当時町長だった佐藤長雄との出会いだった、翁は町おこしの先駆者で、全国に先駆けて昭和四十九年に都会に住む家族を特別町民として迎え、民家に宿泊交流をしてもらう都市と山村の交流事業「ふるさと運動」を提唱し、全国に三島町の名を轟かせた、更に特産の会津桐や山林資源を活用した手仕事に光を当てる生活工芸運動や、有機農業運動、地区プライド運動、健康づくり運動、五本柱の町づくりの話を延々と二時間もの話を熱心に聞き、三島町の町づくりを応援したい気持ちになったそうだ。

黒田先生は本当に筆まめであることから新聞、雑誌等先生が依頼されている数多くの媒体に歳時記の郷奥会津、三島町の町づくりについて多く記事を掲載していただいた。

原稿を書くと、町役場にファックスが届き、近く掲載されますよと知らせてくれ、当時ファックス通信の使用頻度は少なく、先生と私の通信が全体の半分以上になった日もあった。

先生は、冬の桐林で春を待つ花芽、六月には薄紫の花と甘い香り、会津総桐タンス等を丁寧に取材され多くの機会に紹介していただいた。先生は三島町に来る十年位前の三十代後半にこの地を車で通り抜け、

桐高く咲くや会津に山の雨

を詠まれたと紹介している。

当時の先生からのお便りで、「いくら景色がよくても、美味しいものがあっても、歴史があっても、そこに今生きている『人物』が居られなければつまらないものです。つまり佐藤町長はどこにでも居られません。今秋から私のはじめる『藍生』という俳句の会にも皆さん参加するとおっしゃるので、ありがたいやら驚くやら……。〔中略〕つまり会のリーダーとすればそこに集う人々は私という師を抜いてどんどん各自の資質を伸ばし発展してゆくということです。三島町で佐藤さんにお目にかかって、私はそういう生き方に確信を得ました。1990. 6. 4」というお手紙を私が持っています。

先生は、私達の東京でのイベントに積極的に協力していただき、永六輔さんまでも登壇させ、永さん曰く「さすが過疎の町が取りなす歳時記の郷奥会津PRイベントを東京の過疎と言われる日本青年館で開催するとは」との名言を残された（会場の選定は私達で、お金のかからない会場選定であった）。

先生は町の応援団を増やすため、親友だった、当時読売新聞社勤務で俳人の榎本好宏先生に三島町に行って佐藤町長や齋藤茂樹助役に会うことを薦め、四、五年後に榎本先生がやってきて、先生の案内役も私が命ぜられた。黒田先生と共に「歳時記の郷・奥会津全国俳句大会」を平成八年から十年間に渡り、中央で活躍されていた俳人を講師として各町村持ち回りで開催、全国から講師の先生方の俳句結社の方々等に参加いただいた。俳句大会を通して奥会津地域の伝統文化、民俗文化に触れていただくことができた。

俳句大会終了しても両先生は来訪され、私が手打ち蕎麦を打てるようになってからはもっぱら宿に蕎麦とつゆを持ち込み、茹でて喜んでもらった。

私の自慢はお二方の先生に為書きで俳句を戴いたことだ。

常温の酒新そばを打ちはじむ　（黒田杏子先生）

打ちて茹で洗ふ音まで走り蕎麦　（榎本好宏先生）

私の生涯の宝となった。

黒田先生は、福島県文学賞俳句部門の選者を続けられ、福島に来ると藍生俳句会の生徒さんが夕食会を催されており、この会食に二度ほど私を呼んでくれ、翌日私の車で紅葉の裏磐梯五色沼から三島町内を案内したのがお会いした最後となった。

電話では、三島町生産の会津地鶏は美味しい、地鶏ラーメンも美味しいと何度も取り寄せいただいていた。最終は二〇二二年十一月だった、先生とお話しできた最後となった。

先生からの電話は要件のみ、時候の挨拶なし、私はもう少し話したいと思っても電話はきれている。これも楽しい思い出だ。

一役場職員が平成二年から面倒を見てもらい、我が三島町、更には奥会津全域の振興にご尽力下さった先生に感謝を申し上げ、天国で佐藤長雄、齋藤茂樹、榎本先生と奥会津談議に花を咲かせていただいているものと感謝している。

ありがとうございました。

禱りの杖

神奈川県　「青麗」所属
高浦銘子

本郷の法真寺に建てられる杏子先生のお墓。その墓標に刻む句が決まったという連絡をいただいた。

花巡るいっぽんの杖ある限り　杏子

決まるまでには紆余曲折があったそうだが、決まってみればこれ以上に先生の生涯を象徴する句はないように思われる。「杖」は単なる物としての杖ではなく、常々おっしゃっていた「俳句は人生の杖」、その「杖」である。

昨年四万十市の石見寺に建てられた句碑には〈花巡る一生《ひとよ》のわれをなつかしみ〉の句が刻まれている。この句は先生六十歳の時の作で、句集『花下草上』所収。〈花巡るいっぽんの杖ある限り〉はその約二十年後、先生七十九歳の作であり、昨年八月に刊行された最終句集『八月』に収められた。「一生のわれをなつかしみ」には、来し方を振り返り満たされた思いに目を閉じる、そんなイメージがある。対して「いっぽんの杖ある限り」には前を見つめる昂然たるまなざしと意思を感じる。どちらも先生の姿を彷彿させるものだ。

残花巡る山姥この世のちの世　杏子

とも詠まれた先生。この春も天上の花を、のちの世の残花を巡っておられるだろうか。

昨年三月に先生が急逝されたあと、ご遺志であった句集制作のためのチームが招集された。ご夫君の黒田勝雄氏より任を受けた髙田正子さんを中心に、私たちがそれをサポートするという形であったが、ともかく私たちはひと夏をこの作業に捧げた。

膨大な作業の後いよいよ本のかたちができあがると、帯に載せる言葉が問題になった。なるべく短く、すっきりとした、先生らしい言葉、と言われて誰からともなく「俳句は人生の杖」という声が上がった。「ちょっと古くさくない？」「でも先生よくおっしゃっていた」「杖は句の中でもよく使われるアイテムだし」……。そんなやりとりの中で私は一枚のカードのことを思い出した。

今から四十年近く前のこと、先生をリーダーとする「木の椅子会」に誘われて句会に出はじめた頃であったと思う。先生から美しいカードをいただいた。そこにはあの流れるような、躍るような文字でこうあった。

「あなたの句には禱りがあります／詠みつづけてください／俳句は人生の杖です」

先生と親しくお話しすることはなかったが、心にかけていてくださったことが嬉しかった。俳句が何であるのかもわかっていなかったし、続けるかどうかなど考えたこともなかったけれど、「俳句は人生の杖です」という言葉は胸に残った。

こんな話も披露して、最終的にはひと目で誰にでもわかりやすいという理由で、「俳句は人生の杖」の一語を帯に掲げることにした。仕上がった本はグレイがかった落ち着いた装幀で、タイトル「八月」の文字が銀の箔押しで斜めに配されている。アイボリーの帯には横書きに「俳句は人生の杖。」と。なかなか良い感じである。

先生の最終句集『八月』の編纂と並行して、髙田さんは新しい結社を立ち上げる準備も進めていた。主宰の逝去により結社「藍生」はその幕を降ろし、結社誌「藍生」は七月号をもって終刊となった。髙田さんは前年八月に大著『黒田杏子の俳句』を刊行、先生が全幅の信頼を寄せられた弟子である。自らの俳句を続ける場所として、また突然に師を失って途方に暮れる仲間のためにも、大きな決断をされたのだと思う。

髙田正子主宰の結社「青麗」は九か月の準備期間を経て、二〇二四年一月に本格始動した。「藍生」の元会員も多く参加している。もちろん「藍生」とは別の結社だが、当然「藍生」の精神を引き継ぐものである。同人制を敷かずに全会員平等というのもそのひとつ。そして『八月』の帯にも掲げた「俳句は人生の杖」をモットーとする。

結社誌「青麗」の創刊号に投句された一句を紹介したい。

八月の禱りの杖をたまはりぬ　　仙波玉藻

玉藻さんは杏子先生と同じ東京女子大俳句研究会「白塔会」出身。「藍生」会員であり、「青麗」

には準備段階から参加されている。掲句に詠まれているのは先師への思い。「禱りの杖」は「人生の杖」に重なる。師の教え、受けたご恩への感謝。「禱り」の一語にはさまざまなものが含まれよう。「たまはりぬ」と言われたことで、その杖は先生から手渡されたバトンのようにも思えてくる。先生から玉藻さんへの。そして「藍生」から「青麗」への。ひとりひとりが先生から賜った杖を手に進んでゆけたらいい。それぞれのゆたかな人生のために。

先生の〈手紙〉

神奈川県「青麗」主宰
髙田正子

『黒田杏子の俳句』（深夜叢書社、二〇二二年八月十日刊）をまとめるまでの足かけ四年（内三年は「藍生」誌への連載期間）のうちに、黒田先生からいただいた手紙やＦＡＸが数多ある。賜った遺品として大切にする、とは、よりよく生かすこと、であろう。先生の生き方を示すものをいくつか、時系列に沿ってご紹介しよう。

「葱」の論考でいろ〳〵考えるチャンスを頂きました。
「悼む」というのもおそらく私の特長。手紙・はがき・切手も。布などはほとんど「〇〇狂」の域に達しています。

季語ではないけれど「選句」「巡礼・遍路」を加えてください。（二〇一八・暮）

二〇一八年の十月だったと思う。連載をせよ、テーマは何でも、というお電話を受けた。試しに〈葱〉の句について書き送ったところ「では一月号から」という急展開となり、怒濤の日々が始まった。連載のタイトルは「テーマ別黒田杏子作品分類　先生の〈〇〇〉」とした。データベースがあるのでしょう？　と人からよく問われたが、とんでもない。用意する前に走り出していた。「テーマ別」と名づけたが、はじめは「季語」で足場を探りながら進んだ。「悼む」は「挨拶―忌日編」に、また「巡礼・遍路」はすべてを覆うテーマであり、個別の柱とはしなかったが、のちに追悼文「めくるめく巡礼の生涯」（『俳句界』二〇二三年八月号）を書き、心の内で総集編と位置づけた。

これで打ち止め、第七句集を角川より『花に問へ』で秋までに出します。（二〇一九・五・九）

「これ」とは、角川『俳句』二〇一九年六月号特別作品五十句「雨の音」のことである。句集は秋までに出されなかったし、タイトルも変更となった（タイトルを『八月』と定める旨の手紙は、編著『黒田杏子コレクション3　雛』に所収）。

どうも「涼し」というのは、大塚末子設計のオリジナル「もんぺスーツ」に全面的にコスチュームを転換して以来、こころになじんできた気がします。口にはしませんが、人間の判断の基準を「涼し」と「涼しくない」というところに置いてきました。

（二〇一九・五・一二）

例会に出された〈涼しさの手紡ぎ手織藍刺し子〉を「花冷の」と改作して「藍生」二〇一九年六月号の主宰詠に入れるにあたり、思い巡らされた内容と思われる。これを受けて七月号の連載のテーマには〈涼し〉を選び、「老涼しき先達」という項目も設けた。

「青」ときいてすぐ思い出すのは、私が青邨先生の句集ではじめて手にしたのが『冬青空』。先生曰く（白塔会で）「東京の冬、晴れた日の空の美しさ。〈冬青空〉は私の作った季語です。みちのく育ちの者に、小春日の空の青さはゆたかにうつくしく、幸福感を感じました」。青邨の青です。ではどうぞよろしく。

（二〇二〇・五・二〇）

翌年七月号には〈青〉をテーマに選んだが、手紙の日付からしてまだ書き上げてはおらず、「次は何？」と問われて答えた段階と思われる。

「藍生」九月号の主宰詠を「月」でまとめるべく詠んでいったところ、つぎつぎに句が出てきましたが、すべて回想の句。別途まとめることにして〈今〉〈現在〉を詠もうと考えたら＝老いぼれふたり＝シリーズがあっという間に。「ふたり」の句はすでにいろ〳〵ありますが、「老いぼれふたり」は無かったのでこれでいいと思います。

（二〇二〇・七・一二）

病とパンデミックにより行動が制限され、回想の句が増えてはいたが、常に「表現者として自分以下にならない」ことを志されていた。「小さな住居（注：戸建てからマンションへ転居したことを指す）で書生の同居人のように愉快に暮らしています」とも。

『黒田杏子の俳句』は類書の無いものになっていて、あらためて自分がよく分りました。生きてこのような本が出る。感謝です。

（二〇二一・七・四）

本音をいえば、書籍化するにあたり資料を見直し、書き足したくもあった。「忖度するな」といわれた仕事の唯一の忖度が「奥付を八月十日に」であった。ご生前に果たせた唯一の恩返しである。

冬麗のかなた

北海道「壺」主宰
髙橋千草

黒田杏子先生が昨年三月十三日に亡くなられたことを知ったのは、後日の新聞紙上の訃報記事を読んでのことでした。あまりにも不意のかなしみでしたので、その後も茫然とするばかり。車椅子生活に入られてからの日々が実はどれほどお辛いことかしらと、遠い地に居てずっと慮られてなりませんでしたから、ただただ胸が痛みました。

その後、新聞や俳句総合誌につぎつぎと掲載される追悼文を拝読しながらも、ご不在を諾うことができないまま、時間が流れました。追悼する言葉などをわたくしにはとても書けないと思ってまいりました。このたびの執筆依頼も受けられないと思いました。でも、「貴女に書けることを書いてくだされぱよいのよ」と、ふと杏子先生のお声が聞こえた気がしましたので、久しぶりにおたよりを届けるつもりで綴ってみます。

実際にお会いして親しくお話しさせていただいた機会は多くありません。はじめておめにかかったのは、当時牧羊社から発行されていた『俳句とエッセイ』への投句者を対象とした牧羊句会。新宿区大久保の俳句文学館で開催されていました。句会というものにはじめて出席し、右往左往する者へ温かくお声をかけてくださいました。二次会では席題「新茶」の〈札幌のひと句座にある新茶かな〉と出句された短冊をそのまま頂戴し、額装をして大切に仰いでおります。

「藍生」入会後に中央例会へ出席した際の夕刻には、カウンターに肩をならべて夕食を共にしながら、さまざまなお話ができました。札幌でわたくしが所属する「壺」の当時の主宰、近藤潤一先生が急逝されたばかりでした。そのご逝去を、おおいに惜しんでくださいました。思えば今のわたくしより若くいらした杏子先生から、数知れぬお導きと細やかなお気遣いを頂戴してまいりました。

平成十八年、選句と序文を賜り、句集『初雪』を刊行いたしました。打ち合わせのために日帰りで上京し、九段の「藍生」事務所で諸事を済ませ、近くの御蕎麦屋さんで先輩のみなさまと先生を囲み、お昼をご一緒した光景が今日も鮮やかに浮かびます。帰りがけに「お留守番のお母さまに」

と向島百花園の茶亭製のみやこどりの箸置きをお手渡しくださいました。『初雪』の序文は、「壺」の仲間に繰り返し読まれています。

平成二十四年、金箱戈止夫先生より「壺」主宰を引き継ぐよう承りました。悩み抜き、杏子先生に手紙を書きました際には「ご自分で決断なさい」というお言葉が返ってきました。その厳しさに触れ、背を押され、ようやく継承する覚悟が定まりました。

毎月の「藍生」への投句を通して、どれほど多くのことを学んできたことでしょう。先生が選句に惜しみなく力を注がれるそのお姿に、どこか仏心にかようものを察知していました。魂と魂が触れあう、掛け替えのないその場が続くことを願っていましたのに。

一昨年の二月末に母を亡くしましたが、杏子先生から幾枚ものカードを頂戴いたしました。母と娘のふたり暮しが長かったので、心配してくださいましたのでしょう。「俳句を詠んでいれば大丈夫よ」「いつもおかあさまが守ってくださいます」「千草さんらしく生きてください」。母を喪っても杏子先生が見ていてくださる、そう信じて疑いませんでしたのに。

母の喪があけた矢先のご訃音でした。

冬麗のたれにも逢はぬところまで　第四句集『花下草上』

満行を迎えた「藍生」の西国札所吟行、その結願寺、岐阜の谷汲山華厳寺でのお作です。

「藍生」新人賞受賞の折、好きな句を染筆しますと約束くださいましたので、掲出の一句をお願いするつもりでした。その約束は果たされることがなかったのですけれど、雪深き札幌の冬麗の空の下、杏子先生のいらっしゃるかなたまで歩いてゆくつもりです。

杏子先生と平和への祈り

東京都　廣島縣廣島第一高等女学校有朋会四十五期追悼の会
高橋冨久子

語り継ぐ大岩孝平広島忌
禱り人高橋冨久子広島忌
わが句友孝平冨久子広島忌
黒田杏子

（『原爆句集3』原爆忌東京俳句大会実行委員会編、二〇二〇年）

杏子先生は、俳句の世界をこえ、核兵器禁止、世界平和に、深い思いを持っていらっしゃいました。

私は、二〇〇〇年八月、杏子先生主宰の「沼杏《ぬまもも》」に入会しました。故郷・広島で幼稚園からの友人だった大岩孝平君（沼杏事務局長）の紹介でした。私は、女学校一年生の夏、同級生二二三名を原爆で失ないました。

二〇〇九年、杏子先生からのお誘いをうけ京都園城寺（三井寺）長吏、福家俊明様におめにかかることができました。三井寺では毎年八月六日、原爆犠牲者供養の法要が盛大に催されていました。

杏子先生は、私の原爆への想いを深く理解されており、三井寺の法要に誘って下さったのです。八月六日、雲一つない夏空、国宝の本堂からわきあがる声明、その祈りは天上の友人達の魂に届く壮厳な法要でした。

杏子先生には感謝の言葉しかありません。その後、杏子先生とともに福家様のお住いの方にお招きいただき、お二人のお話に加わるという夢のようなひとときでした。

福家様は戦時中軍人であったことから、戦後は戦争犠牲者の法要を大切にされていました。後日、ご丁寧な巻紙のお手紙をいただきました。

禱りけり禱りてむなし原爆忌
幾万の被爆死の魂初明り　　髙橋冨久子

原爆の句を詠む、それは禱りをことばにすることと気づきました。

杏子先生に教えていただいたこと、

「多作多捨」

「自分以下の句を作らないこと」

四半世紀、私と俳句は、杏子先生と共にありました。

ありがとうございました。

これからもお見守り下さい。

杏子流

神奈川県　医師　「天頂」同人
田中まゆみ

二刀流と世間は言うが、博報堂の『広告』編集長を務めながら第一句集で俳人としての地位を確立する壮挙を果たし、恩師亡き後は同人の無い自由な俳句結社「藍生」を主宰しながら『証言・昭和の俳句』などの執筆活動を通じて社会的信念を発信し続けた勇気ある方だった。

俳縁というより俳恩と言いたい。聖路加国際病院の細谷亮太（号：喨々）先生のご紹介だったが、気がつけばあれよあれよと杏子節と杏子文字に引き込まれて、周りに集う器の大きな人々の栄養分にたっぷりと浸る豊かな出会いが続いていた。

杏子先生の親友の中野利子さん（『父 中野好夫のこと』の著者）とお会いできて、中野好夫氏といわば同門の英文学者であった祖父大和資雄の思い出が蘇ったことは特に嬉しかった。杏子先生と中野さんが九州の炭鉱町で過ごした学生セツルメント運動時代のことを昨日のことのように話されるのを聞いたとき、戦時中密かに訪れる共産党員達を経済的に援助していた祖父と重なったものである。

内面の純粋さと社会との関わり方の一貫性は、写真家である夫君の黒田勝雄氏の写真集『浦安――元町1975-1983』『最後の湯田マタギ』『浦安――汐風のまち2003-2019』と共振するかのようだ。同席はされてもほとんど発言されることのない勝雄氏の存在感は、ご夫婦の信念がいかに固く共有されているかを場にいる全員にすっと納得させるものだった。〈暗室の男のために秋刀魚焼く〉が熱愛句なのはわかりやすいが、〈白葱のひかりの棒をいま刻む〉も、決して台所俳句などと鑑賞してはならないのである。料理する女にこのような句を詠ませる男は凄いではないか。

杏子先生は手紙魔でもあった。あの独特な杏子文字で書かれた宛名を見るだけで封を切る前に心が躍る。ぐいぐい核心要件のみの文体につい引き込まれ「参加します！」となるのだ。

この刺激に満ちた幸せがずっと保たれいつまでも続くと思っていた。

文字だけではない、ファッションも俳句も生き方も杏子先生は誰にも真似のできない流儀を貫き通した。女流という冠は似合わない。まさに杏子流の見事な一生。そのごく一部でも共に過ごせたことを幸せに思う。ほんの末席の私でも、いただいた温かいものでこれからも前向きに生きていけそうな気がする。杏子先生、ありがとう。

逝きてなほ鮮やかに染む藍の花

黒田杏子と清水哲

長野県　農業（米・リンゴ）、元・町（村）会議員
寺島　渉

黒田杏子先生は、二〇一四年十一月十九日に長野県信濃町柏原で開催された「小林一茶百八十八

回忌・全国俳句大会」で「一茶と私」の記念講演をされました。その前日に故清水哲宅を訪ねられ、町内在住の三人の娘さんたちと懇談されました。哲さんの甥の私にも声がかかり同席させていただき、先生とはじめてお会いしました。娘さんたちも先生をよく存じ上げており、今はなき両親にかわって、田舎料理――おやき・いなり寿し・あざみの煮つけ・おでん・漬け物……――をテーブルに広げ大歓迎でした。先生はそれらの料理に感激され、哲さんとの長年の交流を語ってくれました。

哲さんは、戦争から復員後、町役場に勤めながら、郷土の俳人小林一茶の研究と顕賞に努め、一茶記念館長として一茶忌全国俳句大会の発展、地域文化の振興等に力を尽くされました。また若い頃から信濃の風土に深く根ざした俳句と文章を発表しつづけ、句集『一期一会』や生活雑記集を三冊残しています。

先生は博報堂の社員時代、何回か哲さんを訪ね、一茶をテーマに交流を深められたことを私も聞いています。その様子は『黒田杏子歳時記』に記されています。その中に次のような記述があります――「朝となく昼となく、私を見つけると清水さんは何度も語りかけて下さった。『悪いことは言わない、あなたのように、都会で分秒きざみの仕事をしている人こそ俳句を勉強するといいんですよ、ぜひ俳句をはじめなさい……俳句をつくる生活をするということは間違いなくその人間を豊かにさせてくれる』『私など戦後の若い時から、俳句俳句という生き方をしてきたけれど、いまだにこれはという句なんて一句も作れていない』」。先生は当時、自分が俳人であることを伝えていなかった。

私は大学卒業後、京都と東京での団体勤務を経て三十代で帰郷した際、哲さんから「おまえさんも、これからは一茶の研究や俳句の勉強をしたらどうだ」とすすめられたが、地方議員の活動が忙しく期待に応えられずにいました。六十代になり先生との出合いも契機となり俳句の勉強をはじめようと、二〇一六年に「藍生」に入会。以来毎月の五句投句で鍛えていただきました。先生からは時々電話で励ましていただき、また六〇年安保闘争、セツルメント活動の話は興味深く聞かせていただきました。六年間のご指導に感謝です。

杏子と俳句の国際交流

俳人、翻訳家　中国漢俳学会副秘書長、「海原」同人
董 振華

俳人・黒田杏子が亡くなって二〇二四年三月十三日に一周年となる。日本国内での業績は述べるまでもなく、俳句の国際化にも大変熱心であった。フランス、イタリア、ドイツ、中国、インドなどを歴訪し、それぞれの国の俳人たちと交流を続けていた。印象的なのは一九九〇年ドイツ・フランクフルトで開催された「日独俳句交流」のことであった。ドイツ語で翻訳された金子兜太の〈彎曲し火傷し爆心地のマラソン〉の句を読み上げた時、ドイツ俳人男女は一斉に立ち上がり、両腕を頭上に掲げて「ヒロシマ‼　ヒロシマ‼」と叫び、句に強い共感を示したという。またインドとの交流は一九七九年、「寂聴ツアー・南印度」という所謂自然観と人生観を改めた旅を始め何回か訪れたことがある。

第1回漢俳・俳句交流会（北京にて、1996年9月）
左から夏永紅、黒田杏子、金子兜太、松崎鉄之介の各氏

そして、中国との関わりについては「藍生」創刊以前から、中国詩人と日本俳人との交流が非常に盛んで活況であった中に、杏子先生も北京、上海、西安、シルクロード等の地へ何度も訪問した。とりわけ一九九六年秋に参加された「第一回中日漢俳・俳句交流会」は歴史に残る交流であった。中国を訪問した多くの俳人が中国を題材に優れた句作を発表しておられるが、北京の春を詠んだ〈柳絮飛ぶ街友人に囲まれて〉、〈柳絮舞ふ友人てふ玉手箱〉等の句は杏子先生の中国人への厚い友情を感じさせ、印象深かった。

なお、私個人との関わりについては、杏子先生が『語りたい兜太 伝えたい兜太――13人の証言』の「書評」（『現代俳句』二〇二三年二月号）に『若くて人物もよく優秀な中国人が居る。貴女の門下として働いてもらいながら、育ててやってほしい』と兜太先生から伺ってはいました」と記し、原稿には「先生の生前にこの人に会うことは無かったのです」とも書いていたように、二〇一八年十一月十七日、津田塾大学・千駄ケ谷キャンパスで開催した「兜太と未来俳句のための研究フォーラム」（実行委員会：藤原良雄・黒田杏子・筑紫磐井）で初めて杏子先生とお目にかかった。そして二〇一九年八月杏子先生のご厚意により「藍生」に入会して以来、句会、投句はもとより、「紅藍集」へ一年間寄稿し、「巻頭競詠」に二回載せて頂いた。そのほかに、兜太先生に関する文章を二回書かせて頂き、『語りたい兜太 伝えたい兜太――13人の証言』の企画に監修者として懇切丁寧なアドバイスを頂いた。杏子先生との知遇の恩に応える為に、二〇二〇年、「藍生」創刊三十周年記念に合わせて、先生の六冊の句集から句を選んで中国語に翻訳し、二〇二一年陝西旅游出版社から刊行できた。杏子先生の俳句の題材の豊富さ、着想の新鮮さ、溢れる詩情が伝わったのだろう、中国のネットで紹介されると、忽ち大きな反響が起こり、読者から様々な感想の書き込みがあった。それを先生に伝えると大変喜んでおられた。確かに「文は人なり」であるように、多くの句を読んでいると、あたかも杏子先生の心と魂に直に触れる思いがした。

白葱のひかりの棒をいま刻む
　白葱軽軽切
　光棒分分短
いちじくを割るむらさきの母を割る
　掰開紫色無花果
　宛如慈母凝視我
能面のくだけて月の港かな
　能楽面具破碎
　港口月光満地

杏子先生の三句の日本語と、私の中国語訳を併記してみた。どれも人口に膾炙《かいしゃ》する作品である。さらに「藍生」誌を捲ると、ほとんど毎号に何々の特集がある。二〇二三年四月号の九頁目に、

シリーズ特集——「藍生」国際部の俳人たち
春らんまん。今月号から《「藍生」国際部の俳人たち》がスタート致します。
董振華さん（中国）、マルティーナ・ディエゴさん（イタリア）、金利惠さん（韓国）、アビゲール・フリードマンさん（米国）の四人の方々が登場。たっぷりとご自身を語って頂きます。おたのしみにどうぞ。
「藍生」主宰　黒田杏子

が載っている。他の三人は私よりずっと前から「藍生」の会員になっていた。ところが、三月に先生の急逝を受けて、五月、六月号は合併号となり、七月号は終刊号になってしまい、他の三人の特集文はまとめて終刊号に掲載する形になった。予定とはちょっと違ったが、先生の生前の願いが叶ったと言えよう。

以上をもって「杏子と俳句の国際交流」について私なりに回顧してみた。現在、杏子先生と住む世界を異にするが、その偉大な句業、名高い企画力、俳句の継承と発展及び国際交流に傾けた情熱、実直な生き方などは私をはじめ、関係の深い人々の心の中でいつまでも生き続けていくだろう。ここに、「藍生」終刊号に掲載された杏子先生への記念句を転載したい。

寒紅の遺影モナリザ似の微笑　振華
花杏子素直なかたち光りけり
哀思抱かず紛々と桜花乱舞

ここに改めて杏子先生のご冥福をお祈りする。

大いなる導きの力

兵庫県「いぶき」共同代表
中岡毅雄

黒田先生には、二十代前半から、お世話になっていた。結社を越えた若手俳人を集めた会「木の椅子会」に入れていただき、勉強していた。メンバーは、長谷川櫂、岸本尚毅、髙田正子、岩田由美、名取里美、藺草慶子、皆吉司、大屋達治、日原傳他、そうそうたる方々だった。リーダーである黒田先生は、若手のエネルギーを吸収しながら、ご自身の句境を深めていらっしゃった。平成三年、師事していた波多野爽波先生が亡くなった。所属していた「青」は終刊。私は、新しい活動の場を見出さねばならなかった。

その時、頭に浮かんだのは、藤田湘子先生の「鷹」と黒田杏子先生の「藍生」だった。もし、「鷹」に入ったら、一句欄からスタートするつもりだった。だが、湘子先生は、「二股をかけている者は、半分しか面倒を見ない」と公言されていた。結局、「藍生」に入会したのは、「藍生」は、自由に活動できそうに思えたからだった。

「藍生」に入会して、読んでいると、「廣重江戸名所吟行」のレポートが目にとまった。廣重の作品の地を、月一度、十数名で吟行するというものだった。私は、「藍生」で、実力を伸ばすのは、この会に入って研鑽する以外にはないと思った。

同じく「藍生」で同年配だった岩崎宏介さんに電話をかけた。

「江戸百景吟行に参加したいのですが、どうすれば良いですか」

「あれは、先生がメンバーを指名されているので、直接、お願いしたら良いですよ」

私は、黒田先生に手紙を書いた。

翌月、幹事の方から、案内状が来た。私は、新幹線で上京した。参加して分かったのだが、「江戸百景吟行」は、荒行だった。朝、十時に集合。案内されて、いくつかの吟行ポイントを回る。そのあと、各自で昼食をとり、会場に集合。十句出しの句会。ここまでは普通の句会と同じである。そのあと、第二句会があった。これは、各自、近辺を吟行。夜の七時に十句出句。この第二句会がきつかった。黒田先生は、句会場から動かずに、一人で作句されているときもあった。

この句会で印象に残っているのは、黒田先生の句作に対するエネルギーだった。黒田先生といえども、作品が不調の時がある。第一句会の時は、点があまり入らないときがあった。ところが、第二句会の時は、必ず、それを挽回するような秀句を多く出され、高得点を取られるのである。穏やかな表情で句会に臨まれていたが、私は、黒田先生の凄みを感じた。

二つの句会が終わるのは、夜、九時半ごろ。私は、渋谷発の夜行バスに乗り、神戸まで戻り、明朝六時着。その足で出勤していた。

三十代は、このように滞りなく済んだ。ひたすら前を向いて走り続けた。

しかしながら、四十になって事情は一変した。念のために受けた癌検診で、異常が見つかったのだ。即入院。手術を受けた。幸い、病巣は転移していなかった。虫の知らせであったのだろうか、この入院中、黒田先生から自宅へ電話があった。母親が出た。実情を話すと、先生は、びっくりされた。

「命は大丈夫なんですか！　命は！」

「命は大丈夫です。手術は成功しました」

「ああ、良かった。中岡さん、休職して下さい。一年くらい、休んでみてください」

最初、その話を聞いたとき、そうか、一年くらい休めるのかという安堵に似た気持ちが湧いてきた。黒田先生に長文の手紙を書いた。ご返事が来た。便箋五枚ほどだったと思う。とにかく、休みなさいと書いてあった。

しかし、考えは甘かった。退院して一ヶ月半後、仮眠から覚めた後、私は、強烈な頭の痛みに見舞われた。それは、ほとんど吐き気に近かった。かかりつけの医者に行った。「自律神経失調症をともなう鬱病」と診断された。これは、後に誤診だったことが分かるが、自宅療養の日々が続いた。

そんなある日、「藍生」の池田誠喜さんから電話があった。

「黒田先生が、高野山に行かれるのですが、リハビリに中岡さんを誘ったらどうかと言われています。いかがですか」

二つ返事でお願いした。

当日、池田さんは、私の自宅前まで、車で迎えに来て下さった。その足で、新大阪駅まで。黒田先生を乗せて、高野山まで。車中は、ほとんど黒田先生のお話を拝聴。先生の幅広い交友についてのお話をうかがうことが出来た。高野山は無量光院を目指す。夕食時も、ほとんど、先生のお話をうかがう。その夜は、早めに就寝。翌朝六時前に起床。朝のお勤めの座に連なった。病はすこしずつすこしずつだが、落ち着いてゆくように感じられた。

四国西南の地は、黒田杏子の聖地なり。

高知県　四国霊場第三十八番 足摺山 金剛福寺
長﨑美香

杏子先生

兜太先生、寂聴先生とご一緒に縦横無尽に東奔西飛吟行。

南海孤岸の足摺山も近くなりましたね。

杏子先生と足摺山金剛福寺のご縁の始まりは、俳人である母一光法尼に会いたいという杏子先生からの一通の手紙から始まりました。

「杏子ちゃんお迎え日和ね」という母の柔和な笑顔に感銘を受けた杏子先生は、母を人生の師の一人として足摺山詣で。

二〇〇六年NHK『古寺巡礼』で金剛福寺取材撮影。

その時、拝見した杏子先生の懐中佛の素晴らしさに感動した住職と私は、仏師明珠さんを紹介して頂きました。

明珠さんに発注したのは、佛陀に成道した十二月八日の人間釈迦様。

二〇一七年一月二日。

「初夢が足摺山に句碑を建てる。だったのよ」と杏子先生からの電話。

二〇一七年十二月三日。

足摺山金剛福寺に献灯句碑十二基建立。

発起人は金子兜太先生、瀬戸内寂聴先生。

献灯句碑の建立・除幕は金剛福寺を敬愛する黒田杏子と藍生俳句会一同の禱りの結晶である。と杏子先生は碑文を刻んで下さいました。

満月の夜、蛍の舞う夜、御灯の入る献灯句碑はとても美しく、杏子先生がそこに立っているようです。

雨林曼荼羅蛍火無盡蔵　　**杏子**

二〇二二年十二月四日　金剛福寺開創千二百年大祭執行。
十五年かけて、仏師明珠さんが造仏された成道釈迦如来様の開眼法要。

二〇二三年一月二日。

「あなたたちはまた凄いものを創ったわね。ぶったまげたわよ。」明珠さんの年賀状で、成道釈迦如来様を、ご覧なさり感激したお言葉でした。杏子先生が結縁下さった仏縁の賜物です。その際、兼務寺の石見寺は、四万十川見下ろす三六〇度桜に包まれる桜のお寺。杏子先生の桜の句碑を建てたいです、とお願いしました。

一月三日「私が還暦の時詠んだ桜の句を還暦の美香さんあなたにあげるわ」と速達で届いた句。

花巡る一生《ひとよ》のわれをなつかしみ

三月十一日　土佐赤石、藍石に句碑が彫り上がり、満天の星に「杏子先生有難うございます」。

句碑開きにお会いできると信じていました。

三月二十一日　桜雨降る中、石見寺句碑開き。

句碑の前には杏の木二本と桜の木を記念植樹。

土佐清水市　金剛福寺（四国霊場　第三十八番）　献灯句碑十二基

四万十市　石見寺（四国曼陀羅霊場　第五十六番）　桜の句碑

宿毛市　延光寺（四国霊場　第三十九番）　遍路の句碑

四国西南の地は、黒田杏子の聖地なり。

杏子先生の仏縁は、俳人の集う寺・場となり諸々が詠んで結んで更に広がります。

杏子先生
句碑守り人として祈り精進いたしますね。お見守りください。
有難うございました。感謝多謝。
杏の花が咲いた日　足摺山寓居にて
合掌

黒田杏子の俳句巡礼——先生に捧げる小論（抄）

神奈川県　俳人　「あかり」主宰
名取里美

一　俳句巡礼のはじまり

黒田杏子は、山口青邨師亡き後の一九九〇年、「藍生俳句会」を立ち上げた。その藍生俳句会には、会員に明解に告げられなかったひとつの壮大な俳句巡礼プロジェクトが仕掛けられていたともいえよう。

そのプロジェクトとは、黒田杏子が、遊行者一遍にならい、俳句という文芸の巡礼を成し遂げようという壮大な事業である。そのコンセプトは、日本の百観音を巡礼しつつ、その地で俳句を詠んで、その地で句会を「藍生」会員とひらくということであった。あたかも、一遍が信者を率いて全国を遊行したように、黒田杏子が「藍生」会員を率いながら巡礼をするかたちの吟行句会である。その先導者は、瀬戸内寂聴と久保田展弘であった。

「藍生」の創刊号には、瀬戸内寂聴から、「忘己利他」という最澄のことばと「捨ててこそ」という一遍のことばが寄せられた。宗教研究家の久保田展弘による「遊行歳時記」の連載が始まった。黒田杏子は、一九九二年の「西国三十三観音霊場吟行」を皮切りに、「日本百観音」と「四国八十八ヵ所」を巡拝する壮大な俳句巡礼を「藍生」会員と満行する企画をたて、実行しはじめた。そして、杏子は二〇一二年にその俳句巡礼を秩父でみごとに成し遂げたのである。

拙文の冒頭の〈会員に明解に告げられなかった〉こととは、黒田杏子の〈一遍にならい〉というご信念についてである。その秘された理由は、一遍の名を掲げれば、宗教団体の活動のようにみえてしまう畏れからかもしれない。または、「藍生」創刊当時は、杏子の一遍への信仰が、そこまで熟していなかったからかもしれない。

ここにその俳句巡礼が満行した後に、杏子から告白されたことばがある。

一遍さんに学べ、一遍さんにならって遊行せよ、と私を扇動されたのは、瀬戸内寂聴さんであるけれど、「日本百観音」巡拝や「四国八十八ヵ所」遍路などの歴史と実行マニュアルを嚙んで含めるように私に語ってくださり、貴重な資料を惜しげもなく届けてくれたりもして、私を〈遊行者に憧れる人間〉へと導いてくれた先達は久保田さんだと言ってもよい。

（「灰燼に帰したる安堵」、「件」第二二号、二〇一三年十二月）

明らかに、黒田杏子は、一遍を心に留めながら、俳句巡礼を遂行しはじめたのである。杏子は、「藍生」創刊前の一九七九年に、寂聴と、ロケ番組の仕事で一週間の旅をしていた。そのときの杏子の回想である。

つまり、この旅で、寂聴先生は、巡礼、遍路という体験が人間にとってどれほど大切かということ、巡礼という旅の時間の中でこそ、人は孤独に向き合い、ほんとうの自分に出合えるかも知れない場面に身を置ける、西行や芭蕉や、良寛や一遍、円空や木喰といった人達の跡を訪ね、辿ることをこれから徹底したいというようなことを繰返し私に述べられました。〔中略〕空港のコーヒースタンドで一遍という一人の男性の生涯について情熱をこめて話された先生の感想、そのひと言ひと言をまざまざと思いおこしていました。

（『四国遍路吟行』中央公論新社、二〇〇三年）

この杏子のことばにより、この俳句巡礼における寂聴の導きの大きさが窺いしれる。寂聴も自らの会員を率いて巡礼をしていた。

その俳句巡礼の吟行句会では、一遍のすがたは、「藍生」会員には見えていなかった。会員は、訪ねる巡礼地を「季語の現場に立つ」ための吟行地ととらえていた。実際、巡礼地で祈りは捧げたけれど、杏子先生から宗教的な話は一切なかった。

二　黒田杏子の一遍への帰依

「藍生」創刊前の一九八三年、杏子は一遍の時宗の総本山の遊行寺へ出向き始めている。すすき念仏や一つ火法要に参列し、俳句を詠んでいる。

待てばやがてすすき念佛はじまりぬ　『一木一草』
一つ火や念佛われの唇を出づ　『一木一草』

杏子は、自ら自然に念佛がほとばしり出たことに、自らの信心に気づきはじめたことであろう。そして、松山の宝厳寺で一遍上人立像を拝することによって、一遍を畏敬するこの名句に至った。

稲光一遍上人徒跣　『一木一草』

この一遍像は木彫で、痩身の一遍の姿が壮絶な威厳を放っていた。杏子はこう記している。

はじめて本堂に上り、お厨子の内に祀られていた木彫の立像に真向かったとたん、私の全身に電流が走った。いや稲妻に射抜かれたという衝撃を覚えた。お像に向って合掌した両手を私は解くことが叶わずいつまでもその場に佇ちつくしていた。
（「灰燼に帰したる安堵」、「件」第二三号）

「四国遍路吟行」に取り組んでいるときの杏子に次の発言がある。

あちこち吟遊していくときに、いつも、遊行上人と呼ばれた一遍上人が頭に浮かびます。「稲光一遍上人徒跣」。あこがれは私のこの句に凝縮されています。

（『朝日新聞』一九九九年六月十一日）

この〈あこがれ〉は、一遍上人にならい、俳句巡礼を成し遂げようという杏子の決意ではないだろうか。西国三十三観音霊場吟行を終え、四国八十八ヵ所の巡礼を重ねるうちに、杏子のなかで、一遍上人への帰依のこころが熟していたのであろう。

三　祈りの文学

一遍を思う作品は、この他多々ある。次の一句も然り。

花に問へ奥千本の花に問へ　『一木一草』

この作品の意味することとは何であるか。

この作品を理解するには、小説『花に問え』に触れなければならない。一九九二年、瀬戸内寂聴は、『花に問え』を刊行する。一遍の遊行と現代の男女の物語を入れ子にした小説で、谷崎潤一郎賞を受賞した。この小説には、〈一遍は多くの僧の中で私の最もなつかしく思う人〉という寂聴の一遍像が、余すところなく描かれている。

一遍は「花の事は花に問へ。紫雲のことは紫雲に問へ。一遍知らず」と語ったこの歌の解釈に続いて、寂聴はこう書き記す。

こういう歌を詠む一遍の心はすでに何ものにも捕われることのない自在の心を感得していたのだ。というより一遍はすでに自然と同化していたといっていいのだろう。（『花に問え』）

つまり、杏子の「花に問へ」の作品は、寂聴が示す、一遍の歌の心に通じるものであるのだ。

また、寂聴の一遍観に、

芭蕉も良寛も詩人であり、一遍と共に宇宙の生命のリズムに呼吸も合わせて生きられる自然人であった。（『花に問え』）

とある。

すなわち、杏子は、「捨ててこそ」という何ものにも捕らわれない自在の心で自然と同化し、宇宙の生命のリズムに呼吸を合わせて俳句を作ろうとした。「忘己利他」と「捨ててこそ」の信念の元に、「俳句巡礼」を行う、このことが、杏子の悟りであろう。そもそも、巡礼をして俳句を詠むことは、俳句のかたちをした祈りを捧げることに等しいのではなかろうか。この悟り故に、俳句が祈りの文学となることがあるのだろうか。

涅槃図をあふるる月のひかりかな　『花下草上』

これは、杏子が高野山の常楽会に参じたときの作品である。この名句の月のひかりに、俳句と仏教が集約し、俳句が祈りの文学となって立ち顕れたことに私は心打たれた。
二〇〇七年、この句碑除幕式が無量光院で行われ、寂聴は杏子に「あなたは句菩薩です」という御祝のことばを贈った。寂聴が杏子に期待する願望が叶えられたときでもあったのだ。
二〇二〇年、八十二歳の杏子ははるかな記憶の中の一ッ火の闇の中にいた。

あふれくる一ッ火の闇なみなみと　『八月』
一ッ火の闇あしなえのわれに降り
一ッ火の闇ふつふつと旅心

俳句巡礼を満行した杏子に降る一遍の闇。その闇に湧く旅心は、黒田杏子が季語の現場で俳句を詠む真の俳人であり、俳句巡礼遊行者であったからである。

選者・黒田杏子

成岡ミツ子　東京都

俳句結社「藍生」は、主宰・黒田杏子が独りで「全員平等・同人制無し」の方針を掲げ平成二年十月に創刊、令和五年四月号までで通巻三九一号を数えた。その間、主宰・黒田杏子は、「藍生」誌の編集・発行人として全責任を負い、一人で全投句者の選句に当たり、「藍生」誌の発行が一度として滞ることは無かった。

平成二十七年八月十三日、主宰・黒田杏子は脳梗塞で倒れた。不安で灯の消えたような事務所へ、十日後、「投句葉書をお持ちください」との連絡が入った。

病院の大きなベッドの中で主宰は、半身を三つの枕に預け、愛用の赤ペンを右手に握りしめ、点滴につながれた左手で投句葉書を一枚ずつ取りあげられる。大きく深くうなずかれると、それからはもうとどまられることはなかった。静かな病室にはペンの音だけ。青白い頬がいつか紅潮し、眼光は投句葉書を貫くように厳しくなる。「どうぞお休みください」の言葉さえかけられなかった。

四日後には「福島県文学賞」の選にも当たられた。一度の選後、繰り返し全作品を二回見なおされたが、主宰に迷いはなく、変更は一切なかった。

常日頃、主宰は「選句は天職」、「選句が好き」と言われていた。愉し気にそう言われる陰には、生死を分けかねない大病の中にあっても必ず責任を果たすという気概、本格俳人としての矜持、自信、そして投句者への思いが深く秘められていたのだ。ここまでの覚悟があってこそ初めて「俳句は天職」と広言できるのだと、心から深くうなずいた。
今でも、目をつむると、泰西名画のような、光さすベッドの中で独り選句に打ち込まれる、あの主宰の姿が浮かぶ。

主宰が亡くなった後、十余名の方々から、「藍生」への入会申し込みがあった。「せめて、黒田先生に学ばれた方と一緒に俳句を学んでいきたい」と。この方々に一度だけでも、黒田杏子渾身の選を受けて頂きたかった。

（角川書店『俳句』二〇二三年七月号より再掲）

先生の光

二階堂光江　岩手県

杏子先生に初めてお会いした時の思い出は少し苦い。
かつて盛岡では、「夏草」関係の方々によって、郷土出身俳人、山口青邨生誕の五月に「青邨祭俳句大会」が開催されていた。

三十年ほど前、その大会に黒田杏子先生が選者としておいでになられた。会場は青邨生家跡が移築されている盛岡市中央公民館。私は、当日出席できない「藍生」の盛岡代表から、杏子先生へご挨拶してくるよう申しつけられた。所属結社誌の主宰と初めて直接言葉を交わす事態に緊張しつつ、挨拶の言葉を何度か口の中でなぞりながら会場へ向かった。

大会開始前、偶然、廊下でじっと外の庭園を眺めておいでの杏子先生をお見かけした。これは、と思い慌てて声をかけた。すると先生は「ハイ、ハイ」とお人払いをするような仕草をなさった。私は面食らった。しかし、ご挨拶しなければ、と、もう一度声をかけようとすると、避けるように控室へ向かわれた。よく考えればついでのようなお声掛け、なんと非礼だったことか。

この一件で、私はすっかり怖気づいてしまった。

しかしその後、「全国藍生のつどい」、「藍生」の周年行事、各地での吟行句会などでご一緒するうちに、先生の「季語の現場に立つ」という言葉どおりのお姿を幾度も目の当たりにすることになる。吟行での先生の集中力は凄まじいものがあった。じっと立ち止まり、また石に腰かけてしばらく一点を凝視する。そこには人を寄せ付けない厳しさがあった。眼前にしているものと対峙するその迫力に気圧された。

ふと、盛岡で初めてお会いしたあの時、先生は青邨先生の幼い頃のお姿を心の中で追っておいでだったのではないか、と思った。突然の声掛けはその貴重な時間を奪ったようなもの。改めて心で詫びた。

先生との苦い思い出は次第に尊敬の「畏れ」へと変わっていった。

先生は俳句を通して実に様々なことを気付かせてくださった。遠い岩手にいて先生にお会いできる機会はせいぜい年に一、二度。しかしその時間のなんと濃密だったこと。句会中の「私語一切禁止」のあの静けさ。選句に集中する時間は自分の今と向き合う時間であった。

平成十年、「第五回全国藍生のつどい」を盛岡で開催することになった。この地で詠んでもらえる。私たちにとってこんなにうれしいことはない。当時の盛岡のメンバーは大いに張り切った。参加者は総勢百余名。

私は吟行地から句会場兼宿泊場所のつなぎ温泉までのバスのガイド。つなぎ温泉は前九年の役で源義家が戦傷を癒したという謂れがあり、御所《ごしょ》湖越しの岩手山の雄大な姿は見ごたえがある。ところがその日はあいにくの雨。私はバスの中で「今日は残念なことに、岩手山が見えません」とアナウンスした。そしてその夜の句会。

岩手山隠す青梅雨聴けとこそ　杏子

低く力強い名乗りの声に私はひっくり返るほど驚いた。すぐ、バスの中でのあの一言に対しての励ましのお言葉なのだと理解した。

雨の日は雨を、風の日は風を、その日出会ったすべてが恩寵なのだ。心に楔が確と打ち込まれた気がした。

東京吟行でのさらりとした添削も忘れ難い。

山見えぬ街に来てをり木の芽雨
山を見ぬ街に来てをり木の芽雨　光江

愕然とした。たった一字の添削で心の有り様が暴かれたと感じた。初めて出会った地に「あれがない、これがない」と捉えることに対して「これがこの地なのだ」と先生はおっしゃっている。自分でも気づいていなかった心を見抜かれ、恥ずかしくて穴があったら入りたいとはこのことだ、と思った。同時に俳句というものの空恐ろしさに身が縮んだ。

そのうち、先生が見ている、見えている光を私も見たい、という思いに憑りつかれた。これが導かれるということなのだろう。導かれただけのことができたかは心許ないが。

三十余年、先生の光に守られた「藍生」という結社で、俳句という一点で日本中の句友たちと繋がる心地良さを存分に味わわせてもらった。なんと幸せだったことか。ひたすら感謝しかない。

黒田杏子の書について

石川県　陶芸家
橋本 薫

床の間の色紙を、石州和紙の花の句にかえた。黒田先生の書である。

咲き満ちて西行櫻月満ちて

花に加えて西行に月。言葉の重みが、そのまま万朶の花に咲き鎮まる夜桜の重量そのもののように思える。杏子とご署名がある。独特の、かなり読みにくい字。この字体は昔とあまり変わらない。

この一年、折に触れて色紙や短冊を架け替えてきた。そして、ある時から、書が変わったと気づいた。私は黒田先生に頻繁にお会いしたわけでもなく、殊にここ数年は御謦咳に接することもかなわなかったので、いつと特定はできないし、全くの個人的印象にすぎないのではあるが、二〇〇〇年前後、石州和紙をお使いになられてしばらくの辺りか、と、おもう。

もちろん、以前から、一目でそれとわかる手跡であった。句会で、先生の字で清記された用紙が回ってくると、その句がひどく良く見えて困る、という不可解な迫力があった。「なぜかしらね」と皆で笑いあったのも懐かしく思い出される。

焼き物に句を書いてみたい、ということで、私の工房をお訪ね下さったのは、もう随分昔のことになる。旅鞄の中に大きな夏柑が二つ入っていたが、筆はなかった。

私が、普段仕事に使う筆は、紙に書く書道用と違って毛が固く、慣れないとかなり書きにくいだろうと思う。「練習なさいますか?」と聞くと、「ちょっと練習したって上手くならないわよ!」と豪快に笑って、さっさと書き始めた。

その時、筆立てに書いて戴いたのも花の句だった。

たそがれてあふれてしだれざくらかな　杏

杏だけが漢字の、その筆立ては今も座右にある。筆を選ばず、頓着しない。その時は、そんな風だった。あらためて床の間を見上げる。「見えている書だ」と、思う。筆遣いや、文字の配分ばかりではない。書を書くということ、そして、その筆を運ぶ自分自身も、見えている。句の世界と、それを再現しようとする己を、またその背後から眺めているような。臨書に徹した書も、別に嫌いではないが、黒田先生の破格の自在さと同時に己を見据えた眼差しは怖い。

色紙の向うから「小綺麗にまとめるんじゃないわよ」とささやかれる気がする。

先生がくださったもの

青森県　畠山容子

藍生俳句会に入会して初めて手にした「藍生」誌は通巻二八三号（二〇一四年四月号）である。弘前では渋柿園俳句会という歴史はあるが小さな結社に入ったばかりだったので、「藍生」の投句者の多さに驚き、青森県では草野力丸さんが会員であることを知った。力丸さんが県の俳句界を牽引されている方なのはおぼろげながら知っていたので、そうした人たちの集まりが「藍生」なのだと思ったとたん、何と場違いなところに入会したのかとも思った。当時俳歴一年ほど。本当に何にも知らないまま首を突っ込んだのだった。

そんな身を導いてくださったのは杏子先生に他ならない。投句欄の選ばれた句を見るのが楽しみになり、拙句の添削をしてくださっている時はとりわけ嬉しく何度も添削前の句と見比べた。ぴんと来ないときもあったが時を経て読み返しているうちに、大袈裟と思われそうだがパッと光が差すような気持ちになった。その年の七月には「全国藍生のつどい」東京大会に参加。一泊二日の中に吟行があり、三度の句会があり、初めての身にはハードだったがやり切れた。杏子先生という俳句の師を得たことで私の人生は活気づいていった。

同年秋、杏子先生は県俳句大会の講師として来青され、囲む会では、力丸さんの配慮で先生の隣席だった。先生はもんぺ姿なのに洗練されていて都会の人の匂いがした。終始穏やかに優しくお話しくださり、よく飲みよく食された。ご主人の黒田さんもにこやかに同席された。

先生はその二年後にも金子兜太氏と来青された。夜の囲む会で兜太氏に「黒田杏子先生の弟子です」とご挨拶を申し上げたら、にこやかに手招きされ私の肩にすっと腕を回され写真に納まってくださった。「杏子先生の弟子」である光栄に包まれた時間だった。

先生からは吟行や句会等へのお誘いの電話や手紙を頂戴した。また津軽の風土を、津軽の蜂蜜まで愛してくださった。直接お会いしてご指導を受ける機会が少なかったので、いろいろお気遣いくださったのだなと今になって思う。秩父のさくら、足摺岬の満月は先生の句碑とともにとりわけ思い出深い。

多作多捨といわれても多くは作れず捨てられもせず、先生とお別れしてしまった。先生は「俳句は人生の杖」という言葉を遺してくださった。加えて多くの会友を贈ってくださった。心より感謝申し上げたいと思う。

藍激《たぎ》る

原　真理子　島根県

松江城堀端にある樹齢五百年近い出雲黒松聳える庭から裏山の竹林に高々と営巣する青鷺を杏子先生と仰ぎ見た折、〈青鷺の巣のその真下原真理子〉と詠んでくださいました三十年前の遥かな日が懐かしく温かく蘇ります。

藍生俳句会に入会間もない青水無月のある日、水田の鏡に囲まれた出雲斐川平野、神話のオロチの川に近い、出西窯お茶室にて阿波の藍染を纏われた杏子先生に初めてお会いし、出西織工房、多々納家の守られる藍甕の激る藍に出会いました。俳句を通し、季語を深く体感すること、「一瞬」への沈潜はじめ、多くを学ばせて頂き、幾度ものご来松で、先生は、宍道湖の夕日、朝霧に浮かぶ蜆舟、水鏡となった湖に映る大花火に感動され、ここ「神々の国出雲」の古代出雲からの素晴らしい地霊を詠み続けるようにとお励ましくださいました。

松江から奈良、唐招提寺観月会への旅に同行させて頂いた折、「女書生」にして「巡禮者」の道を歩まれる気迫の後姿に感銘深く、俳句を櫂の一つとし、修行の道を歩みたいと決心、そのお陰で、やがて人智学の道に辿り着けたことは私にとって大きな喜びです。

「父方の祖父まで、代々禰宜で、家の中に風もないのに幣が揺れるのを幼い時から目にして、何かあると感じていたのよ」とおっしゃっていた先生。見えないけれど存在する霊的存在たちの世界からいよいよ、お力をお貸しください。

私たちは「言霊の幸わう国」日本に生まれましたが、その真の意味は何でしょう。民族霊の下、言葉に携わり、杏子先生も「言霊の力」に今生の情熱を傾けられました。一遍上人、空海、芭蕉はじめ、先生と深いご縁を持たれた青邨先生、寂聴先生、兜太先生、ドナルド・キーン先生……日本に結集した多くの先達と今、合流され、あの気力、意志力、統率力によって、霊界からの強風を吹かせてください。利己的でない、真の人類愛に目覚め、地上の私たちと霊界との協働により、真の「言霊の力」を呼び覚ますことができますように。

二〇二二年十二月一日付の最後の私信に同封の「聖徳太子像」と「六波羅蜜寺空也上人像」は先生からのメッセージ、「言霊の幸わう国の真の力を世界の和らぎのために働かせよ」というお言葉として拝受しております。世界のために協力して働くことができますように。

合掌。

巡禮者行く手に復活祭の月　　真理子

姉黒田杏子と私

栃木県　黒田杏子妹
半田里子

私の姉黒田杏子は去年の令和五年三月十三日、講演先の山梨県でかえらぬ人となりました。出かける前お電話があり「これから出す本がいっぱいあるの、楽しみなの」と話してくれました。

花冷を生きてご恩を返すべく　杏子

という俳句があります。

姉杏子は栃木県護国神社にて厳かに、神葬祭をいたしました。諡もいただきました。

実は私達の父の生家の齊藤家は後陽成天皇の御真筆を戴いております神官の末裔です。

杏子はいつも神様にお祈りし、健康、文運、黒髪と書きました。

喜寿の花傘寿の花をねがはくば　杏子

の俳句を読むにつけ涙があふれてまいります。柩には句帳や愛用のペンを入れてあげました。本当に急のお別れでした。句集やエッセイ集が出ておりますが、『証言・昭和の俳句』を読んだ時には、これは評価されるはずだと思いました。

いろいろと思い出があります。父が東京本郷元町に歯科医院を開業し、杏子も私達も東京に生まれました。後に父は医学部にもゆき、医院を開業いたしました。

昭和十九年十月の中頃に栃木県黒羽町に疎開しました。暖かな東京から西那須野駅に着きますと、雪が降り、積っていました。私は列車の窓より降ろされました。疎開先は、黒羽藩から名字帯刀を許された家の二階の二間でした。そこで五ヶ月をすごしました。そのご縁もあり、那珂川の畔に句碑が建立されました。

鮎のぼる川父の川母の川　杏子

杏子が小学校にあがるため、南那須村の父の生家、元禄時代に建てたという大きな神官の家の奥座敷に入ることになりました。私達はそこで伸び伸び暮しました。庭には大きな大きな枝垂れの榧《かや》の木があり、いっぱい実がなりました。毎年油絞りの職人が泊りがけでやってきては、三人がかりで油を搾り、榧の油天ぷらはごちそうでした。一里半先からも本宅の榧の木はみえました。南那須村は、ゆったりしていて、三歳の私は母に「ここは戦争やってないの」と聞いたものです。

父は、杏子が中学一年生になりました年、父の生家のとなり町、噴井のある城下町の喜連川町に順和堂齊藤医院を新築開業しました。父の生家でも父は内科と歯科医院を開業していましたが、子供達の教育を考えてのことでした。頼まれれば、昼夜を問わずどんな所へも往診いたしました。

杏子は中学三年のとき『チボー家の人々』を読みました。感動した杏子は、訳して下さった山内義雄さんに、「原作者のロジェ・マルタン・デュ・ガールさんに感想文を書きたいのですが、私は英語しか書けませんが大丈夫でしょうか」と手紙をいたしましたところ、「大いに喜ぶでしょう」というお返事と、大きくなったら読んでくださいと、何冊も文庫本を油紙につつんで送って下さいましたので、母はさっそくお礼の手紙をさし上げました。そして杏子は「ディア・ジャック」という書き出しで手紙を書きました。宇都宮女子高等学校の一年生の時、デュガールさんから絵ハガキが届きました。「極東の小さなお友達へ」の文章からはじまる、美しいフォンテンブローの森の絵ハガキでした。クリスマスカードも船便で届きました。

杏子の父が亡くなる晩のことです。その日はとても暖かな日でした。母と上の姉と私と弟で、父を看病しておりました。元気だった父も八十八歳になっていました。大きな瞳で私達をみつめていました。夜中、大変な嵐になってきて、二階の屋根の上には雷が鳴りひびきまして、ガランゴロンと、今まで経験したこともない様な雷さまでした。兄に父の呼吸を数えるよう言われ、息を吐くたびに、ひとーつ、ふたーつ……なーつと言おうとした時、大きく息を吸ったと思いましたら、あとが続きません。息をひきとったのでした。気がつくと嵐もやんでしまい、まだまっ暗かと思っていましたが、そっとカーテンを開けてみますと、大きな太陽が昇りはじめた時でした。父は昇ってゆかれるのでしょうと思いました。

父亡きあと、皆そろって弟のロールスロイスに乗って、思い出の軽井沢の万平ホテルに泊りました。弟は歯科医院を開業していますが、両親を全国どこにでも連れていってあげようと、一生懸命働いてこの車を買ってくれました。杏子は仕事が忙しくなって軽井沢には一度も来られませんでしたが、若い時、元気だった母と連れだって風の盆や京都、奈良と、二人で俳句をつくる旅をしています。

母は九十五歳で亡くなりました。母が病床で待っている頃、杏子は大学生時代の中国のお友達に講演と旅行にさそっていただき、やっと帰ってくる日になりました。私達はひたすら杏子を待ちました。母も一生懸命杏子の帰りを待っていたのです。帰ってまいりました杏子が母の額に手をあてますと、安心したかの様に、ねむるような最後でした。

杏ちゃん、そちらで楽しく俳句つくってね。私も元気でくらします。そして俳句もつくります。しっかり食べて、子供達と一緒に今までやりたかったことをやります。

謡もしっかり謡います。勇気がわいて来ました。見守って下さいね。

春のように暖かな日に。

黒田杏子との三日間——山の上ホテルにて

栃木県　薬剤師
半田真理

黒田杏子とはと問われたなら、キーワードは思いつくまま、俳句・旅・手紙・手書き・布・食・人。さまざまの切り口から語られることが多くありそうです。なかでも俳句列島日本を旅する杏子にとって、宿も大切なもの。東京でのお気に入りは、山の上ホテルでした。

神田駿河台のヒルトップホテル。多くの文化人に愛されたホテルですが、杏子も若い頃からいつか〝カンヅメ〟になることを夢に見ていたそうです。博報堂に勤めていた頃は、ロビーやレストランを打合せに使っていたようです。

ある年の十一月。杏子が三日間ほど一人になるので、山の上ホテルで私が一緒に過ごすということになりました。

前の晩に仕事を終えて東京に着いた私は、ホテルへ直行。今夜はもう寝なさいと促されましたが、翌日第一日目から七時起床。八時半ルームサービスの朝食。九時半から仕事。この時、杏子が持ち込んだのは原稿執筆（『源氏物語』とドナルド・キーンさんのこと）、選句（角川全国俳句大賞）。途中、お茶とフルーツとシュークリームで軽食。仕事を切上げ、十七時頃、夕刊を読む。十八時からホテル一階の中華・新北京へ。その夜はフンパツして十八年物の紹興酒を一本空けました。二十一時からCNNニュースを見て、二十二時マッサージを頼み、二十四時就寝。三日間ともほぼこのようにホテルの一室に籠って過ぎてゆきました。杏子は選句選評、手紙を書く、電話の応答。それをにわか秘書の私が、宅急便を送ったり、フロントにＦＡＸをお願いに行ったり。ホテルのスタッフの方々は、親切で丁寧な対応をしてくださり、どれほど助かったでしょう。

「こういうところで仕事をすると、はかどるのよ」と杏子が嬉しそうに言うのにもうなずけました。

この間、約五時間ほど、杏子にインタビューをしており、いくつか興味深いことが聞けました。大学卒業後、俳句を離れ、自分が打ちこめるものを探していたこと。劇団民藝の面接を受け合格し、脚本家になれるかもと思ったり、焼物、染色も勉強したこと。人形劇団プークの作家に誘われたことなど。そして俳句への再入門、一遍上人のこと、日本の桜花巡礼を決心したことなど。山の上ホテルの別館（今はなくなってしまいましたが）フレンチレストランのアビアントーで、原稿を書いていたことは印象深いようでした。「藍生」ができてからも全国大会や句集の出版記念会など、山の上ホテルでの数々の思い出を語り、いかにここが快適なホテルであるかとも。

こうして杏子を偲ぶことになりました。しかし残念なことに山の上ホテルもこの二月から、一時的に閉館とのこと。必ずまた再開して、杏子の愛したここに集まれますことを祈ります。

〝アビアントー〟（それではまた）

永遠の記憶

肥田野由美 新潟県

黒田杏子先生とご縁をいただいたのは『新潟日報』紙上である。父が亡くなった年、東京で勤めていた私は、新潟にいる母を元気付けたいと、国会図書館で『新潟日報』をめくった。そこで読者文芸欄に目が留まり、作品が掲載されれば母は喜んでくれるに違いないと、俳壇に投句することを決めた。俳壇には二人の選者がいた。職場の大先輩にどちらの先生に投句すればよいかお聞きした。すると「黒田杏子先生は日本を代表する俳人です。この先生に採っていただけるまで投句したらどうでしょう。あなたの糧になりますよ」と。その言葉に従い、毎週月曜日に三句を葉書に書き東京から送り続けた。二か月後、二枚目に出した句が掲載された時は、眩しくて眼をつむり深呼吸をした。その後も国会図書館に通い投句した。先生の評は的確で柔軟で詩的な響きが感じられた。お目にかかったことも、お話をしたこともない先生だったが、選をいただき、時には添削をしていただき、日を追うごとに先生が見えてくるようだった。『新潟日報』に投句をする日々は、眼前に先生を感じ、学べた、感謝と感動の貴重な日々だった。先生の慈しみを存分に感じ、私は「藍生」に入会し郷里である新発田市に帰った。

俳句に関しては未熟なままだったが、ある日「俳句を創ってみたい」という知人に声をかけられた。開店前のスナックに四人が集まり句会をした。知人は俳句の虜になり「黒田杏子先生の弟子が教えます」と俳句に興味のある人を集め始めた。次第に参加者が増え会場が広くなり、新発田市の料理屋の二階の広間が満員になった。

先生が寺泊にお見えになった時に報告をすると、「よかったじゃない。どんどんやりなさい」と励ましの声をかけてくださった。思い切って会の名前をお願いすると、翌朝、「しばた座」と命名してくださり、しっとりとした独特の墨の筆跡の揮毫を準備してくださっていた。胸が熱くなった。数日後「人を指導するには」とのお手紙をくださった。先生の示された御言葉は、苦行と研鑽から生まれた確信と自信が漲る言葉だった。有難く嬉しく涙が溢れた。

しばた座は今年十五周年を迎える。会員と共に俳句振興の団体も立ち上げ、投句箱を設置したり、ラジオで俳句番組もしている。

先生の計り知れない恩恵は私を支え続けてくださっている。先生の教えと励ましをいただき今日の私、そして未来の私がある。

「沼杏」の杏子先生

神奈川県　「沼杏」「青麗」所属、「森の座」同人
平尾潮音

二十世紀最後の年の初秋、沼津御用邸の広座敷で、第一回「沼杏句会《ぬまももも》」が催された。松林の中の沼津御用邸、その広座敷に三々五々集まってきた人は、沼津の文化活動家、望月良夫氏の呼びかけ

に応えた人々であった。

沼津に縁もゆかりもなかった私が、熱心な誘いを受けたいきさつは省くが、結社に関係なく自由に参加できる句会という言葉に惹かれて沼津まで出かけることにした。講師は、沼津文芸祭で俳句部門の選者であった黒田杏子氏という。「杏子先生」との出会いである。

松籟を聴く座敷で、静かに句会が始まったと言いたいところだが、当日のメンバーはほとんどが俳句を作るのは初めてであった。まして句会など論外で、短冊も清記用紙も選句も分からず、てんやわんやである。自分の句を選べないのかという質問さえ出た。

そのようにして始まった年四回の句会は、杏子先生の強いリーダーシップで徐々にまとまっていったが、十年に及んだ先生との句会で、私は先生から細かいテクニックの注意を受けた記憶は余りない。むしろ、形だけ整っている句は、先生に素通りされた。特に最初の頃は「これ、俳句?」というような言葉の羅列の句があったりして、もちろん、私たちは、それを選ばないのであるが、先生の特選になることもあった。そして先生は、それを大きく直して俳句にして見せる。「他の句会ではしない」という、その添削で「言葉に真実があるか、詩があるか」が肝心なことを教えられた気がする。

年末ごとに熱海の花火を見物して、深夜の句会を持った時期もある。朗らかな先生との雑談は楽しみでもあり、苦吟している時は恨めしくもあった。思えば贅沢な時間であった。

会の代表の大岩孝平氏は被爆者団体の代表も勤めたヒロシマの証言者であったので、かならず原爆の句が出て、ヒロシマについて考える機会が多い会であった。先生もこの句会で何人かの被爆者を知ったことで、被爆者の句の選が出来るようになったと語られている。

また、一時参加の米国外交官アビゲール・フリードマン氏からも、私たちは文化の違いについて考えるきっかけを与えられた気がする。独りノートに俳句をメモしているだけではできない経験を得たのが、この句座である。

二〇一〇年、先生は多忙のため会を去られたが、句座の楽しみを知って「沼杏」を続けた私たちへのエールは続き、横澤放川氏と句座を共にすることが出来るようになった。

先生の色紙

深津健司　東京都

黒田先生の「悼む会」を藍生俳句会として主催することが決定した。会の運営をお願いすることにした会員のジョニー平塚氏から、会場内の飾りとして先生の色紙を使いたいとの希望があり、色紙の提供の依頼があった。

生前、先生は会員の為に色紙を書くことに極めて寛大で機会がある毎に筆をふるって下さった。例えば毎年開催される「藍生全国の集い」では、二度開かれる句会での主宰特選句の作者への賞品として、約五十枚の色紙を用意して下さったり、或る年の全国大会では参加者全員に一枚づつ配られたりしたこともあった。

先生は所謂「文房四宝」にも拘りを持たれて色紙についてはわざわざ「出雲・斐伊川和紙」(横八寸縦九寸)を取り寄せておられた。その為、先生の遺された色紙は全て表紙に「出雲　斐伊川和紙」と印刷された畳紙に納められた板目紙である。勿論、講演などで地方へ出向かれた際に、その場で依頼を受けて揮筆されたものも少からず存在するだろうとは想像に難くはない。

色紙に書かれるのはすべてご自分の俳句であることは言うまでもないが、出来るだけ同一の句が重ならぬように配慮されていた。

ジョニーさんの依頼を受けてとりあえずわが家の納戸を探したところ、思いの外に沢山の色紙が出てきた。数えてみたら三十数枚あり、嬉しいことに同じ句の色紙は一枚もなかった。妻も同じ「藍生」の会員なので二人で三十枚頂戴したことになるが、それでも出来過ぎの感は否めない。改めて師恩に感謝したいと思う。

早速ジョニーさんに提供した色紙は「悼む会」の会場ではヴィジュアル加工された形で常時流され、ご来場の方々の関心を集めていたのは嬉しいことだった。

これからは抽出しの奥に退蔵することなく飾ることで先生を偲ぶよすがとしようと、早速色紙掛けに納め床の間に飾り、いまこの原稿を書いている。色紙に書かれた句は、

存へしこと櫻の句詠みしこと　　杏子

力強い字、力強い声

アメリカ　俳人　ワシントンDC日米協会句会主宰
アビゲール・フリードマン（俳号＝不二）

私が初めてモモコ先生に出会ったのは、およそ二十年前のことです。アメリカの外交官として日本に駐在している時、モモコ先生が主宰する俳句の集まりに参加する機会に恵まれました。句会で句を作るとは知らず、読書会のように俳句を鑑賞する集まりだと思って出かけました。俳句についてほとんど何も知らなかった私は、モモコ先生に手紙を書いて教えを請いました。日本語で手紙を書くのは初めてのことで、封筒のあて名に「様」という敬称を書くのを忘れてしまいました。後にモモコ先生は、税務署から呼び出されたように感じた、とエッセーに書いています。私の不作法にもかかわらず、モモコ先生は私を指導して俳句に導き、俳人のネットワークや日本文化の美しさに引き込んでくれました。

モモコ先生には圧倒的な存在感がありました。親戚のおばさんのような親しみがあり、それでいて堂々としていました。子どもたちはそろって大いに期待して、この魅力的なモンペ姿の素晴らしい女性を一目見ようと覗きに出て来ました。モモコ先生と私が食堂のテーブルに着くと、彼女はさっそく俳句の指導を始め、大きな紙にあの独特な力強い字を書いてくれました。この紙はずっと大切にとってあります。

私を俳句の世界に深く根付かせてくれたのはモモコ先生でした。何を書いたらいいかというアイディアを示し、「藍生」に私の作品を掲載してくれました。私のために課題を思いつくたびに提案してくれて、その強烈な個性には抗いがたい迫力がありました。

今思い返すと、ひとつだけ、富士山についての俳句を連作するという思いつきには、彼女の望みに応えられませんでした。一枚でも私の想像力を喚起するのではと願って、富士山の絵ハガキを数か月にわたって送り続けてくれたのですが。富士山について考え、絵ハガキを眺め、夫や子供たちと一緒に富士山に登った時でさえ、俳句は作れませんでした。私にとって、何かを描く際には内なる感動が呼び覚まされなくてはならない、という教訓になりました。

私が日本を離れてからは、日本に来るたびにホテルにモモコ先生から電話がかかってきました。彼女の力強い声が伝わってきます。あいさつもそこそこに、私に送ってくれた読み物のことや滞在中に見るべき漆や籠細工の展示会のことを話して、山の上ホテルで会いましょうと誘ってくれました。

昨年の九月にモモコ先生の偲ぶ会に出席するために日本に行きましたが、ホテルに着いても電話は鳴りませんでした。それでも――モモコ先生はこの世におられない、電話は鳴らなくなっても――私の心にはモモコ先生のこゑが今でも届いて、心の奥深くに響いているのです。

モンペルックの背中

神奈川県　フリーライター　「青麗」所属
細井 聖（俳号＝ジョニー平塚）

一九八五年七月一二日（金）午後七時、編集部の電話が鳴った。部屋で残業していたのは私ひとりだった。

「杏ちゃんいるか？」

「黒田はすでに社を出ましたが」

「新しい『広告』、もう社外に出てるのか？」

「二、三日前に取次に送ってますから、もう届いている書店もあるかと思います」

「あんな雑誌、社外に出せると思ってるのか。即刻回収だ！」

「どういうことでしょうか？」

「放送禁止用語の原稿、あんなものが外に出たら、大変なことになるぞ」

「即刻回収と言われましても、もう取次の人たちも帰っていると思いますし、そもそも回収は得策ではないと思いますが」

「お前じゃ話にならん。とにかく杏ちゃんに回収と伝えろ！」

電話の主は、広報室長だった。私は、一九七八年に博報堂に入社し、営業職を務めたあと、前年の夏に『広告』編集室に異動してきたばかりの、駆け出しの編集者だった。『広告』編集室は、博報堂のステークホルダー向けの雑誌『広告』を隔月刊で編集する部門で、室長は黒田杏子さんだった。

念願だった雑誌の編集者になった私は、広告会社にしか発信できない情報を世の中に届けようと、やる気に満ちあふれていた。広報室長から回収だと言われたコラムは私が担当したページで、私としては少しでも読み応えのある誌面にしようと努力したつもりだった。

コラムのタイトルは「TELEVISION」。毎号、放送作家の景山民夫氏が、テレビについて思うところを書くというページだが、週刊誌などで際どいテレビ批判を続けていた景山氏を広告会社が発行する雑誌に起用すること自体、かなりの冒険だった。若かった私は、ギリギリの線を攻めたかったのだろう。

広報室長が問題にした記事には、「放送禁止用語は、文化の崩壊につながる」というタイトルがついていた。猥褻な言葉や差別に結びつく言葉を全面的に使用禁止にする放送局の姿勢に、異議申し立てをしている原稿で、その論を展開するために多数の放送禁止用語が使われていた。さすがにこれは載せられないという言葉は、伏せ字にしてもらったが、あえて伏せ字にする必要はないと思った言葉は、そのまま掲載していた。もちろん、黒田杏子編集長も、そのゲラは読んでいたはずだ。

編集長に報告するため電話すると、幸いにもご在宅だった。

「広報室長が回収だと言っています」

「それで、あなたはどう思うの?」

「回収の必要があるような原稿だと思っていませんし、回収などしたらどこかから必ず情報が漏れて、かえって大事になると思います」

インターネットなど、まだ普及していなかった時代だが、業界のゴシップをいち早くすっぱ抜く雑誌はあった。その代表格は月刊誌『噂の真相』で、広告会社が発行する雑誌が回収になろうものなら、どこからか聞きつけてきて掲載するに違いなかった。

「わかりました。都庁にこの問題に詳しい知り合いがいるから、聞いてみます。あなたは何もしなくていいから」

編集長から右の言葉をもらって、当面、私のすべきことはなくなった。だが、もし回収ということになれば、週明けから後ろ向きの作業に忙殺されることになる。私は重苦しい気持ちで週末を過ごした。

月曜の朝、少し早めに出社すると、黒田編集長もめずらしく定時に出社してきた。不安を胸に編集長の机の前に立つ。

「あれ、どうなりましたか?」

「ああ、都庁の人に聞いたら問題ないって。岡田さんにも奥本さんにも話通しておいたから、心配いらないわよ」

編集長は涼しい顔でそう答えると、広報室長に会いに行くのか、編集室をあとにした。

私は呆気に取られて、その背中を見送った。「岡田さん」というのは岡田副社長のことで、広報室長の上司にあたる。「奥本さん」というのは、営業を統括している奥本副社長のことである。回収を免れた雑誌が、広告主やテレビ局のところに渡って、もしクレームがついたとき、そんな雑誌を発行した責任を問うてくる可能性のある社員の中で、最も上位に位置するのが奥本副社長である。つまり、両副社長の了解さえとっておけば、あとから社内で問題になることはない。金曜の夜から月曜の朝までの限られた時間内に、都庁の担当者のお墨付きをもらい、忙しい両副社長の了解を取るなど、どうやってできたのだろうか。

博報堂の社員数は、当時三千人前後だったと記憶するが、両副社長は社長を除けば社内の二大実力者だった。すべての幹部社員が、どちらかの系列に属していたと言っても過言ではない。両副社長に週末の間に了解を取るなどという芸当を、ほかのどの幹部社員ができただろうか。当時、黒田編集長は、博報堂唯一の女性部門長だったが、女性だからではなく、黒田編集長だからこそできた芸当だったと思っている。

私は、編集長のトレードマークになっている、モンペルックの背中を見送りながら、いつか自分もこんな上司になれますようにと強く念じた。

黒田杏子先生の思い出

カトリック大阪高松大司教区 大司教・枢機卿
前田万葉

私は体系的に俳句を学んだことがありませんでした。ただ子どものころから興味を覚え、時々ひそかに句作らしきことをしていました。〈お年玉もらいサイセンあげました〉は、今でも忘れられない思い出です。神父になったばかりのまだ二〇歳代のころ、早朝ミサの寄せ鐘であわてて烏賊漁から戻ってミサはしたものの、烏賊墨が額から垂れていて、信者に笑われた失敗ごとがありました。そのことを詠んだ、〈烏賊墨の一筋垂れて冬の弥撒〉が注目され、四十年ぶりぐらいに一冊の本（エッセイ集）の題になりました。「かまくら春秋社」代表の伊藤玄二郎さんの目に留まったのです。とても嬉しいことでしたし、このことが縁となり初の句集を編むことになりました。そして、畏敬する黒田杏子さんが心のこもった解説を書いてくださいました。

伊藤さんのお誘いで、「俳句を語る」座談会にご一緒させていただいた賜物です。その時、私の句を二句も添削していただくという、貴重な体験も出来ました。

一つは、〈冬時雨予報に心時雨けり〉を、〈時雨るゝと予報心も時雨けり〉と添削してくださいました。「時雨は冬の季語です」と指摘してくださったのです。もう一つは、〈夕立に打たれし海の青さかな〉を〈夕立の打ちたる海の青さかな〉と添削してくださいました。「に」は説明調になるし、能動的にした方が良いことを指摘してくださいました。

さらに帯文を今や国民的人気を誇る夏井いつきさんからいただきました。夏井さんとは、同じ座談会の中で、子どもの頃の海の体験で意気投合し、ますます俳句に熱が入ることになりました。黒田杏子さんと夏井いつきさんの師弟関係もその時聞くことが出来ました。烏賊墨の句を、「愛媛で子どものころ父と烏賊釣りをしていた頃のことを思い出していたら、下五の『冬の弥撒』で、思いが突然長崎に飛んでいった」と感想を語ってくれました。こんな幸せは人生の中でそうあるものではありません。私には分不相応なことに思われますが、これも神様のお導きとありがたく受け止めております。

第二句集『雲の峰』も、先の句集の帯や解説をもって励ましてくださった黒田杏子先生主宰の「藍生」掲載句からの作品です。つまり、黒田先生の粋な計らいで、「勉強になるから是非参加してください」とのお誘いを、喜んで受け入れた結果です。「藍生」の中の「紅藍集」コーナーに誘ってくれたり、それればかりか、「巻頭競詠」コーナーにも強引に引き入れてくださいました。また、黒田先生が選者をしていた『日本経済新聞』の「俳壇」にもお誘いを受け、選句激励をいただきました。もしかしたら、大切な弟子として鍛え上げてやろうと思ってくださったのかもしれません。

黒田先生は二年間ぐらいの投句作品の中から五十句を厳選してくださいました。本来、句集というものは自註などしないものですが、私は、三十数年来の「福音句」観があり、どうしてもこういう形式の句集になってしまいました。黒田先生はそれをご寛容に認めてくださり、またもご推薦の栄を賜りました。「生きて行く希望が静かにほのぼのと湧いてくる」とのお言葉は、私への最高の励ましでした。そのような句を作ることが私の本望だからです。

黒田杏子先生には根気強くお付き合いいただきましたし、これからも忌憚なくご指導ご鞭撻賜りますことを強く希望いたしておりましたのに、残念でなりません。期待に沿えるような弟子に成れなかったことをお詫び申し上げたいと思います。ただ、短い間のご指導ではありましたが、教えを忘れずに句作に励みたいと思います。「季語はもちろん助詞も大切です。切れ字は大切だが、みだりに使わないで」、などとのお言葉やお手紙が思い出されます。

春雷や杏子の訃報十字切る
光風や一遍讃歎杏子の碑

杏子先生の言霊

福島県　高校教員　「香雨」「桔槹」「天為」ほか所属
益永涼子

一誌創刊三十年元朝

杏子先生の御句集『八月』の中の御句。杏子先生が福島県の須賀川市の牡丹園訪問の縁で「藍生」創刊から教えを乞うことができた。

螢火となり還りきし兄のこゑ
ほたる火をかがんで見つめ疎開の子
ほうたるに村の子だれもおどろかず

まだ二十代の頃、藍生ＭＩＲＡＩの仲間で、土佐の螢を見せていただいたことがある。先生は何を思って見ていらっしゃったのだろう。そういえば杏子先生は、みんなから離れた後ろのほうで、かがんで見上げていらっしゃったような気がする。暗闇の中、先生の驚きの声ばかりが背後から聞こえてくる。「あなた〜こんな螢、めったに見られないわよ〜。」もう四半世紀以上も前のことなのに、先生の感動の声が今でも耳に躍る。ふだん入ることのできない施設に入れていただいたり、マスコミの取材を受けたり、先生にご馳走になったり……。螢の夜、先生は酔鯨というお酒をとてもおいしそうに召し上がっていた。下戸の私もなぜか、その銘柄だけは、あの日の杏子先生の楽しそうな笑い声とともに覚えている。

山百合忌美智子皇后ご着席

震災後、先生は福島の「藍生」会員を気遣ってくださって、鶴見和子さんを偲ぶ会に誘ってくださった。人間国宝の野村四郎さんの舞など、お忍びでいらっしゃった上皇后さまもご覧になる。まさに、「神々しい」とはこういう時に使う言葉なのだと実感。写真機のレンズを向けられないほど、畏れおおかった。先生はこういう時、司会をされることが多い。

クロモモよなどと呼ばれし盆の月
生きてゐる人に手紙を書く三日

杏子先生は金子兜太氏から福島県の文学賞の選者を引き継がれた。杏子先生の選句評や元旦の『福島民報新聞』に発表される御句には毎年、力をいただく。先生はカードにお手紙を書いてくださる。見たことのない絵に心が躍る。私が先生から学んだことは、俳句だけではなく、「ことばの力」や「言霊」「産土」、人脈の広さなのである。

夏井いつきさんからの俳句甲子園焼印入下駄を杏子先生にいただき、翌年生徒たちは俳句甲子園に初出場し、子規・漱石生誕一五〇年記念賞をいただくという貴重な経験をさせていただくことができた。先生はとても喜んでくださった。このようなえも言われぬ体験を、教員として、今後も生徒に伝えていきたい。

「また掛けます」

マルティーナ・ディエゴ
詩人、作家、日本文学研究家

スマホの留守番電話の画面をスクロールすると、そのほとんどが「黒田杏子」の名の履歴である。数秒ばかりの極短いメッセージもあれば、何分も続くものもある。朝一番にいただいたお電話に、夜中の留守電。再生ボタンを押すと、録音から「黒田です。急いでませんからまた掛けます」と、いつもの明るいお声が甦ってくる。

私に俳句を詠む才能があったとしたら、それは、隠れに隠れていたものであったのだと思う。恥ずかしながら、杏子先生に出逢うまで、自分にとって俳句とは辞書上のいち定義にしか過ぎなかった。自分が詠めるものだとは、思ってもみなかった。自句を五句ほど用意して、藍生俳句会の例会に初めて参加した際、先生が拙句を選句なさり、それに吃驚仰天したのは、他ならぬ私自身だった。

その場で〈秋深し隣の人は芋ふかし〉と先生が読み上げると、くすくす笑う声が浮き立ったが、先生は表情ひとつ変えず、真面目なお顔のまま「この句は、誰が詠んだのですか」と訊ねた。「私です」とおずおずと手を挙げると、先生もまた、驚きを覚えた様子だった。拙句が選句となった理由は「韻を踏むのは新鮮。更に韻を踏むことで季語までもが、活かされてきて、面白い句だったなぁ」と、その後も、留守番電話にて幾度もそう仰っていた。杏子先生はその一句から、私に俳句の才能があると認めてくださった様だ。

藍生俳句会に入会してから、毎月届く「藍生」誌で先生の選句を読むうちに、私は一つ、素晴らしいことに気が付いた。杏子先生の選句には規定がない、という事だ。俳句会に限らず、主宰者という者は自分好みの作品を選ぶ傾向にあるのが常である。そんな文芸界において、杏子先生は、そのような選句の仕方に頼る事はしなかった。当初、未熟であった拙句を、句の雰囲気などは兎も角、励ましというお気遣いの一つとして、これで良しとした、優しさで選ばれたのではないかと思っていたが、実はそれも違った。周りの会員の句も読んでいく中で、先生の選句は、決して選り好みや情では行わない、という事を悟った。

杏子先生の選句から、宗匠とは、弟子に一方的に自分の思想や技術を伝えるものではなく、芸において弟子の個性を芽生えさせる為、その成長を見守り続ける存在だという事を教わった。その時、自分に対して正直でいられる者だけが俳句を詠める様になる、という事も閃めかされていた。

空虚に襲われる日は、決まって再生ボタンを押し、先生のお声を聴く。「また掛けます」と言われると、今にも着信がありそうなそんな錯覚が起きて、私はほんのひと時、期待を膨らませて心弾む思いをさせてもらう。

「あなたの好きなようにやりなさい」

愛知県　自営業
三島広志

黒田杏子先生が逝去されて十ヶ月。櫻の季節もすぐに巡ってくる。サイドボードには藍生俳句会の賞でいただいた〈白葱のひかりの棒をいま刻む　杏子〉と書かれた白磁の皿。テーブルには〈日輪へ発つ玉虫の数知れず　杏子〉の色紙が飾ってある。書架にも黒田先生の著書がずらりと並んでいる。しかし、句を詠んでも読んでくださる先生はいない。

黒田杏子先生を知ったのは『国文学　解釈と鑑賞』（至文堂、一九八三年二月刊）誌上である。平井照敏と草間時彦両氏の対談で、期待される俳人の一人として若き黒田先生が紹介されていた。

べつかふ飴青水無月の森透かす　黒田杏子
白葱のひかりの棒をいま刻む　同

これらの句の透明感に衝撃を受けた。その後、今は無き牧羊社刊『俳句とエッセイ』において新人のための投句欄「牧鮮集」が始まり、黒田先生が選者を務められた。第一回の一九八四年八月号には拙句〈雪の木の眩しき朝折れにけり〉が第二席として選出された。掲載前に黒田先生から挨拶の葉書が届き、驚いた私は返事を送り、その後何回かの手紙のやり取りがあった。これらの書簡は先生にとっても印象的だったらしく折に触れてその話をされた。先生が亡くなる少し前、「この手紙はあなたが持っていなさい」と古い書簡を送ってくださった。

一九九〇年一〇月、角川の『俳句年鑑』で黒田先生が結社「藍生俳句会」を立ち上げていたことを知り入会した。それ以来三〇年間先生の選を受け続けることとなる。同時に結社誌に文章を書く機会も与えてくださった。第一回藍生新人賞受賞後、一年間「現代の俳句」を連載、原コウ子、平井照敏、長谷川櫂、夏石番矢、馬場駿吉諸氏などを取り上げた。「俳句とからだ」という連載は終刊まで二〇〇回続いた。いずれの企画も特に内容については指示されず「あなたの好きなようにやりなさい」と任され、時折「あれは良かったよ」と励ましのお便りをくださった。しかし思い出せば幾つかの依頼はあった。例えば「藍生」会員で現在青麗俳句会主宰の髙田正子さんがまとめた『黒田杏子の俳句——櫻・螢・巡禮』(深夜叢書社)が出版されたとき、「あなたの連載で是非書評を書いて欲しい」という手紙が届いた。これは髙田さんが「藍生」誌に二〇一九年一月号から二〇二一年十二月号までの三年間連載した「テーマ別黒田杏子作品分類」という緻密な杏子俳句の整理と考察を一冊に再構成した書だ。先生はその成果を少しでも多くの人に読まれるよう周知を希望されたのだろう。また、「藍生」会員で韓国舞踊の大家金利惠さんが、韓国の偉大なる文化人李御寧氏発案の俳句と韓舞を融合させた「俳舞」を演じたとき、「この舞台の鑑賞は連載に書かないで。別に数頁書いてもらうから」と先んじて連絡を頂いた。これも李先生への敬意、金さんへの激励であり、弟子の試みる日韓文化の架け橋となる活動を心から応援したいという思いの表出であろう。

「好きなようにやりなさい」と言われながら駄目出しをされたこともあった。「藍生」創生期、「あなたの主催している名古屋の句会に好きなだけ頁を上げるから何か企画しなさい」と提案されたことがある。迷った挙げ句、名古屋の会員全員の俳句への思いを同じ字数で掲載すると連絡したところ、『藍生』は仲良しクラブではない。俳壇を驚かすような外に向かった企画を考えなさい」と押し返された。それなら「自分が句会論を書いて会員には短い随想を認めてもらう」と返事をすると「それにしなさい」と承諾を得た。そこで「切磋と情け——句会メディア論」という文章を書いたところ随分喜んでいただけた。任されるときもそうでないときも「最後の責任は私が取る」という主宰の強い意志を感じていた。

黒田杏子先生は俳人であると同時に様々な企画を実現する卓越したプロデューサーだった。晩年の俳人協会や現代俳句協会を超えた活動や、結社誌「藍生」に展開した幅広い企画などがそれを物語っている。その最たる成果が、角川の『俳句』で連載され、角川選書となった『証言・昭和の俳句（上・下）』だろう。これは後にコールサック社からご自身の手で再刊された。

先生は自らを巡礼者と呼んでご自身をもプロデュースされた。俳句を通して己を模索しながら俳壇に留まらず同時代の社会と向き合い、さらに過去と未来を見据えた巡礼者としての生涯を全うされたのだと確信している。

「沼杏」俳句会

静岡県　「森の座」「沼杏」所属
水田義子

「十年ののちそれはあらたな旅たちの刻」

自己の内部に埋蔵されている資源や能力をそれぞれのメンバーが自力で掘り出すべき刻を迎えています。

これは「沼杏《ぬまもも》」（沼杏俳句会）が生まれての十年を記念して合同句集を出すことになった折の、黒田杏子先生の巻頭のお言葉の一部です。のんびりなメンバーへの叱咤激励かと。

二〇〇〇年八月一九日、沼津御用邸東附属邸にて第一回目の句会が始まりました。ほとんどの会員が初心者で怖いもの知らずの方たちの集まりでした。

富士山を眺める御用邸を会場としての句会は格別素晴らしいものになると思いますが、などなどと沼津在住の稀有な産婦人科医だった望月良夫先生が猛烈にアタックなされ、それで第一線でご活躍の黒田杏子先生が口説き落とされたのが始まりです。

この十年の間に「沼杏」の生みの親である代表の望月先生が急死される悲しいこともありましたが、乗り越え続けることができました。これは黒田杏子先生の熱意あるご指導のお蔭さまは勿論のことですが、加えて先生の厳しさ優しさすべて杏子ワールドに魅了させられての十年だと思います。

年四回の定例句会の他に十二月二十四日の熱海での花火句会も五、六年続いたでしょうか。熱海後楽園ホテルの一室を杏子先生の特別室としていただき、そのお部屋に皆集合し、目の前での花火見物です。句会の席も別室に用意され、冬の花火ですから凜とした新鮮さと楽しさに深夜まで盛り上がりました。杏子先生は終始楽し気にしておられ、私たちメンバーの幸せな花火句会でした。この時期に贅沢なホテルを会場にできましたことは、元熱海後楽園ホテルの社長でメンバーの岡武秀さんのご尽力のお蔭さまです。

また「沼杏」の特別な思い出があります。

二〇〇〇年の十二月の句会の折のことでした。二十世紀の間にメンバー全員の俳号をつけましょうと、とんでもないことを望月沼音先生が言われ、句会後の懇親会が騒然となりました。まだ二回目の句会ですが、やる気のある方々は即座に気に入った名前を杏子先生にお伺い立てたり、いろいろと話が盛り上がりました。私は何事かとぼーっとしたままでおりました。杏子先生からあなた決まったの？とお声を掛けられ、出生地を問われるまま私は、越前海岸は自生水仙が多く崖を上ると一面が水仙に埋め尽くされ、その香りもすごいですなどお話ししておりますと、そこで杏子先生の一声、水仙の和名は雪中花だから水田雪中花がよいと。美しく身に余る俳号で恐縮しましたが慎んでいただきました。未だに俳号に勝る一句にはほど遠い身です。

ちなみに句友の俳号をご紹介させていただくと、沼音先生、旅人木さん、二年魚さん、潮音さん、アビゲール不二さん、富士さん等々皆美しい俳号です。

全く私事ですが梅干を漬けてます。夏の句会に梅干の句を投句した折、話の流れで杏子先生に試食していただくことに。これまでの中で最高においしい梅干だとお褒め頂き、有頂天になって梅干を作り続けております。毎年杏子先生にお届けできることが励みでしたのに悲しく残念です。現在の「沼杏」は、黒田杏子先生からご紹介頂いた横澤放川先生のご指導のもと励み続けております。杏子先生から放川先生へとなんと贅沢な「沼杏」でしょうか。宝物です。沼杏俳句会にとりまして黒田杏子先生は不滅です。

有難うございました。

黒田さんとの出会いは続く

東京都　「詩歌梁山泊」代表、「楽園」同人
森川雅美

黒田さんにはじめてお会いしたのは、金子兜太さんの講演。金子さんの話に「俳句とはこんなに現在にコミットできるのか」と感心し、またお会いしたいと思っているうちに金子さんは亡くなり、その気持ちを引き継いでくれたのが黒田さんだった。黒田さんは亡くなるまで、「脱原発社会をめざす文学者の会」の会員であり、同会の会員の私は、その後、講演や原稿依頼など手紙や電話のやり取りをするようになる。そんな時、藤原書店が雑誌『兜太 *Tota*』を刊行し、第二号から「兜太俳壇」があり、私は投句する。黒田さんは毎号佳作に選んだだけでなく、最後の第四号では、特選にはならなかったが、佳作三篇すべてが私だった。さらに、「あなたは詩人だからすぐに上達する、俳句をやりなさい」と、「藍生」句会にも誘ってくれた。

出会いは五年にも満たず短く、さらにコロナパンデミックもあり、実際にお会いした機会は少ない。それでも手紙や電話のやり取りは結構頻繁で、俳句初心者の私には黒田さんの言葉の一つ一つは、まさに道標であり、俳句への扉を開く鍵だった。さらに、結社誌「藍生」に入会すると一年も経たずに、短いエッセイの「東西南北」、年間自選五句の「紅藍集」の二つの連載に推薦、実作から俳句を学ぶ場も作ってくれる。そのような実作から学ぶことも多く、初心者にしては贅沢な俳句の環境以外の何ものでもなく、実際にお会いしなくとも、その体験からも俳句に関する多くを学んだ。今思えば、これらはすべて黒田さんからの贈り物であり、俳句の一期一会ともいえる貴重な時間だったのだ。

黒田さんは亡くなったが、遺稿句集『八月』（角川書店）を開くと、まだ多くの黒田さんからの問いかけがあり、立ち止まってしまう。〈邯鄲は母鉦叩それは父〉〈父と母兄弟姉妹ほたるの夜〉――何でもない言葉で書かれているが、この言葉の奥行きの広大さは何なのだろう。「母」「父」「兄弟姉妹」これらの言葉が、どのような世界の具現なのか。『八月』にはこのような句が溢れ、他の句集もそうだ。俳句の奥は限りなく深く、黒田さんとの出会いはまだまだ続く。

俳句の化身

神奈川県
森田正実

俳句でもやってみようか、そう漠然と思っていたある日、鎌倉駅前の書店で、『木の椅子』と『水の扉』の新装版を手にした。作者の女流俳人については何一つ知らなかった。ところが書店内で何気なく開いた『木の椅子』集中の数句にすっかり魅了されてしまった。どの句にも潔いばかりの切れがあり、その男性的とも思える断絶から醸し出されるのは、意外にも女性らしいゆったりとしたリズムであり、モダンな韻律であった。それが誠に心地よく心に刻まれた。

俳句未経験者とはいえ、あまりにも無知な感想だったかも知れないが、これまで折々触れてきた俳句とは明らかに違う新鮮さと斬新さ、そして繊細さを感じた。

実際お会いすることとなる俳人、黒田杏子は自信に満ちて時に豪胆でさえあった。古今東西の俳句に良く通じていることは言葉の端々に窺い知ることができた。自在に臨場感たっぷりの句を詠み、まさに俳句の化身そのものであった。その実初心の者を前にしても謙虚であった。そして人の話をよく聞き、その言動に対してはあくまでも大らかだったように思う。僕の言動に対してだったか記憶が定かではないが、少し顔を伏せられて、困ったやうな含み笑いをされたことがあった。その姿があまりにも印象的だったので、肝心なことはすっかり失念してしまった。

「藍生」入門後しばらくして、仕事の関係で俳句どころではない状況が七年あまり続いた。その間毎月とぼしい句の中から投句した句を、主宰選評句に続く十句の中に、時には添削をほどこしたうえで、たびたび取り上げてくださった。これは黒田先生流の激励だと、今でも心から感謝している。

この二十年ほど、直接お会いする機会がめっきり減ってしまったことは、今となっては慙愧に堪えない。

昨年の料峭の頃、「藍生」事務局の成岡ミツ子様を介して、先生が僕の健康状態をご心配してくださっていることを知らされた。大いに狼狽するとともに軽率なことをしたものだと心の底から悔やんだ。病中に作ったきわめて自虐的な句に目をとめられた先生が、こいつ大丈夫かとばかりにご心配してくださったのかと思うと本当に情けなくなってしまった。

それから程なくして、黒田杏子先生ご自身が何の前触れもなく、忽然と天国に発たれ、本物の俳句の化身となってしまわれた。あとに数多のみなしごたちを残して。

黒田杏子先生と市川あんず句会

門奈明子 千葉県

一九八四年四月、市川の桜は散り始めていた。その日、私は発足したばかりの市川あんず句会の句座にいた。正面には豊かな黒髪をおかっぱに切り揃えられ、もんぺスタイルの女性がゆるやかに座っておられた。

黒田杏子先生との初めての出合いであった。大きな目をきらきらさせ、生き生きと張りのある声で、本気で取り組むことと、季語の現場に立つことの大切さを、熱く語られた。つい昨日のことのように憶い出す。

私は俳句を始めたばかりで『俳句とエッセイ』という雑誌に投句をしていた。そんなある日、市川あんず句会へのお誘いがあり、喜んで参加させていただいたのだ。当時、杏子先生は千葉県市川にお住まいで、市川あんず句会は、市川やその周辺に住むおもに主婦が中心になって、杏子先生にご指導をお願いして生まれた句座と聞いている。俳歴の長い人も初心者も、年齢もまちまちの十四、五人の句座であった。

句会は特に教えるという形ではなく、句会の中で自然に自分で学び取るというものであった。先生も平等対等に句座に参加された。刺激に満ちた愉しい句会であった。杏子先生はひとりひとりを実によく理解してくださり、性格から家族環境までも良く覚えていてご指導くださった。驚くほどの記憶力と包容力だ。

当初は小さな句会であったから、句会が終わればランチをご一緒にということもあった。そこでまた句会が始まるのだ。先生も連衆もみな若かった。

杏子先生の俳句に対する真摯な前進を求めて止まない情熱と愛情に、私たちは背中を押された。主婦中心の句会だからといって手抜きは無く「志を高く、急がば廻れ、本気で」と常に言われた。「本気になる」ということの喜びを教えて頂いた。

やがて男性も加わり、月一回の句会や吟行句会を充実させ実りのある句座へと成長していった。

ついに一九九〇年、黒田杏子先生主宰の「藍生」が誕生した。

こうして私たちの市川あんず句会での学びは「藍生」へと繋がっていった。

最後の句座で先生は「あなたたちは小さな水槽から、大きな川や海に放たれました」と言われた。

この言葉を胸に、私たちは身近かに親しくご指導頂いた幸運を感謝し、更なる一歩を踏み出した。

私と杏子先生

新潟県　農業　第八回藍生賞、「庭」同人
山本　浩

「藍生」創刊が平成二年、その前から新聞『新潟日報』の読者文芸の俳句選者をしておられ、週一回の掲載ですでに何年か経過していたと思います。私は以前からの日報読者で、昭和四十四年に細見綾子先生選の日報第一回目の俳壇賞を頂いておりますので、先生にも興味を持ち常連の投句者となり、ほとんどの週に掲載され、先生との絆が深くなり、平成五年に初めて「藍生」に入会をし投句を致しました。全国大会にも何回か出席しましたが、なかなか四句掲載に至らず三句が十年も続きました。

平成十五年に私は胃ガンが見つかり、手術を小千谷総合病院で受け三分の二切除致しましたが、その間も一回も休むことなく「藍生」に投句しておりました。先生もちょこちょこ佐渡や出雲崎、新潟へとこられ、親交が深くなり先生が好きになり、プライベートな話や終戦当時先生が疎開された栃木の山の中の生活を好く話をされました。私が農業ですので、疎開された先生も農業で話が合ったことを覚えています。田植や牛を誘導をしたことや田の草取りをしたことなんかをよく話されました。気さくな杏子先生でした。日報俳壇では何時もトップに掲載されました。

翌平成十六年十月二十三日夕方、震度七の中越大震災によって、小千谷、川口、長岡（山古志）を中心に大きな被害となり、今の能登半島の被害そのもの。それでも俳句だけは止められず「藍生」も新聞も投句を続けました。当時私は小さいながらも土地改良区の理事長として、連日連夜の復旧工事の会議が続き、大雪の中を夜中にブルドーザーのように帰って来る毎日でした。術後の経過も良く、復旧工事の話は順調に進み、雪消えと同時に田んぼの復旧工事が始まりました。

その間、先生と何回電話をしたか、度ごとに元気付けられました。その頃先生から地震を中心にした句集を作ってみてはどうかとの話があり、一時はその気になりましたが、句集などとは及びもつかない災害でした。災害は皆さんの協力によって一作も休まず作付け出来、若干の減収はあったものの作付け出来たことが何よりと思います。

平成十九年秋、藍生賞を頂きました。ありがたい事で俳人協会にも入れて頂き、生涯に数多い先生方に教えて頂いたが、杏子先生ほど長くこの片田舎の小千谷市の市民文芸の選を引き受けてくれてご指導頂いたのは先生以外に居ません。本当にありがとうございました。

この書を計画された刊行委員の皆さんに心から感謝申し上げますと共に、株式会社藤原書店に深謝申し上げます。

杏子先生選の日報読者文芸の年二回の「俳壇賞」を四回、細見先生の一回と合わせて五回頂きました。
杏子先生のご冥福をお祈り申し上げます。

感動の共振

愛媛県　藍生新人賞　「いつき組」組員、夏井&カンパニーライター
ローゼン千津

二〇一九年の道後俳句塾の夜、姉の夏井いつき夫婦が設けた松山七楽の宴席にて、黒田杏子先生ご夫妻の為に、チェリストの夫ローゼンがバッハを演奏させて頂いた。

はにわ乾くすみれに触れてきし風に　杏子
磨崖佛おほむらさきを放ちけり　杏子

私の愛唱句をいくつか翻訳すると、〝無伴奏チェロ組曲第三番プレリュード〟をローゼンは選んだ。宇宙の始まりや太陽系の公転を想起して弾く曲だ。その数日後より、杏子先生から青いインクの絵はがきが続々と届く。

「あのチェロの音は忘れられません。俳句作者としての人生に大きな力が与えられ、無限の創造力が湧いてきております。ますことに感謝申し上げます。」

「時間があればいつでも何度でも、ローゼン氏のバッハのCDを聴いています。その度に新しい

感動に包まれ、俳句のインスピレーションに恵まれます。」

「八〇歳にして〝音楽と言葉の共振〟を体験、日々刻々、鮮らしい自分に出会っています。」

チェロ弦の音が響くような黒インクの字の迸る清記用紙を何枚も、何枚も頂く。

ナサニエル・ローゼンバッハ稲光　　杏子

ローゼンバッハ梅雨満月湖上　　杏子

杏子先生を巡る句座や句縁に、どれほどの感動の共振が生まれて育ったことか！　黒田杏子は感受性の権化であった。他者にインスパイアされ、鮮らしき俳句を産み出す歓びを誰よりも広く深く享受した。全ての人と全ての季語に感謝を捧げた。杏子先生から頂く葉書と句稿の数がそれらの証明。杏子師の句集の一冊一冊を読むことは、たとえばベートーヴェンの交響曲を、第一番から第九番まで聴くようなものだ。

チェリストに傅く妻に月のぼる　　杏子

杏子先生に頂いたこの句を扉に掲げ、たとえ百歳になろうとも、『木の椅子』のような清新な句集を私は出したい。

福島への励まし

千葉県 渡部 健

黒田杏子先生との出会いは、先生が、「日経俳壇」に投句した私の句を取って頂いたことで、そのお礼の手紙を先生に差し上げた事からでした。直ぐに、ご丁寧なお返事を頂きました。私の如き無名の者にと、感動、感激致しました。

それから、私が、東日本大震災に因る、東電原発事故の避難者であり、福島県を離れて、千葉県に単身赴任していることを知った先生から、

「私は、選句を通して福島の再生復興に力を入れます。どうか渡部さんは、句作に打ち込んで下さい。お力になりたいと思います。」

と、優しい、且つ、力強い激励のお言葉のお手紙を賜りました。お忙しいなかエネルギッシュな行動力の先生には敬服するばかりでした。ですから福島での「藍生」全国大会を実行されて、福島の復興と再生に大いに貢献されたと私は思い、尚一層尊敬の念を強く致しました。

その後、黒田先生は幾度も、お手紙を私に下さり、「現在の状況をしっかり句に残しなさい。また、多くを作り、多くを捨てなさい」などと、ご教示や励ましを頂きました。

黒田杏子先生のお手紙の数々は、私の、掛け替えの無い宝物です。先生のお言葉は、私の生きる力です。

黒田杏子先生と土佐の地——満行桜と十四の句碑

高知県　元・民間放送アナウンサー
渡邊　護（俳号＝三度栗）

黒田杏子先生が、二十八年の歳月をかけて取り組まれた「日本列島櫻花巡礼」の満行桜は、高知県の中部、愛媛県と接する仁淀川町の山里にある一本の桜です。毎年、それはそれは見事な花を咲かせ、多くの花見客を集めている「中越家のしだれ桜」です。今年も、まもなく花のシーズンを迎え、この桜を求めて花を愛でる人でにぎわいを見せるのです。

桜の花を愛し続けられた先生、私達に数多くの花の句を残されています。「桜守」で知られる庭師十六代、佐野藤右衛門さんとの対談「桜の命・人の命」で語り合うこんな場面がありました。

黒田——私は四万十川工房で造った座り机を持っているんですけれど素木だったのが、使っているうちに、どんどん紅くなるんですよ。
佐野——紅くなりますやろ、それが本来の山桜や。固いから傷がつきませんやろ。あれはお茶をこぼして拭けばばええです。茶渋でまたようなります。
黒田——佐野さんは決してどこの桜がいいというようなことはおっしゃらないのね。
佐野——ああ、そこにあるからええんや、それぞれに皆ええね……。

（先生と藤右衛門さんとの対談から。富士書房編『俳句研究』一九九九年四月号）

黒田先生が中越家のしだれ桜を「日本列島櫻花巡礼」の満行とした理由を次のように話しています。「私は日本中の有名な桜を訪ね歩きましたが、これほどまでにすこやかな老木に出会ったのは初めてで、その花の主と、その家族の惜しみない慈しみに守られ、村人を見守り、勇気づけて来た一幹の花の木との、ゆっくりと、よき出会いをもって桜花巡礼を打ち止めとしました」とありました。黒田先生は、三十歳の時「日本列島櫻花巡礼」に取り組み、全国各地の桜の花を巡り、五十七歳の時、土佐の山里で「中越家のしだれ桜」と対面し、これ以上の桜に出逢うことはないと「得心できたことに感謝しています」と結ばれています。満行後も先生は、季節ごとに、高知県中部の奥土佐に足を運ばれ、残花、葉桜、紅葉の桜、冬木の桜、さらに花の主である秋葉神社の神主、中越律《ただし》翁との再会を楽しまれ、夢幻の時間を持ち続けられました。

花の主の昇天ののちの花　杏子

黒田杏子先生は「四国遍路吟行」では常に弘法大師空海といっしょになって「藍生」の句友達とお四国八十八カ所の札所を巡りました。全行程一四〇〇キロ、弘法大師との同行二人は、かけがえのない精神世界への旅であり、清らかで、それぞれのお寺の顔で巡礼者を迎え入れていただき、疲れ、悲しみ、苦しさを癒していただきました。お四国八十八カ所が開かれたのは、弘法大師が四十二歳の弘仁六年（八一五）とされています。八十八という数には諸説あり煩悩の数、お浄土の数、男（四十二歳）・女（三十三歳）・子ども（十三歳）の厄年を合せた数だと言われています。その八十八カ寺で、阿波（徳島）に二十三、土佐（高知）十六、伊予（愛媛）二十六、讃岐（香川）二十三のお寺。阿波は発心の道場、土佐は修行、伊予は菩提、讃岐は涅槃の道場と名付けられています。

　このうち修行の道場、最後のお寺として知られている三十九番札所、赤亀山延光寺《しゃっきざんえんこうじ》寺山院《じさんいん》は、弘法大師が勅願所として再建して、日光、月光菩薩を建立し七堂伽藍を整え、県内最古の梵鐘があります。この梵鐘は、竜宮の赤亀が背負って現れたという伝説の鐘で、国指定の重要文化財、山号の由来ともなっています。境内には二〇〇〇年五月黒田先生自からの筆で刻まれた〈おぼろ夜の赤亀にのる鐘ひとつ〉という句碑が建立され、以来巡礼者を迎えているのです。

　また高知県の最南端、亜熱帯の植物が群生し、椿の林が広がる岬の近く、観音が住む補陀洛《ふだらく》界に最も近いとされるところの東門とされ、弘法大師が建立したとされる蹉跎山金剛福寺《さださんこんごうふくじ》補陀洛院には、本堂を囲むように十二基の先生の句碑が建立され、ここでも毎日巡拝者を迎えています。

　さらに小京都として知られる四万十市の石見寺には、昨年三月、先生を偲ぶ句碑が建立され、三月二十一日、春雨の煙る中、「藍生」の仲間や地元俳句会のメンバー、檀家の人達ら約七十人が参列し、除幕式が催され先生六十歳の時に詠まれた〈花巡る一生のわれをなつかしみ〉という句が春雨の中に溶け込んでいきました。

　日本を代表する俳人、エッセイストの黒田杏子先生、今まから十二年前の七十五歳の時の手記が手元にあります。死ぬ日まで句作を継続できればありがたいこと、私がこの世を発つ時天上で待つ大好きな父母と兄の微笑みに向って、『おくの細道』を朗読したい……。先生のお父上は八十八歳、お母さまは九十五歳、お父上を継いで医師となられたお兄さまは七十歳で天上に、先生は今お父さま、お母さま、お兄さまと再会され俳聖芭蕉の『おくの細道』を朗読されている声が聞こえてくるようです。

杏子先生からの手紙

渡部誠一郎 長崎県

「藍生」に入会して二一年。その間、杏子先生に直接お会いしたのは三回しかない。しかし、先生がすぐそばで話しかけられるようなもしくは叱責されているような気がするのは、毎月の投句が「藍生」の誌上で良くも悪くも先生に評価されてきたからに違いない。私は以前より、毎月の投句を先生との手紙のやりとりと捉えてきた。

しかし、実際にいただいた先生からの本当の手紙は数少なく、私の手元にあるのは二通だけである。一通は平成二十七年、長崎の枇杷の礼状であるが、絵葉書四枚に太文字の青インクで認められていた。その中には長崎の森光梅子さんのご病気を心配された上「天の声で（病気するのも）よろしかったのです」と書かれていた。また私が以前、「藍生」の東西南北のエッセー欄に痴呆になりゆく母の事を書いていた文章を持ち出され、「先生は文人です」と、俳人を目指しているのに、喜んでいいのかわからないコメントもあった。

もう一通は私が平成二十八年の歌会始に入選した時の年のものであった。患者さんが「皇居に行って天皇陛下にご挨拶するには歌会始に入選したらいいのです。先生も出されませんか」と半紙を持ってこられた。私は癌の患者さんを励ます意味もあり詠進する事にしたが、二回目で思いがけなく、入選一〇首のうちの一首に入った。歓びも束の間、もし俳句の修行をしている身の者が、短歌に手を出したことが杏子先生に知れたとしたらと心配し、入選者発表直後、先生にお詫びの手紙を出した。そして、一月十四日の歌会始の後、長崎の医師会報へ「宮中歌会始に参列して」という一文を書いたが、お詫びを入れるつもりで、それを先生にお送りしたのであったが、その文を「藍生」八月号・原爆忌の特集の一つに転載したいとの連絡があり、びっくりした。おそらく、歌会始の天皇の御製〈戦いに数多の人の失せしとふ島緑にて海に横たふ〉からの発想であられたのであろうが、私の歌〈人知れず献体手続きしてをりぬ伯母を見送るくんちの街に〉にも何らかの重なりがあったのだろうか。その後、いただいた杏子先生からの手紙には「この掲載誌に手紙をつけて（歌会始の）選者の歌人の方々にお送りしたのです」と書かれ、そのうち「大御所の篠弘先生からのお葉書……同封します。どうぞ、篠先生にお手紙を差し上げて下さい」とあった。そして私に篠先生とのお付き合いまで斡旋して下さったのであった。

杏子先生は人を見抜くセンスが抜群であったが、またその幅広い交友でも知られていた。そして、それぞれのご縁を大事にされておられたが、私などにも縁を大事にしなさいと手紙の中から今でも語りかけておられるような気がする。

（二〇二四年一月二十一日）

「あとがき」風に

俳人「豈」発行人
筑紫磐井

黒田杏子は俳人である以上に行動の人であったが、その行動はいくつかの方向性を持っていた。一つは「日本列島櫻花巡礼」や「百観音巡礼」、「四国遍路吟行」などであり、季語の現場を探求するという活動である。虚子で言えば武蔵野探勝のようなものだ。これは、俳句に対する信念だ。そしてこれは主に「藍生」の人たちと同行しての活動であった。特に、杏子が桜とゆかりの深いことは多くの人が語っている。杏子の本郷にある墓には句碑が建てられているが〈花巡るいっぽんの杖ある限り〉の句が彫られているし、この寺には満開の頃はさぞ美しいと思われる枝垂桜も植わっている。杏子を思い出す人は、必ず桜を思い描くに違いない。

第二は、『証言・昭和の俳句』のような俳句史の現場にいた人たちの聴き語りをするものであり、前者に比べて俳句の社会的側面をあぶりだすものである。晩年に金子兜太と行動を共にしたのはこれの延長に当たる。これは杏子独自の考えだ。兜太の戦争、杏子の安保闘争はこれらの活動の根っこを成している。主な著書を挙げれば数えきれない。

雑誌『兜太 *Tota*』の創刊、『語りたい兜太 伝えたい兜太』『金子兜太の〈現在〉』『存在者 金子兜太』『語る 兜太』『金子兜太養生訓』『語る 俳句短歌』と兜太関係が多い。しかしこのほかにも、『鶴見和子を語る』、『石牟礼道子全句集　泣きながら原』、『われわれの小田実』等関係した多くの著書があったし、瀬戸内寂聴、日野原重明、ドナルド・キーンとの交歓は様々な座談会の記録に残っている。聴き語りの中で生きた歴史をよみがえらせようとしていたのだ。

※　　※

ところで私がよく知っているのは最晩年の杏子だ。わずか五年ほどの間に、実に濃密な関係を持たせてもらった。まず、平成二十九年五月杏子から電話があり兜太を囲む会があるから参加できないかと言うのであった。その直前、黒田杏子編『存在者　金子兜太』が刊行され、その執筆者に私も参加しており、その打上げ会と理解していた。六月一日当日、藤原書店に出向いてみると、新刊の話題と言うよりは兜太の独演会で、秩父事件から始まり、日銀の金庫番の話と進み、やがて話を転じてこんな流れとなった。

黒田　『金庫番』という雑誌をみんなで出すの。どう。
金子　ちょっと違和感があるなあ。
黒田　（兜太はトラック島にいた時の果物の名前、「しゃしゃっぷ」が好きというので）先生、じゃあ「しゃしゃっぷ」でいいですか。
金子　おれは異存はない。だけどそれで決めていいのかよ。
黒田　みなさん、いかがですか。この雑誌は、先生が主宰とかいうことじゃないんですよ。

金子　そりゃ困るよ。
黒田　ここにおられる皆さんが編集同人ということで。先生は一同人ということで、よろしいですか。
金子　もちろん、参加するのはそうだけど。うん。おれの一番いい俳句をそこに載せてもらおう。

これを機に、当日の参加者を中心に編集会議が設けられ、原稿依頼や執筆、兜太を囲む座談会が開かれた。その途中、三十年二月二十日、肝心の兜太が急逝してしまった。しかし、遺志は引き継がれ、半年後に黒田主監・筑紫編集『兜太 *Tota*』(「しゃしゃっぷ」ではなかった)が創刊されたのである。この強引さが何ともよかった。

この前後も杏子の私に対する企画提案はすさまじかった。「件」への入会勧誘、「藍生」女流八人論の総論執筆、董振華『語りたい兜太 伝えたい兜太』への参加、現俳「金子兜太新人賞」での講演、「藍生」での総合誌編集長座談会、角川『俳句』での「結社」座談会提案、潰えたものも多いがともかく湯水のようにアイデアは湧いた。私自身も「俳人協会創設秘史」連載、寂聴論「晴美から寂聴へ」の連載を依頼されたが、杏子の死・「藍生」終刊により寂聴論は未完となってしまった。

黒田杏子の最後の仕事は、三月十一日の「飯田龍太を語る会」での「『山廬』三代の恵み」の講演であった。翌日十二日、宿で食事の後に脳出血を発症し、十三日入院した甲府の病院で亡くなった。実は私はその直前に杏子から電話を受け、龍太と兜太に関する座談会を開くことに決めたので参加してほしいということであった。結局この取材のためにわざわざ山廬を訪れたのではないか。

いかにも俳句に命をかけ、一心不乱に走り回った結果ついに斃れた人であった。実は杏子のこの意思を受けて、董振華のインタビュー集『龍太を語る（仮称）』が現在準備されている。『証言・昭和の俳句』、『語りたい兜太 伝えたい兜太』に続くインタビュー戦後俳句史になるわけである。杏子も喜んでいるに違いない。

［追記］

杏子が龍太と兜太を昭和俳句の星として言及するのは、黒田杏子監修『兜太 *Tota*』vol.4の「特集・龍太と兜太――戦後俳句の総括」を組んだときからだったであろうか。やがて、『証言・昭和の俳句 増補新装版』（コールサック社版）を刊行するに際して、帯文に二人の私信「後世に残る仕事 期して今後を見守ります」（飯田龍太）、「オレ達の足跡を消さずに残してくれて本当にありがとう」（金子兜太）を是非とも掲げたいと思ったのだろう。名著『証言・昭和の俳句』（角川書店版）の二〇年後の総括を龍太と兜太と見定めたのは歴史的偉業であった。

謝辞

杏子が雑誌、新聞等に発表した俳句や文章、さらに杏子関連記事を私は切り抜いてファイルに保存してきました。「作品」「エッセイ」「掲載誌」「対談」「選句」などテプラで表示し、一九七三年からあります。

「作品二〇二二〜」のファイルを持って杏子と「藍生」事務所を訪れたのは昨年二月中旬で、現代俳句協会の「兜太新人賞公開選考会」への途中でした。「今度の句集のタイトルは『八月』、四〇〇句以内に収めるつもり。『藍生』誌のデータは深津さんよろしくお願いしますね」と事務所を後にしました。

杏子は二〇一五年八月に脳梗塞で倒れましたが、幸い頭脳には異常がなく、俳人としての活動を継続することが出来ました。後遺症のため「歩行器」での生活を余儀なくされ、外出には必ず私が同行しました。病院などの出先では車椅子を利用するようにしました。外出

三月十一日、コロナ禍で順延になっていた笛吹市での「飯田龍太を語る会」。杏子は「龍太先生に恩返しをしなくては」と何日も前から言っていました。講演の翌日、朝食は同宿の方々と盛り上がり、「件《くだん》」の方に電話もかけました。部屋に戻った直後に異変が起きました。杏子の体を支えながら私は大声で救急車を呼びました。「大丈夫よ、大丈夫よ」というのが

私の耳に届いた最後の言葉でした。市立甲府病院に着いた直後に意識がなくなり、翌十三日の夕方杏子は逝ってしまいました。脳内出血ということでした。

葬儀は、姉、妹、弟のいる宇都宮市で五日後に行いました。当日の朝、私は髙田正子さんに迷わず電話し、『八月』の編集をお願いしました。

杏子と私は学生時代にセツルメント活動で出逢いました。慶応病院の医師を中心に設立された新宿区若葉町の診療所。慶応、厚生学院、東京女子大の学生たちが集い、「勉強会」「子ども会」などの活動に取り組みました。「六〇年安保闘争」の真最中の時期に重なり、貴重な体験をしました。

卒業後の翌年結婚、六十年間二人だけの日々を送りましたが、最後の七年間は密着した毎日になりました。杏子は家の中では杖にたよるため両手が使えません。句帳は毎晩私が枕元に運びました。「いい句が出来たわ」と起き上がる朝も度々でした。何十冊もの句帳が残っています。好奇心の旺盛な杏子に、私は外での体験を詳しく話しました。二年前に視覚障害者手帳を取得した私に、杏子は書き上げた原稿を読んで聞かせてくれました。

俳句の可能性、俳句の力について杏子は誰にも負けず確信をもっていたように思います。「選句は私の天職」と「藍生」誌はもとより、新聞や雑誌の選句に張り切り、投句者の方々との交流にも熱心でした。先達や句友を大事にし、毎日電話をかけ、手紙を書きました。

突然の別れ。どうすれば防げたのだろうか。元気だと油断していなかっただろうか。三年前、寂庵からの帰り際「大事な人だから大切にしてね」との寂聴さんの言葉を無にしてしまった。堂々巡りの思いに陥ってしまいます。親しい方々からの来信にも涙してしまいます。「一種一級」になってしまった視力の低下も弱気の一因です。

「偲ぶ会」のため黒田杏子アルバムを作りました。さらに九〇本のフイルムを探し出し、追加作業を始めています。杏子の残したたくさんのものと向き合いながらの毎日になっています。

昨年暮れ、突然藤原社長から追悼集出版のお話を頂きました。ありがたく感謝しています。短期日にもかかわらず、一四〇人もの方々から玉稿を賜りました。お心のこもったお一人おひとりのお言葉を胸に刻んでいきます。皆様ありがとうございました。藤原書店と刊行委員会の皆様にも心からの御礼を申し上げます。

二〇二四年二月

黒田勝雄

「現代俳句女流賞」授賞式の夜
（1982年2月、黒田勝雄撮影）

黒田杏子 主要著作一覧

●句集

『木の椅子』 牧羊社（現代俳句女流シリーズ） 一九八一年六月（新装版＝牧羊社 一九九〇年一〇月。増補新装版＝コールサック社 二〇二〇年一一月）

『水の扉』 牧羊社（現代俳句女流シリーズ） 一九八三年九月（新装版＝牧羊社 一九九一年三月。邑書林句集文庫 一九九七年一二月）

『黒田杏子句集 一木一草』 花神社 一九九五年一月

『句集 花下草上』 角川書店 二〇〇五年一〇月

『黒田杏子句集 日光月光』 角川学芸出版 二〇一〇年一一月

『黒田杏子句集 銀河山河』 KADOKAWA 二〇一三年一二月

『八月』 角川文化振興財団 二〇二三年八月

●句集（コレクション）

『黒田杏子 句集成』全5冊 角川書店 二〇〇七年一一月

『黒田杏子俳句コレクション1 螢』 髙田正子＝編著 コールサック社 二〇二三年六月

『黒田杏子俳句コレクション2 月』 髙田正子＝編著 コールサック社 二〇二三年一一月

『黒田杏子俳句コレクション3 雛』 髙田正子＝編著 コールサック社 二〇二四年三月

『黒田杏子俳句コレクション4 櫻』 髙田正子＝編著 コールサック社 二〇二四年三月

●単著

『あなたの俳句づくり――季語のある暮らし』 小学館カルチャー専科 一九八七年一月
『今日からはじめる俳句』 小学館ライブラリー 一九九二年四月
『俳句と出会う』 小学館 一九九五年二月（小学館ライブラリー 一九九七年一二月）
『俳句、はじめてみませんか』 立風書房 一九九七年四月（新版＝学研パブリッシング 二〇一二年二月）
『はじめての俳句づくり――五・七・五のたのしみ』 小学館フォトカルチャー 一九九七年一〇月
『黒田杏子歳時記』 立風書房 一九九七年一一月
『花天月地』 立風書房 二〇〇一年三月
『布の歳時記』 白水社 二〇〇三年三月（白水Uブックス 二〇〇九年九月）
『季語の記憶』 白水社 二〇〇三年一〇月
『金子兜太養生訓』 白水社 二〇〇五年一〇月（新装版＝白水社 二〇〇九年一〇月）
『俳句列島日本すみずみ吟遊』 飯塚書店 二〇〇五年一一月
『俳句の玉手箱』 飯塚書店 二〇〇八年三月
『暮らしの歳時記――未来への記憶』 岩波書店 二〇一一年一一月
『手紙歳時記』 白水社 二〇一二年一一月

●共著

『「おくのほそ道」をゆく』 植田正治＝写真 黒田杏子＝文 小学館（Shotor library） 一九九七年一一月
『第一句集を語る』 櫂未知子・島田牙城＝聞き手・各作家小論 鷹羽狩行・岡本眸・有馬朗人・鍵和田ユウ子・阿部完市・稲畑汀子・廣瀬直人・黒田杏子・川崎展宏・宇多喜代子＝著 角川学芸出版 二〇〇五年一〇月

●編著

『花鳥俳句歳時記　夏』　平凡社　一九八七年一二月
『花鳥俳句歳時記　春』　平凡社　一九八七年一二月
『花鳥俳句歳時記　秋』　平凡社　一九八八年一月
『花鳥俳句歳時記　冬・新年』　平凡社　一九八八年一月
『廣重江戸名所吟行』　小学館（Shotor library）　一九九七年七月
『現代俳句鑑賞』　黒田杏子＝選　深夜叢書社　二〇〇〇年一一月
『証言・昭和の俳句　上・下』　黒田杏子＝聞き手　桂信子・鈴木六林男ほか＝著　角川選書　二〇〇二年三月
（増補新装版＝コールサック社　二〇二一年八月）
『四国遍路吟行——俳句列島日本すみずみ吟遊』　中央公論新社　二〇〇三年四月
『鶴見和子を語る——長女の社会学』　鶴見俊輔・金子兜太・佐佐木幸綱＝著　黒田杏子＝編　藤原書店　二〇〇八年七月
『語る 俳句短歌』　金子兜太・佐佐木幸綱＝著　黒田杏子＝編　藤原書店　二〇一〇年六月
『語る兜太——わが俳句人生』　金子兜太＝著　黒田杏子＝聞き手　岩波書店　二〇一四年六月
『存在者 金子兜太』　藤原書店　二〇一七年四月

●共編著

『旅の季寄せ　夏』　広瀬直人と共編　日本交通公社出版事業局　一九八六年四月
『旅の季寄せ　春』　広瀬直人と共編　日本交通公社出版事業局　一九八六年四月

『旅の季寄せ　秋』　広瀬直人と共編　日本交通公社出版事業局　一九八六年一〇月
『旅の季寄せ　冬』　広瀬直人と共編　日本交通公社出版事業局　一九八六年一〇月
『現代歳時記』　金子兜太・夏石番矢と共編　成星出版　一九九七年二月（改訂版＝成星出版　一九九八年一〇月。たちばな出版　二〇〇一年一一月）
『女流俳句集成』　阿部みどり女ほか＝著　宇多喜代子・黒田杏子＝編　立風書房　一九九九年四月
『奥会津歳時記』　榎本好宏と共編　只見川電源流域振興協議会　二〇〇六年三月

●監修・その他
『今日からはじめる俳句　歳時記・季語索引付き（ＮＥＣデジタルブック）』　黒田杏子＝著　山下一海＝歳時記　小学館　一九九四年一月
『短歌・俳句同時入門』　馬場あき子・黒田杏子＝監修　東洋経済新報社　一九九七年一一月
『現代俳句の鑑賞事典』　宇多喜代子・黒田杏子＝監修　東京堂出版　二〇一〇年五月
雑誌『兜太 *Tota*』全４号　黒田杏子＝編集主幹　藤原書店　二〇一八年九月―二〇二〇年三月（年２回刊）
『語りたい兜太 伝えたい兜太――13人の証言』　董振華＝聞き手・編　黒田杏子＝監修　コールサック社　二〇二二年一二月

〈黒田杏子論〉
髙田正子著『黒田杏子の俳句――櫻・螢・巡禮』　深夜叢書社　二〇二二年八月

黒田杏子 略年譜（１９３８〜２０２３）

作成＝中野利子

１９３８（昭和13）　8月10日、東京市本郷区（現東京都文京区本郷）にて、開業医の父・齊藤光と母・節の次女として生まれる。姉兄妹弟がひとりずつ。

１９４４（昭和19）　6歳　芭蕉ゆかりの栃木県那須郡黒羽町（現大田原市）に戦時疎開。

１９４５（昭和20）　7歳　父の生家、南那須村に移住。小学校入学。卒業まで農山村の四季、行事を深く体験する。

１９５１（昭和26）　13歳　塩谷郡喜連川町（現さくら市）に移住。喜連川中学に入学、卒業。中学3年の時にマルタン・デュ・ガールに手紙を書く。

１９５４（昭和29）　16歳　栃木県立宇都宮女子高等学校に進学。寮生活2年、最後の1年は母方の祖母宅に寄留。好奇心旺盛な高校生活を送る。芭蕉研究のほか、社会科学書の読書、柳宗悦の民芸運動に関心を持つ。烏山町在住の江口渙を母とともに訪れる。

１９５７（昭和32）　19歳　東京女子大学に入学。俳句研究会「白塔会」に入り、山口青邨に入門。「大学セツルメント」に参加し、新宿若葉町に通う。

１９５９〜60（昭和34〜35）　21〜22歳　3〜4年生。日米安全保障条約改定反対運動おこり、熱心にデモに参加。樺美智子の死に衝撃を受ける。6月19日、改定安保条約自然成立。4年生の夏、セツルメント活動の一環として、福岡県大牟田の三井三池炭鉱第一組合の炭鉱住宅で、夏休みの子ども会をつづける。滞在50日。

１９６１（昭和36）　23歳　3月、東京女子大学心理学科を卒業。4月、広告会社、博報堂に入社。

仕事に没頭し、自然に句作から遠ざかる。

1962（昭和37）24歳　セツルメントの仲間、黒田勝雄と結婚、市川市に住む。

1963（昭和38）25歳　この頃から数年ほど、生涯を賭けるに足る「天職」を求めて、さまざまな分野に手を伸ばす。陶芸、染織、自然保護運動など。そのひとつとして、劇団民藝の文芸部員公募に応じ、木下順二「オットーと呼ばれる日本人」論を提出する。採用決定通知を受けるが、一年間ほど迷ったあげく、入団を断る。結果、定年まで博報堂に勤める。

1968（昭和43）30歳　句作で生涯をつらぬくと心が定まり、山口青邨に再入門。青邨指導の東大ホトトギス会にも参加。再入門の決意を支えるため、ひとりだけの「日本列島櫻花巡礼」を思いたち、ひそかに実行に移す。27年後、57歳で満行。

12月、結社誌「夏草」に復活2句が載る。

1970（昭和45）32歳　11月25日、三島由紀夫自決（この時、交通事故ゆえの骨折で、入院していた。入院中は歳時記をあらためて精々読）。

1973（昭和48）35歳　この頃から「夏草」の鍛錬句会「木曜会」（週2回）が熱を帯びてくる。「苦業にも似た吟行と一期一会の激しい句会の連続だった」（古舘曹人）。「火の玉のように、狂気のごとく句作を重ねる日々」とのちにふりかえる。句会の議論を録音したテープを、帰宅後くりかえし聴く。

1975（昭和50）37歳　「夏草新人賞」を受賞。翌76年「夏草」同人となる。

1976（昭和51）38歳　雑誌『アニマ』創刊プロジェクトに参加のため、足かけ3年、平凡社に出向。環境問題、自然保護運動、動物行動学などの専門家に会い、学ぶ機会を得る。出向のきっかけは、アイディア開発室から経理部への急な左遷にあった。社内の男女の待遇差に抗議する組合運動を熱心に行なったため。百科事典宣伝の顧客であった平凡社社長の下中邦彦にスカウトされた。

1978（昭和53）40歳　私用で、瀬戸内寂聴を寂庵に訪ねる。同窓ということもあり、すぐに親しくなり、生涯にわたる濃密な交友はじまる。まもなく、インド旅行に誘われる。

1979（昭和54）41歳　初めてのインド旅行。乾季の南インドを20日ほど、続いて初夏には中部インド。アジャンタ、エローラの洞窟、ガンジスの聖流も訪れる。人生観、自然観が一変するほどの衝撃を受け、少女期の黒羽、南那須の暮らしを「私の歳時記体験の原点」と気づく。

1981（昭和56）43歳　6月、第一句集『木の椅子』（牧羊社）刊。

1982（昭和57）44歳　1月、『木の椅子』が俳人協会新人賞・現代俳句女流賞のダブル受賞。11月、日本文化デザイン会議in金沢で大塚末子にあい、大塚末子デザインの直線裁ちコスチューム上下スーツ、いわゆるもんぺスーツを自分のユニフォームと決める。

この年、勉強句会「木の椅子会」を発足させる。月1回、結社にとらわれない若手俳人たちと句会・吟行をかさねる。参加者の一部——藺草慶子、岸本尚毅、岩田由美、長谷川櫂、髙田正子、今井豊、中岡毅雄、対馬康子、夏井いつき……。

開始の時期ははっきりしないが、鈴木真砂女の店「卯波」で開かれる「月曜会」も貴重な場であった。夕刊1面から各自が一字を選び、その文字を当季雑詠に生かした。参加者は三橋敏雄、藤田湘子、後藤綾子、阿部完市、それに鈴木真砂女など。

編集者・ライターを中心にした「東京あんず会」（月に一度）は本郷法真寺の一室にて。「結社、超結社を問わず、よき句座は人生の泉である」との考えにもとづいて、その他、多くの句会を次々に呼びかけ、実行する。

1983（昭和58）45歳　博報堂発行の隔月刊雑誌『広告』の編集長になる（～87年）。

9月、第二句集『水の扉』（牧羊社）刊。

この頃からエッセイの注文ふえる。

異業種で働く女性たちの自主勉強会「落鱗《らくりん》塾」を結成。事務局をつとめ、毎日新聞記者、増田れい子が代表。会場は本郷の法真寺の2階。

1984（昭和59）　46歳　『本の窓』（小学館）で、のち『俳句と出会う』にまとめる連載をはじめる（11年後に出版。「私のすることはすべてロングラン」）。

1985（昭和60）　47歳　京都、寂庵の嵯峨野僧伽《サンガ》にて「あんず句会」はじまる（寂聴の提唱。2013年3月まで28年間）。

『毎日新聞』月に1回の「女の新聞」楽句塾で、一句一行鑑賞の選句をする（～91年）。

1987（昭和62）　49歳　土曜夜の朝日カルチャー俳句講座を引き受ける。勤めを持っている男女のための講座は意味があると考えた。実際に俳句会結成時の主力メンバーが育つ。

『あなたの俳句づくり』刊。

1988（昭和63）　50歳　12月15日、山口青邨逝去。

1989（昭和64／平成1）　51歳　10月、父死去。

1990（平成2）　52歳　10月、主宰として「藍生俳句会」を結成。約800名でスタート。各種勉強句会、選句していた各種誌紙（『ラ・メール』『俳句とエッセイ』など）の投句者が合流した。

日独俳句交流で、ドイツ・フランクフルトを訪れる。金子兜太の句が紹介される。

黒羽でドナルド・キーンに会う。キーンはおくのほそ道三百年の会で講演、タイトルは「おくのほそ道と日本文化」。

1991（平成3）　53歳　3月、「藍生」有志で「廣重江戸百景吟行」の第1回。99年に100回満行。

11月、文京一葉忌で「西鶴と一葉」の講演をした暉峻康隆と会う。のち「花咲かおばさん」「韋駄天杏子」の呼び名を贈られる。

1992（平成4）　54歳　1月、大津、石山寺で、藍生俳句会企画の西国吟行の第1回。観音参詣だけでなく必ずそこで句会をする。

『新潟日報』俳壇選者となる。

『今日からはじめる俳句』刊。

1995（平成7）　57歳　1月、第三句集『一木一草』（花神社）刊。この句集で俳人協会賞受賞。

『俳句と出会う』刊。

1997（平成9）　59歳　『日本経済新聞』俳壇の選者となる。

『「おくのほそ道」をゆく』（植田正治・写真、黒田杏子・文、小学館）刊。1989年1月雑誌『太陽』の特集を再編集したもの。

『俳句、はじめてみませんか』『黒田杏子歳時記』刊。

1998（平成10）　60歳　博報堂定年退職。最後の数年は特別職待遇。一室を持ち、自由な行動を保障された。

9月、桂信子のロングインタビューを行う。4年後に『証言・昭和の俳句』にまとまるロングラン・インタビューのはじまり。

10月、神保町に「藍生」事務所をもうける。会員の会費を経済的基礎とする自前のオフィス。「24時間使える交通至便のこの12坪を、全国津々浦々の会員のコミュニケーションセンター、よりどころとしてゆっくりと体制を整えてゆきたい」（「藍生」1998／10月号）。

アーキアン建築研究所主宰の宇都木卓三が俳句会にふさわしい空間にデザイン。

2000（平成12）　62歳　『現代俳句鑑賞』（黒田杏子著、齋藤愼爾構成、深夜叢書社）刊。雑誌「藍生」収録の「藍生集」、つまり投句された雑詠の黒田杏子選評を句とともに、結成以降10年分を集めたもの。「ここに収められた俳句はすべて私の仲間「藍生」に拠る連衆のものです」。

2001（平成13）　63歳　エッセイ『花天月地』刊。

2002（平成14）　64歳　11月、母死去。

『証言・昭和の俳句』刊。すぐれたプロデュース力を内外に示す。

2003（平成15）　65歳　師系・結社を異にする句友たちと同人誌「件《くだん》」を創刊。肩書きに「件」同人が加わる。メンバーは榎本好宏、橋本榮治、山下知津子、細谷喨々など（「コルクの会」「MOCCOの会」などの名称変更、メンバーの入れ替えを経て）。同人誌「件」は年2回発行。

エッセイ『布の歳時記』『季語の記憶』刊。

2005（平成17）　67歳　第四句集『花下草上』（角川書店）刊。

エッセイ『俳句列島日本すみずみ吟遊』刊。

2007（平成19）　69歳　『黒田杏子 句集成』（角川書店）。1968〜2005年に詠んだ1922句を索引も含め5分冊に。

2008（平成20）　70歳　エッセイ『俳句の玉手箱』刊。

2009（平成21）　71歳　第一回桂信子賞受賞。

2010（平成22）　72歳　アビゲール・フリードマン『私の俳句修行』刊。黒田杏子から2年間、個人的に俳句レッスンを受けたアメリカ外交官の体験記。

2011（平成23）　73歳　第五句集『日光月光』（角川学芸出版）刊。この句集にて蛇笏賞受賞。

エッセイ『暮らしの歳時記』刊。

2012（平成24）　74歳　4月、秩父水潜寺で、百観音と四国八十八ヶ所巡礼吟行の満願。（百観音とは西国三十三観音、板東三十三観音、秩父三十四観音）。年に4回ずつ、20年かけた。黒田主宰と会員が参詣しつつ句を作る「巡礼吟行」は他に類をみない独創的な企画。

10月、加賀乙彦が呼びかけた「脱原発社会をめざす文学者の会」のメンバーとなる。

『新版　俳句、はじめてみませんか』、エッセイ『手紙歳時記』刊。

2013（平成25）　75歳　第六句集『銀河山河』（KADOKAWA）刊。

3月、あんず句会終わる。

2014（平成26）　76歳　市川より東京の本郷に転居。

2015（平成27）　77歳　兜太より戦争体験を語る際の「お助けおばさん」の依頼を受ける。

8月、斃れる（脳梗塞）。

2016（平成28）　78歳　2月、リハビリのための竹川病院を退院。半年間、この病院事務室のファクスを用いて「藍生」編集・発行をする。欠号なし。

2018（平成30）　80歳　2月20日、金子兜太死去。

9月、雑誌『兜太 *Tota*』(藤原書店)創刊、編集主幹をつとめる。2020年3月までに全4号を発行。1号「一九一九　私が俳句」、2号「現役大往生」、3号「キーンと兜太　俳句の国際性」、4号「龍太と兜太　戦後俳句の総括」。

『東京新聞』「平和の俳句」選者を、兜太から引きつぐ。

2020(令和2)82歳　7月、藍生俳句会の「特別例会」を企画、実行。コロナ禍でさまざまな句会が不可能になった閉塞感を切りぬける方策。主宰に直接に句を送り、選句、添削、批評などを郵便で受けとる仕組み。2021、2022年にも実施。

10月、現代俳句大賞受賞。

2021(令和3)83歳　『増補新装版　証言・昭和の俳句』刊。

2022(令和4)84歳　新しい評価、紹介を加えた旧著の増補版出版などプロデュース業、活発。『山廬の四季』『ドナルド・キーンと俳句』、翌年の『語りたい兜太伝えたい兜太』など。

2023(令和5)　3月10日、山梨県笛吹市境川総合会館、「龍太を語る会」で講演。演題は「山廬」三代の恵み」。

3月13日、脳内出血で逝去。

6月11日、山の上ホテルにて「件の会」主催の「偲ぶ会」開催。

8月、最終句集『八月』(角川文化振興財団)刊。

9月17日、如水会館にて藍生俳句会主催の「偲ぶ会」開催。

11月、藍生俳句会解散。終始、ひとりで企画・編集をした月刊誌「藍生」は、最終号まで合計34巻、393冊に達した。堅実かつ自由奔放に編集された貴重な記録である。

2024(令和6)　2月末、本郷法真寺に墓碑「花巡るいつぽんの杖ある限り」が完成。

後記

大胆にして細心、面倒見のいい姐御肌の人、とでも形容しようか。

杏子さんとの出会いは、鶴見和子さんと金子兜太さんとの対話の企画から始まった。小社は、著作集〈鶴見和子曼荼羅〉（全九巻・別巻一、一九九七―九九）を完結し、その後対話を企画し、二〇〇二年春から刊行してきた。石牟礼道子、中村桂子、志村ふくみ、佐佐木幸綱、多田富雄……。

二〇〇五年の或る日、和子さんから、「黒田杏子さんて知ってる？　彼女、私と金子兜太さんとの対談を是非お願いしたいと言ってるんだけど、藤原さんどう思う」というお電話があった。黒田杏子さんについてはあまりよく知らなかったが、兜太さんにはお会いしたいと思った。

四十年近く前、お世話になった歴史家井上幸治さんから「金子兜太という大人物が居る。郷里は同じ秩父で医者の倅。俳句をやっている男だ。日銀に勤めているが窓際らしい」と伺っていた。一度是非お目にかかりたいと思いながら二十年の歳月が過ぎていた。

二日間の宇治での対話だった。お二人の話も面白かったが、兜太さんと邂逅できたのは、杏子さんのおかげである。対談後、井上幸治先生から兜太さんのことはお聞きしていた旨を告げると、「いやあ、あの先生にはお世話になったなあ」といかにも懐しそうな口調で話された。対談中、兜太さんが旧制水戸高時代、俳句の世界に入ったのは出沢珊太郎《でざわさんたろう》という先輩の影響と。出沢は星一の子で、星新一とは腹違い。星一は和子さんから、毎朝八時半に祖父後藤新平を訪ねてくる男と聴いていた。

その後も、杏子さんは、無償で企画編集もお手伝いいただき、雑誌『兜太 *Tota*』を含め十冊位のわが社の出版に貢献していただいた。その間も、小田実さんの葬儀の司会や、小社主催の鶴見和子さん命日の集い、山百合忌の司会も長年務めていただいた。

あの屈託のない笑顔と語り口、トレードマークの大塚末子作のもんぺにおかっぱの髪型で。

杏子さん、ありがとう。合掌。

藤原書店社主　藤原良雄

刊行委員（五十音順）

坂本宮尾（さかもと・みやお）
1945年生。俳人、英文学者、東洋大学名誉教授。著書『真実の久女』『竹下しづの女』（共に藤原書店）、句集『別の朝』（図書新聞）、編著『杉田久女全句集』（角川文庫）。

筑紫磐井（つくし・ばんせい）
1950年生。俳人、評論家。著書、句集『我が時代』（実業公報社）、評論集『戦後俳句史 nouveau 1945–2023』（ウエップ）、『虚子は戦後俳句をどう読んだか』（深夜叢書社）。

橋本榮治（はしもと・えいじ）
1947年生。俳人、「枻」代表及び編集発行人。著書、句集『放神』『瑜伽』（俳人協会賞受賞）（共に角川書店）、評論集『水原秋櫻子の100句を読む』（飯塚書店）、編著『林翔全句集』（コールサック社）。

横澤放川（よこざわ・ほうせん）
本名・横澤義夫。1947年生。日本カトリック神学院教授。句集『展掌』、編著・中村草田男句集『炎熱』（共にふらんす堂）、『季題別中村草田男全句』（角川文化振興財団）。

花巡る《はなめぐる》　**黒田杏子**《くろだももこ》**の世界**《せかい》

2024年 3 月13日　初版第 1 刷発行©
2024年 4 月20日　初版第 2 刷発行

編　者　『黒田杏子の世界』刊行委員会
発行者　藤原良雄
発行所　株式会社 藤原書店

〒 162-0041　東京都新宿区早稲田鶴巻町 523
電　話　03（5272）0301
ＦＡＸ　03（5272）0450
振　替　00160 - 4 - 17013
info@fujiwara-shoten.co.jp

印刷・製本　中央精版印刷

落丁本・乱丁本はお取替えいたします
定価はカバーに表示してあります
Printed in Japan
ISBN978-4-86578-416-9

「人生の達人」と「障害の鉄人」、初めて出会う

米寿快談

〈俳句・短歌・いのち〉

金子兜太＋鶴見和子
編集協力＝黒田杏子

反骨を貫いてきた戦後俳句界の巨星、金子兜太。脳出血で斃れてのち、短歌で思想を切り拓いてきた鶴見和子。米寿を前に初めて出会った二人が、定型詩の世界に自由闊達に遊び、語らう中で、いつしか生きることの色艶がにじみだす、円熟の対話。

口絵八頁
四六上製　二九六頁　**二八〇〇円**
（二〇〇六年五月刊）
◇978-4-89434-514-0

鶴見俊輔による初の姉和子論

鶴見和子を語る

〈長女の社会学〉

鶴見俊輔・金子兜太・佐佐木幸綱
黒田杏子編

社会学者として未来を見据え、〝道楽者〟としてきものやおどりを楽しみ、〝生活者〟としてすぐれたもてなしの術を愉しみ……そして斃れてからは「短歌」を支えに新たな地平を歩みえた鶴見和子は、稀有な人生のかたちを自らどのように切り拓いていったのか。

四六上製　二三二頁　**二二〇〇円**
（二〇〇八年七月刊）
◇978-4-89434-643-7

従来の〝久女伝説〟を覆す、渾身の評伝

真実の久女

〈悲劇の天才俳人　1890-1946〉

坂本宮尾

高浜虚子の『ホトトギス』同人除名問題などから、根拠のない〝伝説〟が横行していた悲劇の人、杉田久女。その実像に、多くの秀れた俳句を丁寧に鑑賞しつつ、初めて迫る。俳人協会評論賞受賞作に、その後発見された新資料をふまえ加筆された決定版！

カラー口絵四頁
四六上製　三九二頁　**三二〇〇円**
（二〇一六年九月刊）
◇978-4-86578-082-6

初の本格的評伝

竹下しづの女

〈理性と母性の俳人　1887-1951〉

坂本宮尾

「女人高邁芝青きゆゑ蟹は紅く」（しづの女）――それまでの女流俳句の通念を見事に打ち破った勁利な美質に、私はおどろき、たちどころにしづの女俳句のファンになったものだ」（金子兜太）。職業婦人の先駆けであり、金子兜太、瀬田貞二らを輩出した「成層圏」誌の指導者であった生涯をたどり、難解で知られる俳句を丁寧に鑑賞。

カラー口絵四頁
四六上製　四〇〇頁　**三六〇〇円**
（二〇一八年六月刊）
◇978-4-86578-173-1

二〇二四年三月一五日発行（毎月一回一五日発行）

月刊
機

2024
3
No. 384

発行所　株式会社 藤原書店©
〒一六二−〇〇四一　東京都新宿区早稲田鶴巻町五二三
電話　〇三・五二七二・〇三〇一（代）
FAX　〇三・五二七二・〇四五〇
◎本冊子表示の価格は消費税込みの価格です。

編集兼発行人
藤原良雄
頒価 100円

あの後藤新平が、時代を看破する劇曲を作っていた！　世界初演

後藤新平の『劇曲 平和』とは？

——懸賞論文を書いた若き久米正雄——

東北大学大学院法学研究科教授　**伏見岳人**（解説・訳）

後藤新平（1857-1929）

後藤新平が立案し、詩人・平木白星が執筆した『劇曲 平和』は一九一二年四月一五日に如山堂から公刊された。二ケ月後の六月二三日、『東京日日新聞』で、本書を対象とする「新著懸賞批評」が募集開始。第二等に選ばれたのが、のちの文学者、芥川龍之介や菊池寛の友人、久米正雄その人であった。第一次大戦前夜の世界情勢を、〝鎧をつけた平和〟と看破した『劇曲平和』を、若き久米正雄はいかに読んだのか。後藤新平並びに当時の時代状況を知悉する伏見岳人氏に訳と解説をお願いした。　**編集部**

● 三月号目次 ●

若き久米正雄が評した後藤新平『劇曲 平和』
後藤新平の『劇曲平和』とは？　伏見岳人 解説・訳　1

有機農業の先駆者、星寛治さんを偲ぶ　原 剛　6

冒される琉球弧の島々のくらし
琉球　揺れる聖域　安里英子　10

稀有の俳人・黒田杏子さん一周忌
花巡る——黒田杏子の世界　同刊行委員会　12

活性化する「日本ワイン」、ワイナリー現地ルポ
ワイン産業は「未来の新しい産業社会」の先駆け　叶 芳和　14

〈連載〉パリの街角から15「忘れ難い人」山口昌子 17　メキシコからの通信12「AMLOの思想」田中道子 18　歴史から中国を観る51『三国志』と『三国志演義』宮脇淳子 19　今、日本は59「教師の悲鳴が聞こえる」鎌田慧 20　科学史上の人びと12「木村資生」村上陽一郎 21　グリム童話・昔話12「破裂音の響く行列——南ドイツの謝肉祭3」小澤俊夫 22　「地域医療百年」から医療を考える34「福沢諭吉の医療観」方波見康雄 23　あの人この人12「虚ろな兵士」黒井千次 24　いま、考えること12「大坂なおみ選手の存在」山折哲雄 25　花満径96「無伴奏曲にふれて」中西進 26
2・4月刊案内／読者の声・書評日誌／刊行案内・書店様へ／告知・出版随想

第一高等学校生だった若き久米正雄による『劇曲 平和』の批評文は、一九一二年九月二三日から二七日にかけて、『東京日日新聞』に掲載された（九月二四日は未掲載）。

同級の芥川龍之介や菊池寛らと文芸活動に励んでいた久米は、夏休み期間中の腕だめしとして、この懸賞に応募したようである。久米は、後藤新平発案という珍しさに惹かれたことを明かした上で、「**新興歌劇の脚本の先駆とも称すべき栄誉を担うに足るもの**」と、その文芸的価値を高く評価した。

「黄禍論」を背景に、欧米列強の角逐の激化と、日本が果たしうる「平和」への役割を訴えた本作において、久米がとくに興味をもったのは、人間の闘争的本能を象徴している「誘惑者」のセリフの数々である。それらの中に、「鎧をつけた世界平和」の脆弱性を示したい作者平木白星や立案者後藤新平の意図を見出せたからである。

本誌次号掲載の後半では、他の登場人物の言動に加えて、歌詞や舞台効果まで、幅広く論評が続いていく。そして末尾において、久米は、「**劇曲『平和』を単なる紙の劇曲たらしむるのは、現歌劇壇の恥辱である**」と記して、その実演への強い期待を表明したのであった。（伏見岳人）

〈**凡例**〉なるべく原文に忠実に翻刻したが、読みやすさを考慮して、漢字の表記法や仮名遣いを改め、句読点を適宜補足し、小見出しも付加した。〔 〕は伏見による補注である。劇中のセリフの引用には、藤原書店刊『後藤新平の『劇曲平和』』での対応頁を追記した。

「平和」を歌劇の台本として

久米正雄

新興歌劇の脚本の先駆

新しき戯曲なく、熟練なる作曲家なく、さらに歌劇俳優なしとは、昨今ようやく起りつつある歌劇壇の絶叫である。「熊《ゆ》野《や》」〔謡曲を原作とし、一九一二年二月に帝国劇場にて上演された創作歌劇〕の上場とともに、嘲罵の中に葬られたる我がプリマドンナ柴田環〔のちの三浦環、歌手〕女史も、最近「釈迦」〔帝国劇場で一九一二年六月に上演された創作歌劇〕にやや見るべかりしほか、何らの貢献ありしとも覚えず、バンドマンの単なるコミックオペラに満足せざるべからざるの悲境にある我が歌劇壇は、いわば未だ黎明の光すら前途に見いだされないのだ。

ことにその台本たるべき劇曲に至っては、俳優以下というも決して過言ではなかった。「熊野」の蕪雑《ぶざつ》はいわずもがな、松葉氏〔松居松葉、劇作家〕の作と称せらるる「釈迦」も、決してよい歌曲とはいわれない。

ただ、**ここに突如として現われた一書がある。**それは一種の政治的意味よりして一般読書子の食指を動かしたるとともに、**実に新興歌劇の脚本の先駆とも称すべき栄誉を担うに足るものである。それはいうまでもなく劇曲『平和』一篇である。**

自分は、今ここにこの『平和』を評しようとする大胆事を決行する前に、評者の『平和』を読んだ動機を断悔しなくてはならぬ。すなわち評者は、ただ漫然たる新著の渉猟者として、決して深い意味からでなく、ただ後藤男の立案という好奇心に牽かされたのだということである。

久米正雄（1891-1952）
（東京帝大在学中）

しかし動機は批評の価値に決して裏書をするものではない。ただ自分は自分の思うどおりの印象批評をなすのみだ。印象批評は単なる評者の影であって、決して権威あるものでない。けれども、それだけ自由で奔放であろうと思う。

序曲《プロローグ》が長くなった。最後に、自分は自分の立場を一言しようと思う。

『平和』は取扱った材料が材料だけに、政治上の意味を附帯しているけれども、しばらくその方面は他の文明批評家に任して、**ただ文芸上の立場から、ないしは好劇者という点から論評してみたい。**

「誘惑者」が体現する本作の核心

劇がひとつの綜合芸術である以上、全体としての脚色《プロット》等を評するのが正当であるかも知れないが、まず評者は人物個々を解剖して全体に及びたい。人物個々といっても問題劇、心理劇、社会劇でないのだから、人物の性格《キャラクター》を論ずるのでない。ただ便宜上、人物個々の言を抄出して、筋を説明することにしようというのである。

第一の主要人物は誘惑者であろう。誘惑者は名のごとく、他の各国を代表する人々を誘惑する人物であって、作者の最も苦心したのは、この誘惑者であるらしい。**自分はこの誘惑者の独白、または対話に、最も興味を覚えた。**作者は、はたして何を象徴《シムボライズ》したのかわからぬが、かりにいわゆる真理——人性の奥に潜める闘争心、を象徴したものとして、超人間《スーパーヒューマン》なところもあり、あるいは深酷なる文明批評家ともなり、ある時は隠者のごとく人界を冷笑し、諷刺をなす。自分は最も多く、作者もしくは立案者の姿を、この中に認めたのである。

その台詞の中には、到るところ高遠な哲理を含んだ名句に逢着する。見よ、かの序詞の奇警を！　自分は、『平和』一篇の主脳はまったくこの序詞にあり、と叫ぶのを禁じえなかった。序詞を読んだだけで、劇全体の印象は得られる。この意味において、序詞は成功している。その『わからなければ、解ったふりをしておればよい』〔54〕というごとき、何ら深厳なる現代諷刺であろう。無智なる観衆は、まさにこの一言で慚死せねばならぬだろう。

　そのほか、『平和はこの世にもあの世にもありようはない』〔54〕と喝破し、『むしろ鎧える平和だ』〔54〕といい、鉄づくりの甲冑を身につけ、平和の唄につれて踊るのを、『第三の時期』と名づけ、『今や世界はこの時期に入った』〔54〕と叫ぶなど、挙げきたれば、一言片句として玉成せられたる格言ならざるはない。

人は天と、天は人と戦い、かつただ戦うために戦う、という現代の反響なき努力の悲哀を告白するところ。さらに平和を口にするものを称して『偽りでなくば、無智なのだ』〔56〕といい、『平和は歌と歌との間の息つぎだ。歌の合いの手だ、歌そのものでない』〔56〕と比喩し、『永遠に平和を欲せよ。その人はいつまでも幕の開かざる演劇を見ねばならぬ』〔56〕と結べる一句一句、哲学と諷刺を味わいきたれば、人はいかに作者が序詞に苦心し、成功せるかを見るだろう。

　次に第九段に現われて、『魔力は元来零なのだが、人間がそれに一を加え、神がこれに百を加える』〔88〕というのも快哉を叫ばせ、主神の問に対し『俺は一あって、二なきものだ』〔89〕などと傲語し、扇面をささげて、ざれ歌を唱ふがごとき。また後段、黄禍を唱えて、欧米諸国の代表者を騒がすところまで、一篇はこの誘惑者の表わるるところのみにおいて大活躍をなしている。すなわち、**この誘惑者の冷笑的超然的の言動は、正しく『平和』の主調《キーノイズ》をなしているのである。**

各国を象徴する登場人物たち

誘惑者に苦心した作者の筆は、そのほかの人物に関しては、できうる限りの簡潔を旨としてある。これは劇の統一上、しかるべきで、前の幕において平和主神の御座の前で躍る王子女のごとき、一々解剖する必要もないが、台詞でただ各国を示している。たとえば、平和の舞踏に倦みたる時。独逸《ドイツ》を暗示せる一の王子は、『ああ淋しい。平和は睡い』〔61〕といい、さらに『何か起らぬかのう』〔62〕といいて、閑日月に倦めるを表わし、後の幕において各国を代表せる人々の対話に「陰《かげ》」として使いたるこの一王子の末路が、『血や肉に飽こうとして山に入った』〔166〕というがごときは、まざまざと独逸を暗示し、比喩している。比喩が興味をひくに違いないが、もっと衝き入って、詳しく独逸なら独逸の態度を批評したら、より多く痛快であったろうと思われる。独逸の態度は『狼になった』〔166〕以上、もっと適切な比喩がありそうだ。

伊国を表わせる第二王子も『ああ無聊《ぶりょう》だ、平和は寒い』〔61〕といい、英国を示せる一王女も『ほんとに平和には飽き飽きしました。こうしていると、一時に百才も年を老るような気がする』〔61〕といい、米国を示せる第三王子も、これに賛して『舌の爛《ただ》れるような酒に酔いたい』〔61〕と叫び、西班牙《スペイン》を表わせる第三王女は『私は人間になりたい』〔62〕と不平をいい、仏国を暗示せる第二王女が『私は生きているのか、死んでいるのか。お兄さま、この顔をよく見てください』〔61〕といいて、暗にその外交の不振沈滞を指示せるごとき、ただ一首肯を促すにとどまって、諷刺皮肉の強き力に欠けているのは、疵ともいうべきであろう。要するに、この六王子女は舞台を美しくするという傍目的《ネーベンチール》に貢献するのだから、そう力を用いなかったのだろう。これら王子女の下界へ下る動機は薄弱で、首肯しがたきもののひとつである。非現実的の劇曲であるから、動機はどうでもよい、という遁辞《とんじ》は許されぬと思う。**自分の浅い考えからいえば、ここで強い動機を作り、六王子は下界に下り、七王子のみこの強い動機に反抗して、天上に留まることにしたかった。**それでなくて原作に従えば、少女やまとは睡っていたために残されたので、残ったという自意識の入った動作でなくなる。であるから、後の幕の活動も今まで睡っていた少女としては、あまりの激変に驚く。日本が睡《ねむり》から突然さめて興ったとはいえ、これではあまりと思われる。（この一節は政治的にもなり、事実の錯誤が無いとも限らぬが、許してもらいたい。ことに最後の下界の動機は支離滅裂で、もっと詳しく論じたいが、大問題でもないから、しいて簡単にした。意のあるところを酌んでくれれば、幸である。）

（以下次号）

有機農業の先駆者、星寛治さんを偲ぶ

早稲田環境塾 塾長
毎日新聞客員編集委員
原 剛

有吉佐和子との出会い

「正徳院殿有機農寛大居士」星寛治は、昨年一二月七日、八八歳で逝った。

日本人の誰もが農薬BHCとDDTに汚染されていた一九七三年、星が率いる青年農三八人が奥羽山脈の直下、置賜《おきたま》盆地の一角山形県高畠町から、農業基本法農政に敢然と反旗を翻した。

「耕地を拡大し、儲かる作物を作れ。化学肥料と農薬を多投せよ」。基本法は高度経済成長策の農業版だった。

彼らは農機具代を賄うための出稼ぎを拒否、有機無農薬農法による自給農業への回帰を計った。高畠町有機農業研究会の行動は、毎日新聞東京本社の社会部記者だった私を決定的に環境報道へ、高畠へと向かわせ、後に早稲田大学大学院で高畠をフィールドに「環境と持続可能な発展論」を開講することになる。

――六二年の春、私は結婚した。平凡な見合い結婚である。私は二六歳、妻キヨは二二歳だった。自宅での挙式に、来賓として臨席された真壁仁先生が一枚の色紙をしたためてくださった。

「薔薇は散った／はや優しさを力に変えるときがきた」という墨痕が目に痛く、一対の駄馬として生きていく覚悟を迫るものになった。

（星寛治「個人史」）

真壁は星の文学の師、共に宮沢賢治を詩神と仰ぐ。「薔薇」は青春と詩を意味した。

時代はしかし、〝駄馬〟を駿馬化していく。高畠町和田の条件不利地に指定された山際の集落を拠点に、星は有機無農薬農法、詩人、耕す教育を同時に司る野の思想家と実践者であることを託され、時代の求めに応じ疾駆する。

米沢市の名門校興譲館から大学への進学を望んだ星は、父親から長男の家族扶養義務を求められた。「幽閉の村」で失意の農業を強いられた星は、「村の困窮と立ち遅れは、結局、農民の知的総合力の低さに起因する」と判断、一九五四年に「読書会」を主宰。宮沢賢治からドストエフスキーへと歩を進めた。

有機農研が試みた地域ぐるみの有機無農薬農法は、共感する東京、大阪などの消費者との生産者・消費者提携運動に展開していく。星たちの一連の動きは、自主流通を強いられたコメ市場で、山間の産米に特性を求める判断でもあった。

　作家有吉佐和子は高畠での取材を交え、ルポ風小説「複合汚染」を朝日新聞朝刊に連載（一九七四年）、食べ物の農薬汚染を告発して大きな反響を呼んだ。有吉が

有吉のリンゴの樹と星寛治（1935-2023）

賞味した星のリンゴ樹は農薬を用いない有袋栽培により今も実を結ぶ。

　有吉の娘、作家の有吉玉青は二月一七日東京で催された「星寛治さんを偲ぶ会」で「私はその記念樹のリンゴを食べて育ちました」と顧みた。佐和子が突然死したその前夜、有吉は東京荻窪の自宅で高畠有機農研の青年たちと懇談し、星と長い電話を交わしていた。

　翌日朝、毎日新聞社会部の夕刊デスクに就いた私は突然の報に仰天し、あちこちに記者を張り付けた。人の縁というものであろう。

　星が「いのちの磁場」と呼んだ高畠で、腐植を収奪され劣化した地力を取り戻し、「あらゆる命と優しく係わっていこう」と試みた有機農研の行動は、指導者星の詩的な表現力と相まって、食の安全を求める人々に共感を捲き起こした。

都市の消費者がコメやリンゴを買い支えた。値段は蛍が住める環境の保護費込みで、この四〇余年間変わることなく六〇キロ三万三〇〇〇円で取引されている。環境支払いの実験である。

賑わう「いのちの磁場」

　早稲田大学の学生たちと共に農民の胸を借り、高畠で学んできた私は、社会学で言う「場所性」(topos) とそれが培う「精神性」(ethos) を彼らが鮮明に体現していることを実感させられた。トポスとはある問題についての行動や考え、論点が歴史的に積み重ねられた場所を意味する。社会学はトポスを人間の考えや行動、エートス（精神構造）を成り立たせる基本としてとらえる。高畠に培われてきた環境文化の源泉である。

　八二年、星は町の教育委員長に推され、

全ての小・中学校に田んぼと畑を配し、耕す教育を始めた。星の盟友遠藤周次は高畠の topos について述べた。

――高畠には「祈り」と「やさしさ」、そして「自主独立」の気風がいたるところに表現されています。「一切衆生悉有仏性」、涅槃教の教えを石碑に刻んだ草木塔《そうもくとう》は全国に約一八〇基が確認されています。そのうち一五三基が山形県内にあり、高畠では五カ所で見つかっています。碑面には「草木塔」「草木供養塔」「草木国土悉皆成仏」などと刻まれています。その意味は一木一草の中に神（霊）を観た、土着の思想を今に残す証とされています。

高畠の農民たちは米沢藩の圧政に直訴と一揆で応え、処刑された指導者高梨利右衛門を名刹亀岡文珠境内に巨石の碑を建て祀り続ける。町立二井宿小学校の校庭に建つ巨大な高梨利右衛門酬恩碑は、権力者が引き倒すたびに村人が女たちの髪の毛を束ねて綱を編み、引き戻したと伝えられる。高畠には権威に屈せぬ自主独立、自治と反骨の気風が伝わっている。

星は私たちをそのような「場」に案内し、この土地の人々の「魂」の由来を語った。私は星の行動に隣町飯豊の萩生神社に伝わる「荒獅子まつり」の景を思った。村相撲を勝ち抜いた大関が神の権化荒獅子に立ち向かう。時に民を苦しめた神や殿様に村人が立ち向かう。何度やられても立ち向かい、立ち直る。東北人の魂がそこに生き続けている。星が立ち向かった荒獅子とは日本人とその社会ではなかったか。

生身のリアリズムとしての詩

星の本質は詩人だった。茨木のり子から贈られた「李つくる手にもう一つ成る詩の果実」の言葉を終生心に留めた。

詩は観念の遊戯ではない。自分の体で書く、と星は言った。「仮想が混じる抒情詩でも通底するのは土といのちの脈打ちであり、生身のリアリズムだと自負している。私にとって、有機農業と詩は同義語である。土に命を吹き込み、作物を育てる営みは、そのまま内なる土壌に創造の芽を育む行為だと考えている」。

星八二歳の述懐だ。それは経済価値以前の実在的価値である、と星は断言した。

山の端の星の田んぼにヘイケボタルが蘇って久しい。灯る文化の灯である。

しかし、今隣り合う田は牧草地に変わり、耕作放棄地に囲まれつつある。星が育て、同志を育んだ「命の磁場」の変質はとどまるところを知らない。

高畠共生塾の人々は星の思想と行動を

学び直し、既に次の地域社会づくりの着実な展開に着手している。

「文化（culture）は土地を耕すこと、それが農業の語源です。農の世界にこそ本当の文化があるのです。私はゲイリー・スナイダー教授が描く生命地域主義・田園文化の創成を目指したいと考えています。最上川の水系を一つの区切りとした命を育む範囲の地域の中で、循環して永続していく社会です」。星がめざした持続可能な地域社会像である。

有機質を豊かに含む水田の地温は、微生物の活動エネルギーにより、平均3℃ほど高く冷害に強い。

　二〇一四年星が提唱し米沢市、高畠町など三市五町が加わり発足した「置賜自給圏機構」は、二〇二四年現在、太陽光とバイオマス発電所を四カ所で稼働させ、圏内二一万世帯の消費電力一四〇％、食糧の一六〇％を自給している。

　星たち農民は広義の環境破壊の原因と結果を、社会の構造から的確に認識している。彼らは六〇年安保反対闘争で国会議事堂を包囲したデモ隊に加わり、食管米価闘争の先頭に立ち、農林大臣交渉に参加した経験を持つ。

　中央の動向を批判的に把握しつつ、地域から世界を透視する目を持ち続け、主体的に「精神的辺境性」（環境文化の深淵であろう）を生きる意志を持ち続ける人たちである。

高畠農民たちの試みは昨年五〇周年を数え、一一月二五日盛大な記念の集いが催された。直前にパリの国際有機農業連盟（ＩＦＯＡＭ）から大賞が贈られた。成長経済の罠にはまった国策と政党に反旗を翻し、新たな社会発展像をめざす人々に、農水大臣と県知事が祝意を伝えた。皮肉な光景ではあるが、星はおそらく「よし」としただろう。

（はら・たけし）

＊写真はすべて撮影・提供＝佐藤充男

冒される琉球弧の島々のくらし――一九九一年刊行の名著に大幅増補。

琉球　揺れる聖域

――軍事要塞化／リゾート開発に抗う人々――

安里英子

リゾートと基地に蝕まれる沖縄

本書は、一九九一年に琉球弧の島々を回って、リゾート開発と島の暮らしをルポした本『揺れる聖域』とその後の開発状況を加えた新版である。初版から三〇年以上も経って二〇二二年には日本「復帰」五〇年の節目となり、私なりに「復帰」とは何かを考え、「反復帰論」「ヤポネシア論」「琉球弧」の思想を再考した。再び出版することの意味は、沖縄の島々の環境破壊が止まるどころか、ますますひどくなってきたからだ。巨大資本は魔の手のようにところかまわず、島を囲いこみ、リゾート建設は巨大化の一途だ。

一方、琉球弧（南西諸島）への自衛隊基地配備の強化は、島人の平和的生存権を奪っている。以下に自衛隊基地の新設を記した。

二〇一六年三月　与那国島駐屯地開設
二〇一九年三月　奄美大島駐屯地開設
二〇一九年三月　宮古島駐屯地開設
二〇二〇年三月　宮古島駐屯地にミサイル部隊配備
二〇二三年一月　馬毛島《まげ》自衛隊基地着工
二〇二三年三月　石垣島駐屯地開設

戦争は最大の環境破壊である、ということは先の沖縄戦で知り尽くしている。だが今、再び戦争準備のための自衛隊基地建設は、小さな島々のわずかな緑地を踏みつぶしている。平和とは、広義には、人間の生存にとって必要な自然環境の豊かさをもさす。

与那国島では、住民の他地域への移動（疎開）計画が発表されるや、島からの脱出を考える住民も出てきている。政府は**島の無人化**を図っているとしか思えない。同時に政府は石垣島や周辺離島や宮古の住民約一二万人を、台湾有事の際には九州、山口へ避難させるという案を作成している。この疎開計画は太平洋戦争時に実行された「疎開」を彷彿とさせる。

近年、新たな問題となっているのが、**大型客船・クルーズ船によるオーバーツーリズム**である。これは政府の計画に沿ったもので、大型客船のための新しい港も建設された。那覇港、泡瀬港、本部港、宮古島港、石垣港などであるが、当初から懸念されたように、今は軍港としても利用されるようになった。**リゾートと軍事が絡み合う**という最悪な事例である。

また、**米軍基地周辺の水質汚染**の問題がある。県環境保全課の調査（「二〇二三年度環境実態調査」）によると**普天間飛行場、嘉手納飛行場周辺の湧水や河川には高濃度の有害な有機フッ素化合物（ＰＦＡＳ）が検出され問題**になっている。それらの湧水や河川は県浄水場の水源にもなっており、安全と思われた水道水も信頼がおけなくなってしまった。**もはや琉球弧の島々は要塞化している。米軍基地の密集している沖縄島**（本島）**は米軍と自衛隊の共同使用として強化され、名護市辺野古の新基地建設は二〇年に近い、市民による抵抗運動にもかかわらず、豊穣な海に土砂を投入し続けている。**

安里英子（1948-）

このような絶望的な状況下にあっても、しかし、私たち沖縄人はひるまない。ますます自治権、平和的生存権を取り戻すべく、思索し思想を深め、東アジア、世界の民衆と連帯しつつ歩んでいる。パレスチナの民衆虐殺は、沖縄戦と重なる。

クルーズ船と沖縄の変化

那覇港に大型客船（クルーズ船）が停泊するようになったのは、二〇一五年のことである。さらに平良《ひらら》、石垣、泡瀬港に停泊するようになり、沖縄の観光は大きく変わった。外国人観光客で国際通りは埋まり、市民の台所と言われた那覇市場も同様になった。各地で大型店舗も次々あらわれ、観光客めあての商品が揃えられるなど経済構造は大きく変化した。

沖縄県の策定した「沖縄21世紀ビジョン実施計画」（後期二〇一七年度〜二〇二一年度以降）によると二〇二〇年度内の入域観光客一〇〇〇万人目標、二〇二三年度一二〇〇万人目標とした。二〇一九年には、沖縄県の入域観光客数は一千万人に達しており、「復帰」時の約四〇〇万人に比較すると、その何倍にもなる。

（本書より／構成・編集部）

琉球　揺れる聖域
軍事要塞化／リゾート開発に抗う人々
安里英子
四六上製　四九六頁　三九六〇円

「藍生」主宰、「件の会」同人だった稀有の俳人、一周忌記念出版

花巡る——黒田杏子の世界

黒田杏子（1938-2023）
撮影：黒田勝雄

黒田杏子は二〇二三年三月十三日、飯田蛇笏・龍太の山廬における講演を終えたのち俄かに倒れられた。本書はその急逝を悼んだ人々が集い合っての追悼文集である。

第Ⅰ部には、黒田杏子の評文のうち、単行本に未収録のものなどを掲げた。その面影を想い起さんがためである。さらに永年の俳句同行者による最終句集の十句鑑賞と代表句百句を掲げた。

第Ⅱ部には、その活発な文学活動に賛助を惜しまなかったみなさんの追悼文を、さらに俳壇において偕に活動した俳人のみなさん、そのさまざまな文化的社会的活動に縁をもった文化人のみなさん、関連するメディアの編集者のみなさんからの寄稿をいただいた。

第Ⅲ部には、主宰誌「藍生」会員のみなさんの衷心よりの追悼のことばが寄せられた。

これら諸氏のお名前をとおして、黒田杏子の一代の業績のなんたるかを、あらためて顧みる思いである。

『黒田杏子の世界』刊行委員会「はじめに」より

黒田杏子（くろだ・ももこ）俳人、エッセイスト。一九三八年東京生れ。東京女子大学心理学科卒。「夏草」同人を経て、一九九〇年「藍生」創刊主宰。第一句集『木の椅子』で現代俳句女流賞と俳人協会新人賞。第三句集『一木一草』で俳人協会賞。第一回桂信子賞受賞。第五句集『日光月光』で第四五回蛇笏賞受賞。二〇二〇年、第20回現代俳句大賞。二〇二三年三月十三日逝去。

句集に『木の椅子』『水の扉』『一木一草』『花下草上』『日光月光』『銀河山河』『八月』他に『黒田杏子 句集成』全5冊、『黒田杏子俳句コレクション』全4巻（髙田正子編著）。著書・編著等に『金子兜太養生訓』『存在者 金子兜太』『語る兜太』『手紙歳時記』『暮らしの歳時記——未来への記憶』『俳句の玉手箱』『俳句列島日本すみずみ吟遊』『布の歳時記』『季語の記憶』『花天月地』『「おくのほそ道」をゆく』『俳句と出会う』など多数。『証言・昭和の俳句』のプロデュース・聞き手をつとめる。

「件（くだん）」創刊同人、『兜太 Tota』全4号（藤原書店）編集主幹。

栃木県大田原市名誉市民。

日経新聞俳壇選者、新潟日報俳壇選者、星野立子賞選考委員、伊藤園新俳句大賞選者、吉徳ひな祭俳句賞選者、東京新聞「平和の俳句」選者、福島県文学賞（俳句部門）代表選者ほか、日本各地の俳句大会の選者をつとめた。

花巡る——黒田杏子の世界

『黒田杏子の世界』刊行委員会編　口絵カラー８頁　四六上製　440頁　3630円

第Ⅰ部　黒田杏子のことば

働く女と俳句のすすめ——句座の連帯の中で
「獏」ってなに？
「藍生《あおい》」創刊ごあいさつ
花の闇　螢川
ご 恩——飯田龍太先生
三人の師に導かれて——山口青邨・暉峻康隆・金子兜太
黒田杏子遺句集『八月』から（長谷川櫂）
黒田杏子の百句（髙田正子選）
黒田杏子句碑一覧

第Ⅱ部　黒田杏子を偲ぶ

宇多喜代子／宮坂静生／飯田秀實／金子眞土／キーン誠己／山田不休

藺草慶子／井口時男／井上弘美／井上康明／黒岩徳将／神野紗希／小林貴子／小林輝子／駒木根淳子／坂本宮尾／関悦史／高岡修／高野ムツオ／津久井紀代／対馬康子／永瀬十悟／中原道夫／中村和弘／夏井いつき／西村和子／仁平勝／橋本榮治／藤川游子／星野高士／細谷喨々／堀田季何／毬矢まりえ／武良竜彦／山下知津子／横澤放川／若井新一／和田華凜

荒このみ／池内俊雄／池谷キワ子／一澤信三郎／いとうせいこう／遠藤由美子／北村皆雄／古池五十鈴／志村靖雄／下重暁子／竹内紀子／竹田美喜・井上めぐみ／中野利子／ジャニーン・バイチマン／蓮實淳夫／林茂樹／古川洽次／堀切実／松木志遊宇／松田紅子／丸山登／矢野誠一／吉行和子

伊藤玄二郎／上野敦／内田洋一／加古陽治／佐山辰夫／澤田勝雄／下中美都／鈴木忍／高内小百合／高村幸治／浪床敬子／和氣元

第Ⅲ部　「藍生」会員から

安達潔／安達美和子／五十嵐秀彦／池田誠喜／石川仁木／磯あけみ／糸屋和恵／今井豊／岩上明美／岩田由美／岩魚仙人／植田珠實／牛嶋毅／畝加奈子／遠藤由樹子／大矢内生氣／岡崎弥保／河辺克美／北垣みどり／金利惠／草野力丸／久保羯鼓／後藤智子／近藤愛／佐藤洋詩恵／城下洋二／杉山久子／鈴木牛後／鈴木隆／高浦銘子／髙田正子／髙橋千草／髙橋冨久子／田中まゆみ／寺島渉／董振華／中岡毅雄／長﨑美香／名取里美／成岡ミツ子／二階堂光江／橋本薫／畠山容子／原真理子／半田里子／半田真理／肥田野由美／平尾潮音／深津健司／アビゲール・フリードマン（俳号＝不二）／細井聖（俳号＝ジョニー平塚）／前田万葉／益永涼子／マルティーナ・ディエゴ／三島広志／水田義子／森川雅美／森田正実／門奈明子／山本浩／ローゼン千津／渡部健／渡邊護（俳号＝三度栗）／渡部誠一郎

「あとがき」風に（筑紫磐井）／謝辞（黒田勝雄）／編集後記（藤原良雄）
黒田杏子主要著作一覧／黒田杏子略年譜（1938~2023　作成＝中野利子）

（敬称略・掲載順）

急速に活性化する「日本ワイン」産業、ワイナリーの現地ルポと未来展望！

ワイン産業は、「未来の新しい産業社会」の先駆け

――『日本ワイン産業紀行』の出版に際して――

元(財)国民経済研究協会理事長・会長 叶《かのう》芳和《よしかず》

産業論としてのワイン論

日本ワインは「新しい産業」である。

二〇一八年に新しい表示基準が制定され、**日本国内で栽培されたブドウ一〇〇%を原料として醸造されたワインだけが「日本ワイン」と表示できる。**輸入ワインやブドウ濃縮果汁を輸入して国内で製造される海外由来のワインと区別するためである（国産ブドウ一〇〇%でワインを造る企業は数は少ないが、明治以来ある）。

当初、新しい産業であるため、興味本位で一つ二つワイナリーを見学することにした。しかし、実際に調査して、ワイナリーにはかなり重いものがあることが分かった。**耕作放棄地の解消、土地の価値上昇**（生産性向上）、**過疎化の抑制、生物多様性**という、**地域振興に貢献する公益性がある産業**のように思えた。まさに地方創生であり、成長を応援したいと思った。

調査を進めるうちに、今度は**ワイン産業は「未来の新しい産業社会」を先駆け**していることが分かってきた。産業と言うものがどのようにして誕生してくるかも興味深かった。

ワイン産業は新規参入が相次いでいる。若い人たちがこの産業に集まっている。脱サラ組も多い。それは**ワイン造りがクリエイティブな仕事であって、面白いからだ。**わくわくとした気持ちで働ける産業を増やすことが「働き方改革」であり、ワイン産業のようなクリエイティブな産業を増やすことが改革なのだ。そんな思いで、ワイナリーの実態調査を続けた。

「働き方改革」というテーマがあるが、生産性を高め残業時間を減らす、休日を増やすということではなく（それは発展段階の低い経済社会での改革目標）、**わくわくとした気持ちで働ける産業を増やす**という、産業構造の改革こそが、目指すべき方向と思われる。

新規参入ラッシュは、一九七〇年代、欧州でサイエンスパークが形成され、ハイテク産業が各国で生まれた状況に似て

いる。ワイナリーの現地取材は、産業誕生の歴史的瞬間に立ち会っているみたいで興味深かった。**その仕組みの本質はインキュベーション（孵化）機能であり、人材育成である。ワイン産業は自立自興型の〝地方創生の手法〟になろう。**

産業論としてのワイン論をめざす。華やかな世界ではなく、**「土」からワインを考えた。**

信州上田のワイナリーのブドウ畑

「反逆のワイナリー」たちの挑戦

日本にはワインの経済分析がない。ソムリエ型解説や底の浅い紀行だけで、産業論がない。本稿は「産業論としてのワイン論」を目指した。ワイン造りは長時間労働も厭わず時間を忘れて働いている（楽しいから）。ワイン産業には、若者の自己実現をはじめ、「労働」Labor ではなく「仕事」Work が主体の働き方があり、未来の新しい産業社会の先駆けが見られる。日本では新しい産業である。評論ではなく、現場に語らせる手法、現地ルポでその実態を明らかにした。

また、日本ワインはまだ競争力が弱い。ワインの国内流通に占めるシェアは六％程度である。和食に合うはずであり、日本で比較優位産業になりうるはずである。競争力が高まれば、輸入由来のワインを駆逐して、もっと成長できる。どのようにしたら、日本ワインは競争力を高めることができるか。先進事例（産地）に学ぶ——というのが、本書のもう一つの狙いである。

急いで付け加えると、ワインの本場、フランスより進んでいる側面もある。日本は雨が多く、ワイン造りには不利であるが、このテロワール（風土）の不利を乗り越えて、良いワインを造っているワイナリーもある。技術が自然に代替した訳だ。**「反逆のワイナリー」たちの挑戦**が見ものだ。

（本書「はじめに」より／構成・編集部）

日本ワイン産業紀行　図表多数
叶　芳和
A5判　三五二頁　二九七〇円

■『日本ワイン産業紀行』もくじ

I 日本ワイン産業(ワイナリー)の現地ルポ——ケーススタディ
1 日本固有種「甲州」を先頭に ワイン輸出産業化めざす
…………中央葡萄酒㈱(山梨県甲州市)
2 甲州ワインの価値を高め ワイン産地勝沼を守る
…………勝沼醸造㈱(山梨県甲州市)
3 知的障害者のワインづくり イノベーティブな経営者
…………㈲ココ・ファーム・ワイナリー(栃木県足利市)
4 研究者の“脱サラ”ワイナリー 自己実現めざす働き方改革
…………ビーズニーズヴィンヤーズ(茨城県つくば市)
5 6次産業化した町ブドウ郷勝沼 ワインツーリズム人気 … 山梨県勝沼地区
6 イノベーションで先導し 産地発展の礎を築いた
…………シャトー・メルシャン(山梨県甲州市)
7 自社畑拡大に積極的に取り組む 日本ワインはステータス
…………サントリーワイン(東京都港区)
8 完全「国産」主義 規模の利益で安価なワイン提供
…………北海道ワイン㈱(北海道小樽市)
9 日本の食文化を表現 世界と勝負するワインめざす
…………ドメーヌ・タカヒコ(北海道余市町)
10 ワイン技術移転センターの役割 ブルース氏の空知地域振興
…………合同会社10R(とある)ワイナリー(北海道岩見沢市)
11 本物のワイナリーをめざす 厳格な産地表示主義者
…………㈱オチガビワイナリー(北海道余市町)
12 山形ブドウ100%の日本ワイン 「ワイン特区」で地域振興めざす
…………山形県上山市(ワイン特区)
13 ワインツーリズムのまちづくり エッセイストの構想が実現
…………ヴィラデストワイナリー(長野県東御市)
14 地球温暖化追い風に技術革新 桔梗ヶ原メルローの先駆者
…………㈱林農園 五一わいん(長野県塩尻市)
15 水田地帯に大規模なブドウ畑 消費者志向で生産性を追求
…………㈱アルプス(長野県塩尻市)
16 ブドウ名人が移住者(人材)を呼ぶ ブドウ先行ワイン追随型の産地
…………㈱信州たかやまワイナリー(長野県高山村)
17 金銀賞連続7回のワイナリー 家族経営で手作りの味醸す
…………源作印 ㈲秩父ワイン(埼玉県小鹿野町)
18 品質優先・コスト犠牲の栽培技術 日本の風土に根差したワイン
…………マンズワイン小諸ワイナリー(長野県小諸市)
19 条件不利乗り越え金賞ワイン 技術は自然に代替する
…………㈱島根ワイナリー(島根県出雲市)
20 反逆のワイナリー 雨の多い宮崎でワイン造り
…………㈱都農ワイン(宮崎県都農町)
21 東京にもワイナリーがある 都市型ワイナリーの存立形態
…………東京にある五つのワイナリー
22 夢追い人たちのワイン造り 泊まるワイナリーの観光地
…………㈱カーブドッチ(新潟市角田浜)
II 日本ワイン比較優位産業論——日本ワインは成長産業か?
23 総論——新しい産業社会への移行
24 世界ワインは成長産業か?——西欧先進国は消費減 輸出伸長
25 日本ワインは成長産業か?——北上仮説 都道府県別産地動向
26 日本ワインの産業構造——ワイン用ブドウの供給メカニズム
〈コラム〉日本のワイン勃興に薩摩人

連載　パリの街角から　15

忘れ難い人

パリ在住ジャーナリスト　山口昌子

恐れ多くも「世界の小澤征爾」（二月六日、八十八歳で死去）にパリでご馳走になったことがある。友人のS夫人と日本レストランに行くと、小澤が一人でカウンター席で焼き魚を食していた。

日仏ハーフのSは無名時代の小澤と最初の妻江戸京子のパリでの親友だった。久しぶりの邂逅に相好を崩した小澤は私たちに隣に座るように促した。小澤と離婚後、京子は傷心を癒すためにパリにやってきてSの家に身を寄せていたが、ある日、Sの仏人の夫と共に出奔した。京子も一月末に八十六歳で鬼籍に入った。

小澤はこの夜、在住のウィーンでは「決して味わえない美味な日本食」を堪能してご機嫌だった。「江戸のおやじ（江戸英雄、三井不動産社長、九七年没）は京子と離婚後も、僕をずっと、本当の息子のように可愛がってくれた」と、しんみりと言った。英雄は小澤がパリに出発する時、ピアニストを目指してパリに留学中の娘京子には「絶対に近づくな」と厳命した。桐朋学園の同窓生の二人の結婚にも大反対だった。

小澤が「朝が早いから」と去った後、食事を終えた私たちが勘定を払おうとしたら、「マエストロが……」と言われた。

小澤の演奏を初めて聴いたのはパリに留学中の一九七〇年だ。日本では小澤の評判は遅刻や振り間違いなどが喧伝された「N響事件」（一九六二年）の影響で悪く、聴く気になれなかった。パリでは仏ブザンソン指揮者コンクールで一位（一九五九年）の若き指揮者を聴こうとやってきた満場の観客と共に痺れた。

二度目は一九九四年、バカンス先のアテネだった。パルテノン神殿下の野外劇場の本番はパリに戻る日の夕刻だったので諦めたが、暑くなる前の早朝にリハーサルがあるというので駆けつけた。南欧の煌く朝日の下で聴いた演奏を何と言おう。まさに至福の時だった。

二〇〇八年には小澤の音ではなく声を聴いた。仏芸術アカデミー外国人会員に任命された小澤は若い頃を偲んでか仏語で演説をした。忘れ難き人に合掌。

連載　メキシコからの通信　12

AMLOの思想

エル・コレヒオ・デ・メヒコ教授　田中道子

今年十一月で大統領の任期を終える、アンドレス・マヌエル・ロペス・オブラドル（AMLO）は、自分の理念をキリスト教の隣人愛に根差したメキシコ・ヒューマニズムだという。彼の思想は人生体験に根差している。

タバスコ州の小さな町マクスパナの商人夫婦の長男として生まれ、若い時から、制度的革命党（PRI）左派で優れた詩人でもあるカルロス・ペイセル州知事の下で政治家を目指し、キューバ革命後の民族解放・社会革命路線を歩む。奨学生としてメキシコ国立自治大学政治社会学部に入り、一九六八年学生運動後のネオマルクス主義を学ぶ。一九七三年、チリのアジェンデ社会主義政権の米国介入による打倒、メキシコの都市青年武装グループや農民運動に対する容赦ない弾圧に深い印象を受ける。学士課程修了後、タバスコ州に戻り、国立インディオ機構の職員としてチョンタル族居住地域開発に従事する。州知事選におけるPRI内部の不正に抗議して首都メキシコ市までの行進を組織し、PRI左派を率いて離党し他の左翼勢力と合同したクワウテモク・カルデナスに合流した。大統領選に出馬したカルデナスに代わって、メキシコ市長に就任し、二〇〇六年の大統領選にメキシコ民主革命党（PRD）から立候補した。

彼の信念は、まず非暴力。指導者は自分の生命を賭しても、運動員の生命を危険にさらすことは許されない。選挙と人民主権・法治国家を信頼し、政教分離にちなむ政経分離を主張。企業活動の自由や正当な収入による富の蓄積は認めるが、国家の役割は、貧困層・被差別者・被災地域を優遇し社会正義を実現する事という。大規模公共事業により、国内外からの投資環境を整え雇用の拡大と高度化を図る。官僚機構を簡素化し、汚職を除き、必要なら軍の人員・技能を活用する。言論の自由は認めるが、反対派には反論し、また政府や運動内部の批判のってともする。私的には伝統的家庭を理想とする保守派であるが、公的には様々な家庭のあり方を認める。

連載　歴史から中国を観る　51

『三国志』と『三国志演義』

宮脇淳子

日本人がふつう『三国志』と呼んで親しんでいる書物は、じつは十四世紀の明代につくられた小説の『三国志演義《えんぎ》』である。魏《ぎ》と呉《ご》と蜀《しょく》の三国に分かれた時代の人名も事件も、三世紀に陳寿《ちんじゅ》（二三三―二九七）が書いた正史の『三国志』にもとづいているけれども、史実でないことがいっぱい含まれる。意図的にストーリーを変えていることが明らかである。

『演義』の作者と言われている羅貫中《らかんちゅう》は、生没年もわからない。『三国志』をよく読み込んでいるが、とくに時代考証をおこなったわけではなく、生活様式や習慣が時代によって変化するという明確な意識はなかったようで、三国時代にはまだ紙はそれほど普及していなかったのに、紙に印刷された書物まで登場する。また、南方の地理関係は正確だが、北方の洛陽から長安の間の記述には誤りが多いので、おそらく南方の人だろうと言われている。

『演義』では、蜀の劉備《りゅうび》と諸葛孔明《しょかつこうめい》がヒーローで、関羽《かんう》も大活躍するが、『演義』の関羽にまつわる話は、史実ではないフィクションがことのほか多い。これは後世、関羽が神格化されたためである。

一方、『演義』で悪役の代表とされる魏の曹操《そうそう》は、実際には書・音楽・囲碁などの趣味を持ち、漢詩を詠んでも一流の、卓越した改革者だった。ところが、蜀をもり立てるために、『演義』では徹底的に戯画化され、呉の孫権《そんけん》などは、狂言回し的な道化役にされており、史実からはほど遠い。

とはいっても、『三国志演義』がひじょうに面白い小説であることは間違いない。わが国でも古くは幸田露伴《こうだろはん》が翻訳し、吉川英治《よしかわえいじ》訳は、今でも高い評価を受けている。横山光輝《よこやまみつてる》の漫画もあるし、ゲームにもなっている。最近では、北方謙《きたかたけん》三《ぞう》と宮城谷昌光《みやぎだにまさみつ》の小説があるが、前者は『三国志演義』を使いながら正史寄りで、後者は『三国志』の小説化であるそうだ。

史実も小説も、英雄たちの虚々実々《きょきょじつじつ》の騙《だま》し合いこそがストーリーの核心なのだから、楽しみながら、われわれの文化との相違点を大いに学んでもらいたいと思う次第である。（みやわき・じゅんこ／東洋史学者）

連載　今、日本は　59

教師の悲鳴が聞こえる

ルポライター　鎌田　慧

ここ十数年、教育現場はまるで「ブラック」産業のように、長時間労働、過労死、精神疾患で休職者多発、子どもの長欠などがふえている。中途退職は止まらず、教員志願者が減り、慢性的な人手不足。まるで劣悪な労働条件の零細企業のような状況だが、さっぱり改善の兆しはない。

つまりは、監督官庁の文部科学省の幹部が、教員の悲惨な状態にこころを痛めていないからだ。しかし、ほかならぬ学校は、子どもが将来にむけて夢を育てる場所だ。そこがブラック化しているとしたら、日本の将来は暗いものになってしまう。教員の労働条件を緩和させるために、文科省幹部は積極的になってほしい。

危機的状況の新聞報道は、枚挙にいとまがない。たとえば、

「教員志願　止まらぬ減少　本社全国調査　来年度は六〇〇〇人減」（「朝日新聞」二三年九月二〇日）

「教員の精神疾患休職最多　六五三九人　多忙や苦情など要因か」（「朝日新聞」二三年一二月二三日）

「都の小学校採用倍率　一・一倍　過去最低」（「東京新聞」二三年一一月二日）

その東京新聞の記事ではこう書かれている。「連合総合生活開発研究所が昨年、教員約一万人を対象にした実態調査によると、残業時間は月平均一二三時間一六分で、国が示す過労死ライン（月八〇時間）を大きく超えた」。

ところが教員には残業代が支払われていない。「給特法」（公立の義務教育諸学校等の教育職員の給与等に関する特別措置法）によって、月給の四%を上乗せしただけで支給されず、残業は「自主的、自発的な仕事」にされて無休なのだ。

教育費に余裕のある家庭は、こんな状態の公立の小・中学校から、私立校に子どもを送ろうとする。その推薦状書きの仕事も教員の膨大な雑用に加わる。

八〇年代の初めに、わたしは『教育工場の子どもたち』と題する、管理教育批判の本をだした。その頃の子どもたちは窮屈だった。が、いまの「教育工場の教師たち」にはもっと自由がない。

〈連載〉科学史上の人びと　12

木村資生（きむら・もとお　一九二四〜一九九四）

東京大学名誉教授／科学史　村上陽一郎

生物進化説をゴルトンまで辿ってきたが、この原稿を書いている二月一二日は、世に「ダーウィンの日」と呼ばれているそうな。話は戻ってしまうようだが、ダーウィンが生まれたのが一八〇九年二月一二日だからだという。そのダーウィンを記念した「ダーウィン・メダル」という国際的な顕彰制度があるが、日本人として今のところ唯一の受賞者が、今回の木村資生である。受賞理由は「中立進化説」の提唱にあった。

ダーウィンの段階では、遺伝現象に関して確たる理論形成は未だなかった。メンデル（Gregor Mendel, 一八二二〜八四）の法則は一八六五年に発表されていたが、一九〇〇年に所謂「再発見」が起こるまでは埋もれたままだったのである。やがて、独のヴァイスマン（F. A. Weismann, 一八三四〜一九一四）、米のモーガン（Thomas Morgan, 一八六六〜一九四五）らが染色体を座とする遺伝子概念を発展させ、さらにはワトソン＝クリック（James Watson, 一九二八〜　＝ Francis Crick, 一九一六〜二〇〇四）の仕事として知られるDNA構造の発見に至る遺伝学の画期的進歩の中で、新しい遺伝学と進化学の融合という領域が生まれた。例えば、一つの生物種が持つ形質（表現型）とそれを支えるDNA構造（遺伝型）の関係の分析がある程度可能になると、遺伝型における変異（通常は「突然変異」と言われる）が、どのような場面で、どのような頻度で起こるか、を多数の事例を集めて推定する集団遺伝学、あるいはそこで得られた知見を基にして、そうした遺伝型の発現としての表現型と、ダーウィン的な自然選択という考えかたが、どのように結びつくのか、というような研究が生まれてきたのである。

そこでは、DNAの分子レヴェルでの様々な変異のなかで、木村は「環境からの選択」による「適者」ではなく、たまたまの偶然によるものが生き残る、つまり、環境条件に対しては「中立」としか考えられない状況が一般的である、という説を立てた。適者生存ではなく「幸運者生存」とでも言うべきか。一九六〇年代末に「分子進化中立説」として発表された。

連載　グリム童話・昔話　12

破裂音の響く行列
――南ドイツの謝肉祭 3

ドイツ文学・昔話研究　小澤俊夫

　謝肉祭では、いろいろな服装をした人びとの行列が続くのですが、にぎやかな音もとどろきます。人びとが吹き鳴らす笛や太鼓の音にまじって、動物の膀胱を膨らませた袋のようなものを棒の先に結び付けて、それで地面を激しく叩くのです。行列の全員がそれをするので、その音は轟音のようになります。説明によると、そのはげしい音で悪霊を撃退するのだそうです。

　謝肉祭の行列全体としてみると、この激しい、地面にたたきつける音がしばらく続くと、今度は楽隊のにぎやかな行列が来る、次にはいろいろな動物の姿の行列が来る、次には子どもたちのかわいい姿の行列が来るという具合で、長時間にわたる、にぎやかな行列でした。

　その中で、謝肉祭らしい行列といえば、なんといっても動物の姿の行列でした。鳥の姿をしたものが、杖を使って高く飛び跳ねるのは、鳥の飛ぶ姿だそうで、もっとも異教的な雰囲気でした。そうかと思うと、豚のような姿をした動物が、体をぶつけあいながら進むのは、人々の笑いを誘っていました。

　謝肉祭の最後は、参加者がみんなで泣くのです。そのわけを訊くと、民俗学科の人の説明では、お祝いが終わった、その悲しみなのだとのことでした。けれど、私には、なにかもっと深いわけがあるのではないかと思われました。それは、お祭りの終わりの悲しみというよりも、人間と動物が一体となって祝った短い幸せな時間の終わりを悲しんで、とか。

　何はともあれ、謝肉祭は、禁欲的なキリスト教の世界にあって、人間の自然な欲望を控えめながら発揮して、束の間の喜びをとことんまで楽しもうという、自然な行事なのだなというのが、私の感想でした。それだから、謝肉祭は、われわれ日本人にとってはなんとなく親しみやすいお祭りなのだろうと思ったことでした。近頃はヨーロッパの旅に出かける人は多いと思いますが、寒い時期ではあるけれど、南ドイツの謝肉祭を見ると、ヨーロッパのイメージがだいぶ変わるだろうと思うのです。

■連載・「地域医療百年」から医療を考える　34

福沢諭吉の医療観

方波見医院・北海道　方波見康雄

無限輪贏天又人　医師休道自然臣
離婁明視麻姑手　手段達辺唯是真

ずいぶん前の話になるが、九州の久留米医科大学で開催のがん関連学会に招かれ講演をした折にお会いしたがん免疫研究で高名な伊東恭吾教授のお部屋に掲額されていたのが冒頭の七言絶句である。福沢諭吉(1835-1901)が「贈医」と題して北里柴三郎(1853-1931)に贈ったものだそうだ。原画は慶應義塾大学医学部北里図書館に飾られ、教授室のはその写しであった。

読みは、こうなる。

無限の輪贏《しゅうえい》天また人
医師　道《い》うを休《や》めよ　自然の臣なりと
離婁《りろう》の明視と麻姑《まこ》の手と
手段の達するの辺
唯だ是れ真なり

「輪贏」には、勝ち負けや智慧くらべなどという意味があり、「離婁」は『孟子』に出てくる「優れた視力を持つ人物」に由来、慧眼つまり物事や現象の本質を見抜く鋭い観察力という意味になる。「麻姑の手」とは「孫の手」のこと。古代中国の『神仙伝』に、鳥のように長い爪を持つ娘が、痒いところに手がとどくような施しをしたという物語が出典で、精緻な技術を磨き良いケアをする意味がある。医師に大切なのは診療の最新知識と医療技術の修練と細やかな人間的なケアということなのだろう。

福沢が適塾で緒方洪庵に教えられた蘭学の「実測究理」の姿勢、さらには同時代の先進的な蘭方医などが実践していた実証的医療の姿が、この漢詩の下地となっていたと推察され、フーフェラントなどの西欧思想があったと考えてよいだろう。

福沢諭吉が適塾で学んでいたころの塾生仲間に、小関三英や橋本左内がいた。小関は「蛮社の獄」につながり、自殺。左内も幕藩体制を批判、処刑。共に医師、蘭学者。同時代の高野長英は、開国の世界史的必然性を洞察していた先覚者であり、脱獄して囚われ、非業の死を遂げている。彼も蘭方医であった。福沢の七言絶句は、時代の不条理を洞察する慧眼つまり科学的人間的な批判精神を医師は培う必要があるという願いと、専制体制犠牲の逸材たちへのレクイエムでもあったのだ。

連載　あの人 この人　12

虚ろな兵士

作家　黒井千次

まだ小学生(正式には国民学校生だが)の頃、東京・新宿の隣町に当る大久保に住んでいた。すぐ近くに陸軍の練兵場に当る戸山が原があり、その一部に射撃の練習場があった。カマボコを縦に何本もつなげながら延長した形のコンクリートの半筒形の射撃場が横に何列か並んでいた。その区域は雑草の生えた長い土手によって囲まれ、当の地域全体には鉄条網が張り巡らされていた。つまりそこは、陸軍が実弾射撃の訓練を行う現場であった。腕章を巻いた兵士が周辺を巡回する姿が目にはいった。

しかし、危険な場所は子供にとって魅力をたたえた場所でもある。その射撃練習所の持つ魅力と秘密とは、着弾地域の土手の砂の中には、飛来した弾頭部がいくらでもあり、それを拾い集められるといったものだった。それがどこまで〝オハナシ〟で、どこからが実際のことであるのかははっきりしないものの、拾った銃弾を見せびらかしては自慢する子供がいたのは確かだった。

――その日は何があったのか、仲間と一緒ではなく、単独でそのカマボコ形の施設に潜り込み、手にも重い銃弾の頭部をすくい集めて帰り、仲間に自慢してやろう、とでも考えたのだったろうか。とにかく独りで射撃場の内部に潜り込み、着弾地に近づこうとした。射撃音が止んで静かになった時に――。

そして射撃場に潜り込もうとした時に、腕章を巻いて見回っていた身体のがっしりした見廻りの兵士にあっさりつかまってしまっていた。

ここは弾丸の飛んで来る危険な場所だから、すぐ出るように、と告げる身体の大きな陸軍二等兵の言葉と声には、なぜか全く力がなかった。緊張と恐怖からそろそろと脱け出しながら、あの兵士はどうしたのだろう、と気にかかった。家族に不幸でもあったか、それとも軍隊生活の中で何か問題が生じたか――。

弾丸は拾えなかったが、ひどく元気のない見廻り兵のことも気にかかった。あの兵士はどうしたのだろう――と。

連載　いま、考えること　12

大坂なおみ選手の存在

山折哲雄

いつごろからか私は、テニス界の大坂なおみ選手に注目するようになっていた。そのうち、京都ちあき、といった名の選手があらわれると面白いな、と思うようになった。というのもかねて、ちあきなおみさんの演歌にぞっこん惚れこんでいたからだった。

世界にコロナ禍が襲いかかる直前だった。二〇一九年の正月、テニスの全豪オープンを制した大坂選手はみるみるトップに躍りでた。それも一勝し一敗したあと、緊張の高まりのなか、二戦目の劣勢をはね返し決勝戦をものにしてつかんだのだった。

そのときの沈着冷静なたたかいぶりが、今でも眼前によみ返って忘れられない。それ以来、彼女はテニス界の世界ランキング第一位にのぼりつめた選手となったが、こんどはそれを維持するために悪戦苦闘することになる。やがて開催されることになる東京オリンピックでは期待された成果をあげることができず、低迷の時期がつづいた。

その身辺の動向についても、マスコミの報道はしだいに沈静にむかい控え目になっていった。けれども胸の内には逆に、わだかまりのような違和感のようなものがのこるようになっていた。

いったい世界ランキング第一位というのは何か。それはオリンピックの金銀銅と同じものか。そして、そもそも大坂なおみとはいったい何者なのか、と。

すくないマスコミ報道から私が知りえたことは、なおみ選手の父親が西半球のカリブ海域に存在するハイチ国（島）の出身であり、来日して北海道で日本人の母親と出会い結婚している、そのあいだに生れた二人姉妹の一人、ということぐらいだった。もちろん「ハイチ」という国がどういう歴史と文化をもつところかも知らなかった。

ところが昨年の八月、街の本屋で浜忠雄氏の『ハイチ革命の世界史――奴隷たちがきりひらいた近代』（岩波新書）をみつけてびっくりしたのだ。何とそこには「ヘーゲル弁証法」をめぐる刺激的な問題提起が論じられていたのである。

■連載・花満径　96

無伴奏曲にふれて

中西　進

おくやまなおこの詩集『無伴奏曲集――あなたとわたし』（コールサック社）を読んだ。未知の人である。

手練れのことばだったから一語一語が彫り込まれるように伝わってきたが、やはり一つの補助線が必要だった。それが解説の鈴木比佐雄からもたらされた。詩人は二〇歳の未亡人から生まれ、いまその母を失ったらしい。

それでこそ自分と母をめぐる「悲歌（われ・なんじ）」が生まれ、母への「鎮魂歌」がつづき、追憶の「夜の歌」に及んで「天空の歌」に収まる。残された者は「鹿」だ。緻密な眼差しや大きな視野の中に、たとえば村野四郎の「鹿」や伊東静雄の「わがひとに与ふる哀歌」などを連想させるものがあった。夜の歌についてもジャムなどの瞑想が漂う。

一方、鈴木の解説がみごとに詩人の核心を指さしている。ここに詩の批評のために呼び出されている人びととは、『死に至る病』のキルケゴール、存在論のハイデガー、そして『我と汝・対話』のマルティン・ブーバーらである。

この詩集の枝葉や根幹が、あのいささか神経質なキルケゴールや、まるごと対話のようなギリシャ哲学を復活させるブーバーに、そして何よりも根本の存在認識にあることは、十分に指摘されるべきであろう。

鈴木の解説が末節の表現をめぐるものではないことにも、わたしは感心した。

それにしても、無伴奏といいながらことばの多いこの詩集は、多分、それほどの死への悲しみにみちているのだと思った。

真に死を悲しむ者は、いくらにもいくらにも、饒舌になるものだ。とくに死者との対話の中で。

本当に死を認めることは、何も一条の哲理を、観念として見出すことではない。ひたすらに情を尽くすことだ。何の手助けも要らない、死者と無限の対話を尽くすことだと、詩人は教えてくれる。

詩人はこれからも対話をつづけていくことだろう。その果てに、いかなる言語が残るのか。それをこの人の仕事から知りたい。

二月新刊

なぜパリに魅かれるのか？

フランス大使の眼でみた パリ万華鏡

小倉和夫（元フランス大使）

各国の政界、財界、文化界の人びとと交流した記録。

Ⅰ　二〇〇〇年一月から二〇〇一年一二月までの、大使の手記。

Ⅱ　永井荷風、島崎藤村、横光利一、与謝野晶子、岡本かの子、林芙美子……パリを訪れた日本人作家たちの足跡を追い、彼らの文学に落としたパリの影を想う〝パリ文学散歩〟。

四六上製　四一六頁　**二九七〇円**

「内発的発展論」を深化させた〝水俣〟

鶴見和子と水俣

共生《ともいき》の思想としての内発的発展論

杉本星子・西川祐子編

国際的社会学者・鶴見和子（一九一八―二〇〇六）が、一九七〇年代中盤、「水俣」調査で直面した衝撃は、同時期に提唱した「内発的発展論」に何を刻みつけたのか。旧蔵書「鶴見和子文庫」をひもとくことで、内発的発展論を「共生」の思想へと深化させていった最晩年までの軌跡に光を当て、その批判的継承の糸口を探る。

Ａ５上製　三四四頁　**四八四〇円**

日本に在って歯噛みする思いを託す

金時鐘コレクション　全12巻

5 日本から光州事件を見つめる

［第9回配本］

詩集『光州詩片』『季期陰象』ほかエッセイ

「私は忘れない。／世界が忘れても／この私からは／忘れさせない。」一九八〇年五月、民主化を求めて立ち上がった市民に、全斗煥が血みどろの弾圧を加えた韓国の光州事件。

〈附〉語り下ろし著者インタビュー

〈解説〉細見和之　〈月報〉荒このみ／西村秀樹／朴愛順／茂呂治

四六変上製　四〇〇頁　**四六二〇円**　口絵2頁

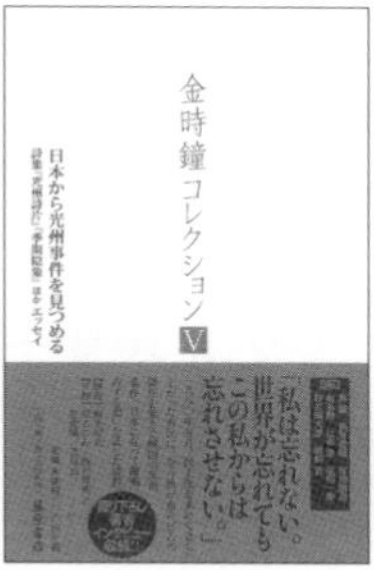

金時鐘コレクション　全12巻

内容見本呈

＊白抜き数字は既刊

1 **日本における詩作の原点**　詩集『地平線』ほか未刊詩篇、エッセイ　解説・佐川亜紀　三五二〇円

2 **幻の詩集、復元にむけて**　詩集『日本風土記』『日本風土記Ⅱ』　解説・宇野田尚哉、浅見洋子　三〇八〇円

3 **海鳴りのなかを**　長篇詩集『新潟』ほか未刊詩篇　解説・吉増剛造　四八四〇円

4 **「猪飼野」を生きるひとびと**　『猪飼野詩集』ほか未刊詩篇、エッセイ　解説・冨山一郎　五二八〇円

6 **新たな抒情をもとめて**　『化石の夏』『失くした季節』ほか未刊詩篇、エッセイ　［次回配本］　解説・鵜飼哲

7 **在日二世にむけて**　「さらされるものと、さらすもの」ほか　文集Ⅰ　解説・四方田犬彦　四一八〇円

8 **幼少年期の記憶から**　「クレメンタインの歌」ほか　文集Ⅱ　解説・金石範　三五二〇円

9 **故郷への訪問と詩の未来**　「五十年の距離、月より遠く」ほか　文集Ⅲ　解説・多和田葉子

10 **真の連帯への問いかけ**　「朝鮮人の人間としての復元」ほか　講演集Ⅰ　解説・中村一成　三九六〇円

11 **歴史の証言者として**　「記憶せよ、和合せよ」ほか　講演集Ⅱ　解説・姜信子　五二八〇円

12 **金時鐘の世界**　創作ノート他、資料篇　〈附〉年譜

読者の声

大地よ！■

▼"石牟礼道子"関連の書籍で、藤原書店の名前を知ったのですが、御社の志の高さに、敬服しております。この自伝も、深く心に刺さってくるものがあります。

（神奈川　**森　周映雄**　73歳）

パンデミックは資本主義をどう変えるか■

▼全ては熟読できていないが、いずれの論点も、日本のコロナ禍を検証する上で有益と考えられる。

もっとも、従来欧州は感染症対策よりも気候・環境分野に比較優位があり、それは今日においても変わらないように思われる（例・二〇二一年の英国G7）。

（東京　学生　**大和宏彰**　38歳）

ルーズベルトの責任㊤㊦■

▼戦後日本の精神は「東京裁判史観」により骨抜きにされた。「戦後レジームからの脱却」は第一次安倍政権の時からの悲願である。米紙からレビジョニスト（歴史修正主義者）と揶揄されながらもこの自虐的桎梏からの超克を願った。「東京裁判」のパル判事は「ハルノート（最後通牒）のようなものを突きつけられれば、日本でなくても欧州の小国といえどもアメリカに戦いを挑んだだろう」と痛烈に批判した。（瀧川政次郎著『東京裁判をさばく』上、東和社、三七頁）

さらに本書の監訳者開米潤著の『松本重治伝』（藤原書店、一〇五頁）のなかで「ビーアドは真珠湾攻撃をさせたフランクリン・デラノ・ルーズベルト（以下「FDR」）大統領側の『挑発』にも責任があることを、公文書に基づいて立証してみせた」とある。FDRは反戦の公約を掲げて当選した大統領である。「攻撃は最大の防御」であるのに、なぜ真珠湾で日本に「先制の一撃」をさせる必然性があったのか。それは日本に攻撃させ、米国側が大損害を被れば被るほど反戦気分の米国民を覚醒させ、愛国心に火をつけて参戦の大義と好機にしたかったからである。これでチャーチルとの参戦密約も可能となった。

そもそも「日清・日露戦争」で有色人種が白色人種に勝利したことがトリガーとなった。FDRは、日本の台頭はやがて白色人種の脅威となることを恐れた。そしてFDRは日英同盟を破棄させ、経済的孤立を図

る。やがて人種的偏見を持った「戦争仕掛け人」FDRがチャーチルと手を組み、日本弱体化を画策した行動を加速させていく。これが誤算の始まりであることは、歴史が証明している。アジアで強靭な盾（日本）を失った米国は、矛を振り翳し、未だに東奔西走し続けている。本書は、日本人が歴史の真実を知ることで自信を取り戻すための、必読の書と言える。

本書は上下二冊八六〇頁余りの大著である。しかし監訳者が言うように「探偵小説」でも読むように興奮を覚えながら一気に読み終えた。

ところで巻末に興味深い記述を見つけた。ビーアドと松本重治を引き合わせたのが鶴見祐輔であること。後藤新平はビーアドと関東大震災前後から旧交を温めていることを知った。老生の読書は偶然にも、高野長英、安場保和、後藤新平、鶴見祐輔、鶴見俊輔らの血脈を巡る旅に見えてくる。

（鹿児島 **島崎博** 72歳）

※みなさまのご感想・お便りをお待ちしています。お気軽に小社「読者の声」係まで、お送り下さい。掲載の方には粗品を進呈いたします。

書評日誌（一・一二〜二・一六）

書 書評 **紹** 紹介 **記** 関連記事 **イ** インタビュー **Ｔ** テレビ **ラ** ラジオ

一・一二 ラNHK 高橋源一郎の飛ぶ教室「全著作〈森繁久彌コレクション〉全五巻 1道―自伝」（高橋源一郎、ゲスト水道橋博士）

一・二〇 書図書新聞「新しい野間宏」（「野間宏の『戦後』を捉え直し、現在を問う」／「起伏の激しい時代を生きた野間宏という作家の全貌を丹念な手つきをもってみごとに開示」／佐藤泉）

一・二四 記読売新聞「美術商・林忠正の軌跡 1853-1906」（「書籍『林忠正の軌跡』特別賞」／「日仏の美術交流など描く」）

紹日刊ゲンダイDIGITAL『女の世界』」

一・二八 書熊本日日新聞「ヨモギ文化をめぐる旅」（「文学者二人の世界 強い共振」／若松英輔）

二・八 記北海道新聞「医療とは何か」（「奈井江の医師 方波見康雄さん、エッセー出版」）

二・一〇 書毎日新聞「ジョルジュ・サンド セレクション 別巻 サンド・ハンドブック」（「『女性のための闘士』の全貌明らかに」／本村凌二）

二・一三 記朝日新聞（夕刊）「苦海浄土 全三部」（「ほほ笑む『残夢童女』石牟礼さん面影」／「七回忌 仏壇から位牌みつかる」／今村建二）

二・一三 記週刊エコノミスト「戦争は終わっても終わらない」（「情熱人１０４」／「〝傷痕〟を抱えた人を撮る大石芳野」／「〝戦争は終わっても終わらない〟が私のテーマ」／大宮知信）

二・一四〜 記東京新聞「いのちを刻む」（木下晋「私の東京物語」全十話）

二・一六 記毎日新聞「政治の倫理化」（「余録」）

三月号 記リベラルタイム「パリ日記」全五巻（「花田紀凱の血風取材日記１３４」／「人気は『高さ』よりも『長さ』が大事」／「『パリ日記』完結とオフィシエ章」／花田紀凱）

四月新刊予定

＊タイトルは仮題

「感性の歴史家」による、唯一無二の「風」の歴史

疾風とそよ風

風の感じ方、憧れ方の歴史

A・コルバン

綾部麻美訳

「風」は歴史の対象になりえるのか？　古来、人知の及ばぬ力と神秘的な存在感で人間の傍らにあり続けてきた「風」への認識は、人類が空へ進出し始めた十八～十九世紀、大きく転換する。「風景」「天候」「樹木」「草」と人間との関係の歴史を描いてきた「感性の歴史」の第一人者が、多様な文献を通じて跡付ける、人間にとっての「風」の歴史！

ラテンアメリカ史の決定版、新版刊行

収奪された大地　新版

ラテンアメリカ五百年

E・ガレアーノ

大久保光夫訳

新版序＝斎藤幸平

欧米先進国による収奪という視点で描く、ラテンアメリカ史の決定版。世界数十か国で翻訳された全世界のロングセラーの本書は、「過去をはっきりと理解させてくれるという点で、何ものにもかえがたい決定的な重要性をもっている」（『ル・モンド』紙）。「グローバルサウス」が存在感を増す今、必読の名著、待望の新版！

半世紀にわたる全句を収録

石牟礼道子全句集　泣きなが原　新装版

石牟礼道子

解説＝黒田杏子「一行の力」

『苦海浄土』『春の城』の作家であり、何より詩人であった石牟礼道子の才能は、短歌や俳句の創作においても花開いた。幻の句集『天』ほか、半世紀間の全俳句を収録。

祈るべき天とおもえど天の病む
さくらさくらわが不知火はひかり凪
毒死列島身悶えしつつ野辺の花

＊長らく品切れでしたが、新装版で刊行致します。

「生きる」ことは「学ぶ」こと

百歳の遺言　新装版

いのちから「教育」を考える

大田　堯

中村桂子

生命（いのち）の視点から教育を考えてきた大田堯さんと、四〇億年の生きものの歴史から、生命・人間・自然の大切さを学びとってきた中村桂子さん。教育が「上から下へ教えさとす」ことから「自発的な学びを助ける」ことへ、「ひとづくり」ではなく「ひとなる」を目指すことに希望を託す。

＊長らく品切れでしたが、新装版で刊行致します。

3月の新刊

タイトルは仮題、定価は予価。

日本ワイン産業紀行 ＊
叶 芳和
Ａ５判 三五二頁 二九七〇円

琉球 揺れる聖域 ＊
軍事要塞化／リゾート開発に抗う人々
安里英子
四六上製 四九六頁 三九六〇円

花巡る 黒田杏子の世界 ＊
『黒田杏子の世界』刊行委員会編
四六上製 四四〇頁 カラー口絵４頁 三六三〇円

4月以降新刊予定

疾風とそよ風
風の感じ方、憧れ方の歴史
アラン・コルバン
綾部麻美訳

収奪された大地〈新版〉
ラテンアメリカ五百年
エドゥアルド・ガレアーノ
大久保光夫訳 新版序・斎藤幸平

百歳の遺言〈新装版〉
いのちから「教育」を考える
大田堯・中村桂子

好評既刊書

石牟礼道子全句集〈新装版〉
泣きなが原
石牟礼道子 解説＝黒田杏子

別冊『環』㉙
シモーヌ・ヴェイユ 1909-1943

フランス大使の眼でみた
パリ万華鏡 ＊
小倉和夫
四六上製 四一六頁 二九七〇円

鶴見和子と水俣 ＊
共生《ともいき》の思想としての内発的発展論
杉本星子・西川祐子編
Ａ５上製 三四四頁 四八四〇円

金時鐘コレクション（全12巻） 内容見本呈
5 **日本から光州事件を見つめる** ＊
詩集『光州詩片』『季期陰象』ほか
エッセイ 口絵４頁
〈解説〉細見和之 ［第９回配本］
〈月報〉荒このみ／西村秀樹／朴愛順／
茂呂治
四六変上製 四〇〇頁 四六二〇円

医療とは何か
音・科学そして他者性
方波見康雄
四六上製 四四八頁 口絵４頁 二九七〇円

食と農のソーシャル・イノベーション
持続可能な地域社会構築をめざして
大石尚子編
Ａ５上製 二八八頁 四八四〇円

新ランボー論
慈悲愛と大地母神的宇宙への憧憬
清 眞人
Ａ５上製 三三六頁 三九六〇円

シモーヌ・ヴェイユ「歓び」の思想
鈴木順子
四六上製 二九六頁 三九六〇円

自治と連帯のエコノミー
R・ボワイエ 山田鋭夫訳
四六上製 二〇八頁 二八六〇円

ジョルジュ・サンド セレクション（全９巻・別巻二） 内容見本呈
別巻 **サンド・ハンドブック** 完結
持田明子・大野一道編 ［最終配本］
M・ペロー／持田明子／大野一道／宮川明子
四六変上製 三八四頁 四六二〇円

ノートル・ダムの残照
哲学者、森有正の思索から
大森恵子 推薦＝加藤丈夫
四六上製 三三六頁 カラー口絵４頁 二九七〇円

＊の商品は今号に紹介記事を掲載しております。併せてご覧戴ければ幸いです。

書店様へ

▼小坂洋右『**アイヌの時空を旅する**』が第36回和辻哲郎文化賞（一般部門）受賞！受賞オビございます。社会・民俗・ノンフィクションで是非ご展開を。▼宇梶静江さんが北海道文化賞・アイヌ文化賞をＷ受賞！『**大地よ！**』・『**アイヌカよ！**』の受賞オビございます。お気軽にお申し付けを。▼2／10（土）『毎日』で『**ジョルジュ・サンドセレクション 別巻 サンド・ハンドブック**』書評（本村凌二さん）。セレクション既刊とともに是非。▼2／8（木）『北海道』で『**医療とは何か**』方波見康雄さんインタビュー。さらにご展開を。▼『朝日』デジタルで特集「人生は短く、一生は雑多に長い 詩人・金時鐘の旅路」連載。**金時鐘コレクション**（全12巻）刊行中です。関連書とともに是非。▼『**いのちを刻む**』・『**存在を抱く**』木下晋さんが『東京』「私の東京物語」で連載。▼2月のＮＨＫ『100分de名著』でローティ『偶然性・アイロニー・連帯』を特集。小社では『**リチャード・ローティ 1931-2007 リベラル・アイロニストの思想**』がございます。この機に是非。

（**営業部**）

二〇二四年　後藤新平の会

I 第18回　**後藤新平賞　授賞式**（受賞者は後日発表）

II **後藤新平の劇曲『平和』世界初演＆シンポジウム**

〈演出〉**笠井賢一**
〈パネリスト〉**榎木孝明**（俳優）
小倉和夫（元フランス・韓国大使）
橋本五郎（読売新聞特別編集委員）
伏見岳人（東北大学法学部教授）

【日時】5月31日（金）I 午後3時／II 5時
【場所】千代田区立内幸町ホール
【定員】一八八名（申込み先着順）
【入場料】四千円（授賞式無料）
【主催】後藤新平の会／藤原書店（**申込先**）
【協賛】公益財団法人 上廣倫理財団／公益財団法人 京葉鈴木記念財団／日本郵政株式会社

俳人黒田杏子さん
一周忌のつどい
【日時】4月13日（土）
【場所】アルカディア市ヶ谷（東京）

出版随想

▼昨年の出生人口が、七二万六千人と発表された。戦後のベビーブーム時の二七〇万人からみると、三分の一を切って四分の一にならんとしている。出生率の問題は、国の将来を見通す根本的な指標になる。出生率の低下、出生数の減少から考察すると、わが国の将来は暗澹たる気持ちになる。

▼出生率から国の盛衰を読み込み見通したのが、エマニュエル・トッドだ。彼の二十代半ばの頃の業績『最後の転落』でソ連の崩壊を預言した。その後、一九七八年に、エレーヌ・カレール＝ダンコース女史が、イスラム教徒の急激な増大など宗教問題を絡ませて『崩壊したソ連帝国』を出版し、フランスでベストセラーになった。この手法は、デモグラフィと呼ばれ、歴史人口学とも人口動態学とも訳される。社会分析に最も有効な科学的手法であることは、欧米の常識にはなっているが、わが国はこの手法で社会を分析する学者はまだ多くない。

▼フランスで一九二九年に『アナール――経済・社会・文明』という全体史の「歴史学」が誕生した。リュシアン・フェーヴル、マルク・ブロックが第一世代、それに続いて、第二世代にフェルナン・ブローデル、エルネスト・ラブルースらが居る。先日、亡くなったエマニュエル・ル＝ロワ＝ラデュリ氏は、ル＝ゴフらと共に第三世代の重鎮であり重要な仕事を残して来た。日本に最初に紹介した本『新しい歴史』の構成を見ると全貌がわかる。「動かざる歴史」「歴史における数量的なもの」「人口動態と社会」「気候　人間のいない歴史」「社会史における事件と構造」「農村文明」「新しい死の歴史」「危機と歴史家」……。これを見ても、今われわれが問題としているものはすべて入っていることがわかる。

▼もちろんこの中に、人口動態が入っていることは言うまでもない。この本をわが国に紹介したのが、一九八〇年一二月。それから四三年も経っている。わがアカデミズムで、歴史や社会を分析するための有効な道具であることが今なお蔑ろにされているように思えてならない。イデオロギーに囚われている時代ではない。若い勇気ある学徒の湧出を期待したい。（亮）